KB061198

소설
서재필

나남
nanam

나남 창작선 123

소설
서재필

2014년 9월 5일 발행
2019년 1월 15일 4쇄

지은이   고승철
발행자   趙相浩
발행처   (주) 나남
주소   10881 경기도 파주시 회동길 193
전화   (031) 955-4601 (代)
FAX   (031) 955-4555
등록   제 1-71호 (1979. 5. 12)
홈페이지   http://www.nanam.net
전자우편   post@nanam.net

ISBN   978-89-300-0623-1
ISBN   978-89-300-0572-2 (세트)

나남 창작선 123

고승철 장편소설

소설
서재필

나남
nanam

나남 창작선 123

고승철 장편소설

소설
서재필

한국 근현대사에서 가장 두드러진 르네상스인은 누구일까?

깊고 폭넓은 삶, 다재다능, 박람강기博覽强記, 치열한 도전 등을 상
징하는 인물 ….

서재필徐載弼(1864~1951)을 첫손에 꼽아야 하지 않을까. 그는 〈독
립신문〉 창간자, 한국인 최초의 서양의사 정도로만 알려져 있다. 그
러나 그의 생애를 깊이 캐면 '노다지' 금맥 같은 스토리가 드러나 웅대
한 스케일의 TV 대하드라마 같은 일대기一代記가 그려진다. 갑신정변
쿠데타 주역, 무인武人, 연설가, 독립투사, 체육인, 기업인, 의학자,
언론인 …. 일생에서 한 사람이 이렇게 다역多役을 맡을 수 있을까. 그
가 지닌 '한국인 최초' 타이틀만도 수두룩하다.

1884년 갑신정변 당시 열혈 청년 서재필은 김옥균과 의기투합해 거
사를 도모한다. 약관弱冠의 청년이 피와 살점이 튀는 무력정변의 군사

책임자로 발탁됐다. 과거시험 문과에서 최연소로 급제한 그는 이에 앞서 일본 토야마戶山군사학교에서 한국인 최초로 근대 군사교육을 받았다. '3일 천하'로 쿠데타가 실패하자 역적으로 몰려 미국으로 망명해 낯선 영어를 익히며 한국인 최초로 서양의사가 된다.

그 후 몽매한 땅 조선에 돌아와서 최초의 한글신문인 〈독립신문〉을 창간하고 독립협회를 주도하는 등 계몽의 씨앗을 뿌린다. 연설로 청중을 사로잡는 재능을 지닌 그는 대중강연에서 민주주의, 인권, 자유 등 대한제국이 쇠락해 가는 당시로서는 획기적인 개념을 설파했다. 그때 이승만과 안창호가 크게 감화됐다. 서재필은 자전거를 처음 갖고 와 탔고 야구도 최초로 보급했다. 아마 골프도 한국인으로는 최초로 치지 않았을까.

격동의 구한말에 태어나 조국에서 세 번이나 쫓겨나는 파란만장한 삶을 살다 간 풍운아 서재필. 광복 이후 그는 그를 존경하는 추종자들에 의해 대한민국 초대 대통령으로 추대되기도 했다.

그가 우리 역사에 남긴 큼직한 족적은 제대로 알려지지 않은 편이다. 문무겸전文武兼全한 그의 천재적인 능력은 질투의 대상이 되기도 했다. 그에 대한 비난의 목소리는 주로 "미국인 행세를 하며 거들먹거렸다", "독립신문은 사실상 어용지御用紙였다", "그가 독립신문 경영에서 손을 떼고 미국으로 떠날 때 과도한 돈을 받아갔다" 등이다.

특히 금전 문제와 관련해서 그는 매우 이기적인 인물로 비판받는다. 하지만 세심히 살펴보니 독립신문사를 떠날 때 받은 돈의 상당액을 일본에서 공부하던 조선인 유학생들에게 주었고, 그 후 미국에서도 오천석, 조병옥, 김활란 등 초기 유학생들을 경제적으로 후원한 사실이 드러났다. 그와 함께 미국에서 사업을 벌인 유일한〈유한양행 설립자〉은 여러 문건에서 서재필에 대한 존경심을 표시했다.

이 작품은 주인공 서재필의 영웅적 면모에 초점을 맞추는 위인전 따위가 아니다. 그러나 결과적으로는 그와 비슷한 분위기를 풍기고 말았다. 서재필의 행적行蹟을 사료와 증언에 따라 재구성하고 확인되지 않는 대목은 문학적 상상력으로 채웠는데 굳이 과장하지 않아도 자연스레 그렇게 됐다. 물론 그에 대한 긍정적인 측면을 부각한 것은 사실이다.

올해는 서재필의 탄생 150주년. 미국에서는 그의 얼굴 사진이 들어간 기념우표가 발행되는 등 크고 작은 추모 행사가 열렸다. 그러나 정작 그의 모국에서는 이런 움직임이 거의 없다. 그의 직계 후손이 끊어진 데다 그에 대한 부정적인 시각이 별 근거도 없이 널리 퍼져 있기 때문이리라. 안타까웠다. 아무리 염량세태炎凉世態라지만 서재필 선생에 대한 도리가 아니어서 일개 문사文士가 분연히 일어나 둔필鈍筆을 들었다. 알량한 의협심이나마 발휘하지 않고서는 올해 필자가 맞는 환갑 나이가 부끄러울 터였다.

2008년 미국 워싱턴의 한국 총영사관 정문에는 서재필 동상이 세워졌다. 주미 한국대사관은 한미관계를 상징하는 인물의 동상을 세우려 수십 명의 역사 인물 리스트를 만들고 여론을 수렴해 그를 선정했다고 한다. 요즘 기준으로 보면 서재필은 '글로벌 리더'이자 새로운 일에 끊임없이 도전한 혁신가이다. 필자가 서재필이란 인물을 탐구한 것도 바로 이런 이유 때문이다. 공맹孔孟의 가르침이 우주의 전부인 줄 알았다가 서양의 민주주의, 자연과학 등을 익히고 한국의 독립운동에 기여한 그의 치열한 삶은 가히 한 편의 대大 서사시敍事詩였다.

이 책에는 임오군란, 갑신정변, 갑오개혁, 을미사변, 동학혁명, 청일전쟁, 아관파천, 을사늑약, 한일합방, 3·1운동 등 '사자성어'四字成語로 이뤄진 근현대사 여러 사건들이 기술돼 있다. 독자들이 감동과 흥미를 느끼고 역사에 대한 이해를 높이기를 소망한다.
이 땅의 젊은이들이 '시대의 선각자' 서재필의 삶을 울렁거리는 가슴으로 느끼며 호연지기浩然之氣를 키우시기를!

2014년 8월 15일, 69주년 광복절 신새벽에

고승철

한국인

고종高宗 (1852~1919) 조선 26대 국왕. 아명은 이명복. 대원군의 아들.

김가진金嘉鎭 (1846~1922) 조선말 농상공부 대신. 독립운동가.

김 구金 九 (1876~1949) 상해 임시정부 주석. 독립운동가.

김규식金奎植 (1881~1950) 〈독립신문〉 직원. 외교분야의 독립운동가.

김성근金聲根 (1835~1918) 서재필의 외숙. 그의 집에서 서재필이 성장.

김성수金性洙 (1891~1955) 동아일보 창간자. 중앙학교·보성전문 운영.

김옥균金玉均 (1851~1894) 갑신정변 주도한 개화파 영수. 암살당함.

김윤식金允植 (1835~1922) 갑오경장 때 외부대신. 흥사단 조직.

김홍집金弘集 (1842~1896) 갑오경장 때 총리대신. 아관파천 때 피살.

태 희 유대치 한의원에서 일한 의녀醫女로 서재필의 의義누나.

명성황후 (1851~1895) 지략이 뛰어나 일본인들에게 참살된 왕후.

민영익閔泳翊 (1860~1914) 명성황후의 조카, 민씨 문중의 세력가.

민영환閔泳煥 (1861~1905) 을사늑약에 반대해 자결한 애국자.

박규수朴珪壽 (1807~1877) 개화파 선구자로 김옥균 등을 지도.

박영효朴泳孝 (1861~1939) 갑신정변 주역. 철종의 사위.

박용만朴容萬 (1881~1928) 재미 독립투사. 소년병학교를 설립.

박정양朴定陽 (1841~1904) 대한제국 초대 주미 공사.

박제순朴齊純 (1858~1916) 을사늑약 체결 당시의 외부대신.

백인제白仁濟 (1898~?) 백병원 설립자. 서재필을 존경함. 납북됨.

변 수邊 燧 (1861~1892) 갑신정변 가담자. 최초의 미국대학 학사.

서광범徐光範 (1859~1897) 갑신정변 주도. 법부대신 때 전봉준 재판.

서상륜徐相崙 (1849~1926) 한국최초의 개신교회인 송천교회 세움.

서재필徐載弼 (1864~1951) 〈독립신문〉 창간. 한국인 최초의 양의.

신기선申箕善 (1851~1909) 학부대신, 법부대신. 대동학회 회장.

심상훈沈相薰 (1854~?) 경기도 관찰사, 이조판서. 명성황후의 측근.

안경수安駉壽 (1853~1900) 군부대신, 독립협회 회장.

안창호安昌浩 (1878~1938) 독립운동가. 서재필에 감화 받음.

엄 귀비 (1859~1911) 고종의 측실이자 영친왕 이은李垠의 생모.

여운형呂運亨 (1886~1947) 중도 좌파 정치지도자. 암살당함.

오경석吳慶錫 (1831~1879) 국제정세에 밝은 역관 출신 개화파.

오세창吳世昌 (1864~1953) 오경석의 아들, 3·1운동 민족 대표.

유길준兪吉濬 (1856~1914) 《서유견문》을 저술한 개화파 선각자.

유대치劉大痴, 劉大致 (1831~1884?) 개화파 청년을 지도한 한의사.

유일한柳一韓 (1894~1971) 서재필과 동업한 기업인. 유한양행 창업자.

윤병구尹炳求 (1880~1949) 하와이에서 독립운동, 목회활동 함.

이경하李景夏 (1811~1891) 훈련대장, 어영대장, '낙동 염라대왕' 별명.

이규완李圭完 (1862~1946) 박영효의 경호총책으로 택견의 달인.

이동인李東仁 (1849~1881?) 개화파 승려. 일본에서 신문물 도입.

이범진李範晋 (1853~1910) 아관파천 이후 법부대신. 친러파 거두.

이상재李商在 (1850~1927) 기독교 지도자. 독립협회 부회장.

이승만李承晩 (1875~1965) 독립운동가. 대한민국 초대 대통령.

이완용李完用 (1858~1926) 서재필과 동문수학. '매국노'로 불림.

이윤용李允用 (1854~1937) 이완용의 형. 대원군의 사위, 군부대신.

이하응^{李昰應}(1820~1898) 대원군. 11년간 고종 대신 섭정함.

이호준^{李鎬俊}(1821~1901) 이윤용·이완용의 부친. 대원군 사돈.

임병직^{林炳稷}(1893~1976) 초기 미국유학생, 초대 외무장관.

전덕기^{全德基}(1875~1914) 숯장수 출신의 기독교 지도자.

정한경^{鄭翰景}(1890~1985) 미국 소년병학교 출신의 독립운동가.

조병식^{趙秉式}(1823~1907) 형조, 공조, 이조판서. 〈독립신문〉을 비판.

조병세^{趙秉世}(1827~1905) 예조, 공조, 이조판서. 수구파 거물.

조성하^{趙成夏}(1845~1881) 신정왕후 조 대비의 친정 조카.

주상호^{周相鎬}(1876~1914) 한글학자 '주시경'. 〈독립신문〉 기자.

한규설^{韓圭卨}(1848~1930) 을사늑약을 반대한 당시 참정대신.

홍영식^{洪英植}(1855~1884) 갑신정변 주역. 우정국 초대 책임자.

홍종우^{洪鍾宇}(1850~1913) 프랑스 유학 이후 상해에서 김옥균 암살.

중국인

마건충^{馬建忠}(1845~1899) 임오군란 때 온 외교관. 파리대학 졸업.

원세개^{袁世凱}(1859~1916) 조선에 주재한 군벌. 청^淸 멸망 후 총통.

오장경^{吳長慶}(1833~1884) 조선 주둔 장군으로 조선 병권 장악.

오조유^{吳兆有} 청국 장군으로 갑신정변 때 일본군 격퇴.

이홍장^{李鴻章}(1823~1901) 군벌이자 세력가로 청말^{淸末} 외교 총책.

정여창^{丁汝昌}(1836~1895) 해군 제독. 임오군란 때 대원군을 납치.

일본인

고무라 쥬타로^{小村壽太郎}(1855~1911) 조선주재 일본공사, 외상.

다케조에 신이치로^{竹添進一郎}(1841~1917) 조선주재 일본공사.

데라우치 마사타케^{寺內正毅}(1852~1919) 조선총독부 초대 총독.

미우라 고로^{三浦梧樓}(1846~1926) 장군 출신. 명성황후 참살 현장총책.

야마가타 아리토모^{山縣有朋}(1838~1922) 군국주의 원조인 골수 군인.

이노우에 가오루^{井上馨}(1835~1915) 일본공사, 외상. 외교계 거물.

이토 히로부미^{伊藤博文}(1842~1909) 총리 4번 지낸 거물. 조선통감.

카쓰라 다로^{桂太郎}(1847~1913) 외상, 총리. '카쓰라-태프트' 밀약 주역.

하나부사 요시타다^{花房義質}(1842~1917) 조선 주재 일본 공사.

후쿠자와 유키치^{福澤諭吉}(1835~1901) 탈아입구론을 주장한 경세가.

서양인

루스벨트, 시어도어(1858~1919) 26대 미국 대통령.

리드, 월터(1851~1902) 황열병을 퇴치한 천재 세균학자.

마르티, 호세(1853~1895) 쿠바의 독립 영웅. 국민 시인.

묄렌도르프(1848~1901) 조선의 외교 고문. 독일인.

베베르, 카를(1841~1910) 아관파천 때의 주한 러시아 공사.

빌링스, 존(1838~1913) 박학다식한 의학자로 서재필 후원자.

손 탁(1854~1925) 정동구락부와 손탁호텔을 경영한 사교계의 꽃.

아펜젤러, 게르하르트(1858~1902) 배재학당을 세운 목사.

알렌, 뉴턴(1858~1932) 선교사 겸 의사. 주한 미국공사.

언더우드, 그랜트(1859~1916) 경신학교를 세운 목사.

윌슨, 우드로(1856~1924) 프린스턴대 총장. 28대 미국 대통령.

허스트, 랜돌프(1863~1951) 미국의 '신문 제왕'.

헐버트, 호머(1863~1949) 한국독립운동을 도운 미국인. 헤이그 밀사.

홀렌백, 웰스 미국 기업인. 서재필의 고교 학자금을 후원.

역적, 살아 돌아오다

1

저기 어슴푸레 보이는 거뭇거뭇한 섬이 월미도인가. 힘찬 날갯짓으로 무리 지어 날아오르는 이 거대한 새떼는 넓적부리들인가.

부우웅 …. 여객선 겐카이마루玄海丸는 뱃고동을 길게 토한다.

널찍한 갑판 위에 말쑥한 양복 차림의 30대 사내가 겨울 찬바람을 맞으며 입을 앙다물고 혼자 서 있다. 돛대처럼 훤칠한 키, 군살 없는 탄탄한 몸매 …. 사내는 제물포항을 보려고 눈을 부릅떴지만 희뿌연 새벽안개가 시야를 가린다. 이윽고 갓밝이가 시작되자 포구가 희미하게 나타난다. 찝찌름한 개펄 냄새가 훅 풍긴다.

후우, 후우 …. 사내는 숨을 크게 들이쉬어 벅찬 가슴을 달랜다. 가슴 부위가 부풀어 오른다. 양복 조끼가 팽팽해지며 가슴을 조인다.

"소금기 그득한 갯냄새는 옛날 그대로군."

미국을 떠난 서재필徐載弼이 제물포에 도착한 때는 1895년 12월 25일 어슴새벽이었다. 당시 거기엔 이 큼지막한 여객선을 접안시킬 부두가 없었다. 배는 만조가 될 때까지 닻을 내려놓고 기다려야 했다.

곧 만조가 되자 바닷물이 개펄을 덮었고 뱃길이 훤히 뚫린다. 햇귀가 아른거리면서 멀리 포구가 희미하게 보인다. 낡은 목조 거룻배 5척이 겐카이마루에 다가왔다. 위용을 자랑하는 이 철제 동력선에 비해 10명가량이 타는 나룻배는 초라했다.

살을 에는 칼바람 때문에 이를 덜덜 떠는 뱃사공들은 너덜너덜한 무명 누비를 입고 얇은 베를 목과 머리에 칭칭 동여맸다. 겨울 바다의 칼바람을 막기엔 허술한 차림새다. 털모자를 쓴 뱃사공은 1명뿐이다. 두툼한 털외투를 입은 일본인 선원들과는 대조적이다.

"어이구, 추워라."

이마에 굵은 주름이 출렁거리는 뱃사공의 입에서 신음이 절로 나온다. 승객들은 거룻배로 옮겨 탔다. 연안沿岸인데도 제법 거센 파도가 몰아친다. 나무배는 좌우로 크게 흔들린다. 아래위로도 오르락내리락한다. 배 구석구석이 썩어 시커먼 곰팡이로 덮였고 삼판杉板 이음새 사이에서 뱃밥이 빠지면서 시퍼런 바닷물이 스며 올라온다.

"에구!"

구두 속에 차가운 물이 들어온 양복 차림 노신사가 몸을 움츠리며 앓는 소리를 내뱉었다. 다른 승객들도 신발이 젖을까봐 발을 들어 몸통 쪽으로 바짝 당긴다. 옹크린 자태가 새우 같다.

체구가 작고, 광대뼈의 윤곽이 드러날 정도로 얼굴이 바싹 마른 뱃사공은 입에서 거품을 흘리며 노를 젓는다. 노를 밀 때와 당길 때, 온몸의 체중을 노에 싣는다. 작은 배이지만 뱃머리는 나름대로 물보라를 허옇게 내며 앞으로 나아간다. 삐걱 삐걱 …. 노를 저을 때마다 흘러나오는 소리가 귀를 거스른다. 슉, 슉, 슉 …. 뱃사공의 코에서 이런 소리가 난다. 뱃사공은 파도와 사투를 벌였다. 배는 1시간여 바다를 헤맨 끝에 포구에 도착했다.

선객들이 뭍에 오르니 바람이 잠잠해졌고 날은 어느새 훤히 밝아 있었다. 엷은 망사 같은 햇발을 받은 바다는 바람이 불어 물결이 칠 때마다 은갈치 등줄기처럼 반짝였다.

검은색 정장 차림의 서재필은 뭍에 발을 딛자마자 상의 호주머니에서 금장金粧 회중시계를 꺼낸다. 시계 뚜껑을 조심스럽게 열어 시각을 확인했다.

"오전 8시 정각이군."

그는 눈을 지그시 감았다. 11년 전 겨울, 모진 갯바람을 맞으며 이곳을 떠나던 날이 떠올랐다. 목이 날아갈 위협을 느끼며 촌각을 다투어 도망치던 제물포 ….

2

제물포 어귀에 있는 이태怡泰호텔 앞에서 서재필은 걸음을 멈추었다. 간판엔 스튜어드Steward's 호텔이라는 영문 표기도 있다. 붉은 벽돌 3층 건물이 주위의 나지막한 목조주택에 비해 돋보인다.

"잠시 쉬었다 갈까 하오."

"공기가 여간 차갑지 않습니다. 어서 들어와 몸을 녹이시지요."

콧수염을 단정하게 다듬고 나비넥타이로 멋을 부린 주인은 유창한 영어로 말했다. 펑퍼짐한 콧방울로 보아 조선인은 아닌 듯했다.

"영어를 어디서 배웠소?"

"저는 중국인입니다. 어릴 때부터 미국전함 모노카시호를 타고 허드렛일을 했지요. 어른이 되어서는 조선의 미국공사관에서 집사(스튜어드) 겸 요리사로 일했답니다. 최근에 제 이름으로 호텔을 개업했지요."

주인은 머리를 조아리며 손님을 맞았다. 런던 새빌로우Savile Row풍 신사복을 입고 고급스런 안경을 쓴 귀족풍 손님에 대한 깍듯한 예우였다. 주인의 안내로 객실에 들어가자 훈기가 감돌았다. 서재필은 작은 벨벳 수건을 꺼내 뿌옇게 김이 서린 안경알을 닦으며 말했다.

"따뜻한 차를 주시오."

차 주전자를 갖고 온 종업원은 어린 소녀였다. 피부가 거칠고 가무잡잡했지만 눈망울은 큼직하고 맑았다. 소녀가 입은 흰 저고리와 검은 치마는 소박하기 그지없다. 그 나이 소녀라면 알록달록한 색채의 옷을 입고 싶으련만 …. 차를 따르는 소녀의 작은 손이 달달 떨린다.

"너 몇 살이니?"

"열두 살이옵니다."

"갑신년 태생인가?"

"예, 8월생입니다."

"이름은?"

"금아 …."

서재필이 제물포를 떠난 때가 갑신년이다. 그 세월에 핏덩이 아기는 이만큼 자랐다.

"양친은 어디에 사시느냐?"

소녀는 고개를 숙인 채 잠시 침묵했다. 망설이더니 대답했다.

"부모님 모두 작년 여름 난리 때 돌아가셨습니다."

"청나라와 일본이 벌인 전쟁에서?"

"예 …. 아버지는 대동강 어부셨는데 청국 군인들에게 끌려간 뒤 소식이 끊어졌습니다."

"저런, 저런…."

"청국 군인들은 조선사람들을 마구 때리며 모진 잡일을 시켰다고 하더군요. 청군에게 일본군이 엄청난 폭탄을 퍼부었다는데 그때 조선 사람들은 몰살당했다고 합니다."

소녀의 눈에서는 눈물이 핑그르르 돈다.

"어머니는?"

"일본군들에게 끌려갔어요. 소식이 없긴 마찬가지였지요."

"쯧쯧…."

"제 어머니 시신을 봤다는 풍문만 들었을 뿐입니다. 저도 폭탄에 온몸을 다쳐 죽다가 살아났답니다. 한성에서 오신 예쁜 의녀님이 지극 정성으로 치료해주신 덕분에…."

"한성 의녀님? 그분 존함을 아느냐?"

"모르옵니다. 얼굴이 깨끔하게 생긴 분이었지요. 저를 친딸처럼 아껴주셨고 이 호텔에 일자리도 마련해주셨어요."

청일전쟁…. 1894년 조선땅에서 일어난 전쟁이다. 청나라와 일본이 남의 나라에서 싸움을 벌였다. 그 전화戰禍를 고스란히 조선이 떠안았다. 동아시아의 패권이 늙은 곰 중국에서 젊은 살쾡이 일본으로 넘어간 큰 싸움판이었다.

"오늘이 무슨 날인지 알고 있니?"

"……."

"예수님이 태어난 날이란다."

"예수? 야소? 누구신지요?"

"옛날, 이스라엘이라는 나라에서 태어난 분이야. 하나님의 아들인데 사람의 몸으로 태어났지."

"하나님이라면 천제天帝님인가요?"

"그렇다고 할 수 있지. 아기 예수가 태어난 날을 서양에서는 크리스마스라고 하지. 1년 중 가장 큰 축제일로 삼는단다."

소녀는 눈이 동그래져 손님을 바라보았다. 신비한 나라에서 온 듯한 이 신사가 하는 말이 무슨 뜻인지 종잡기 어려웠다.

서재필은 가죽 브리프 케이스를 열고 크리스마스카드를 꺼내 들었다. 아기예수 탄생장면을 그린 전형적인 그림 카드였다. 어머니 마리아의 품에서 방긋 웃는 아기, 그 옆에서 무릎을 꿇고 기도하는 아버지 요셉, 먼발치에 서 있는 동방박사들….

서재필은 'Merry X-mas'란 글과 '徐載弼'이란 서명署名을 카드에 써서 소녀에게 선사했다. 소녀는 눈앞에 바짝 당겨 살펴본다.

"어디서 본 그림인데 … 아! 작년에 그 의녀님이 보여주었어요. 제가 빨리 낫게 해달라고 아기 예수에게 기도하셨어요. 근데 예수 그림을 봤다는 것은 비밀로 하래요."

"그래? 그 의녀가 어떤 분인지 궁금하군."

"이 꼬불꼬불한 글자는 무엇입니까?"

"아메리카 글자란다. '메리 크리스마스'라고 읽지. 아기예수의 탄생을 축하한다는 뜻이야."

차를 거의 다 마셔갈 무렵 주인이 들어왔다. 어느새 그도 안경을 쓰고 다른 양복으로 갈아입었다.

"곧 조찬으로 콘티넨탈 정식을 올리겠습니다."

"식사 후에 곧 한성으로 가려는데 마차를 불러줄 수 있겠소?"

"마차로 가기엔 어렵답니다. 제대로 된 도로가 없어서요."

"요즘도 교자부轎子夫(가마꾼)에 의존해야 하오?"

"그렇답니다. 아메리카 손님들은 조선에 마차도로가 없다는 점을 이해하지 못하지요."

"내가 어렸을 때는 여름 장마철이 되면 강물이 불어 다리가 물에 잠기는 일이 다반사였소. 그때는 방방곡곡에서 길이 막혀 먼 길을 떠날 수가 없었지요."

"지금도 마찬가지랍니다. 걷기 힘들면 당나귀나 망아지를 타고 가기도 하지요."

뉴욕, 워싱턴, 샌프란시스코 등에서는 시원하게 뚫린 큰 길이 얼마나 많은가. 도시와 도시를 잇는 철도까지 온 땅에 깔려있지 않은가.

소녀는 다리가 완치되지 않은 듯 다리를 절뚝이며 아침 식사를 갖고 왔다. 노릇노릇하게 구운 빵과 아삭아삭한 양배추가 씹히는 코울슬로가 먹을 만했다.

"내가 먹는 동안 옆에 앉아 있을래?"

소녀는 두 손을 모으고 다소곳이 앉아 손님을 바라봤다. 서재필도 소녀의 눈망울을 간간이 쳐다보았다. 그의 뇌리엔 작은 얼굴 하나가 떠올랐다. 자신의 어린 아들 모습이다. 그 아이는 두 살 나이에 굶어 죽었다. 역적의 아들인 탓이었다.

'아들 녀석이 살아있다면 이 여자아이와 비슷한 또래겠지….'

소녀와 아들의 얼굴이 겹쳐 보이면서 눈앞이 어른거린다.

"가마꾼들이 도착했습니다."

직업에 대한 자부심이 넘치는 듯한 지배인의 목소리가 들렸다. 가마꾼 두 명, 마부 한 명, 조랑말 한 마리가 기다리고 있었다.

가마는 얼기설기 짠 나무틀에 천을 덮어 만든 보교步轎였다. 당상관이 타는 연輦이나 초헌軺軒과 비교하면 초라했다.

"오늘 안에 한성에 들어갈 수 있겠소?"

"밤이 깊어야 도착하겠는데유. 찬바람이 불고 길이 미끄러워 빨리 가기가 어렵습니다유."

가마에 앉으니 바람막이 천으로 둘러쌌지만 안은 찬 기운으로 썰렁했다. 가방 4개와 자전거 바퀴 2개는 조랑말 등에다 싣고 줄로 칭칭 묶었다. 늙은 조랑말의 발굽에 달린 편자는 녹이 슬어 너덜너덜하다. 조랑말의 껌벅거리는 눈 주위엔 진득진득한 눈곱이 끼었다.

가마가 여관 문을 나서자 소녀가 머리를 살포시 숙이며 절을 한다.

"잘 가세요. 어르신 …."

"금아야, 잘 있어라. 메리 크리스마스 …."

3

가마가 너무 흔들려 서재필은 어이쿠, 어이쿠 소리를 질렀다. 가마에 앉아 초로初老의 가마꾼들이 힘겹게 걷는 모습을 보자니 안쓰러워 더욱 편하지 않았다. 길은 얼어 미끄러웠다.

'제물포 거리가 왜 이리 피폐한가. 누더기를 입은 행인 옷차림을 보니 내가 떠날 때보다 더 궁핍한 모습이군. 얼굴에 부황 든 사람이 태반이고 금방이라도 쓰러질 것 같은 노약자들이 수두룩하니 …. 사내아이들은 죄다 봉두난발이고 ….'

가마꾼은 근력이 넘쳐야 할 터인데 힘을 쓰지 못한다. 조금 걷다 다리가 후들거린다며 쉬고 또 쉰다.

겨울이라 해가 일찍 졌다. 금세 땅거미가 깔렸다. 헐떡거리는 가마꾼들에게 빨리 가자고 채근할 수도 없었다.

"차라리 걷는 게 낫겠군."

늙수그레한 가마꾼 하나가 비틀거린다. 얼굴을 살펴보니 찔꺽눈 아래 근육이 부르르 떤다.

서재필은 가마를 세우고 조랑말 등에 매어 놓은 의사 왕진가방을 열었다. 청진기와 체온계를 꺼내 가마꾼의 몸을 살폈다. 맥박이 1분에 100회가량 뛰고 열이 39도나 되었다. 영양실조 상태에서 무리하게 몸을 움직인 탓에 몸살이 난 것이다.

서재필은 약 상자를 열어 감기약 10알을 꺼내 가마꾼에게 주었다.

"이게 서양 약인가유? 이런 환약은 처음 보는디 ….."

"매 끼니 후에 한 알씩 드시오. 약을 삼키고 물을 마시면 되오."

그렇게 해서 가마꾼들을 돌려보내고 마부와 조랑말만으로 겨우 노량진 나루터에 당도하니 하늘은 컴컴해져 있었다. 겨울 강바람이 모질게 몰아쳐 얼굴이 따끔거린다. 시계를 보니 오후 8시 30분이다. 한강을 건너는 나룻배는 이미 끊어졌다.

"너무 걱정하지 마십슈. 나루터에 사는 뱃사공 꺽쇠를 찾아가면 언제라도 배를 띄운답니다유."

마부가 꺽쇠를 찾아오는 데 1시간가량 걸렸다. 탑삭부리 꺽쇠는 입에서 진한 막걸리 냄새를 풀풀 풍겼다.

한강을 건너는데 상현달이 강물 위로 내려앉아 물결이 일렁이는 대로 커졌다 작아졌다 한다. 마포 나루터에 도착할 때는 하늘이 흐려져 달이 구름에 가려졌다. 대야 물에 떨어진 먹물이 시커멓게 퍼지듯 어둠이 금세 온 하늘에 짙게 깔렸다.

4

서재필은 자정이 가까워서야 진고개 여관에 도착했다. 남산 아래의 작은 고개인 진고개에는 일본인들이 몰려 사는 거류민 지역이 형성돼 있었다. 여관도 거지반 일본식이었다. 객실로 들어가자 얼음골 같았다. 중년 여자 종업원은 무릎을 꿇고 머리를 조아렸다.

"이렇게 추워서야 ···."

"코타츠를 갖다드리겠습니다."

철제 용기에 뜨거운 물을 넣어 온기를 뿜는 일본식 난방기구인 코타츠만으로는 한겨울 매서운 추위를 견디기 어려웠다. 다다미 바닥에서 냉기가 송곳처럼 삐죽 솟아오른다.

귀국 첫날 밤, 만감이 교차한다. 거의 뜬눈으로 밤을 새운 서재필은 아침이 밝아오자 여관 종업원에게 종이쪽지를 건넸다.

"서광범 대감 댁으로 이 서찰을 급히 전해 주시오."

서재필이 방 안에서 전신 체조를 한 뒤 마른 수건으로 몸을 닦는데 여관 문 밖에서 쿵쾅거리는 소리가 들려왔다.

"왔는가?"

미닫이문을 활짝 열고 서광범徐光範이 활짝 웃으며 들어왔다.

"아저씨, 그동안 안녕하셨습니까."

"먼 길 오느라 고생 많았네."

갑신정변甲申政變의 혁명 동지인 그들은 부둥켜안고 재회의 감격을 나누었다. 달성 서씨 일가인 그들은 미국으로 함께 망명길을 떠나 거기서 조선의 앞날을 함께 걱정했었다.

서광범은 1894년 12월 조선의 법부대신(법무장관) 발령을 받아 서재필보다 1년 먼저 귀국했다.

"자네는 먼 여정에 피로하지도 않나?"

"제가 명색이 의사인데 제 몸 하나는 제대로 건사해야지요. 아저씨께서는 건강이 어떠신지요?"

"그 이야기는 천천히 하기로 하고 … 얼른 우리 집으로 가세!"

5

굵은 눈발이 날린다. 멀리 보이는 북한산은 눈으로 하얗게 덮였다. 광화문은 굳건히 서 있다. 쭉 뻗은 광화문 용마루가 시골 장터 모래판에서 연전연승하는 씨름꾼의 탱탱한 등줄기처럼 힘차게 보인다.

북촌에 있는 서광범의 집 지붕과 마당엔 눈가루가 수북이 쌓였다.

캉, 캉 …. 자그마한 황구黃狗 한 마리가 마당을 누비며 가볍게 옹알이를 한다. 눈이 마주치자 황구는 끄응, 하며 꼬리를 내린다.

서재필은 사랑채에 들어 호족반虎足盤 밥상 앞에 앉았다. 따스한 온돌방에서 앉은 것만으로도 어머니 품속으로 들어온 기분이다. 밥, 완자탕, 김치, 나물 등으로 정갈하게 차려진 한식을 보니 조선땅에 온 것이 실감난다. 먼저 숟가락으로 밥을 푹 떠서 입에 넣었다.

"천천히 많이 드시게."

"아저씨는 왜 안 드십니까?"

"요즘 통 입맛이 없다네."

밥상을 물리고 나니 갖가지 강정이 나왔다. 깊은 맛을 음미하려 눈을 감으니 향긋한 냄새가 코를 감싸면서 동그란 얼굴이 아른거린다. 눈이 큼직하고 속눈썹이 긴 여성이다.

서광범의 몸에는 병마病魔가 뼛속 깊이 스며든 듯했다. 안색이 감자 껍질처럼 누렇고 팔다리가 깡말라 수수깡처럼 가늘어졌다.

청진기와 혈압계를 꺼내 진단해보니 호흡이 고르지 못하고 맥박이 1분에 98회로 너무 빨리 뛰었다. 혈압도 꽤 높았다.

"큰일을 하시려면 존체尊體를 잘 보존하셔야지요."

"두어 달 전(1895년 10월 8일)에 왕후께서 일본놈들 손에 참살당하셨다는 소식은 들었겠지? 그 참극 때문에 나도 충격을 받고…. 일본이 점점 조선의 목을 조여드니 내 목도 답답해진 것이야."

서재필은 보름치 알약을 건네주었다.

"자네가 양의洋醫가 되어 나를 진료하니 꿈만 같구먼…."

찻상이 들어왔다. 서재필은 어릴 때 가끔 마시던 뽕잎차의 은은한 냄새를 맡고 다시 한 번 고국에 왔다는 사실을 절감했다.

"만나자마자 또 이별이군. 나는 곧 미국으로 가야 하네."

명성황후 참살사건 며칠 후인 1895년 10월 14일 서광범은 법부대신에서 학부대신(교육부 장관)으로 자리를 옮겨 앉았다. 그러나 일본 낭인들이 자신의 목숨을 노린다는 첩보를 들은 데다 건강마저 악화돼 주미 공사를 자청했다. 미국으로 일단 피신해야 했다.

"엊그제 주미 공사로 발령이 나 폐하께 곧 출국 보고를 해야 하네."

"법부대신으로서 활동하실 때는 어땠습니까?"

"가장 어려웠던 일은 '민비폐서인閔妃廢庶人 조칙'에 서명한 것이지."

"왕후를 평민으로 강등하는 조칙 아닙니까?"

"일본놈들이 밀어붙이는 통에 억지로 맡은 악역이었지. 동학접주 전봉준全琫準 … 사형판결을 내가 내렸어. 나를 노려보던 '녹두장군'의 형형한 눈빛이 잊어지지 않아 괴롭다네."

서광범은 쿨럭쿨럭 소리를 내며 서너 차례 거친 기침을 했다. 물을 마시고 한숨을 돌린 후 말을 이었다.

"보람 있는 일도 있었다네. 법관양성소를 세운 게 그것이야. 달포 전에 제1회 졸업생 마흔 일곱 명을 배출했지."

"그들이 법치주의를 정착시키는 주역이 되겠군요."

"수석 졸업생 함태영咸台永은 매우 명석한 인물일세. 이준李儁은 기개가 뛰어나고 … 북청 시골사람 이준은 떠꺼머리총각 때 운현궁을 찾아가 대원위 대감과 독대獨對하며 시대를 논했다고 하더군."

파리한 얼굴의 서광범은 다시 쿨럭거렸다. 입으로 피 몇 방울이 흘러나왔다. 서재필은 서광범의 몸을 약손으로 어루만졌다. 천천히 부드럽게 전신을 주물렀다.

"양의가 맨손으로 병자를 고치나?"

기력을 조금 회복한 서광범이 가볍게 농을 던졌다.

"약손은 우리의 전통 민간요법 아닙니까. 제가 소년 때 당대의 명의名醫 유대치 스승님에게서 배웠습니다."

"자네가 손으로 경혈을 누르니까 기력이 살아나는 듯하네."

서광범은 후우, 하고 한숨을 쉰 후 말을 이었다.

"자네를 위협하는 흉악한 자들이 나타날 테니 조심하시게."

"일본에 계시는 박영효 형님은 안전할까요?"

"글쎄, 시절이 하수상해서 …."

서재필은 미국을 떠나기 직전인 1895년 9월에 워싱턴을 방문한 박영효朴泳孝와 나누던 대화내용이 떠올랐다. 서재필의 귀국을 강력히 권유하던 박영효의 목소리가 귀에 되살아났다.

"우리는 역적으로 몰려 지옥 문턱까지 갔다가 천우신조天佑神助로 살아나지 않았는가. 이는 조선을 개혁하라는 하늘의 뜻이겠지?"

"김옥균 형님이 살아계신다면 개혁작업이 한결 수월할 텐데요."

"작년 봄(1894년 3월 28일) 상하이에서 홍종우가 쏜 흉탄에 쓰러진 형님의 최후를 생각하면 지금도 피눈물이 나온다네."

"홍종우는 어떤 작자입니까?"

"법국法國(프랑스)에 유학까지 갔다 온 열혈 근왕勤王주의자야. 요즘 한성 거리를 활개치고 다닌다네. 남해안 고금도라는 섬에서 자랐다던 데 … 기골이 장대하다네."

"무지막지한 인간입니까?"

"그런 것만은 아니야. 〈춘향전〉을 불란서어로 번역해 법국에 소개하기도 했다더군. 나름대로 학문을 닦은 인물이야. 그자는 역적 김옥균을 처단해 왕조의 권위를 회복시키겠다고 다짐한 확신범이지. 역적 누명을 벗은 자네는 앞으로 거대한 산을 움직여야 할 것이야."

서재필은 조선을 등지며 탈출했고, 다시 조국으로 돌아오기까지의 11년 세월이 뇌리 속에 주마등처럼 빨리 스쳐 지나가 머리가 혼미했다. 정신을 차리려 심호흡을 하며 눈을 크게 떴다.

하늘로 뻗는 솔

1

"이놈들, 썩 물러나지 못할까!"

턱수염이 시커멓고 팔에 핏줄이 울툭불툭 솟은 군인이 눈알을 부라리며 호통쳤다. 위세에 놀란 동네아이들은 뿔뿔이 흩어졌다. 달아나는 아이들은 새로 부임하는 현령이 탄 마차를 구경하려고 몰려든 개구쟁이들이었다. 꽃술로 온몸을 장식한 두 마리 말이 끄는 마차였다.

한 아이는 물러나지 않았다. 녀석은 느티나무 아래에서 부채를 저으며 땀을 식히는 사또의 얼굴을 빤히 들여다봤다.

"고놈! 영리하게 생겼구나. 너는 왜 달아나지 않았느냐?"

"잘못한 게 없는데 왜 도망치겠습니까?"

"맹랑한 놈… 몇 살이냐?"

"여섯 살이옵니다."

"글은 배웠느냐?"

"《천자문》과 《동몽선습》을 겨우 익혔습니다만 여전히 천학비재※

學菲才합니다."

"어린 녀석이 문자깨나 쓰는구나. 천자문을 익혔다면 묻겠다. 맨처음 나오는 천지현황天地玄黃에서 하늘은 검고 땅은 누르다고 배웠을 터인데, 하늘은 지금 네 눈으로 보기에도 파랗지 않느냐? 왜 검다고 했겠느냐?"

"낮에 보는 하늘은 파랗습니다만, 밤하늘은 시커멓습니다. 모름지기 사물을 제대로 파악하려면 여러 번, 여러 시각에서 봐야 하옵니다. 보이지 않는 것은 마음으로 읽어야 합니다."

"헛허 … 천자문에서 가장 마음에 드는 구절은 무엇이냐?"

"유곤독운遊鯤獨運하여 능마강소凌摩絳霄라 … 하는 대목입니다."

"그 뜻은 아느냐?"

"곤어鯤魚는 홀로 자유롭게 노닐다가 하늘 밖을 너머 미끄러지듯 간다 … 라는 뜻입니다."

"헛허! 배포가 큰놈이군. 어디 시조 한 수 읊을 수 있겠느냐?"

"지금 손에 드신 부채를 빌려주시면 장단을 맞춰 읊겠습니다."

"좋아!"

아이는 부채를 흔들며 가벼운 춤사위와 함께 목청을 높여 시조를 멋지게 읊었다.

"동창이 밝았느냐 노고지리 우지진다 …"

사또는 염소수염을 어루만지며 중얼거렸다.

"재주와 기백이 예사롭지 않군."

그 아이가 바로 어린 서재필이었다.

서재필은 충남 논산의 친가와 전남 보성 외가를 오가며 자랐다. 외가는 5천 석 농사를 짓는 부호였지만 친가는 보잘 것 없었다.

고종 즉위 보름 전인 1864년 1월 7일(음력 1863년 11월 28일), 외가에서 태어난 서재필은 일곱 살 때 7촌 아저씨인 서광하徐光夏 댁의 양자로 들어간다. 아들이 없는 집에서 대를 잇기 위해서다.

서재필의 생부 서광언徐光彦과 어머니 성주 이씨는 입양 제의를 받고 한숨을 푹푹 내쉬며 마주 앉았다.

"아이의 장래를 위해서는 양자로 보내야겠소."

"저 어린 것을….".

"생면부지 집안에 보내는 것도 아니잖소. 양모가 안동 김씨 문중 아니오. 중천에 펄펄 나는 독수리도 떨어뜨린다는 그 세도가 말이오."

"양모의 남동생이 김성근金聲根 대감이라지요?"

"김 대감은 부자인 데다 학식이 출중하고 인품도 넉넉하다고 하오. 미남궁체米南宮體란 서체로 일가를 이룬 명필이기도 한데, 그 한양 김 대감 댁에서 재필이를 키운다고….".

"그렇게 멀리….".

"여기 논산 시골구석에서 자라는 것보다 훨씬 낫지. 무릇 큰 인물이 되려면 큰물에서 놀아야 하오."

"보성에서 살다가 논산에 시집오니 낯설고 물설었는데, 우리 '솔'이 머나먼 한양에 가면 얼마나 고생할꼬….".

"자꾸 '솔'이라는 아명兒名으로 부르지 마시오."

"언덕에 우뚝 솟은 금강송을 태몽으로 봤으니…. 그 소나무는 모진 비바람과 폭설을 묵묵히 견디었어요."

서재필이 본가를 떠날 때 어머니는 어린 아들의 손을 부여잡고 눈물을 철철 흘리며, 콧물을 훌쩍이며 말했다.

"어미가 보고 싶으면 소나무를 쳐다보며 '솔!'이라고 외쳐라. 이 어미는 천리만리 떨어져 있어도 그 소리를 들을 수 있단다. 친구들에게도 '솔'이라고 불러달라고 부탁해라."

"솔….."

서재필은 혼자 입술을 뾰족이 내밀며 '솔'이라 발음해봤다. 그 소리가 귀에 들어오자 마음이 편해지면서 몸에 뜨거운 기운이 감돌았다.

서재필은 입양 직후 양외숙부 김성근의 집에 들어갔다. 김성근은 훗날 이조판서, 예조판서를 지낸다.

"대처大處에 왔으니 큰 뜻을 이루도록 하라."

"외숙부님 … 마음을 다잡아 절차탁마切磋琢磨하겠습니다."

어린 서재필은 얼굴과 어깨선이 둥그렇고 덩치가 큼직한 김성근에게 큰절을 하고 나서 작은 방석에 앉았다.

"사랑채 사숙私塾에서 학문과 덕성을 닦도록 해라."

김성근은 공조판서를 지낸 아버지 김온순金蘊淳의 가택을 물려받아 일찍이 풍요로운 삶을 누렸다. 이웃에는 고관 저택들이 즐비했다.

김성근의 집도 고대광실高大廣室이다. 하인 10여 명 가운데 목욕 시중을 드는 시종까지 있다. 어린 서재필은 목욕만은 자기 손으로 하겠다고 우겼다.

목욕을 마친 서재필은 주방에서 일하는 여종이 들고 온 밥상을 받고 깜짝 놀랐다.

"이런 산해진미가 …."

외가도 꽤 잘 사는 부자였는데 산진해착山珍海錯은 명절 때나 먹는다. 서재필은 갖가지 반찬 가운데 저냐를 가장 즐겼다. 향긋한 기름

냄새가 나며 씹는 맛이 일품이었다.

"이것은 무엇으로, 어떻게 만들었나유?"

"이 전유어煎油魚는 숭어를 얇게 저며서 동글납작하게 만들고, 밀가루와 달걀을 풀어 옷을 입히고, 참기름에 지져낸 것이에요."

"저 저냐는 생선 맛이 아닌데유. 재료가 무엇인가유?"

"꿩고기예요."

"요것은유?"

"도련님은 참 호기심이 많으시네요."

"궁금한 것은 물어서 알아야 속이 시원해지지유."

"도련님은 충청도에서 왔다고 했지요? 말끝마다 '유, 유' 하네요. 한양 말씨는 '요, 요' 하지요. 호호호 ···."

2

이웃엔 이호준李鎬俊 대감이 살았다. 이호준의 양자 이완용李完用도 김성근의 사랑채 서당에서 서재필과 함께 공부했다.

"이호준 대감은 눈치가 입신入神 경지에 들었어. 권력 기류가 어떻게 변하는지 귀신같이 재빨리 파악하지."

"그 재주는 머리만 굴려서 되는 게 아니야. 엽전 힘도 있어야지. 궁중 소식을 알아내려고 환관 놈들과 궁녀 년들에게 슬쩍 찔러주는 돈푼만도 엄청나다니까 ···. 재물 복을 타고 났어."

이호준 주변의 인물들은 이렇게 입방아를 찧었다.

이호준은 왕가 혈통인 이하응李昰應이 흥선 대원군이 되도록 도왔다. 이호준의 서자 이윤용李允用과 이하응의 서녀가 혼인해 이들은 서로 사돈 사이이기도 했다. 이하응이 '상갓집 개'라는 별명으로 불리며 푸대접 받던 시절에도 투전판 밑천을 대주었다.

이호준의 사위는 신정왕후 조 대비의 조카인 조성하趙成夏다. 사위 손을 빌려 이하응과 조 대비를 연결시켜 주었다.

"조 서방, 어서 오게."

어깨를 방침方枕에 걸치고 푹신한 비단 보료에 몸을 비스듬히 누인 이호준은 사위 조성하의 문안을 받았다. 머리엔 번들번들 빛나는 3층 정자관程子冠을 썼다.

이호준은 얼굴이 벌겋고 주름이 없어 외모는 여전히 청년 같다. 산 삼과 녹용을 즐겨 먹은 덕분이다. 수염이 길고 턱이 깡마른 조성하와 비슷한 연배로 보일 정도다.

"기체후 만강하옵신지요? 요즘 어떻게 소일하십니까?"

"양자로 들여온 완용이와 시문詩文을 논하는 재미에 살지."

"완용이가 그렇게 총명하다면서요."

"가난한 변족邊族 가운데 가장 영특한 아이를 데리고 왔으니 …."

"소생은 요즘 칠언절구 짓는 재미에 빠져 있습니다."

"자네가 지은 시를 나도 읽었네. 마지막 구절이 조성하鳥聲何… 새 소리는 어찌 할꼬, 하고 끝나더군. 대단한 재치일세."

"과찬이십니다."

이호준은 찬합에 담긴 잣을 한 움큼 꺼내 대여섯 알씩 입에 톡톡 털 어 넣으며 말을 이었다.

"조 서방, 시문과 서화에만 몰두할 것인가?"

"선비의 소일거리로 그것 말고 뭐가 있겠습니까?"

조성하는 장인 앞에서는 백면서생 시늉을 한다. 밤이면 주색에 빠 지는 버릇이 여전한데도 ….

"지금은 격변기야. 힘이 어디에 쏠리는지를 면밀히 살펴야 할 때!"

"소생은 거기에 별 관심이 없기에 …."

"책상물림 같은 소리! 요즘 대왕대비 마마는 자주 찾아뵙는가?"

"부르실 때만 갑니다만 …."

"부르시지 않아도 문안차 가야지, 이 사람아! 조 대비마마는 왕가의 큰 어르신이고 자네를 각별히 총애하신다는데 …."

"별 말씀을 …."

이호준은 흠흠, 헛기침을 몇 차례 한 뒤 목소리를 낮추었다.

"요즘 주상의 환후患候가 위중하시다고 하네. 후사後嗣가 없으니 누가 보위를 차지할지, 그것이 초미의 관심사 아니겠는가? 자네는 두 눈 질끈 감고 대비마마와 흥선군을 연결시켜야 한다네."

"흥선군? 아무리 왕족이라지만 대비마마께 소개시키기에는 …."

"그렇게 얕잡아 보지 말게. 흥선군은 어려서는 총기가 그득했는데 조실부모早失父母하고나서 가시밭길을 걸었지."

"안동 김씨 때문에요?"

"맞아. 김씨 세도정치가 횡행하면서 똑똑한 왕족이라면 쥐도 새도 모르게 독살된다는 괴담 가운데 성장하셨지. 흥선군은 일부러 파락호破落戶같이 살면서 와신상담臥薪嘗膽하셨다네."

"흥선군이 보위를 잇지는 않을 것이고 …."

"흥선군의 아들, 명복 … 혹시 아는가?"

"몇 번 본 적이 있습니다만 …. 어느 제례에서 풀죽은 표정으로 앉아 있었고 … 청계천에서 사내아이들이 잠지를 내놓고 멱을 감을 때 명복이가 아랫도리를 벗지 않겠다고 버티는 모습도 우연히 봤습니다."

"명복이, 명복이 하지 말게."

"왜 그렇습니까?"

"쉿! 이는 천기누설이네만 ….."

이호준은 사위의 귀에다 입을 대고 소곤거렸다.

"대조선국의 임금이 되실 분일세."

"예?"

조성하는 몸을 부르르 떨었다. 검고 굵은 눈썹도 파르르 떨렸다.

조선의 제25대 왕 철종哲宗이 1863년 12월 8일 붕어하자, 신정왕후 조 대비는 왕실의 어른으로서 비상대권을 잡았다.

"이하응의 아들 이명복李命福이 적통을 잇도록 하시오."

이 임금이 11세에 등극한 제26대 왕 고종高宗이다.

3

"저렇게 호화로운 의복이 있나 …."

어린 서재필은 소년 이완용을 보고 눈이 휘둥그레졌다. 이완용은 이웃 김성근 대감댁으로 가마를 타고 왔다. 두툼한 양털을 댄 비단 두루마기를 입었는데, 옷에는 밀화蜜花 단추가 주렁주렁 달려 있었다.

얼굴이 하얗고 손마디가 고운 이완용은 말수가 적은 편이었다. 그래도 여섯 살 아래인 서재필에겐 자주 말을 걸었다.

"재필 도령, 이것 먹어 봐."

"뭔데?"

이완용은 비단 보자기를 풀었다. 놋쇠 합盒 속에 김이 모락모락 나는 먹음직스런 웃기떡이 담겨 있었다.

"주악이야. 조악이라고도 하지. 조약돌처럼 생겼다 해서 붙은 이름이야. 각서角黍라 하기도 하고 조각糙角으로도 불리지."

"떡 이름이 왜 그리 복잡해?"

"사물의 이름은 나름대로 이유가 있어서 붙겠지."

"그럼 여기 있는 크고 작은 붓에도 각각 이름이 있는 거야?"

"물론이지. 가장 큼직한 저것은 대필大筆이고, 중간 크기 것은 자모 필子母筆, 작두필雀頭筆이고 …."

"아주 작은 이것들은?"

"면상필面相筆, 간필簡筆, 초필抄筆…."

"간단치 않네."

간단치 않다 했지만 서재필은 곧 그 이름들을 모두 익혔다.

이완용은 서재필에게 간간이 밀전蜜煎, 조란 등의 귀한 간식을 갖다 주었다. 붓, 먹, 벼루도 주곤 했다. 둘 다 가난한 선비의 아들로 태어 나 명문가 양자로 들어와 동류의식을 어렴풋이 느꼈다.

서재필이 사숙에 입학하던 3월 봄날, 이완용은 12세 나이에 혼인했 다. 조혼이었지만 당시엔 권문세가에서는 드물지 않은 일이었다.

"총명하군 …."

김성근 댁에서 문객으로 머물며 사숙 강의를 맡은 선비는 서재필의 학습 속도에 놀랐다. 다른 아이보다 암기력이 뛰어난 데다 핵심을 짚 어내는 능력이 탁월했다.

"명민한 조카님입니다. 소생이 글을 가르친 지가 스무 해가 넘는데 이렇게 총기 넘치는 제자는 여태 보지 못했습니다."

이완용도 매우 우수했다. 어려서부터 '하늘이 내린 머리'라는 소리 를 들으며 자란 영재였다.

서재필이 똑똑하다는 소문을 들은 이호준은 그 아이가 이완용의 경쟁자라는 느낌이 들었다. 이호준은 아들을 위한 개인교사를 모셔왔다. 충북 전의에 은거하는 선비 정익호를 초빙해 《대학》과 《논어》를 가르치도록 했다.

명필인 김성근이 서재필에게 글씨 쓰기를 몸소 가르친다는 말을 듣고 이호준은 서예 대가 이용희를 초빙했다. 아들을 위해서라면 뭘 아끼랴. 또 평북 태천의 석학 박세익을 초청해 《시경》, 《서경》, 《역경》 등 3경을 반복해서 강의하도록 했다. 모두 과거시험 필수과목이었다.

'완용이가 얼른 과거에 급제해야지. 이제 장가까지 들지 않았나.'

4

"〈길주과시도吉州科試圖〉라 … 멋진 그림이네."

10대에 접어든 서재필은 이완용의 집에 놀러갔다가 벽에 걸린 〈길주과시도〉를 보고 눈을 휘둥그레 떴다. 문과, 무과 과거시험 장면을 함께 그린 그림이다. 낙관을 살펴보니 화가는 한시각韓時覺이다. 무과 시험 그림에서는 현란한 마상재馬上才 실기가 펼쳐졌다.

'경전을 읽는 것보다 말을 타면 훨씬 신나겠지?'

손마디가 제법 굵어진 서재필은 이렇게 자문自問하며 몸을 비틀었다. 하루 종일 책상머리에 앉아만 있으려니 좀이 쑤셨다.

"마당에 모이시오."

하인들을 마당에 불러 모아 표창과 마름쇠 던지기를 하였다. 씨름, 팔씨름도 하고 편곤鞭棍도 돌렸다. 서재필은 던지기 재주가 있어 던지는 표창이나 마름쇠는 족족 과녁 중심을 파고들었다.

북악산, 인왕산, 안산에 가끔 올라갔다. 산토끼를 돌팔매로 잡고 담력을 키운다며 구렁이를 손으로 움켜쥐기도 했다.

여름철에는 할아버지 거처인 수원에 찾아갔다. 수목이 우거진 조부 저택 주변의 숲에서 나귀, 노새, 버새, 조랑말을 타고 놀았고 사냥개와 함께 달렸다. 변성기 무렵부터는 말을 탔다. 말 등에 앉으면 세상을 호령하는 기분이었다. 마상무예를 차근차근 익혔다.

또래 아이보다 키가 훨씬 컸고 뜀박질을 잘했다. 호리호리한 체격에 몸놀림이 부드럽고 빨랐다. 무반武班에도 어울렸다.

소년 서재필은 인근에 사는 김옥균金玉均에게서 귀여움을 받았다. 김옥균은 서재필의 외숙부 김성근과 같은 안동 김씨 일가이다. 김옥균은 김성근과 시절時節을 논하러 무시로 찾아왔다. 김옥균은 당대 명문가에서 탁월한 재사로 꼽히던 인물이다.

김옥균이 여섯 살 때다. 추석을 맞아 김옥균 부자父子는 밤에 마을 어귀를 걸으며 보름달 구경에 나섰다. 아버지가 구부정한 허리를 겨우 펴고 휘영청 솟은 달을 가리키며 시를 지어보라고 했다.

어린 김옥균은 고개를 들어 하늘을 한동안 바라보더니 또랑또랑한 목소리로 시를 읊었다. 양손을 허리춤에 댄 자세도 당당했다.

"달은 비록 작으나 천하를 비추는도다月雖小照天下!"

김옥균의 생부 김병태金炳台는 귀를 의심했다. 코흘리개 아이가 그런 웅대한 기상을 비치다니 ….

김병태는 눈을 지그시 감으며 아들의 손을 꼭 잡았다.

"네가 지은 시처럼 천하를 바라보는 웅지를 가져라."

서당 훈장을 하며 생계를 근근이 꾸려가는 김병태는 김옥균을 큰 인물로 키우겠다고 다짐한다.

김옥균이 먼 친척인 김병기金炳基의 양자로 들어갈 기회가 생겼다. 김병태는 아들과의 이별이 몹시 쓰라렸으나 이를 악물었다.

김병기가 강릉부사에 부임해 김옥균은 율곡 이이李珥의 학문적 향취가 남은 강릉에서 6년간 소년시절을 보냈다. 김옥균은 21세의 젊은 나이로 알성謁聖 문과 갑과 장원을 차지해 화제의 인물로 떠올랐다.

김옥균은 김성근의 어린 생질甥姪 서재필을 만나는 게 작은 낙이었다.

"형님, 오셨습니까?"

"제법 의젓하군. 그래 오늘 무슨 경전을 읽었느냐?"

"경전은 아니고 …《무예도보통지武藝圖譜通志》를 ….."

"정조대왕이 신망하던 무인 백동수白東脩 선생이 집필한 책?"

"그렇습니다. 유학 경전보다 무예 책이 훨씬 재미있는데요."

"별종이군."

"여기 보세요. 권법拳法 동작 그림이 있잖습니까? 이것대로 따라 하다 보면 온몸에 기운이 샘솟는답니다."

"틈틈이 무예를 익혀라. 다 쓸모가 있을 것이야. 문약文弱에 빠지면 대장부의 큰 뜻을 펼칠 수 없다네."

"명심하겠습니다. 무예는 찌르기刺, 베기破, 치기擊로 나뉘는데 소생은 치기가 가장 마음에 듭니다."

"그래? 어디 자네 주먹을 한번 보자꾸나."

아직 솜털이 얼굴에 보송보송한 서재필은 주먹을 꽉 쥐고 김옥균의 눈앞에 들이밀었다.

"제법 뼈대가 갖추어져 있군."

"권법은 칼과 창이 난무하는 전투에서는 별 소용이 없지요. 하지만 손발과 몸을 부지런히 단련하는 일은 무인의 기초입니다. 권법을 익히는 것은 서예의 영자팔법永字八法과 마찬가지입니다.”

“말 타기와 활쏘기도 익혀야 하지 않느냐?”

“그것은 무예의 기본입니다. 점차 익숙해지면 말을 탄 채 허수아비에 활을 쏘는 기추騎芻를 연습하지요.”

“기추를 할 줄 아는가?”

“아직 초보입니다. 고수들은 말 위에서 거꾸로 서는 마상도립馬上倒 立이나 몸을 가로눕는 앙와仰臥도 자유자재로 한답니다. 이 그림을 보세요. 말 위에서 뒤로 드러눕는 동작이지 않습니까?”

“고난도 동작이겠군.”

“마상도파馬上倒把라고 합니다. 두 발을 등자에 건 상태로 고삐를 놓은 채 뒤로 누워 죽은 체하는 자세이지요. 침마미枕馬尾라고도 하지요. 말꼬리에 누웠다 … 이런 뜻이겠지요? 싸움터에서 활에 맞아 죽은 척해서 적을 속이는 동작이랍니다.”

“허허, 그런 것까지 알다니 ….”

어린 서재필은 콧김을 쉭쉭 내면서 신명나게 설명한다. 김옥균은 고개를 끄덕이며 경청한다.

“어제는 비봉에 올라갔답니다. 꼭대기에 있는 진흥왕 순수비巡狩碑를 손으로 만지고 왔지요.”

“너무 가팔라 오르기가 어려웠을 텐데 … 겁나지 않더냐?”

“바위에 몸을 착 붙이면 바람이 불어도 미끄러지지 않아요.”

“자네는 어린 소년이 아닐세. 청년이 되었군. 진흥왕 순수비가 지닌 뜻을 아는가?”

“민족정기가 서린 비碑 아니겠습니까. 그곳까지 몸소 오르신 진흥대왕의 웅혼雄渾한 기상을 느낄 수 있었습니다. 안타깝게도 오랜 세월

탓에 표면이 마모되어 안 보이는 글씨가 수두룩하더군요."

"삼각산(북한산)은 조선 최고의 명당이란다. 고려 숙종 때 풍수지리 대가 김위제金謂磾가 삼각산 아래에 도읍을 정하면 반역이 없다고 예언했지. 고려 때 나온《삼각산명당기三角山明堂記》란 예언서는《정감록鄭鑑錄》의 기원이 되었단다."

"삼각산에 자주 오르면 좋은 정기를 받겠군요."

"정기를 너무 받으면 화禍가 되기도 한단다. 운명이 사나워지지."

서재필에게 주도酒道를 처음 가르친 이도 김옥균이었다.

김옥균은 칠월 칠석 밤에 자기 집(현재 정독도서관, 옛 경기고등학교 자리)에 서재필을 불렀다. 마당에 놓인 평상에 올라 앉아 교교한 달빛 아래서 마주 앉았다. 주안상도 올라 있다.

"풍류를 깨치려면 술맛도 알아야 하느니라. 이 송순주松筍酒를 맛보게나. 저 아래 보이는 박규수 대감 댁 백송에서 불어오는 송뢰松籟가 느껴지지 않은가? 솔바람 속에서 이 술을 마시면 신선이 될 수 있지."

김옥균은 손가락으로 백송(현재 헌법재판소 마당에 있음)을 가리켰다. 조선 초기에 심은 나무로 하늘로 치솟은 장대한 줄기를 자랑한다.

"제 생모가 붙여준 아명이 '솔'이었습니다."

"소나무 솔?"

"소나무처럼 늘 푸르게, 비바람 폭설에도 아랑곳 않고 꼿꼿하게 살아가라는 염원을 담으셨지요."

"그래서 자네가 어릴 때부터 혼자서 솔, 솔, 하고 주문 외우듯 중얼거렸구먼. 자네 아호는 소나무 송松을 넣어 '송재松齋'로 하면 되겠네."

"소나무 정신이 깃든 곳, 송재! 멋집니다."

"송재의 문운, 무운을 기원하네."

김옥균과 서재필은 술잔을 부딪치며 환호했다.

"술은 정신을 혼미하게 만들지 않습니까?"

"이백처럼 주선酒仙 경지에 오르면 명정酩酊 상태에서 신천지를 열수 있어."

"주선은 싫습니다."

"이백의 장진주將進酒를 암송하는가?"

"즐겨 읊지는 않습니다. 앞부분을 조금 읊어 볼께요. 군불견君不見 황하지수黃河之水 천상래天上來 …."

"내가 좋아하는 구절은 '오로지 술 마신 사람만이 이름을 남기네' 하는 부분이지. 유유음자류기명唯有飮者留其名이라 …."

"끝부분인 '그대와 더불어 만고의 시름을 없애노니' 하는 구절도 멋지지요. 여이동쇄만고수與爾同鎖萬古愁…."

서재필의 낭랑한 목소리가 울려 퍼질 때 김옥균은 술을 들이켰다. 김옥균은 눈을 게슴츠레 뜨며 말했다.

"술맛뿐 아니라 해어화解語花도 알아야 하지."

"예? 아직 여자를 알기엔 제 나이가 너무 어립니다."

"무슨 소리야? 코밑에 거뭇거뭇 털이 났는데 …."

서재필이 열 살 되던 해부터는 김옥균은 서광범, 박영효, 홍영식洪英植 등과 함께 모일 때 서재필을 동참시켜 주었다. 막내 서재필은 쟁쟁한 경화자제京華子弟들을 형님으로 모셨다.

박영효는 어릴 때 수원에서 짚신을 신고 다닐 정도로 가난했다. 아버지 박원양朴元陽 진사는 빈털터리였다. 박영효의 운명이 바뀐 것은

11세 때 철종의 장녀 영혜옹주와 결혼하면서부터다. 국왕의 부마駙馬가 되면서 박영효 집안은 한양으로 이사하고 부친은 공조판서 벼슬을 얻었다. 혼인의 끈을 연결한 인물은 먼 친척인 박규수朴珪壽 대감이다.

홍영식은 영의정 홍순목洪淳穆의 아들이다. 홍영식의 고모는 왕비로 간택됐다. 그는 어머니 뱃속에서부터 귀하게 자랐기에 태중귀인胎中貴人이라 불렸다. 그래도 여느 권문세가 아들처럼 거드름을 피우지 않았다. 친구들과 기방에 가면 늘 술값을 내는 등 궂은일을 피하지 않았다.

서광범은 서상익徐相翊 이조참판의 아들이다. 증조부는 영의정을 지냈다. 5대째 각신閣臣을 지낸 명문 집안이다.

박영효는 자신보다 세 살 아래인 서재필을 귀여워했다. 박영효도 김성근 댁에 들를 때면 서재필을 불러 세상사를 논했다.

김옥균과 박영효. 이들은 고종에게서 별입시別入侍 대우를 받았다. 국왕의 내전에 자유로이 출입할 수 있는 특권이다. 고종의 총애를 받는 핵심 인물이라는 증거다.

5

박영효는 서재필을 만날 때 '개화사상의 아버지' 박규수에 관한 이야기를 자주 꺼냈다. 서재필도 어린 시절에 이웃에 사는 박규수 대감을 몇 차례 봤으나 깊은 대화를 나누지는 못했다.

박영효는 백송 아래 그늘에서 좌정하고 시선을 하늘로 향한 채 이야기하곤 했다.

"작고하신 우의정 대감(박규수)이 그립네. 나의 참스승이었다네. 사사로이는 일가 어르신이기도 하고…. 세계를 보는 큰 눈을 가져야 한다고 가르치셨네."

"조선 밖의 세상을요?"

"그래, 조선은 아주 작은 나라야. 조선을 둘러싼 열강의 힘은 조선의 숨통을 죄고 있다네."

박영효는 깍지 낀 손을 부르르 떨며 말을 이었다. 손은 자그마하고 피부는 부드러웠지만 목소리는 굵고 우렁찼다.

"바깥세상을 모르는 조선 사대부들은 당달봉사야. 나는 대감 덕분에 개안開眼했지."

1866년 7월, 박규수가 평안도 관찰사로 봉직할 때다. 미국 해적선 제너럴셔먼호가 대동강을 거슬러 올라왔다. 처음엔 평양 군민들은 먼 곳에서 온 손님을 융숭하게 대접해 돌려보내는 유원지의柔遠之義 전통에 따라 예우했다. 쌀, 고기, 땔감, 달걀 등을 제공했다.

그러나 셔먼호 선원들은 금, 은, 인삼을 달라고 강짜를 부리는가 하면 민가에 뛰어들어 부녀자들을 욕보였다. 이를 조사하러 간 관헌들을 감금하고 이들을 인질로 삼아 행패를 부렸다. 양포洋布를 조선의 인삼, 초피貂皮와 교환하러 왔다는 말과는 달리 그 물건들은 배에 없었다. 총포로 무장한 그 배는 사실상 해적선으로 평양 근처 왕릉을 도굴하러 왔다.

"양이洋夷들의 행패가 목불인견目不忍見 지경이옵니다. 그들을 단호하게 응징하여야 합니다."

박규수는 이런 보고를 받고 벌떡 일어섰다.

"고얀 놈들 … 불화살을 쏘아 공격하라!"

분노한 주민들은 관군과 함께 미국 배를 불살라 격침시키고, 선원

22명을 사살했다. 함께 왔던 영국인 선교사 로버트 토마스는 대동강 백사장에 끌어내어 참수했다. 역사상 조선이 서양세력과 처음으로 무력 충돌한 사건이다.

박규수는 평양 모란봉에 올랐다. 산마루에 있는 최승대最勝臺에 들어서 아래를 굽어보니 힘차게 뻗어 흐르는 대동강 물줄기가 한눈에 들어온다. 삽상한 바람이 찐득찐득한 땀을 금세 말려준다.

"이 아름다운 산하山河를 누가 지킬꼬!"

박규수는 한숨을 길게 내뱉었다.

고종 대신에 실권을 쥔 대원군은 셔먼호 사건을 전해 듣고 격노했다. 방석을 홱 던지며 고함을 질렀다.

"서양 오랑캐들이 감히 조선땅에서 패악悖惡질을 부리다니 용서할 수 없도다! 앞으로 얼씬도 못하게 하라!"

담배를 즐겨 피우는 대원군은 옥물부리를 입에 문 채 중얼거렸다.

"간덩이가 부었구먼. 어림없지, 이놈들!"

대원군은 담뱃대를 놋쇠 재떨이에 서너 차례 땅땅 쳤다. 그러고는 타구唾具에 입을 대고 칵칵 소리를 내며 누런 가래를 뱉었다. 양이들의 얼굴에 뱉는 것처럼 ….

박규수는 1874년 9월 우의정에서 물러난 뒤 북촌 사랑방에 명문가 청년들을 모아놓고 국내외 정세를 가르쳤다. 지체 높은 집안의 자제들은 중국, 일본 자료들을 읽으며 세상 흐름을 배웠다.

주요 제자는 김윤식金允植, 김옥균, 박영효, 서광범 등이었다. 훗날 《서유견문》을 쓴 유길준兪吉濬도 가르침을 받고 나라 밖을 보는 눈을 떴다. 박규수의 사랑방을 찾은 10세 소년 서재필은 어른들의 대화를 먼발치에서 지켜볼 뿐이었다.

"도련님, 참 의젓하시네요."

박규수 대감댁에 가면 이런 칭송을 하는 태희라는 처녀가 있었다. 동백기름을 발라 반들거리는 머리를 땋아 그 끝에 빨간 댕기를 맨 그녀를 서재필은 누나라고 불렀다. 집사 역할을 하는 태희는 박규수를 따라 평양에 갔고 제너럴셔먼호 선원들의 만행도 목격했단다.

"누나 부모님은 어디에 계십니까?"

"도련님, 면천免賤하지 못한 소녀에게 말씀을 높이지 마십시오."

"개화를 논하는 이 마당에 반상班常을 따질 수야 없지요. 저보다 연상인데요."

"제가 코흘리개 때 부모님께서 낭패를 당하셔서 …."

우아한 자태와 품위 있는 말투로 보아 반가班家의 딸임에 틀림없었다. 부모가 당쟁으로 희생됐나? 성씨姓氏도 모른다고 하니 화를 당할까봐 짐짓 그러는 듯했다.

어른들에게 술상을 올린 뒤 태희는 서재필에게는 갖가지 강정을 차려 주었다. 밤을 새워 만든 것이라 했다.

"홍매화 강정은 지초芝草를 넣어 발갛고, 황매화 강정은 울금 때문에 노랗고, 백매화 강정은 흰엿으로 색을 냈고 … 맛보셔요."

태희가 읽는 《열하일기熱河日記》란 책을 발견하고 서재필이 물었다.

"저자인 연암燕巖 박지원朴趾源 … 어떤 분입니까?"

"박규수 대감님의 조부祖父이신데 조선 최고의 문장가로 문명文名을 떨치신 분입니다. 문장, 기개에 천품天稟이 있는 집안이지요. 저는 이 책을 다섯 번 읽었습니다. 청나라 황제의 여름 별장인 열하에 연암 대감께서 가서서 황제를 알현하는 장면, 거친 만리장성을 걷고 거센 물살이 흐르는 강을 목숨을 걸고 건너는 고행苦行 등이 압권이랍니다.”

서재필이 《열하일기》를 일별하니 벽돌로 집을 짓고 수레로 짐을 나르는 청나라의 신문물이 소개돼 있었다. ‘오랑캐의 나라’라고 깔보던 청국이 조선보다 훨씬 개명되었음을 확인했다.

어느 봄날 태희가 책을 읽다가 서재필이 나타나자 문갑 아래에 황급히 감추었다.

“무슨 책입니까?”

“별것 아닌데요.”

태희는 어쩔 줄 몰라 하며 얼굴이 벌겋게 달아올랐다. 객담客談 따위를 담은 방각본 소설?

“감추니까 더 보고 싶네요.”

이제 태희의 얼굴은 새파랗게 질렸다. 더 윽박지를 수 없어 서재필은 자리를 떴다. 그러나 그 책이 뭔지, 태희의 정체가 뭔지 궁금증이 생겨 밤잠을 이룰 수 없었다.

“조선땅에서 앞서 나간다는 자네들 ….《이언易言》이나《연암집》같은 책을 읽어보셨는가?”

얼굴에 검버섯이 그득한 백발의 박규수가 숨을 헐떡이며 청년들에게 물었다. 그는 문갑에서 책 몇 권을 꺼내 펼쳐보였다.

“무슨 책입니까?”

“세상이 얼마나 넓은지, 얼마나 급변하고 있는지를 알려주는 책일세. 읽어보면 잠자는 조선을 일깨워야 할 필요성을 가슴으로 느낄 것이네. 이것이 자네들의 책무야.”

“선조대왕 때 북경에서 가져온 ‘곤여만국전도坤輿萬國全圖’를 보고 세계의 광활함을 깨닫긴 했습니다만, 요즘 갖고 온 지도들은 훨씬 더 자세하군요."

"지봉芝峰 이수광李晬光 대감이 서학을 소개한 지가 어언 250년이 지났네. 지금 청국에 가면 길거리에서도 서양인들을 어렵잖게 만날 수 있다네. 그만큼 선진 서양문물이 많이 들어왔지."

북촌 양반청년들은 박규수의 신념에 찬 강의를 들으면 혈기가 꿈틀거렸다. 그들은 박규수 자택 뜰에 있는 아름드리 백송을 보며 호연지기를 키웠다.

박영효는 청나라 위원魏源이 쓴 100권짜리 방대한 세계지리서 《해국도지海國圖志》를 보고 감탄사를 내뱉었다.

"세상이 이렇게 드넓을 수가!"

단풍잎이 지천으로 깔린 삼각산 숲 속. 서재필은 나무 사이를 달리며 대자연大自然과 하나가 됐다. 헐떡이는 숨을 가라앉히려 너럭바위에 앉아 산 아래를 굽어보았다. 북촌 기와집 마을이 어슴푸레 보인다. 지금 저기에서 태희 누나는 뭘 하고 있을까? 문갑 아래 숨긴 그 비서秘書를 읽나? 그 책은 혹시 천지개벽을 꿈꾸는 《정감록》이 아닐까?

문득 이 단풍 절경絶景을 태희에게 보여주고 싶었다. 서재필은 곧장 일어나 북촌 박규수 대감 집으로 내달렸다.

가쁜 숨을 몰아쉬며 박 대감 집에 들어선 서재필은 백송 그늘에 앉아 있는 태희의 손목을 낚아채다시피 붙잡았다.

"누나! 단풍 구경 가요!"

손목을 붙잡힌 태희는 놀라 눈이 화등잔만큼 커졌다. 서재필이 손목을 끌어당기니 못 이긴 척 따라 나왔다.

둘은 호젓한 단풍길을 걸으며 아무 말도 하지 않았다. 쌕쌕, 내뱉는 숨소리만으로도 충분히 대화를 할 수 있었다.

아까 홀로 앉았던 너럭바위에 둘이 함께 앉으니 선경仙景 속의 주인공이 된 듯했다. 태희는 선녀仙女였다!

너럭바위 바로 아래 유독 큼직한 단풍잎이 눈에 띄었다. 서재필은 그 단풍잎을 선녀에게 바치려 벌떡 일어나 움켜쥐었다.

"악!"

서재필의 비명이 숲을 흔든다. 태희가 서재필의 손을 살핀다.

"독사!"

태희는 서재필이 독사에 물렸음을 알고 피가 흐르는 중지中指를 입에 넣고 독을 빨았다. 예닐곱 차례 빨고 뱉고를 한 다음 치마를 찢어 독이 몸에 퍼지지 않도록 손목, 팔목을 칭칭 동여맸다. 익숙한 솜씨였다.

"이빨자국이 네 개 … 백화사白花蛇였어요."

"누나는 어떻게 그런 걸 잘 아세요?"

"다친 사람을 낫게 하는 일 … 제 운명인 것 같아요."

하산下山하면서 태희는 숲길 언저리에 드문드문 핀 보라색 꽃을 뿌리째 뽑아 챙겼다.

"무슨 꽃인가요?"

"삿갓나물이에요. 잎이 일곱 개여서 칠엽일지화七葉一枝花라고도 하지요. 뿌리를 보세요. 인삼처럼 생겼죠? 독사에 물렸을 때 해독약으로 그만이랍니다. 나중에 끓여드릴게요."

대원군은 안동 김씨 세력을 주요 관직에서 쫓아냈다. 이 바람에 안동 김씨인 김옥균에게도 불똥이 튀었다. 한직에 앉은 김옥균은 독서삼매경에 빠졌고 세상 물정에 밝은 박규수를 더욱 자주 만났다.

"대감에게서 직접 청국 이야기를 들으니 유익합니다. 책으로 읽으면 아무래도 생생한 맛이 부족하지 않습니까."

"백문불여일견百聞不如一見 아닌가. 내 이야기보다는 실제로 가서 봐야 실감한다네."

박규수는 김옥균에게 목소리를 낮추어 말했다.

"언젠가 청국은 서양에 정복당할 것이야. 조선이 청국의 보호에 계속 의존한다면 자멸의 길을 걷는 셈이지. 2백여 년 전을 상기해 보게. 명明이 쇠하고 청淸이 승할 때 조선은 명분에 집착해 청을 오랑캐라며 배척했지. 그 때문에 병자호란(1636년) 능욕을 당하지 않았는가."

"호란 때 인조대왕이 청나라 칸 앞에 무릎을 세 번 꿇고 머리를 아홉 번이나 땅에 찧으며 항복했지요. 청국과 맞붙자고 주장한 척화파는 현실 인식이 모자랐습니다. 벽창호 아닙니까?"

"척화파의 기상만은 높이 살 만하지. 명분을 고집하다 나라를 망치는 것보다 실사구시實事求是로 민생을 살리는 게 중요하네."

박규수가 1877년 2월 병사하자 이 청년들은 스승을 잃었다. 비록 2년 남짓한 짧은 기간밖에 배우지 못했으나 스승의 족적은 크고 깊었다.

6

졸졸 조르르…. 청계천의 물소리가 들린다. 가뭄 끝에 단비가 내려 오랜만에 '청계천'이란 이름에 걸맞게 물이 맑았다. 코를 찌르는 쓰레기, 똥오줌 냄새도 잠시 사라졌다.

청계천을 가로지르는 수표교 옆의 한의원, 짙은 한약재 냄새가 풍긴다. 바깥 청계천에서 빨래하는 아낙네들의 왁자한 수다소리가 더욱 높아간다. 유대치劉大痴, 劉大致가 운영하는 한의원 안방에 두 사람이 마주 앉았다. 죽마고우 사이인 유대치와 오경석吳慶錫이다. 이들은 박규수 대감이 별세한 후 개화파 청년들과 더욱 가까워졌다. 젊은이들은 유대치, 오경석에게서 선각자적 지식을 전수받았다.

유대치는 충혈된 왕방울 눈을 껌벅이며 오경석에게 물었다.

"어찌 하면 조선을 개혁할 수 있겠는가?"

"박규수 대감의 유언대로 북촌 양반도령들을 얼른 개명시켜야지."

"그 젊은이들이 우리 같은 늙다리 중인의 말을 들을까?"

"도량이 넓은 이라면 그리 할 것이고 …. 속 좁은 사람이라면 우리를 배척하겠지. 좀팽이라면 개혁의 주도자가 될 수도 없고 …."

"자네는 중인계급이라지만 8대째 역관을 배출한 명문가 자제 아닌가. 춘부장께서는 역관 최고위직인 정3품 당상역관을 지내셨고 …."

"역관은 이 도령은 되지 못하고 방자 노릇만 한다네. 통역할 때마다 답답해서 복장이 터지지. 멍청한 이 도령이 변죽만 울리는 헛소리로 시간을 낭비하는데도 그저 앵무새처럼 통역만 해야 하니 …."

오경석은 속이 타는지 오미자 물을 벌컥벌컥 마신다. 유대치는 오경석의 그런 모습을 보고 빙긋이 웃다가 입을 연다.

"내 직업이 의원인지라 경화자제들을 어릴 때부터 자주 접촉했지. 급체가 났을 때 왕진을 갔고 보약을 지으려 진맥을 했고 …."

"눈에 띄는 인물이 있던가?"

"김옥균이 두드러졌어."

오경석은 북경에 13차례나 드나들며 국제정세를 살폈다. 북경에서 인삼을 팔아 뭉칫돈도 벌었다. 그는 1872년 박규수가 동지사로 북경

에 갈 때 역관 책임자인 수역首譯으로 수행했다. 오경석은《양요기록
洋擾記錄》등 저서를 남기고 박규수를 따라 곧 숨을 거두었다.

이제 한의사 유대치가 개화파 청년들을 지도하게 되었다. 그는 벼
슬은 하지 못했으나 '백의정승白衣政丞'이란 별명으로 불릴 만큼 영향력
이 컸다. 그는 불교사상에 대한 식견도 높았다.

서재필은 '백의정승' 한의원에 자주 들렀다. 박규수 댁에 기거하던
태희가 이제 그곳에서 일하기에 개화 공부를 핑계로 누나를 보러 갔다.

이제 서재필도 제법 가슴이 떡 벌어졌다.

"누님, 한의원 일이 쉽지 않을 터인데요."

"제 운명이라고 말했잖아요. 아픈 사람을 돕는다는 게 얼마나 보람
있는 일이에요?"

태희는《황제내경》,《동의보감》,《본초강목》을 줄줄 외웠다. 약
령시에 가서 약재를 사오는 일을 도맡았다. 그만큼 유대치로부터 두터
운 신임을 받았다. 유대치 어깨 너머로 배운 의술이 의녀 수준이 됐다.

어느 날 서재필이《시경詩經》을 암송하다가 시흥詩興에 젖어 발길
따라 걷다보니 유대치 한의원 앞에 당도했다. 어느 30대 아낙이 숨을
헐떡이며 달려와 유대치의 바지춤을 잡고 흔들었다.

"쇤네 남편 좀 살려주셔유!"

"어디가 아프시오?"

"성루에서 떨어져 허리를 다쳐 꼼짝도 못합니다."

"얼른 집으로 가봅시다."

유대치는 태희를 데리고 왕진을 갔다. 서재필도 호기심이 발동해
따라갔다. 청계천변을 따라 잰걸음으로 가니 금세 마전교 옆 초가집
에 도착했다. 다친 이는 김팔석金八石이라는 군졸인데 북한산성에서

훈련을 받다가 변을 당했다는 것이다. 김팔석은 자리에 누워 꼼짝하지 못했다. 의식이 가물가물했다.

유대치는 진맥을 하고 상처 부위를 살핀 다음 아낙에게 말했다.

"서너 달 정양하면 나을 것이니 너무 걱정 마시오. 처방해주는 약을 잘 먹이고 손발을 자주 주물러주시오."

유대치는 태희에게 산골山骨을 약령시에서 사오라고 했다. 서재필은 산골이란 약재가 뭣인지 궁금해서 유대치에게 물었다.

"푸르스름한 색깔의 광물질인 자연동自然銅이라네. 갈아서 먹으면 뼈가 붙는 데 효험이 있지."

유대치는 환자의 손발을 주무르는 요령을 아낙에게 가르쳐주었다. 혈穴자리를 가리키며 그곳을 지그시 눌러주라며 시범을 보였다. 유대치와 태희는 아낙의 손놀림을 살폈다.

태희가 아낙에게 소곤거렸다.

"손끝이 아주 여무시네요. 이쪽 방면에 천품이 있는 듯해요."

유대치도 고개를 끄덕이며 동의했다. 아낙의 이름은 이순심李順心이라 했다. 이순심은 이 일을 계기로 유대치 한의원에 들락거리다 한의원에서 허드렛일을 하게 됐다. 태희는 이순심을 언니라고 불렀고, 유대치의 아내도 이순심을 친동기처럼 다정하게 맞았다.

서재필은 유대치 한의원에 갈 때마다 욕창, 이질痢疾, 부황浮黃에 시달리는 환자들을 정성껏 간호하는 태희와 이순심을 보고 가슴이 뭉클했다. '서양의 나이팅게일이라는 의녀도 이런 모습이겠지?'

"누님, 감초 써는 일을 도와드릴게요."

"경화京華 고관댁 도련님이 어찌 이런 험한 일을…."

"도련님 말고 솔… 이라고 불러주세요. 제 아명입니다. 말씀도 낮추라니까요."

"솔? 좋은 이름이네요."

서재필을 바라보는 태희의 맑고 큼직한 눈에 서재필은 서서히 빠져들고 있었다.

"누님, 오늘 저녁에 박규수 대감댁 백송 아래에서 뵐까요?"

"무슨 일로?"

"나와 보시면 압니다."

그날은 보름이었다. 하늘엔 휘영청 온달이 떴고 땅엔 허어연 백송이 버텼다. 태희는 보자기에 강정을 싸 왔다. 홍매화, 황매화, 백매화를 맛봤다.

"지금까지는 건성으로 누님이라고 불렀는데 … 정식으로 의남매義男妹 인연을 맺으시지요."

"미천한 몸이어서 부담스러운데요."

"누님 몸에서 풍기는 명문가 기운은 감출 수 없습니다. 외로운 사람끼리 의남매가 되겠다는데 천지신명도 축복하지 않겠습니까?"

"너무 거창하게 말씀하시네요."

"먼저 말씀을 낮추세요. 그래야 친동기처럼 다정해지지요."

태희는 한참 망설이더니 큰 결심을 한 듯 입술을 달싹였다.

"그러지. 내가 누나가 된 이상 너를 끝까지 돌볼게."

"고마워, 누나!"

서재필은 그렇게 외치고 태희를 덥석 껴안았다. 향긋한 살내음!

헉, 하는 짧은 탄성歎聲이 이들의 목젖에서 동시에 흘러나왔다. 우화등선羽化登仙이 이런 기분일까. 홀림과 떨림 …. 정靜과 색色….

태희는 쑥을 꺼내 서재필과 자신의 팔뚝 위에 올려 뜸을 떴다. 의남

매 징표인 연비燃臂였다. 살갗이 타는 고통은 이들에겐 오히려 환희
요, 축복이었다.

교교皎皎한 달빛도 축복인가? 월광에 물든 태희의 푸르디푸른 얼굴
에 밴 비장미悲壯美 …. 이것이 행복의 절정이란 느낌이 얼핏 들었다.
절정 다음엔?

김옥균은 과거 급제 이전인 20세 무렵에 유대치와 정식으로 통성명
했다.

"신식 학문에 대한 조예가 깊다고 들었습니다."

"북경에 자주 다닌 붕우 오경석에게서 주워들은 이야기로 황당무계
한 풍월을 읊을 뿐입니다. 본디 어리석은 사람이라 이름 겸 별호가 대
치大癡입니다만 …."

"풍류가 있으시군요."

"풍류라 … 유가儒家에서는 풍류를 천시하지 않습니까?"

"그렇지요. 소생은 형식적인 유교 체제에 신물이 난 사람입니다."

"불가佛家에 관심이 있으신지요?"

"억불 분위기 때문에 불교엔 눈길을 돌린 바가 없습니다만 …."

"무한 광정丆正의 세계에 발을 디디려면 불심을 가져야 합니다."

"불심을 가지려면?"

"우선 참선을 해보시지요. 눈을 감고 깊은 숨을 쉬면서 진아眞我를
발견하는 수행법입니다."

유대치는 상대방을 품는 재주가 뛰어났다. 입심이 좋아 흥미진진
한 대화를 이끌어나갔다. 덩치는 컸고 홍안백발紅顔白髮이었다.

김옥균은 박영효에게 불교 교리를 자주 들먹였다. 박영효도 차츰

불교에 심취한다. 불교에 대한 관심은 개화를 추진하는 씨앗이 된다.

유대치는 김옥균과 박영효에게 개화파 승려 이동인李東仁과 탁정식卓挺埴을 소개했다. 유대치의 한의원에서다. 청계천에서 멱 감는 사내아이들의 키드득거리는 소리가 귀를 간질인다.

김옥균이 이동인에게 합장하며 인사를 올렸다.

"스님, 어리석은 중생을 제도해주십시오."

"소승은 선방禪房에 앉아 있으면 좀이 쑤시는 돌중이옵니다."

"어느 절에서 수도하셨는지요?"

"범어사, 통도사에서 불경 공부 시늉을 했을 따름입니다."

"겸손의 말씀을 …."

박영효가 탁정식을 바라보며 말했다. 탁정식의 외모에서 부채처럼 큰 귀, 숯 검댕이 같은 검은 눈썹, 앵무새 부리 모양의 높은 콧대가 돋보인다.

"스님, 법명은 무엇입니까?"

"무불無不이라고 하지요."

"오묘한 법명이군요. 아닌 것이 없다 … 그런 뜻인지요?"

"마음대로 해석하시오. 없는 것은 아니다 … 그렇게 하시든지 …."

"스님은 호걸이군요."

"찰나刹那로 사는 인생, 좁쌀을 셀 일이 뭐 있겠습니까? 호쾌하게 살아야지요. 하하하 …."

"요즘은 어느 사찰에 계시는지요?"

"도봉산 산자락 화계사에 … 강원도 산골짜기에 있는 소승을 백의정승께서 화계사로 불러올리셨지요."

유대치가 그 경위를 설명했다.

"백담사에 들렀다가 무불 스님의 대하大河 같은 도도한 설법을 듣고서 감명을 받았답니다. 가까이 모시고 싶어서 화계사로 ….."

김옥균과 박영효는 그날 이후 탁정식을 만나러 화계사에 가끔 들렀다. 그들은 도봉산을 오르내리며 다리 힘을 기르고 도량을 넓혔다.

조선 왕조는 유교를 숭배하고 불교는 억제하는 숭유억불崇儒抑佛 정책을 썼다. 이 때문에 승려들은 온갖 험한 꼴을 당했다. 산골 승려는 마음대로 서울 도성에 못 들어왔다.

"땡, 땡, 땡! 땡초 지나간다."

승려는 길거리에서 어린 아이에게까지 놀림을 받기 일쑤였다.

조선 말엽에 부산에는 일본인 거류민들이 살았다. 이들을 위한 일본 사찰 분원도 생겼다. 이동인은 일본인 거류민촌 부근에서 자라면서 일본어를 익혔고 일본인들과 친했다.

메이지유신 이후의 일본 움직임을 살피는 이동인은 일본인 승려들로부터 입수한 각국 도시의 사진, 망원경 등을 지니고 있었다.

7

1879년 봄, 꽃물이 한창 오르고 있다. 땅의 기운을 듬뿍 받은 복수초, 얼레지, 진달래, 제비꽃 등 갖가지 화초는 저마다 하늘로 머리를 뻗는다. 마당에만 나서면 진한 꽃향기 때문에 취할 지경이다.

서당에 앉은 15세 소년 서재필은 무료했다. 몸에서는 양기가 벌떡벌떡 용솟음치는데 쪼그리고 앉아 사서삼경을 외우자니 고역이었다.

가문에서는 과거 급제를 닦달했다. 서생들 대부분은 울며 겨자 먹기로 밤낮 경전을 읊는다. 공자 왈, 맹자 왈 ….

서재필이 서당에서 뛰쳐나와 마당에서 기지개를 펴자 마당쇠가 김옥균이 보낸 서찰을 전해준다.

'어디 보자 … 내일 봄꽃놀이를 가자고?'

쾌청한 봄날 아침에 소풍길을 나선 서재필은 콧노래를 불렀다. 나들이 동행자인 김옥균, 서광범, 박영효를 만나니 여느 때와는 달리 하인들이 뒤따라오지 않았다.

"어느 동산 봄꽃을 구경하시는가요?"

"동산이 아니라 사찰에 가네. 꽃놀이보다는 세상 공부를 할 걸세."

김옥균이 앞장서고 서광범, 박영효, 서재필 순으로 광화문 앞을 지나 안산을 올랐다. 고개를 넘어서자 눈앞에 '새 절'이라 불리는 봉원사奉元寺가 나타났다.

대낮인데도 풍경 소리만 쩔렁거릴 뿐 사방은 고요했다. '명부전冥府殿'이라는 편액이 걸린 전각의 작은 방에 일행은 안내되었다. 그 편액은 조선 개국공신 정도전鄭道傳이 쓴 글씨였다.

승려 이동인이 기다리고 있었다. 작달막한 키에 이마가 튀어 나오고 목이 짧아 괴이한 모습이었다. 눈빛은 형형해 범상치 않았다.

김옥균과 이동인은 이미 몇 차례 만난 사이여서 반가운 표정으로 인사를 나누었다. 김옥균이 이동인에게 서재필을 소개했다.

"우리 동지 가운데 막내입니다. 강단이 있어 대업을 이룰 청년이니 스님께서 잘 가르쳐 주십시오."

"천하의 인재들을 만나니 빈도貧道에겐 큰 영광입니다."

은은한 감잎차 향기가 감도는 가운데 이동인은 짐 꾸러미에서 사진책을 꺼내들었다.

"이 사진은 법국의 수도 파리입니다. 가운데 보이는 큰 건물은 바스티유 감옥이라는 곳이지요."

서재필은 법국法國, 즉 프랑스라는 나라 이름을 듣긴 했으나 파리의 시가지가 이렇게 넓은 줄은 몰랐다. 선배들의 어깨 너머로 들은 프랑스는 서양의 오랑캐 나라로서 조선에 천주교 신부들을 보내 선교활동을 하며 조선땅을 기웃거린다는 정도였다.

이동인은 프랑스에서 1789년 혁명세력이 바스티유 감옥을 파괴하고 죄수들을 탈출시킨 사건을 소개했다. 프랑스혁명에 관한 것이다. 왕정을 무너뜨리고 부르주아지가 집권하는 과정을 실감나게 설명했다. 루이 16세와 마리 앙투아네트 왕후가 단두대에서 목이 달아난 장면을 묘사할 때 이동인은 손을 칼처럼 세워 목 위에 올렸다가 내려치는 모습을 흉내 냈다.

"백성들이 왕을 참수했다고요?"

"그렇습니다. 앙투아네트 왕비가 단두대에 올랐을 때 백성들은 처음엔 가짜 왕비인 줄 알았다고 합니다. 처형된다는 소식을 들은 왕비는 공포에 질린 나머지 며칠 사이에 머리칼이 온통 셌다고 하더군요."

서재필은 놀랐다. 기존 왕정을 무너뜨리는 역성易姓혁명이 90년 전 프랑스에서 일어났다는 사실은 경이로웠다.

이동인은 요지경을 꺼냈다. 거기에 눈을 갖다 대란다. 서재필은 요지경을 처음 구경했다.

"앗, 이게 무엇입니까?"

동그란 유리판에 눈을 대자 거대한 시가지 모습이 비쳤다.

"영국 맨체스터라는 도시입니다. 공장에서 연기가 뿜어져 나오고 그 옆엔 기차가 달리지요?"

이동인은 요지경 속의 사진을 설명했다.

"저 육중한 선박들이 정박한 항구는 어디입니까?"

"화란(네덜란드)의 암스테르담입니다."

"수십 층 되는 저 높은 건물들이 즐비한 곳은 어느 도시인가요?"

"미리견의 뉴욕입니다. 최대 상업도시랍니다."

이동인은 행낭에서 성냥갑을 꺼냈다. 성냥을 거칠거칠한 판에 문지르니 불꽃이 확 피어났다. 신기한 물건이다.

서재필은 서양에 대한 궁금증이 솟구쳤다.

"스님, 서양에 대한 책자를 보여주십시오."

"자, 여기 《서양세계사》라는 일본 책에 다 쓰여 있답니다."

"그 책을 제게 팔 수 없습니까?"

"소승에게도 단 한 권밖에 없어 팔기는 곤란하군요. 일본에 가면 수두룩하다고 합니다만 …."

서재필은 《서양세계사》를 일단 훑어보았다. 일본어판이었으나 대부분이 한자로 쓰여 있어 대충 이해할 수는 있었다. 목차 앞부분에 나마羅馬(로마) 제국이라는 나라 이름이 보였다. 생소한 나라였다.

김옥균, 서광범, 박영효는 성냥 한 갑씩을 받고는 벙싯거렸다.

김옥균은 흥분해서 외쳤다.

"스님, 일본에 가서서 이런 것들을 몽땅 사갖고 오십시오. 서양을 소개하는 책은 많으면 많을수록 좋습니다."

"소승에게 그런 막중한 임무를 맡겨주어 영광입니다."

"그럼 이것으로 그 물건들을 사 오십시오. 펼쳐보시지요."

이동인은 옥색 보자기를 풀어보았다. 금괴 4개가 들어있었다. 박영효가 마련해 며칠 전에 비밀리에 봉원사에 갖다 놓은 것이었다.

이동인은 금괴를 품고 일본으로 건너갔다. 일본의 나가사키를 거쳐 교토의 동본원사東本願寺에 도착했다.

"이렇게 장대할 수가! 왜倭 나라 절이라면 볼품없이 조그마할 줄 알았는데 ….."

일본 사찰에 대한 막연한 선입견이 깨졌다. 건물 높이, 길이가 조선의 여느 대사찰보다 더 컸다.

이동인은 겨울엔 교토에서 머물다가 봄을 맞아 벚꽃이 피자 도쿄에 있는 동본원사 아사쿠사 별원으로 옮겨갔다. 붙임성이 뛰어난 이동인은 도쿄에서 다양한 인사들과 접촉한다.

주일 영국 외교관인 어니스트 새토에게 조선어를 가르치는 가정교사 노릇도 했다. 새토는 이동인에게서 조선어를 배우며 조선 상황을 파악하려 했다.

"조선과 일본은 어떤 차이가 있지요?"

"인종은 비슷하지만 말과 풍습이 다릅니다."

"조선은 1876년 강화도조약으로 개국했다지만 사실상 여전히 쇄국 상태인데 언제까지 그럴 것인가요?"

"머지않아 조선도 개국할 것입니다. 그러기 위해서는 현재의 정부를 일소一掃해야 합니다."

"스님은 매우 진취적이군요."

"그래야 조선이 살 수 있습니다. 문을 열어야지요. 영국은 조선과 교역하기를 원합니까?"

"물론입니다."

"조선에는 석탄, 철, 금이 풍부하고 연안에는 고래가 많습니다. 인삼은 품질이 좋아 중국에서도 인기 품목이지요."

이동인은 조선을 둘러싼 국제 정세가 어떻게 돌아가는지 몹시 궁금했다. 동본원사의 학승 데라다 후쿠주寺田福壽에게 물어보니 그는 뻐드렁니를 드러내고 너털웃음을 웃으며 대답했다.

"세속의 복잡다단한 일을 일개 미천한 중이 어찌 알겠소. 나라 밖 정세가 궁금하시다면 후쿠자와 유키치 선생을 만나야겠지요."

"고명한 개화사상가 후쿠자와 선생 …?"

"그분을 소개해드리리다. 소승과 오랜 친분관계가 있답니다."

명문 사학 게이오慶應대학의 창설자인 후쿠자와 유키치福澤諭吉는 당시 일본의 주력 지식인이었다. 후쿠자와는 "일본은 아시아의 낡은 가치에서 벗어나 서구의 문명을 과감하게 수용해야 한다"는 '탈아입구론脫亞入歐論'을 주창했다. 이는 일본 군국주의가 아시아의 다른 나라들을 침략하는 사상적 배경이 된다. 일본 군국주의자들은 후쿠자와를 국부國父로 추앙했다.

훗날 춘원 이광수李光洙는 후쿠자와를 일컬어 "하늘이 일본을 축복해 이런 위인을 내리셨다"고 격찬한다. 춘원의 '민족개조론'은 후쿠자와의 사상으로부터 영향을 받았다.

후쿠자와에 대한 비판론도 만만찮다. 진보적 지식인들은 그를 '군국주의 이론가'로 몰아붙인다.

"후쿠자와 유키치는 일본인들에게 제국주의 이데올로기를 주입시킨 장본인이다. 그는 겉으로는 '아시아 연대'를 내세웠으나 실제로는 일본의 팽창 야욕을 정당화하는 이론을 제공했을 따름이다. 노회한 그자 때문에 얼마나 많은 아시아인들이 일본의 광기狂氣 어린 군홧발에 짓밟혔는가."

이동인과 후쿠자와와의 만남을 계기로 자연스레 조선의 엘리트 개화파와 후쿠자와가 인연을 맺는다.

김옥균은 1880년 5월엔 승려 탁정식에게도 금괴를 건네주고 일본으로 밀항시켰다. 탁정식이 일본에서 이동인과 함께 활동하도록 했다.

8

1882년 음력 3월, 그해 따라 유난히 봄 가뭄이 심했다.

나무에 물이 올라 잎에 푸릇푸릇한 기운이 뻗어야 할 때인데 물기가 모자라 말라 비틀어졌다. 땅 기운이 허약해서 하늘도 푸른 기운이 쇠했다. 봄을 맞아 멀리서 날아온 제비는 힘겨운 날갯짓으로 퍼덕인다.

"춘래불사춘春來不似春이로고!"

서생들은 쯧쯧, 혀를 차며 한마디씩 내뱉었다.

그 봄에 서재필은 18세 청년으로 장성했다. 어깨는 탄탄하게 벌어졌고 팔다리엔 힘줄이 솟았다. 목소리는 굵으면서도 청아淸雅하게 변색했다. 소년의 티를 완연히 벗었다.

구중심처九重深處에 봄볕이 비치면서 겨우내 병석에 누웠던 민 왕후가 일어났다. 고종은 얼굴 가득 웃음을 머금었다.

"곤전의 쾌차를 축하하기 위해 별시 과거를 치르도록 하겠소. 과인도 시험장인 춘당대에 나갈 것이오."

과거는 3년마다 정기적으로 치르는 식년시式年試와 특별한 행사를 기념하기 위해 수시로 치르는 별시別試로 나뉜다.

서재필은 별시에 응시했다. 명문가 자제들을 대상으로 시험이 치러졌다. 그는 시험 당일 꼭두새벽에 일어나 몸을 깨끗이 씻고 의관을 갖추었다. 사서삼경 핵심 내용을 정리한 요약본을 잠시 훑어보고 집을 나서는 참에 대문 앞에 뭔가 서기瑞氣가 풍기는 듯했다.

"누나!"

"솔!"

"상쾌한 기운이 느껴지기에 웬일인지 했더니 누나가 왔네."

태희가 찾아와 보자기에 싼 요깃거리를 건네주었다.

"떡과 강정이야. 출출할 때 먹고 장원급제를!"

서재필은 하인들이 한눈을 파는 사이에 태희와 가볍게 포옹했다. 이제 서재필의 키가 훌쩍 커서 태희 머리가 턱 밑에 온다.

춘당대에 들어서니 이미 수십 명의 시생들이 와 있었다. 저마다 눈을 부릅뜨고 자리에 앉아 있다.

지필시험에 이어 경전을 암송하는 암강暗講시험이 열렸다. 서재필 차례가 왔다. 시관 앞에 와서 먼저 절을 했다.

"시생 서재필입니다."

"시생은 성명, 나이, 본관을 이 종이에 쓰고 앉으시오."

시관은 옆에 쌓아 놓은 사서삼경 가운데 아무 책이나 한 권을 뽑아 아무 장 아무 대목부터 암송하라고 지시한다. 시생은 그 말이 떨어지자마자 글자 한 자, 토 하나 틀리지 않게 외워야 한다.

시생이 막힘없이 암송하면 시관은 기록부에다 통通이라 쓴다. 암송하긴 했지만 조금 더듬거리면 조粗, 군데군데 막히면 약略, 여러 번 막히면 불통不通이라 표기한다.

급제하려면 일곱 번 이상 통을 얻어야 한다. 대단한 암기력이 필요하다. 국왕 앞에서 암송하는 경우도 있으므로 당황해하지 않고 큰 목소리로 또렷하게 말하는 담력이 있어야 한다.

시관은 《논어》를 펼쳤다. 양화陽貨 편 어느 쪽이었다.

서재필은 큰 소리로 또렷하게 암송해 나갔다.

"호직불호학好直不好學 기폐야교其蔽也絞라 …."

"막힘없는 걸 보니 준비를 많이 했구먼 …."

시험이 끝났다. 숨을 잠시 돌리고 나니 급제자 명단이 적힌 방榜이 붙었다. 시생들은 초조 불안한 얼굴로 그 앞에 몰려들었다.

늙수그레한 어떤 시생은 낙방했는지 방을 보자마자 땅바닥에 주저앉으며 통곡했다. 그의 눈에서는 눈물이, 코에서는 콧물이 줄줄 흘렀다.

"아이고! 조상님들 뵐 면목이 없네 …."

서재필은 두근거리는 가슴을 애써 억누르며 방을 살폈다. 갑과, 을과, 병과 순으로 합격자 명단이 보인다.

'아! 저기 내 이름이 …!'

서재필은 병과에서 3등으로 급제한 자기 이름을 발견했다.

고종은 합격자 23명 가운데 최연소자인 서재필에게 급제 증서인 홍패紅牌를 주며 유별나게 오랫동안 칭찬했다.

"아직 스무 살이 되지 않았다고?"

"예, 그러하옵니다."

"어린 나이에 급제하다니 기특하오. 과인이 보위에 오르기 직전에 탄생했구먼 …. 나라의 동량지재棟樑之材가 되도록 정진하시오."

"성은이 망극하옵니다."

고종은 서재필이 머리에 쓴 복두幞頭에 다홍색, 노란색 종이로 만든 기다란 어사화를 달아주었다.

서재필은 국왕의 용안龍顏을 얼핏 보고는 적이 놀랐다. 둥그스름한 얼굴에 약간 졸린 듯한 눈을 가진 평범한 얼굴이었기 때문이다. 체구도 그리 크지 않았다. 목소리는 높고 가늘었다. 국왕이 입은 홍룡포는 헐렁해 보였다. 익선관翼善冠도 너무 커서 머리가 짓눌렸다.

주상 전하라면 기골이 장대하고 목소리가 우렁차리라고 어릴 때부터 막연히 가져온 선입관이 무너졌다.

서재필이 노란 햇병아리 털빛이 감도는 앵삼鶯衫을 입고 집으로 돌아오자 외숙부 김성근은 파안대소破顔大笑했다.

"장하도다! 주상께서 임하신 암강에서 하나도 틀리지 않고 또박또박 말했다 하더군."

"소생이 등과하도록 이끌어주신 은혜는 평생 백골난망입니다."

김성근은 그날 밤 조촐한 축하연을 열어주었다. 향기가 상큼한 자하주紫霞酒 한 동이를 이미 준비해 놓았다.

"오늘 붕우들과 함께 통음하고 밤을 새워보게. 앞으로 사흘이나 유가遊街해야 하니 너무 무리하지는 말고 …. 누구를 초대하려나?"

"동문수학한 학형들을 모셔야지요. 서광범 아저씨와 김옥균, 박영효 형님이 일본에 가지 않았다면 함께 모시면 더욱 좋았을 텐데요."

"그들은 여름쯤에야 귀국한다고 하니 그때 다시 잔치를 열어주지."

외숙에게 인사를 하고 사랑방 쪽으로 가려는데, 태희 누나가 화사한 웃음을 지으며 서 있었다.

"감축!"

"누나가 만들어준 강정을 먹고 힘을 얻은 덕분이야."

어사화와 홍패를 쓰다듬으며 태희는 눈물을 글썽거렸다.

둘은 집 바로 옆에 있는 박규수 대감댁 백송으로 갔다. 또 보름달이 떠올라 맑은 월색月色을 뿌리고 있었다.

"누나, 우리가 의남매 맺은 지 5년이 되었던가?"

"그 사이에 솔은 이렇게 입신立身했으니 … 앵삼이 잘 어울리네."

"급제를 했으니 누나가 내 소원을 하나 들어줄래?"

"내가 할 수 있는 일이라면 뭣이든!"

서재필은 침을 꿀꺽 삼키고 소원을 털어놓았다.

"누나가 옛날 문갑 아래에 감춘 책 …. 뭣인지 가르쳐줄래?"

"아! 그것 … 부모님이 읽다가 목숨을 잃은 책이야."

"설마 목숨까지? 그런 책이 있으려나?"

"부모님은 천주학쟁이였어. 그 책은 《천당직로天堂直路》라는 천주교 교리서야. 양친은 절두산에서 순교殉敎하셨어."

"그럼 병인사옥 때 참형斬刑당하신 거야? 생명을 바치면서까지 믿을 신앙이 있으려나?"

"이승에서의 짧은 영화榮華 대신 저승에서의 영생永生을 추구하는 신자에겐 그런 믿음이 있지."

"누나도 그 영생을 좇는 거야?"

"아직 확신이 서지 않았어. 하지만 헐벗고 가난한 자를 구원하기 위해 목숨을 바친 예수라는 분의 가르침에 큰 감화를 받았어. 나는 병들고 가난한 사람을 위해 이 한 몸을 아낌없이 바칠 작정이야."

"박규수 대감과의 관계는?"

"사고무친四顧無親인 어린 나를 박 대감님이 데려다 키운 거야. 우리 아버지는 박 대감 댁을 드나들던 의원醫員이었지."

"유대치 스승님과의 관계는?"

"우리 아버지가 유 스승님의 의술 스승이셨어."

"아, 그런 인연이 …."

"유대치 스승님은 박 대감댁에 오실 때마다 나를 챙겨주셨어. 아버지의 의술 천품을 내가 물려받았다고 생각하신 모양이야. 유 스승님이 침놓는 것을 보고 다섯 살짜리 계집애가 침 놀이를 하더래. 어른들은 내가 전생前生에 의녀였다고 수군거리더군."

"내가 독사에 물렸을 때 누나가 독을 빨아냈잖아. 무섭지 않았어?"

"독은 약藥이야. 약은 독이고 …. 의원이 독을 무서워하면 되겠어? 독사에서 빼낸 독물은 독침을 만드는 데도 쓰고, 묽게 해서 마취제로도 쓴단다."

그날 밤 사랑채에는 이완용을 비롯한 동문 서생들이 모였다.

"감축드리네. 자네는 어려서부터 워낙 총명해서 …."

서재필을 축하하는 이완용의 목소리는 떨렸다. 나이가 어린 서재필의 급제 소식에 이완용은 충격을 받았지만 내색할 수 없었다. 이완용은 생부와 양모가 잇달아 별세하는 바람에 시묘侍墓를 하느라 몇 년간 과거에 응시하지 못했다.

이완용도 그해 가을에 치러진 증광 별시 문과에 급제한다. 이 특별시험은 1882년 6월에 일어난 임오군란壬午軍亂을 평정한 것을 기념하는 과거다.

서재필은 첫 관직으로 교서관校書館 부정자副正字 자리에 앉았다. 관복을 입고 출퇴근하는 것이 익숙하지 않았다. 그해 여름은 유별나게 덥고 가물어 긴 소매가 너풀거리는 관복이 거추장스러웠다.

초년 관료로 한 달가량 근무했을 때 구식 군대 군인들이 반란을 일으켰다. 임오군란 또는 임오군변이라 불리는 군사정변이 그것이다.

9

"이게 뭐야? 이놈들아, 이걸 쌀이라고 주는 거야?"

"이놈의 미친 세상, 확 뒤엎어야 해."

선혜청의 창고인 도봉소都捧所에서 터져 나온 늙은 군인들의 고함이었다. 노기가 가득했다.

훈련도감 소속 군인들은 13개월이나 밀린 봉록미를 타려고 굶주린 배를 안고서 달려왔다. 이들 구식군대 군인은 신식군대인 별기군 군인들이 제때 꼬박꼬박 봉록미를 탄다는 소식을 들을 때마다 분기탱천했다. 더욱이 구식군대는 곧 해산된다는 소문도 들리는 참이었다.

봉록미마저 썩은 쌀에다 모래가 섞였으니 울화통이 터졌다. 창고지기들의 태도는 방자하기 그지없었다.

"이거라도 처먹어야지. 아직 배때기가 덜 고픈 모양이지?"

"뭐야, 이놈이 어디 감히 ⋯."

화를 참지 못한 군인들은 창고지기들을 때려 뉘였다. 도봉소 마당은 아수라장이 되었다. 창고지기는 당시 왕비 척족의 중심인물인 민겸호閔謙鎬의 하인들이었다. 민 왕후의 오빠인 병조판서 민겸호는 조정의 쌀을 관리하는 선혜청의 당상을 겸하고 있었다.

창고지기를 두들겨 패는 데 앞장선 김춘영, 유복만 등 주동자들은 구속되었다.

"춘영이와 복만이는 곧 처형될 것이라는데 ⋯."

"이런 고약한 일이 있나?"

관군들은 분을 삭이지 못해 칼을 빼들어 허공을 갈랐다.

김춘영의 아버지 김장손金長孫과 유복만의 동생 유춘만柳春萬이 애가 타서 무위대장을 지낸 이경하李景夏를 찾아갔다. 그는 한때 천주교도를 무참히 살육하는 총책이어서 별명이 '낙동의 염라대왕'이었다. 프랑스 신부가 처형당한 데 대해 프랑스는 1866년 9월 군함 7척과 군사 1천 명을 보내 강화도를 점령했다. 이 '병인양요' 때 이경하는 프랑스군을 격퇴하는 데 앞장선 무장武將이다. 프랑스군은 40여 일 만에 물러나면서 외규장각에 보관된 귀중한 도서를 약탈해 갔다.

'염라대왕'이란 별호에 어울리지 않게 이경하는 허리가 구부정한 노인이 되어 있었다. 그는 그치지 않는 기침 때문에 컥컥 소리를 내면서도 옛 부하 김장손의 말에 귀를 기울였다.

"그들은 선량한 군인일 따름입니다. 풀어주도록 힘써주십시오."

"늙고 병든 내가 지금 무슨 힘을 쓸 수 있겠나?"

"쇤네들은 대감밖에 믿을 분이 없사옵니다."

"선처를 호소하는 서찰을 써줄 테니 민겸호 대감을 찾아가보시게."

"서찰이라도 좋습니다."

관군들은 서찰을 들고 민겸호의 집으로 몰려갔다. 문을 두드렸으나 열리지 않았다. 왈패 하인들은 문을 열어주기는커녕 기왓장을 던지며 고함을 쳤다.

"당장 물러가시오! 여기가 어딘 줄 알고 감히 … ."

몇몇 군인들이 기왓장에 머리를 맞고 피를 흘리자 나머지 군인들은 더 이상 참지 못했다.

"똥구멍까지 썩은 놈들, 끝장을 봐야겠다!"

관군들은 문을 부수고 들어가 저항하는 하인들을 칼로 베고 가구들을 닥치는 대로 부수었다. 창고 문을 열었더니 금은보화, 비단, 인삼, 차, 녹용 등 귀중한 물건들이 그득 쌓여 있었다. 황금보다 비싸다는 중국산 사향도 보였다.

병사들이 물건에 손을 대려 하자 지휘자인 김장손이 이를 말렸다.

"물건을 약탈하지 말라. 우리는 도둑놈이 아니다. 마당에 모두 모아 불태워 버려라."

검은 연기가 피어오르고 매캐한 냄새가 진동했다. 마당 곳곳엔 피투성이가 된 하인들의 시체가 널렸다. 민겸호와 가족들은 뒷문으로 빠져 이미 달아났다.

김장손은 사태가 이 지경에 이르자 겁이 덜컥 났다. 사후 수습책이 막연한 것이다. 그때 얼핏 대원군의 얼굴이 떠올랐다. 대원군에게 해결책을 찾아달라고 매달리면 될 것 아닌가.

"운현궁으로 가자."

김장손이 외치자 수백 명의 관군들이 뒤따랐다. 이들이 우당탕거리며 운현궁에 들어서자 서재에서 난초를 그리고 있던 대원군은 버선발로 마당에 나왔다.

"무슨 소란이냐?"

"대원위 대감 나리, 국태민안國泰民安에 평생 몸 바쳐온 군인들입니다. 저희들이 능욕을 당해 의분을 참을 수 없었습니다."

"땀범벅, 피범벅이 된 것을 보니 무슨 소동이 있었군."

"민겸호 대감 집을 때려 부수었습니다. 소생들을 이끌어주십시오. 나라를 지키는 저희들이 지금 생사기로에 서 있습니다."

김장손은 숨을 헐떡이며 말했다. 따라온 군인들은 마당에서 무릎을 꿇고 대원군에게 머리를 조아렸다.

대원군은 이들을 찬찬히 살피곤 김장손을 사랑채로 들어오라 했다.

"대원위 대감께서 나서야 하실 때옵니다."

"운현궁에서 숨만 쉬고 있는 늙은이에게 무슨 힘이 있다고⋯."

"대감께서는 여전히 나라의 큰 어르신입니다."

"끈 떨어진 나를 추종하는 사람은 없네."

"저희들이 목숨을 바쳐 대감 뒤를 따르겠사옵니다."

왕후와의 정권 다툼에서 밀려나 운현궁에 칩거하는 대원군은 이들을 만나고 보니 주먹에 힘이 감돌았다. 대원군은 뻑뻑 소리를 내며 옥물부리를 두세 번 세차게 빨아 담배 향기를 흡입했다. 정신이 몽롱해지며 야릇한 욕망이 꿈틀거렸다.

'이들과 손잡으면 힘을 되찾을 수도 있겠군 ···. 나라 돌아가는 꼴이 엉망인데 내가 이렇게 골방에만 앉아 있을 때인가?'

대원군은 오른팔을 괴고 있던 장침長枕을 옆으로 휙 밀어붙이며 보료에서 벌떡 일어났다.

"사직을 지키는 무장들이 밥해 먹을 쌀이 없다니 통탄할 일 아닌가? 그동안 얼마나 곤고困苦했나? 그대들을 후원할 테니 힘내시게."

김장손은 밖으로 뛰쳐나가 신명이 나서 부하들에게 외쳤다.

"대오를 정비하라!"

관군들은 동별영東別營의 무기고를 습격해 총검을 탈취해 무장했다. 포도청으로 달려가 김춘영, 유복만 등 동료 4명을 구해냈다.

이들은 신식 군대인 별기군을 습격했다. 별기군을 지도하는 일본인 교관 호리모토 레이조堀本禮造를 단칼에 베어 살해했다. 다른 일본인들도 보이는 대로 난도질했다. 조선에 유학온 17세 일본 소년 다케다 군도 죽임을 당했다.

일본 공사 하나부사 요시타다花房義質는 이 소식을 전해 듣고 얼굴이 새파랗게 질렸다. 일본 공사관인 청수관淸水館 앞에는 조선 관군들과 민간인들이 몰려와서 고함을 질렀다.

"왜놈들, 물러가라!"

하나부사는 이대로 앉아 있다가는 목숨을 부지하기 어렵다고 판단했다. 그는 공관원들을 불러 가쁜 숨을 몰아쉬며 지시했다.

"여기를 탈출해야 하네. 공사관에 불을 지르고 바로 떠나세."

공관 직원 28명은 실탄을 넣은 총을 들고 공관 밖으로 나갔다. 공포를 열 발가량 쏜 다음 사격자세를 취하고 전진했다. 군중들은 그 위세에 눌려 제지하지 못했다.

일본인들은 한강변 양화진까지 달려가서 나룻배를 탔다. 이 배로 제물포에 가서 어선을 빌려 타고 남양만 근처에 정박해 있던 영국 측량선에 접근했다. 이 배를 타고 일본 나가사키로 돌아갔다.

10

"이 일을 어찌 할꼬…. 중신들의 의견은 어떻소?"

고종이 침통한 얼굴로 어전회의를 주재했다. 임오군란 수습책을 마련하는 회의였다. 신료들은 귀를 쫑긋 세우고 눈방울만 굴릴 뿐 묘책을 내놓지 못했다.

대원군이 관군세력과 결탁했다는 사실이 알려지자 고종과 왕후는 자리에 앉지 못하고 일어서서 서성거렸다.

'시부媤父가 노욕을 부리는 게 분명해….'

왕후는 그런 판단이 들자 눈을 치켜뜨고 고종에게 말했다.

"전하께서 대원위 대감을 만나 담판을 짓는 게 상책일 듯하옵니다."

고종은 눈을 껌벅이며 무위대장 이재면李載冕에게 명령했다.

"운현궁에 가서 국태공을 모셔오시오."

대원군은 자신의 장남 이재면의 호위를 받으며 입궐했다. 이재면은 대원군이 장남인 자기 대신에 차남인 명복을 국왕으로 옹립한 데 대해 앙심을 품고 아버지를 쳐다볼 때마다 눈알을 데굴데굴 굴렸다.

귀밑머리가 허옇게 센 대원군은 가마 속에서 중얼거렸다.

"어허, 몇 년 만에 가는 궁궐인고 …."

고종은 아버지 대원군을 만나기가 두려웠다. 워낙 성깔이 사납고 눈빛이 날카로운 노인이어서 마주 보면 숨이 턱 막힌다.

9년 전인 1873년 대원군은 실각했다. 고종이 등극한 뒤 10년까지는 어린 국왕을 보필한다는 명분을 내세웠으나 고종이 20대 성인이 되자 권좌에서 물러났다. 영민한 왕후가 명망 높은 유학자 최익현崔益鉉을 부추겨 대원군 섭정의 부당성을 줄기차게 상소하는 바람에 더 버틸 수 없었다.

며느리에 의해 쫓겨난 대원군은 절치부심切齒腐心하며 복수의 칼을 갈았다.

'이제 그 칼을 휘두를 때가 온 것 아닌가?'

고종과 대원군의 부자 상봉은 9년 만에 이루어졌다. 정적政敵끼리의 담판이었으니 부자간의 정을 느낄 여지는 없었다.

"아버님께서는 기체후氣體候 일향一向 강녕하셨습니까."

"종묘사직이 누란지세累卵之勢인 이 마당에 어찌 일신의 안녕을 구하겠습니까."

대원군은 뼈 있는 답변으로 기선을 제압했다.

고종의 얼굴은 하얗게 질렸다. 고종은 노회한 대원군에게 휘말리지 않으려고 눈을 내리깔고 일부러 사무적인 어투로 말했다.

"폭동을 진정시켜 주셔야 하겠습니다."

"야인으로 있는 이 늙은이가 무슨 수로 관군을 움직이겠습니까. 민심 방향대로 일을 처리하면 사태는 저절로 해결될 것입니다."

"민심의 방향이라니요?"

"군란을 유발한 외척세력들을 척결해야 합니다. 그들이 얼마나 무능하고 부패했습니까? 그리고 또 …."

"또 … 라니요?"

"국정을 농단한 중전을 폐위하여 사가로 내보내야 하옵니다. 그것이 민심이라는 사실을 모르시옵니까?"

"허허 …."

고종은 짐작은 했지만 대원군이 중전 폐위까지 요구하자 진땀이 났다. 대원군과 왕후가 벌이는 오랜 세력 다툼에 넌더리가 날 지경이다.

'국왕인 나는 가을 들판 허수아비인가?'

대원군은 운현궁으로 돌아와 '천하장안'이란 측근 4명과 관군 우두머리인 김춘영, 유복만을 불렀다. '천하장안'은 심복인 천희연, 하정일, 장순규, 안필주 등의 성씨를 딴 것이었다.

권력을 확실하게 움켜쥐기 위한 거사를 모의했다. 관군들의 기세가 오른 천재일우千載一遇의 기회를 놓치면 안 된다 ….

"일사천리로 진행해야 한다! 날이 새기 전에라도 …."

군란 주도세력은 먼동이 틀 무렵 총리대신 이최응李最應의 집을 급습했다. 이최응은 대원군 이하응의 중형仲兄인데 왕후 옆에서 알짱거리며 잇속을 챙긴 위인이었다. 반군들은 속옷 차림의 이최응을 일으켜 세워 목을 잘라 살해했다. 또 유력한 외척인 민창식도 척살했다. 왕후의 조카 민영익閔泳翊은 승려의 갓을 쓰고 탈출해 가까스로 목숨을 건졌다.

반군들은 외척들을 주살하려 창덕궁으로 향했다.

"중전마마, 폭도가 난입하니 얼른 피하셔야 하옵니다."

지밀상궁의 말을 들은 왕후는 궁녀의 옷으로 갈아입고 궁을 빠져나왔다. 반군들은 궁에 들어와 왕후를 찾았으나 허탕을 쳤다. 왕후는 여주를 거쳐 친정 동네인 충주 장호원으로 피해 은신했다.

선혜청 당상인 세력가 민겸호는 달아나다 반군 지도자 김춘영에게 붙잡혔다. 김춘영과 함께 옥에 갇혔다 풀려나온 유복만은 육모방망이로 민겸호의 머리통을 후려쳐 분을 풀었다. 민겸호는 피투성이가 된 채 살려달라고 애원했다.

"탐관오리 놈이 무슨 낯짝으로!"

피를 본 군졸들은 민겸호에게 달려들어 발로 짓밟고 창칼로 난도질했다. 걸레처럼 너덜너덜해진 민겸호의 시신은 창덕궁 금천교 아래에 버려졌다. 훗날 민겸호의 아들 민영환閔泳煥은 1905년 조선의 외교권이 일본에 넘어가자 자결한다.

경기도 관찰사 김보현도 군졸들에게 붙잡혀 온몸에 칼집이 났다. 군졸들은 죽어가는 그의 입을 벌려 엽전을 쑤셔 넣었다.

"백성들 돈을 탐하는 개불상놈이니 실컷 처먹고 황천길 가라!"

일본 공사 하나부사는 필사의 탈출 끝에 나가사키에 도착했다. 그는 일본 정계, 관계 실력자에게 하소연했다.

"조선에 있는 일본인들 보호를 위해 대규모 파병이 시급합니다."

일본주재 청국 공사관에서는 조선의 군변 사실을 본국 정부에 전보를 쳐서 보고했다. 청나라 조정에서도 긴급회의가 열렸다.

"대원군이 재집권할 낌새라고 하오."

"그 영감탱이는 청국에 고분고분하지 않을 것이오."

"늙은이의 권력 장악을 막아야지요."

"옳소이다."

"일본은 아마 병력을 떼거지로 조선에 보내겠지요?"

"우리도 군사를 왕창 보내 일본도 꺾고 대원군도 깔아뭉개고 ….."

"좋소이다."

11

한여름 따가운 햇살이 쏟아지는 창덕궁 앞. 소나기가 한바탕 지나간 후 날씨는 푹푹 쪘지만 궁궐 앞을 지나는 행인들의 간담은 서늘하다. 살기가 그득한 탓이다.

일본군 1,500여 명이 최신식 무기로 무장한 채 몰려들었다. 돈화문 앞이 일본군으로 꽉 찼다. 병사들은 저마다 눈을 치뜨고 전의를 나타낸다. 햇빛에 번뜩이는 총검에서 시퍼런 살의殺意가 뿜어 나온다.

한 달여 전에 서울을 겨우 빠져나간 하나부사 공사는 그가 데려온 일본군의 위세를 업고 당당하게 고종 알현을 요구했다.

고종은 처음엔 거절했으나 일본군이 궁으로 쳐들어 올 기세여서 울며 겨자 먹기로 하나부사를 만났다. 하나부사는 의례적으로 허리를 약간 숙인 다음 내내 머리를 치켜들고 고종을 바라보았다.

"전하, 군란으로 입은 일본의 피해가 막대하니 조선이 마땅히 배상해야 합니다. 앞으로 일본군이 한성에 주둔하겠으며, 조선은 사죄사절단을 일본에 보내야 합니다."

"궤변 아니오? 당신들 스스로가 공사관에 불 지르고 도망쳤다며? 그래 놓고 우리가 배상하라고?"

고종은 눈을 부라리며 고함을 질렀지만 하나부사는 목젖을 드러내고 웃을 뿐이었다.

이 소식을 전해들은 대원군은 호통을 쳤다.

"괘씸한 녀석들! 한 푼도 못 준다. 승냥이 무리 같은 왜놈들을 쫓아
낼 준비를 하라."

청국군도 4천여 명이나 조선에 왔다. 청국군은 수도권 요충지에 배
치되었다. 조선을 접수할 듯한 움직임이었다.

청국군에는 야심만만한 청년군벌 원세개袁世凱가 포함되어 있었다.
민간인 신분인 원세개는 제독 오장경吳長慶과 정여창丁汝昌의 개인 막
료로 따라왔다. 조선에 와서 시야를 넓힌단다.

군막에서 산전수전을 다 겪은 오장경이 정여창에게 당부했다.

"저 위안스카이(원세개)라는 청년은 아직 벼슬이 없는 무관無冠이지
만 하남지방의 명문 군벌가 아들이네. 앞으로 막강한 자리에 오를 인
물이니 잘 지도해주게."

"젊은 녀석이 시건방지더군요. 어디서 건달로 굴러먹은 놈인지 ⋯."

"어허, 말씀이 지나치네."

병졸 출신으로 출세한 정여창은 20대 나이에 벌써 권력자 냄새를
풍기는 원세개를 볼 때마다 자격지심을 느꼈다.

원세개, 허연 피부에 개기름이 번들거리는 얼굴이다. 눈썹은 짙고
눈꼬리는 약간 위로 치솟았다. 젊은 나이인데도 비대한 편이어서 노
숙하게 보인다. 그는 과거에 몇 번 낙방한 뒤 자신은 문인보다 무인이
어울린다고 판단해 그 길로 들어선 인물이다.

조선땅에서 맞선 청국군과 일본군. 이들은 주도권 다툼을 벌였다.
양측 사이엔 일촉즉발의 긴장감이 감돌았다.

하나부사 일본 공사는 세勢불리를 느꼈다. 하나부사는 머리를 굴려
중국의 외교관 마건충馬建忠을 만나 타협책을 꾀했다.

"프랑스에서 서양 법학을 공부하신 마 선생, 우리 잘해보십시다."

"나폴레옹 법전을 탐구하느라 골치깨나 아팠다오. 한데, 하나부사 공사께서는 남의 신상을 어찌 그렇게 훤히 아시오?"

"귀공이 장차 대임을 맡을 분이니까 관심을 가지는 게 당연하지요."

"그나저나 청군과 일본군이 지금 조선에 동시에 대규모 군사를 보낸 상태인데 … 우리 청군 군사력이 우세한 것 같소만 ….”

"일본군 병력 규모를 파악하셨소?"

"당연하지요."

마건충은 느물느물 웃으며 하나부사를 쳐다봤다. 하나부사는 마른 침을 삼키며 말을 이었다.

"양국이 무력 충돌보다는 현실적인 타협책을 찾으면 좋겠소."

"타협책이라면?"

"단도직입적으로 말하겠소. 일본이 조선에 제시한 요구가 관철되도록 청국이 조선 조정에 압력을 넣어주시오."

"조선이 일본에 배상금을 내고 사죄 사절단을 보내라는 그 요구 말이오?"

"그렇소. 임오군란 때문에 일본인들은 큰 피해를 당했소. 그러고도 아무런 배상을 받지 못하면 대일본제국의 체면이 말이 아니오. 이번에 청국이 도와주어야겠소. 부탁하오."

"그러면 청국은 무슨 재미를 본단 말이오? 일본도 청국 요구를 들어주어야 하오. 조선의 주인은 엄연히 청국이란 사실을 알아야 하오."

"국제법 전문가라는 분이 과격한 발언을 하시는군요."

"여기는 대학 강의실이 아니오. 외교 현장이오. 이곳에서는 겉으론 웃지만 속으론 무자비한 칼질이 이루어지오. 청국의 입장을 요약하겠소. 일본은 조선을 함부로 넘보지 마시오."

마건충은 하나부사의 협상안대로 조선 조정에 압력을 가했다.

이를 전해들은 대원군은 고함을 지르며 펄쩍 뛰었다.

"뭐라구? 배상금에, 사죄 사절단을 보내라? 있을 수 없는 일!"

마건충은 고분고분하지 않은 대원군 때문에 난처해졌다.

'그 영감탱이의 옹고집을 꺾으려면 특별 계책을 써야겠지?'

마건충과 정여창은 대원군을 청국군 병영에 초청했다. 대원군은 측근이 말리는데도 아랑곳 않고 초청에 응했다. 대원군은 시종 몇 사람만 거느리고 약식 교여轎輿에 몸을 싣고 청국군 영내로 갔다.

"누추한 병영을 방문해주셔서 영광입니다."

마건충은 대원군을 처음엔 정중하게 모셨다. 이들 사이엔 필담이 오갔다. 2시간 동안 진행되면서 종이만 24폭이 들었다.

땅거미가 짙어질 무렵 연회를 열었다.

"대원위 대감, 한잔 드시면서 이야기를 계속하십시다."

"좋소이다."

두 사람이 축배를 들었다.

그때 바깥에서 쿵쾅거리는 소리가 났다. 무장병력 수십 명이 연회장에 우르르 뛰어들었다. 그들은 칼을 빼들고 대원군을 위협했다.

"이놈들, 이게 무슨 짓이냐?"

대원군은 고함을 쳤다.

마건충의 태도는 돌변했다. 그는 자리에서 벌떡 일어서더니 대원군을 노려보며 꾸짖었다. 오른손에 든 지휘봉으로 자신의 왼쪽 손바닥을 탁탁 두드리면서 말했다.

"이하응은 들거라. 군변을 일으켜 왕권을 무력화한 것은 대역죄에

해당한다. 조선 국왕은 청국 황제가 임명하는 군주가 아니냐. 조선 국왕을 속이는 것은 청국 황제를 업신여기는 행위나 마찬가지다."

"무슨 가당찮은 소리인가?"

"대역죄인은 참수를 면치 못한다. 조선 국왕의 아버지임을 참작하여 청국 황제에게서 유지諭旨를 받는 기회를 줄 터이니 황제께 용서를 구하라. 이제 중국 톈진天津으로 가야 하겠다."

"고얀 놈들…."

대원군은 수염을 부르르 떨며 발로 땅바닥을 쾅쾅 찼다. 그는 졸지에 포로 신세가 되었다. 청국군은 대원군을 가마에 태워 남양만으로 보낸다. 비 내리는 밤길이었다. 정여창은 서양식 비옷을 입고 말을 타고 가면서 유금誘擒작전을 총지휘했다.

대원군은 청국 군함에 태워져 중국으로 끌려갔다. 대원군은 그 배 안에서 비통한 심경을 시詩 한 수로 썼다. 대원군은 북경 부근의 작은 도시 보정부保定府에서 3년간 유배생활을 한다.

흠차欽差제독 정여창은 대원군이 청국에 갔다는 사실을 알리는 포고문을 종로거리에 붙였다.

"저게 뭐고? 대원위 대감이 청국에 끌려갔다고? 나라가 힘을 잃으니 별별 험한 꼴을 다 당하는구먼."

포고문을 읽은 조선 백성들은 어이가 없어 입을 쩍 벌렸다.

청국의 도움으로 왕권을 되찾은 고종은 청국 황제에게 감사 사절단을 보냈다. 청국군은 창덕궁과 수도권 일대의 치안권을 장악했다.

기세등등한 청국군 수뇌진은 눈알을 부라리며 저마다 악담을 퍼부었다. 몸이 근질근질하던 원세개의 목소리가 유독 크게 들렸다.

"국태공을 따르는 조선 구식 군인놈들, 씨를 말려야 하오!"

우두머리 오장경이 두꺼비눈 같은 큼직한 눈을 껌벅이며 명령했다.

"그자들은 왕십리와 이태원에 몰려 살고 있으니 그곳을 급습하라!"

청국군은 두 패로 나뉘어 원세개는 왕십리를, 오장경은 이태원을 공격했다. 심야에 군인 동네에 쳐들어가 잠자고 있는 170여 명의 조선 군인들을 군란 가담자라 해서 붙잡는다. 이들 가운데 10여 명을 청룡도로 참수해 그 목을 성벽에 걸어놓았다.

청국군은 또 남산과 서빙고에서는 조선 군인에 맞서 전투를 벌였다. 여기서 조선군 376명이 사살 당했다. 겨우 목숨을 건진 조선 군인들은 퇴각하며 분루를 삼켰다.

"무지막지한 되놈들, 반드시 복수하리라."

왕후는 도피 51일 만에 청국 군사들의 호위를 받으며 궁궐로 돌아왔다. 고종은 초췌해진 왕후를 만나자 눈물을 글썽이며 반색했다.

"중전, 어서 오시오."

"용안이 훼손되셨군요. 청·일 사이에서 얼마나 시달리셨나이까?"

"나라가 무력하니…."

1882년 8월 30일 조선은 임오군란을 수습하느라 일본과 제물포조약을 체결했다. 일본이 당한 피해를 배상하는 내용이었다. 배상금액 50만 원元은 터무니없는 거액이었다.

제물포조약에 따라 일본에 보낼 사절단도 구성해야 했다. 이 사절단을 조선에서는 수신修信사절이라 했고 일본에서는 사죄謝罪사절이라고 불렀다.

12

"아우님, 어디 있는가? 급제 축하하네!"

김옥균의 걸걸한 목소리가 들렸다. 서재필이 막 퇴청해서 옷을 갈아입기도 전이었다. 방 밖으로 나가보니 김옥균은 서광범, 박영효와 함께 집안으로 들어오고 있었다.

"여러 형님들의 가르침 덕분입니다."

"관복이 딱 어울리는구먼."

"놀리시는 겁니까? 하하하 … 사실은 군변으로 시국이 어수선해서 관복 입을 흥이 나지 않습니다. 일본에 가보시니 어떻던가요?"

"그 이야기는 한잔 마시면서 함세."

방안에 둘러앉자 김옥균은 품속에서 술병 두 개를 꺼냈다.

"무슨 술입니까?"

"일본에서 갖고 온 서양 술 유사길^{惟斯吉}이지. 향이 일품이라네."

"유사길?"

"서양 사람들은 '위스키'라고 부른다더군. 일본인들은 위스키라고 발음을 하지 못해 '우이스키'라고 부르고."

사랑채에 모인 북촌 권문세가^{權門勢家} 인사들은 위스키를 마시며 덕담을 나누었다. 먼저 과거에 급제하던 경험담을 이야기했다.

김옥균은 연장자인데다 언변이 뛰어나 분위기를 좌지우지했다.

"내가 스무 살에 급제했다 해서 '소년 등과'란 말을 들었는데, 아우님은 열여덟 나이에 급제했으니 진정한 소년 등과자는 아우님일세."

술이 몇 순배 돌자 김옥균은 낭랑한 목소리로 시조를 읊었다. 이어 서재필이 답가를 불렀다.

바깥은 어둑어둑해졌다. 참석자들은 취기에 젖었다. 일본에서 갖

돌아온 감흥에 대한 화제로 이어졌다.

김옥균, 서광범은 1882년 2월 초에 부산을 떠나 일본을 둘러보고 돌아왔다. 김옥균으로서는 첫 일본 방문이었다.

김옥균은 주일 청국공사에게 전할 고종의 비밀문서를 간직한 채 출국했다. 미국과의 수교를 주선해달라는 부탁을 적은 것이었다.

메이지유신(1868년)이 단행된 지 14년이 흘렀을 뿐인데 일본은 조선과는 현격한 차이가 났다.

"이게 도쿄인가. 한성에 비하면 너무도 앞섰구나."

도쿄에 처음 발을 디딘 김옥균은 탄성이 절로 나왔다. 낙후된 조국을 떠올리면 목에서 피를 토할 지경이었다. 도쿄 입성 당시를 회상하던 김옥균은 목소리를 높였다.

"조선은 몽매蒙昧상태에 있다네. 서양을 따라잡겠다는 일본의 기세가 무서워. 동도서기東道西器를 입으로만 부르짖으며 온건 개화를 추진하면 너무 늦어. 위로부터의 강력한 개혁이 필요하네."

참석자들의 표정이 굳어졌다. 서재필도 자세를 고쳐 앉고 김옥균의 말을 경청했다.

"위스키가 떨어졌군. 저기 저 술병을 보시게. 다른 종류야."

김옥균은 새 술병을 들었다.

"두송자주杜松子酒라는 서양 술이야."

"서양인들은 이 술 이름을 뭐라고 부른답니까?"

"진gin이라고 한다던데…. 노간주나무 열매로 향을 냈다고 하더군. 독한 술이니 조금씩 마시게."

김옥균은 두송자주 한 잔을 거침없이 들이켰다. 숨을 크게 내쉰 그는 사뭇 굳은 표정으로 말했다.

"아우님들, 지금 조선을 둘러싼 사정을 살펴보기로 하지. 청나라는 조선에 대해 종주국 노릇을 하면서 으스대지만 영국을 상대로 아편전쟁(1840~1842년)을 벌였다가 무참하게 패배하지 않았는가. 기울어가는 나라, 종이호랑이일 뿐이야."

김옥균은 다시 술을 홀짝 마시고 말을 이었다.

"일본은 어떤가. 새로 떠오르는 강국이야. 서양문물을 도입해 천지가 개벽되고 있지. 조선도 일본의 문호개방을 본받아야 하네. 신흥 일본의 힘을 빌려서라도 조선의 자주권을 확보해야지."

박영효가 맞장구를 쳤다.

"몇 년 전에 우리 스승 박규수 대감이 손수 제작하신 지구의地球儀를 처음 봤을 때 얼마나 놀랐는지 모른답니다. 대감께서 지구의를 빙빙 돌려 보이며 '세계의 중심국, 즉 중국은 어디에 있는가, 저리 돌리면 미국이 중국이 되고 이리 돌리면 조선이 중국이 되니 어떤 나라도 가운데로 오면 중국이 된다'면서 중화사상을 비판하셨지요."

서재필은 동서남북을 모르는 것 같아 얼굴이 화끈거렸다. 그때 김옥균이 서재필을 어깨를 잡고 간청했다. 술 냄새가 물씬 풍겼다.

"솔! 나라가 흔들리지 않으려면 군사력이 뒷받침되어야겠지? 자네가 앞으로 조선의 군사력을 키우는 주역이 되어야겠어."

"백면서생인 소생이 어떻게 …."

"자네가 일본에 가서 신식 군사훈련을 받고 오면 어떻겠는가?"

"예?"

"놀라기는 …. 조선의 젊은이들이 일본에 가서 선진문물을 배워와 조선을 개명시키는 게 급선무일세."

평소 과묵한 서광범이 거들었다.

"신식 군대를 도입하는 과업에는 송재 조카님이 최적임자야. 자네는 소년 시절부터 무예를 익히지 않았는가. 우리 역사를 보면 문무 겸비한 선각자들이 위기에 빠진 나라를 구한 사례가 숱하다네. 고려 때 거란의 침공을 막아낸 강감찬姜邯贊 장군이나 예종 임금 때 여진족을 내쫓고 9성을 개척한 윤관尹瓘 장군은 학문을 깊이 닦은 문신 출신이었어."

밤이 깊어지더니 어느덧 새벽이 다가왔다. 수탉이 우는 장쾌한 소리가 들렸다. 새 아침이다.

문인에서 무인으로

1

1882년 9월, 임오군란 후유증으로 민생은 고달팠고 민심은 어수선했다. 아기를 낳은 아낙은 하루에 피죽 한두 그릇밖에 먹지 못해 젖줄이 말랐다. 계집아이의 얼굴은 마른버짐으로 얼룩덜룩했고 사내아이의 머리통엔 부스럼이 그득했다. 긴 여름 동안 욕창에 시달린 노인은 홑이불을 덮은 채 뼈만 남은 앙상한 다리를 푸드득 떨며 죽어갔다.

관료생활을 반 년가량 지낸 서재필은 가슴이 답답했다.

'선배 관료들은 케케묵은 법도만 따지고 있지 않은가. 그들은 청국, 일본뿐 아니라 영국, 프랑스, 러시아, 미국 등 열강이 조선에 눈독을 들인다는 사실을 까마득히 모르고 있지 ….'

서재필은 한성을 둘러싼 성곽을 따라 걸었다. 성城가퀴 돌이 무너진 곳이 수두룩했다. 쇠락하는 왕조의 한 단면이다.

'임오군란 때 국왕을 호신할 병력조차 갖추지 못했으니 ….'

18세 청년관료 서재필에겐 축 늘어진 관복 소매가 불편했다. 그런 옷을 수십 년 입은 선임 관료들은 금옥탕창金玉宕氅이 제 몸의 일부가 된 듯하다.

서재필은 선배들이 기방妓房에서 마련한 저녁 회식자리에 내키지 않았지만 자신을 위한 환영회라고 하기에 가지 않을 수 없었다.

술이 몇 순배 돌았다. 서재필은 조선의 운명을 걱정하는 발언을 했다. 그러다가 선배들로부터 면박을 당했다.

"오백년 종묘사직을 폄훼하는 방자한 발언을 삼가시게."

"조정을 헐뜯으려는 게 아닙니다. 국력을 키우려면 지금처럼 가만히 앉아 있어서는 안 된다는 뜻입니다."

"큰일 날 소리! 누가 가만히 앉아 있단 말이오? 신료 모두가 전하를 보필하는 데 진력하며 민리민복을 위해 멸사봉공하지 않소이까?"

"지금 세상은 급변하고 있습니다. 조선도 서양과 수교하여 문물을 받아들여야 합니다. 그렇게 개화해야 나라를 살릴 수 있습니다."

"서양 오랑캐들과 통상을 한다고요? 허허, 그럴 수는 없어요. 양귀洋鬼들은 대원위 대감 선친의 묘를 파헤치는 만행을 저지르지 않았소이까? 그들은 인간의 탈을 쓴 축생畜生들이라오."

서재필은 뼛속까지 중화사상, 성리학에 물든 선배 관료의 말을 들으니 숨이 콱 막혔다. 정통 성리학계가 이단시하는 양명학이 오히려 입맛에 당겼다. 지행합일知行合一을 강조하는 양명학의 창시자 왕수인王守仁이 어떤 인물인지 궁금해서 알아보니 명明나라 문과 급제자였지만 지방반란을 진압한 장군이기도 했다.

서재필은 퇴근 이후엔 집에 돌아와 외부 출입을 끊고 서양사 서적들을 탐독했다. 병법에 관한 무경칠서武經七書인 손자, 오자, 사마법, 율요자, 육도, 삼략, 이위공문대 등도 들추어봤다.

전통 무예인 택견을 본격적으로 탐구했다. 품세를 그린 서책을 구해 이론을 공부하는가 하면 인왕산 중턱에 있는 도사를 찾아가 실기를 지도받았다. 황토로 염색한 무명옷을 입은 도사는 서재필의 부드러운 몸놀림에 감탄했다.

"귀공을 처음 볼 때는 유약한 잔골屠骨인 줄 알았는데 대단한 강골强骨이오. 뼛속에 강인한 기氣가 흐르는 체질이외다. 하늘이 내린 드문 몸이니 수련을 게을리 하지 마시오. 택견 능력이 높은 경지에 오르면 맹수도 처치할 수 있다오."

"맹수라면 호랑이도…?"

"인조대왕 시절의 무인 김중명金重明은 무과에 급제한 후 조상 묘에 찾아갔을 때 호랑이를 만났다오. 택견 고수인 그는 그놈을 발로 차 죽였다고 하오."

"설마, 호랑이를…."

"하하하, 그렇게 의심해서는 택견을 배울 수 없소."

서재필의 신체는 외견상 깡말랐다. 키는 178센티미터로 당시로는 대단한 장신이었다. 보통 성인들보다 머리 하나만큼 컸다. 큰 키에 유연한 몸놀림을 가졌으니 택견에 적격이었다. 도사의 문하생 30여 명 가운데 최상급인 수련생과 대련해도 어금버금했다.

2

왕실은 서양 물건들을 들여오는 데 적잖은 돈을 썼다. 양식에 쓰이는 그릇, 포크, 나이프 등을 구입하는 데만도 거액이 나갔다. 외국인 사신들을 불러 대접하는 파티에 드는 비용이 만만찮았다. 거덜이 나다시피 한 왕실 금고로는 이 비용을 감당하기 힘들었다.

이런 와중에 왕후는 자신이 낳는 아이마다 일찍 죽는 것이 귀신 때문이라고 보고 귀신 쫓는 굿판을 궁중에서 자주 벌였다. 여기에 내탕금內帑金이 낭비됐다. 임오군란으로 장호원에 피신해 있을 때 만난 박 아무개 무당에게 빠져든 이후였다.

박 무당은 그때 넘겨짚기로 우연히 왕후의 환궁 시기를 맞추었다.

"궁에서 나오신 후 반백일半百日이 지나면 환궁하시옵니다."

왕후가 환궁한 날이 그 점괘와 맞아떨어지자 왕후는 박 무당을 서울로 불러올렸다. 박 무당이 북묘北廟에 상주하며 왕가의 수복을 빌도록 했다. 왕후는 굿 비용을 대기 위해 탐관오리들로부터 상납을 받았다. 박 무당에게 줄을 대어 출세하려는 무리들이 들끓기도 했다.

국왕을 향해 국궁배례鞠躬拜禮한 김옥균은 용안을 얼핏 보고 적잖이 놀랐다. 임오군란 때 고초를 겪은 고종의 얼굴엔 온갖 수심이 배어 있다. 미간은 찌푸리는 게 버릇이 되어 굵은 줄이 생겼다. 수염은 윤기가 사라지고 펄펄 날린다. 머리가 유난히 크게 보여 자그마한 몸뚱이와 균형이 맞지 않는다.

"신臣이 군란 때 일본에 가 있어 전하를 보필하지 못하였습니다. 죄인의 심경으로 돈수頓首 알현하옵니다."

"경卿이 돌아본 일본은 어떠하였소?"

"국력이 하루가 다르게 커지는 모습을 두 눈으로 똑똑히 보았사옵니다. 청국에 고분고분하지 않는 것은 일본의 국력이 그만큼 커진 증좌가 아니겠사옵니까."

"……."

"조선도 하루 바삐 힘을 키워야 하옵니다. 서양식 문물을 도입해 물산을 장려해야 하고 군대도 신식으로 바꾸어야 합니다."

"……."

"조선의 운명은 풍전등화 같사옵니다. 조선을 노리는 열강의 손아귀로부터 벗어나려면 자주력을 구축해야 하옵니다."

"경의 말이 맞소. 청국에서 온 원세개라는 젊은이가 과인을 능멸했소. 아무리 청국이 대국이라지만 청국 신하가 고개를 빳빳이 세우고 조선 국왕을 하인처럼 취급할 수가 있단 말이오?"

고종은 핏발 선 눈을 깜박이며 주먹으로 가슴을 쾅쾅 쳤다. 그러더니 잠시 눈을 감고 분을 삭였다. 다시 평상심을 찾은 고종은 김옥균에게 좀 가까이 오라고 일렀다.

"일본에 군란 배상금 50만 원을 내야 한다는데 이걸 어떻게 마련할지 걱정이오. 무슨 좋은 방도가 없겠소?"

"방도를 찾아보겠습니다. 너무 심려하지 마시옵소서."

"어떤 신료는 5전과 10전짜리 동전 50만 원어치를 찍어내되 구리를 옛날 동전의 절반만큼만 섞어 만들자고 주장하고 있소."

"우매한 자들의 단견일 뿐이옵니다. 그러면 화폐가치가 폭락하여 물가가 뛰고 경제가 혼란에 빠집니다. 서양에서는 이런 식의 화폐 발행 때문에 망국한 사례가 허다하옵니다."

"서양 사정에 밝은 목인덕穆麟德(묄렌도르프)이 이 방안을 적극 추천하고 있소."

"한낱 과객일 뿐인 목인덕이 어찌 조선의 미래를 진정으로 걱정하겠사옵니까. 경복궁을 중건한다며 만든 당백전의 폐해를 상기해보옵소서. 화폐 남발은 아편과 같사옵니다. 우선 편한 방법이긴 하나 여기에 맛들이면 치명적인 고질에 걸리고 맙니다."

고종은 눈을 감는다. 김옥균의 직언이 귀에 거슬렸다.

"신식 군대를 만들고 무기를 도입하려면 거액이 필요할 텐데 …."

"우선 일본에서 300만 원을 빌리는 방도가 있사옵니다. 사실은 이번에 일본에 갔을 때 이노우에 가오루井上馨 외무대신에게 300만 원 차관借款 건을 타진한 바 있사옵니다. 이노우에 대신은 전하의 위임장을 받아오면 그 돈을 빌려주겠다고 약조했사옵니다."

고종의 얼굴엔 화색이 감돌면서 실룩거리던 눈두덩도 가라앉았다.

'과연 김옥균은 영명하군. 문제점을 꼬집기만 하지 않고 대책을 제시한단 말이야.'

고종이 환한 웃음을 지으며 김옥균에게 말했다.

"그럼 차관 300만 원은 훗날 무슨 방도로 갚을 수 있겠소?"

"그 돈을 종잣돈으로 투자하여 나라 살림을 살려내면 그때는 갚아내기가 그리 어렵지 않을 것이옵니다."

"조선 스스로 자금을 마련하는 묘안은 없겠소?"

"동해 연안에는 고래가 무진장 있습니다. 고래는 일본인과 서양 사람들이 귀하게 여깁니다. 우리가 고래를 잡거나 혹은 어업권을 외국 상사에 팔면 상당한 자금을 손에 쥘 수 있사옵니다."

고종은 눈을 동그랗게 뜨며 의자 등받이에서 몸을 뗐다.

"그럼 김 대감을 포경사捕鯨使로 임명하겠소. 제물포조약에 의해 일본에 사절단을 파견해야 하는데 그 사절단의 전권대신도 경이 맡도록 하시오."

"사절단 전권대사는 곤란하옵니다. 차관도입 교섭을 하려면 은밀히 활동해야 하는데 공식 사절단 대표가 되면 운신이 어렵사옵니다."

"그럼 전권대사 적임자로는 누가 좋겠소?"

"박영효가 최적임자라고 사료되옵니다."

"박영효? 그래, 박영효가 좋겠구먼 …."

"사절단이 떠날 때 소신도 고문 자격으로 동행하면 좋겠사옵니다."

"그렇게 하시오."

알현 시간이 길어지자 고종은 김옥균에게 다과를 하사하는 자상함을 보였다. 김옥균은 차를 마시며 일본에서 보고 들은 바를 고종에게 자세히 설명했다.

"영민한 청년 50여 명을 일본에 보내 신식 군사훈련을 받게 하고 기술을 익혀 오도록 하는 것이 급선무입니다. 고래잡이 흥정에 성공해서 자금을 얻으면 그 일부를 유학생 비용으로 쓰도록 윤허하여 주시옵소서. 앞으로 유학생 수를 100명으로 늘리기를 기대하옵니다."

김옥균은 국왕 직속의 포경사 자격으로 부산으로 내려갔다. 떼돈을 버는 일본상사 대표들을 만나 자신감 넘치는 목소리로 말했다.

"조선 동해는 고래 천국이오. 그 고래를 잡도록 허용하겠소."

김옥균은 풍속화 화가 김준근金俊根에게 부탁해 멋진 그림을 그려 갔다. 울산 앞바다에서 고래 무리가 헤엄을 치는 장면이다.

조업권 협상은 어렵지 않게 성사되었다. 일본 상사가 조업권을 얻는 조건으로 2만 5천 원을 빌려주기로 했다. 상사 대표는 김옥균에게 일단 그 금액의 절반을 현금으로 건네주었다.

김옥균이 처음 이런 구상을 밝혔을 때 주위에서는 황당무계한 발상이라면서 핀잔을 주었다. 하지만 결국 이루어냈다. 김옥균은 가슴이 부풀었다. 영재 유학자금을 마련했으니 …. 그는 서둘러 상경했다.

3

"솔! 드디어 유학 자금을 마련했네!"

김옥균의 탄성을 듣고 서재필은 벌떡 일어나 방 밖으로 나왔다.

"뜻을 품으니 이루어지는군요."

"군사훈련 유학생을 잘 뽑아야 하네. 자네가 대표를 맡아 스스로 훈련도 받으면서 그들을 통솔하도록 하게. 일본 도시를 청결하게 유지하는 비결도 알아 오시게. 선진국에는 여러 기술과목 가운데 의약醫藥을 제일로 여긴다고 하네. 백성의 생명과 관계되기 때문이지. 조선을보게. 관공서에서부터 여염집에 이르기까지 뜰은 수렁을 이루고, 길은 시궁창이 되어 악취가 코를 찌르지. 이러니 외국인이 조선을 야만국이라 하지 않겠나?"

그 무렵 한성판윤 박영효는 신문을 발행해야 한다며 고종에게 진언했다. 고종은 한성부(서울시)가 신문을 간행하도록 하교했다.

박영효는 신문발행 책임자로 유길준을 선임했다. 그러나 박영효가 한성판윤 자리에서 물러나 광주 유수로 전출되면서 신문발간 계획은 좌절되고 만다.

수구파는 박영효를 촌구석으로 쫓아 보내 무력화시키려 했다. 박영효는 허탈해졌다. 그때 일본 유학을 준비하는 서재필이 경기도 광주로 찾아왔다.

"먼 곳까지 오느라 수고 많았네."

"멀기는요. 준마를 타고 달려오면 반나절도 안 걸리는데요."

"일본에서 총포 무기 사용법과 서양식 군사작전을 잘 배워 오게. 알렉산더 대왕이나 나폴레옹 황제의 승전 사례도 잘 연구하고."

"주문이 많군요. 하하하 …."

"서양문물에 정통한 후쿠자와 선생에게서 신문발행 요령도 배우면 좋을 텐데 ….."

"신문이요?"

"선생은 시사신보時事新報라는 신문을 발행한다네. 내가 조선에서 신문을 발간하려고 우시바 다쿠조牛場卓藏, 미쓰오 미요타로松尾三代太郎라는 일본인 전문가 2명을 모셔왔는데 이분들과 함께 출국하면 좋겠군. 유학생은 확정되었는가?"

"열두 명을 뽑았습니다. 저를 포함하면 열세 명이 되는 셈이지요."

"우리 집 청지기로 있는 이규완李圭完도 데리고 가시게."

"눈이 부리부리하고 어깨가 떡 벌어진 그 무인 말입니까?"

"그래. 호신인으로 내 옆에 따라다니는 장정 말이야. 이규완은 각축脚蹴의 명인이기도 하지. 자네도 각축에 재미를 붙였다며?"

"저는 각축이라 부르지 않고 택견이라 합니다만 …. 인왕산 도사에게서 조금 배웠을 뿐입니다. 이제 이규완에게 지도받아야겠군요."

서재필은 이규완을 만나 손을 굳세게 잡았다. 이규완의 손은 무술 수련으로 굵어진 뼈마디 때문에 잡는 순간 위압감이 느껴졌다. 몸맨두리에서 무인 분위기가 물씬 풍긴다.

군사교육을 받을 유학생 14명을 확정했다. 박응학朴應學, 윤영관尹泳觀, 이건영李建英 등은 과거 급제자다. 유학생들은 1883년 5월 청운의 꿈을 안고 일본행 배에 몸을 실었다.

서재필은 이들의 손을 일일이 잡으며 당부했다.

"우리는 조선 역사에서 새로운 장章을 펼치고 있소. 선진 군사체제를 배우는 것이오. 먼저 일본어 배우기에 몰두해야 하오."

유학생들은 궁금한 게 많아 여러 가지 질문을 했다.

"어디에서 일본어를 배웁니까?"

"도쿄에 있는 사찰이오. 동본원사 아사쿠사 별원과 게이오의숙慶應
義塾에 9월 말까지 머물 것이오."

"아사쿠사 별원이라면 조선통신사 일행이 묵던 곳 아닙니까?"

"그렇소. 개화파 선각자인 이동인 스님이라는 분도 그곳에서 살았
소. 그 절은 조선인들과 각별한 인연을 가진 셈이오."

서재필의 일본어 습득 속도는 빨랐다. 조선어에 능통한 대마도 출
신의 가네코라는 여성 통역인이 하루 종일 붙어 집중적으로 강의했
다. 두어 달 지나니 어느 정도 의사소통이 가능해졌다. 가네코에게
후쿠자와 유키치 선생을 만나고 싶다면서 주선을 부탁했다. 곧바로
면담 약속날짜가 잡혔다.

4

1883년 여름날, 도쿄 미타三田구에 있는 후쿠자와의 자택 뜰. 잔디
밭 정원에 둥그스레한 목제 테이블이 놓여 있다. 비단잉어가 헤엄치
는 작은 연못도 있다. 48세의 중년석학碩學 후쿠자와와 19세 열혈청년
서재필이 테이블에 마주 앉았다. 이들은 대화와 필담을 섞어가며 의
사를 소통했다. 후쿠자와는 머리칼이 약간 희끗희끗할 뿐 피부는 여
전히 탱탱하고 허리는 꼿꼿하다.

"일본 구경은 잘 하셨소?"

"기차도 타보았고 밤을 환하게 밝히는 전깃불도 봤습니다. 우체국
을 방문하여 전국에 우편물을 보내는 현장도 견학했습니다."

"일본에서도 불과 몇십 년 만의 변화이지요."

"조선도 그 기간에 변화할 수 있을까요?"

"물론이오. 서 선생 같은 젊은 분이 조선의 개화에 앞장서시오. 앞으로 어떤 분야를 공부할 참인가요?"

"군사학교에 들어가 군사학을 배우고 싶습니다."

"서재필 선생은 문사라고 하던데 군사학을…?"

"공리공론에 머문 성리학은 요즘 시대상에는 소용없습니다. 조선을 확실히 지키려면 신식 군대가 필요하지 않겠습니까."

후쿠자와는 서재필이 유학儒學의 무용론을 주장하자 감회에 빠져들었다. 1835년 가난한 하급 무사의 아들로 태어난 자신은 어릴 때 신분계급 때문에 심한 모멸감 속에서 자랐다. 사족士族 자녀들에게 꼬박꼬박 존댓말을 써야 했다. 신분계급이 다른 남녀는 결혼할 수 없었으며 하급층은 번藩 밖으로 마음대로 나가지도 못했다.

"서양 선진국들은 어찌 해서 문명이 발달했습니까?"

"민주주의와 물산장려책 덕분이지요. 민주주의는 상하 신분계급을 없애고 시민 개인에게 자유를 주는 제도라오."

"조선과 일본을 비교해 주실 수 있겠습니까?"

"하하하… 서 선생이 한번 해보시구려."

"제 관견管見으로는 일본의 번藩은 일종의 자치체제였기에 스스로 번영하겠다는 의지가 강했다고 봅니다. 농업에만 그치지 않고 상공업에 일찍 눈을 떴지요. 반면 조선은 전국이 하나의 왕권 치하에 있었으므로 발전동력이 떨어졌습니다."

"그럴듯한 분석이오. 내가 보기엔 조선은 고려보다도 훨씬 폐쇄적이오. 외국과의 문물교류도 그렇고 사상적으로도 그렇지요. 숭유억불이 바로 그런 증거 아니겠소?"

"스님들이 적잖은 고초를 겪지요."

"2년 전에 행방이 묘연해진 이동인 스님 … 훌륭한 개화승이었지요. 그 인연 덕분에 조선의 재사들을 줄지어 만났는데 …."

"스님은 조선 수구파에 의해 암살당했다고 합니다. 스님은 신사유람단의 안내인으로 임명돼 일본에 가는 선박을 구하느라 동분서주하다 소식이 끊겼답니다."

"대사님의 극락왕생을 빕니다."

"나무 관세음보살 …."

대화가 무르익을 무렵 분홍빛 유카타를 입은 하인이 차를 갖고 왔다. 악마처럼 시커먼 색깔이었는데 냄새는 천사처럼 향긋했다.

"커피라는 서양 차입니다. 맛을 한번 보시지요."

서재필은 그 쓴 맛에 깜짝 놀랐다. 혀가 얼얼하다.

"설탕을 조금 넣어 마셔보시오."

종지에 담긴 하얀 가루가 눈에 띄었다. 후쿠자와는 그걸 두 숟가락 떠서 커피에 넣어 저었다. 서재필도 따라했다. 설탕을 넣은 커피를 마셔보니 단맛과 쓴맛이 어우러져 절묘한 조화를 이룬다.

"교토와 도쿄 시가지를 다녀보니 아주 깨끗하더군요. 서양 도시도 물론 그렇겠지요?"

"제가 돌아본 뉴욕, 파리, 런던, 암스테르담과 같은 서양 도시들은 겉보기가 멋진데다가 위생시설도 잘 갖추어져 있소. 상하수도, 병원, 도로가 완비되어야 시민들이 건강한 삶을 누릴 수 있지요."

"시민들을 계몽시키는 첩경은 무엇입니까?"

"신문을 통해 새로운 지식과 정보를 널리 알려야 하오. 나는 작년 3월 1일부터 〈시사신보〉를 발행하는데 만방萬邦의 새 소식을 싣는다오. 사설社說은 내가 직접 집필하는 경우가 허다하오. 신문 발송을 돕느라 신문지를 접고 포장하는 일도 마다하지 않아요.”

“신문이란 게 대단한 것이군요.”

소나기가 내리기 시작했다. 바람도 제법 세차게 불었다.

“내실로 들어갑시다. 서양식 식사가 차려졌을 것이오.”

둥그런 식탁에 앉은 서재필은 적이 놀랐다. 큼직한 빈 접시 위에 하얀 수건이 포개어져 있고, 접시 옆에 칼과 쇠스랑 모양의 도구가 놓여 있었다. 처음 보는 물건이었다. 작은 쇠스랑을 집어 들었다.

“이것은 뭐 하는 데 씁니까?”

“포크라고 하는데 음식을 찍어 먹는 데 씁니다.”

“이 수건은 무엇에 씁니까?”

“무릎에 놓아 음식이 떨어져도 옷이 더럽혀지지 않도록 하지요.”

“이 조그만 병에 든 것은 무엇입니까?”

“하얀 것은 소금, 검은 것은 후추입니다. 입맛에 맞게 음식에 적당히 넣으시오.”

“큰 병에 든 것은 무엇인지요?”

“와인입니다.”

“와인?”

“포도주이지요. 프랑스산 붉은 포도주⋯. 자, 건배하십시다.”

후쿠자와는 유리잔에 와인을 따라서 건네주었다. 와인 잔을 부딪치며 건배했다. 여태 마셔본 여느 술과는 전혀 다른 맛이다. 시큼하다 할까, 씁쓰름하다 할까. 흙냄새가 나는 듯하다.

노릇노릇한 빵, 양파 수프, 쇠고기 스테이크 등 서양 정식 요리가 차례로 나왔다. 칼로 고기를 잘라 먹는 게 어색했다.

‘칼과 쇠스랑으로 고기를 먹다니, 야만적인 모습이 아닌가⋯.’

고기와 와인은 썩 잘 어울렸다. 와인을 석 잔 마셨더니 취기가 약간 올랐다. 후쿠자와도 호흡이 맞는 조선 청년을 만난 기쁨 때문에 석 잔을 마시고 얼굴이 불콰해졌다.

"선생님께서는 어떤 계기로 서양에 대해 눈을 뜨게 되었습니까?"

"어릴 때 시라이시白石照山라는 스승에게서 실학을 배웠다오. 그런 바탕 위에 당시 내가 살고 있던 나카쓰번中津藩에 성행하던 난학蘭學에 영향을 받았지요."

"난학이라면?"

"화란和蘭, 즉 네덜란드의 문물을 연구하는 학문이라오. 조선과 일본의 차이를 볼까요? 조선에서는 대원군이 쇄국정책을 고집할 때 일본에서는 서양의 과학기술, 역사, 지리 서적들이 많이 번역 출판되었지요. 서양문명을 받아들일 기틀이 마련되었답니다."

"그 후 미국과 수교하면서 서양문물이 본격 유입되었겠군요?"

"맞아요. 미국 바람이 불자 나도 나카쓰에 머물기가 답답하더군요. 19세 때인 1854년에 항구도시인 나가사키로 공부하러 떠났지요. 거기서 네덜란드어 통역사에게서 네덜란드 말을 배웠다오. 네덜란드어로 쓰인 의학, 물리학, 철학 원서를 읽으면서 눈을 떴지요."

"공자, 맹자의 학문과는 전혀 달랐겠군요."

"그렇다오. 그러다 1859년 요코하마에 갔다가 충격을 받았어요. 힘들게 익힌 네덜란드어로 서양인과 대화하려 해도 통하지 않더군요. 그들은 영어를 쓰는 미국인이었지요. 영어가 서양에서 대세라는 것을 절감하고 다시 영어 배우기에 몰두했지요."

"제가 태어나기도 전에 벌써 그런 경험을 하셨군요."

"그 후 서양을 직접 방문하니 서양문명의 위용을 더욱 실감하겠더군요. 1860년부터 1867년까지 7년 새 미국을 두 번, 유럽을 한 번, 모두 세 차례에 걸쳐 해외여행을 했지요."

"놀랍습니다. 미국, 영국, 프랑스에 관해 이야기해주십시오."

후쿠자와의 여행 이야기는 더욱 흥미진진했다.

"1858년 미·일 수호조약이 체결되었고 일본 막부는 조약서를 교환하는 사절단을 미국으로 보내기로 했어요. 네덜란드에서 사들인 300톤급 철선인 일본 군함 칸닌마루가 태평양을 건너기로 한 것이지요. 나도 따라가고 싶어 이곳저곳 쑤셔서 수행원 자격을 얻었지요. 37일간 항해하여 샌프란시스코에 도착했다오."

후쿠자와는 미국 도착 당시의 감개무량한 상황을 되뇌는 듯 시선을 허공에 둔 채 말을 이었다.

"풍부한 물질문명에 입이 떡 벌어지더군. 화려한 호텔에서 신사 숙녀들이 양탄자 위를 구두를 신은 채 걸었고 여름인데도 샴페인 잔 안에 얼음조각이 들어있더군요. 제 나라에서는 천하 독보獨步로 안중에 무서울 게 없다고 뽐내던 일본 서생들은 미국에선 새색시처럼 움츠렸어요. 귀국할 때 갖고 온 웹스터사전으로 영어 공부에 정진했다오."

밤이 깊어가고 있었다. 후쿠자와는 자기 집에서 자고 가란다. 김옥균, 유길준도 무시로 잔다는 것이다.

"이젠 유럽 여행기를 들려주시겠습니까?"

"그래야지. 서재로 자리를 옮겨 프랑스산 코냑을 마시면서 …."

후쿠자와는 서재 구석의 진열장에 넣어둔 술병을 꺼냈다.

"나폴레옹 코냑이오. 포도주를 증류해 만든 것인데 독한 술이니 조금만 맛보시오."

위스키와 색깔은 비슷한데 맛은 달랐다. 서재필은 코냑의 짜릿한 맛과 향기에 정신이 몽롱해졌다.

후쿠자와는 서재 한복판에 놓인 안락의자에 앉아 쾌활한 목소리로 여행담을 이어갔다. 음유시인이 시를 읊듯 때로는 높은 소리로, 때로는 저음으로 장면마다 높낮이를 조절하면서 신명나게 이야기했다.

"미국에서 돌아온 이듬해인 1861년 통역사 자격으로 유럽에 갈 기회가 생겼지요. 영국 군함 오딘호를 타고 시나가와品川항을 출발해 홍콩으로 향했지요. 아시아 여러 항구를 거쳐 두 달 만에 수에즈 운하에 도착했다오. 수에즈에서 내려 육로로 카이로, 알렉산드리아로 가서 다른 배를 타고 지중해를 항해한 끝에 프랑스 남부 마르세유 항에 도착했고 … 유럽 땅에 첫발을 디딜 때의 가슴 떨림이란 …."

"프랑스는 사진으로 볼 때 화려하던데 실제로도 그렇던가요?"

"필설筆舌로 표현하기 어렵지요. 파리 시내 개선문 앞에 서니 도로가 사방팔방으로 뻗어 있는 데다 샹젤리제 대로의 폭이 너무도 넓어 사절단 일행은 모두 감탄사를 연발했어요."

그는 코냑 잔에 코를 갖다 대고 향기를 맡으며 이야기를 계속했다.

"나폴레옹 3세 황제는 저희 사절단을 초청했는데 루브르 왕궁의 화려함에 압도당했다오. 연회장의 그릇, 음식도 호사의 극치였어요. 파리에서 3주일간 머문 뒤 열차를 타고 대서양 연안 항구도시 칼레에 갔지요. 프랑스 군함을 타고 도버해협을 건너 영국에 갔고 …."

"영국도 대국이니 구경거리가 많았겠군요."

"런던에서 46일간 머물렀는데 킹스 칼리지 병원과 세인트 메리 병원을 둘러보고 박람회를 관람했지요. 대영박물관, 런던탑, 런던 선착장 등을 구석구석 살폈지요. 국회의사당을 방문했는데 정적끼리 맞서 토론하며 다투다가 같은 식탁에 앉아 식사하는 모습이 무척 의아

했다오."

"정적이라면 여당, 야당이라는 것입니까?"

"그렇다오. 정적끼리 토론으로 결론을 얻는다니 부러울 따름이었소. 농아원聾兒院을 들렀을 때의 감동이 잊어지지 않는군요. 농아들이 수화로 의사소통을 하더군요. 들을 수 없는 사람끼리도 손동작으로 대화할 수 있다는 사실이 신기해요."

서재필의 가슴엔 서양세계에 대한 동경심이 무럭무럭 솟았다. 후쿠자와의 여행경험이 부러웠다.

"영국을 떠나 네덜란드에 갔지요. 헤이그에 도착하니 성대한 환영식을 베풀어 주더군요. 네덜란드어를 일찍이 배운 나는 고향에 온 기분이었다오. 러시아 페테르부르크, 독일 베를린, 벨기에 브뤼셀 등을 거쳐 귀국길에 올랐지요. 일본에 도착하니 1862년 12월 10일이더군요. 나는 여행 경험을 《서양사정》이라는 책으로 출판했다오."

후쿠자와는 서재 모퉁이에서 《서양사정西洋事情》과 《학문을 권함》이란 책을 꺼내 주었다.

5

기초 일본어를 배운 서재필 일행 14명은 1883년 10월 토야마 군사학교에 입학했다. 붉은 벽돌로 지은 교사校舍에, 연녹색 잔디가 깔린 운동장이 잘 어울린다. 외양만으로는 대학 인문학부처럼 보인다.

"얍, 얍!" 교정 곳곳에서는 생도들의 기합소리가 들린다.

초기 제식훈련을 받을 때였다. 교관의 지시를 얼른 알아듣기엔 이들의 일본어 실력이 모자랐다. 그런 사정을 묵살하고 교관이 수련생들을 불러 세웠다. 아래턱이 툭 튀어나온 그 교관은 고함을 쳤다.

"바카야로! 아직도 못 알아듣는가?"

수련생 대표인 서재필이 우물쭈물하다 대답했다.

"지금 준비 중!"

그러자 교관은 핏대를 더욱 올리며 소리를 질렀다.

"준비는 무슨 얼어죽을 놈의 준비 …."

교관은 그렇게 말하고는 주먹으로 서재필을 가격하려 했다.

"얍!" 서재필은 기합을 지르며 허리를 살짝 뒤로 젖혀 이를 피했다.

"내 주먹을 피해?"

얼굴이 벌겋게 달아오른 교관은 다시 주먹을 날렸다. 서재필은 유연한 허리 놀림으로 피했다. 교관은 헛주먹질을 하고 몸의 중심을 잃었다. 그는 일어서더니 또 주먹을 휘둘렀다.

순간, 서재필은 이를 피하면서 반격의 주먹을 날렸다. 그의 오른손 주먹은 교관의 명치를 정확하게 가격했다. 거의 동시에 서재필의 다리가 하늘을 향해 치솟았다. 그의 왼발이 교관의 오른쪽 턱을 사정없이 후려쳤다. 교관은 그 자리에서 풀썩 쓰러졌다. 교관의 얼굴은 피투성이가 되었다. 그는 입을 벌려 걸쭉한 음식찌꺼기를 토해냈다.

"와아!" 조선인 훈련생들은 환호를 질렀다. 교관은 정신을 잃고 한동안 일어나지 못했다.

이 사건 때문에 긴급 교무회의가 소집되었다. 동그란 안경을 쓰고 머리를 박박 깎은 교장은 팔짱을 낀 채 듣기만 했다.

"하극상 사건이오. 생도가 교관을 때리다니 … 묵과할 수 없소."

"중징계를 내려야 하오."

"일단 경위를 파악해야 할 것 아니오?"

"뻔하지요. 교관 지시를 무시한 생도가 반란을 일으킨 것이지."

"반란이란 표현은 좀 심하군요."

듣고만 있던 교장이 안경을 벗으며 느릿느릿한 말투로 말했다.

"일단 진상을 … 조사해봅시다."

훈련주임이 진상조사에 나섰다. 그 후 다시 교무회의가 열렸다.

"서재필이라는 생도 … 조선에서 고급관료라고 하오."

"우리 교관은 하사관이니 하극상이 아니네요. 따져보니 교관이 강압적으로 훈련을 시킨 측면도 있더군요."

"교관이라 해서 생도를 가혹하게 대하는 관행도 곤란하오."

"조선 생도들은 일본어가 서툴러 교관 지시를 잘 알아듣지 못하오."

갑론을박 끝에 교장이 결론을 냈다.

"이번 사건은 … 없던 일로 … 합시다."

정년을 곧 앞둔 교장은 바깥에 알려지면 이로울 게 없음을 오랜 경험으로 잘 알았다. 이 사건 이후 교관들은 조선인 생도에게 친절했다.

이에 앞서 입학 첫날에도 비슷한 소동이 있었다. 조선인 학생들의 덩치가 일본인 학생들보다 월등히 컸다. 어느 일본 학생이 조선인 학생을 '괴물'이라고 부르며 놀렸다. 그러지 말라고 여러 차례 경고했는데도 자꾸 졸졸 따라 다니며 집적거렸다.

"괴물 맛 좀 봐라!"

조선인 학생 임은명林殷明이 그 일본 학생의 목을 잡고 번쩍 들어서 마당에 던져버렸다.

"아이쿠!"

그 후로는 일본인 학생들이 조선인을 놀리는 일이 없어졌다. 강원도 홍천 출신의 임은명은 힘이 장사였다. 팔다리에 우둥부둥 튀어나온 힘줄만 봐도 임꺽정 후예처럼 보인다.

서재필 일행이 수강한 과목은 유연체조, 노상측도路上測圖, 보병조전步兵操典, 사격술, 임시 축성학築城學 등이었다. 이들이 다룬 총은 당시 최신식 무기이던 무라타村田 소총이었다. '총에 미친 천재 사나이'라 불리던 무라타가 세계 각국의 소총을 모조리 분해해서 살핀 뒤 장점만을 골라 개발한 것으로 당시 세계 제일의 성능으로 평가됐다.

서재필은 정규 교과과정 이외에 조선인 동기생들로부터도 무예를 배웠다. 이규완에게서는 택견의 고난도 품세를, 유도와 씨름에 능한 임은명에게서는 조르기, 누르기 등 유술柔術을 배웠다.

이들은 매주말 휴일에 김옥균을 만났다. 김옥균은 그 무렵 일본에 세 번째로 와서 머물렀다. 김옥균은 차관 300만 원을 유치하려고 실력자들을 두루 만났다. 토야마 군사학교의 조선인 수련생들이 1년여간 머문 기간과 김옥균의 체류기간이 거의 겹친다.

김옥균은 생선 비린내가 풍기는 쯔키치築地의 숙소에 유학생들을 초대해 정신교육을 시켰다. 듬직한 체구를 가진 수련생 신중모申重模가 김옥균에게 물었다.

"여기서 '독립'이란 말을 자주 듣는데 그 의미는 무엇입니까?"

"서양 각국은 모두 독립국일세. 독립국이 된 연후에야 독립국끼리 친해질 수 있지. 그런데 조선은 중국의 속국이니 참으로 부끄러운 일이지. 조선은 언제 독립하여 서양 여러 나라들과 동등한 위치에서 친해질 수 있을까? 개탄스럽네."

몸은 가늘지만 표범처럼 날렵한 수련생 이희정李喜貞이 물었다.

"일본은 독립국인가요?"

"물론이지. 일본이 동방의 영국 노릇을 하려 하니 우리는 조선을 아시아의 프랑스로 만들어야 한다네."

정신교육이 끝나면 회식시간이다. 평소 씀씀이가 큰 김옥균은 유학생들에게 고급요리를 푸짐하게 대접했다.

"힘을 쓰려면 잘 드셔야 하네. 스님들이 마시는 곡차가 그리운 사람은 얼마든지 주문하시게."

신중모가 김옥균에게 질문했다.

"스님 곡차가 뭡니까?"

"눈치가 없기는 … 술 아닌가? 하하하 …."

서재필 일행은 1884년 5월 군사학교 학업을 중도에 그만두어야 했다. 조선 조정이 학자금을 뒷받침할 수 없었기 때문이다. 조선 조정은 요코하마 쇼낑橫檳正金은행에서 17만 원의 차관을 얻어 그 가운데 12만 원을 유학생 경비로 썼으나 추가자금을 확보하기가 어려웠다.

6

김옥균은 애가 탔다. 차관 건件이 쉽지 않았다. 외교 고문 묄렌도르프의 방해공작 탓이었다. 청국의 이홍장이 추천한 독일인 묄렌도르프는 조선 개화파와 일본에 대해서는 늘 어깃장을 놓았다.

김옥균이 국왕의 위임장을 받고 일본으로 떠났다는 소식을 전해들은 묄렌도르프는 골똘히 머리를 굴렸다.

'김옥균이 거액의 차관을 들여오면 개화당과 일본의 입지가 강화될 것 아닌가. 훼방을 놓아야 직성이 풀리겠군.'

그는 콧수염을 배배 꼬며 궁리하다가 묘책이 번쩍 떠오르자 새로 부임한 일본 공사 다케조에 신이치로竹添進一郎를 부리나케 찾아갔다.

한학자 다케조에와 언어학자 묄렌도르프는 둘 다 호학好學 취향이어서 마음이 통했다. 훗날 다케조에는 도쿄제국대학 교수로 활동하고,

묄렌도르프는 《만어문전滿語文典》이란 만주어 관련 명저를 낸다.

　묄렌도르프는 화장품 상자를 다케조에에게 건네며 말문을 열었다.

"부인에게 전해주십시오. 독일 산 크림입니다."

"뭘 이런 걸 가져오시고…."

　묄렌도르프는 실눈을 하고 목소리를 낮추었다.

"김옥균이 조선국왕의 위임장을 들고 일본에 간 사실을 아십니까?"

"예? 금시초문인데요."

"위임장은 가짜라고 합니다. 국왕이 써준 적이 없다고 하시더군요. 김옥균은 그것을 들이밀며 차관을 끌어오려고 할 겁니다."

　다케조에는 사실 여부를 확인하지도 않고 외무대신에게 보고했다.

　일본 외무성 대신 집무실, 터키산 빨간 카펫이 깔렸다. 이노우에 외무대신은 집무실 책상 앞에 앉아 코코아차를 마시며 사마천司馬遷의 《사기史記》를 읽는 게 취미였다. 궁형宮刑을 당한 사마천의 심경을 헤아리며 그가 남긴 불후의 역사 서적을 자구字句마다 살피며 탐독했다.

　독서삼매경에 빠진 이노우에를 김옥균이 찾아갔다.

"일본 외무대신 각하가 중국 역사책을 읽다니 여유가 있으시군요."

"중국 역사서라기보다 동양의 역사서가 아니겠소? 행간을 잘 읽으면 외교정책 지혜가 떠오른답니다."

"소생도 다시 읽어보겠습니다. 다름 아니오라, 조선 국왕의 위임장을 갖고 왔습니다. 지난번에 약속하신 차관 건…."

　이노우에는 위임장을 훑어보는 체하더니 내려놓았다.

"일본 재정사정이 나빠져 차관을 줄 형편이 못 되는군요."

"그 돈에 조선의 미래가 걸려 있어요. 조선이 힘을 키워 청국 세력을 내쫓아야 합니다. 일본도 그런 사정을 잘 알지 않아요?"

"낙담하지 마시오. 청국 세력은 곧 약화됩니다. 동아시아 정세가 바뀌고 있어요. 베트남에서 청국과 프랑스가 격돌할 조짐입니다."

"청국이 프랑스와 전쟁을 벌이면 조선에 상주한 청국 군대를 빼내 간다는 뜻입니까?"

"그렇지요. 그러면 조선에서 청국 세력은 약화될 수밖에 없지요."

"그건 그렇고 차관 건은 다시 알아봐 주시길 간청 드립니다."

조선 주재 일본공사 다케조에가 일본으로 소환되었다. 그는 조선에서 주로 수구파 인사들과 만났고 개화파 인사는 배척하였다. 다케조에의 눈엔 개화파의 부국강병 노력이 껄끄럽게 비쳤다.

이 무렵 서울에 주둔하는 청국군 진영은 술렁거렸다.

"곧 조선땅을 떠난다고 하더군."

"어디로 가는가?"

"소문을 들으니 베트남에서 한판 붙는다는데 …."

"그러면 우리가 베트남으로?"

"아니, 거기는 너무 멀어서 여기서 가긴 곤란해."

"우리는 요동 지방으로 간다는구먼 …."

총사령관 오장경은 청군 2천 명을 거느리고 요동에 간다며 짐 보따리를 쌌다. 곧 이어 1884년 6월 베트남에서 청·불 전쟁이 터졌다.

다케조에의 후임엔 시마무라島村久가 대리공사로 근무한다. 쾌남아 풍인 시마무라는 개화파 청년들과 의기투합했다.

김옥균은 서재필 일행보다 한 달가량 이른 1884년 6월 귀국했다. 차관 건을 성사시키지 못했으니 풀죽은 모습이었다. 돌아와 보니 무엇 하나 제대로 돌아가는 것이 없었다.

'당오전을 만들지 말도록 국왕에게 간언했건만 … 묄렌도르프의 건의대로 발행돼 경제가 엉망이야. 고약한 놈, 묄렌도르프 ….'

김옥균과 박영효는 오랜만에 만나 회포를 풀었다. 둘 모두가 눈이 퉁퉁 붓도록 통음했다.

7

"미리견의 군함 모노케시호를 보시오. 저 배를 타고 일단 일본으로 갔다가 태평양을 건너서 미리견으로 갑니다."

1883년 7월 26일, 제물포항에서 민영익은 보빙報聘사절단 일행에게 설명했다. 그의 목소리엔 자신감이 넘쳤다. 민 왕후의 조카 민영익은 사절단 대표였다. 사절단은 부사 홍영식, 종사관 서광범, 수행원 유길준 등 11명으로 구성되었다.

모노케시호의 갑판에 민영익은 홀로 앉아 포말泡沫을 바라보며 상념에 잠겼다. 수평선 너머 미지의 대륙을 상상하니 가슴이 뛴다. 이번 여행을 떠나기 전에 만난 여러 인물들의 면면이 떠오른다. 국왕, 왕후, 김옥균 ….

김옥균이 유난히 살갑게 접근해와 부담스러웠다. 거창한 송별연을 열어준 것도 달갑지 않았다.

"자네가 보빙사 대표라니 든든하네. 여러 인재들을 대동하고 간다 하니 더욱 뿌듯하네. 부디 견문을 넓히고 돌아오시게."

김옥균이 마치 지시하는 투로 이야기하기에 마음이 상하기도 했다. 그러나 갑판에서 너른 바다를 보니 그런 감정이 풀린다.

"명당에 홀로 계시는구면 …."

홍영식이 갑판에 올라와 민영익에게 말을 걸었다.

"조선 앞바다도 이렇게 넓으니 태평양은 얼마나 광대하겠습니까?"

"그렇겠지. 앞으로 자네 역할이 중요할 것이네."

민영익보다 다섯 살 많은 홍영식은 사절단 부대표로 임명되어 거북스럽기는 했다. 그러나 민영익이 대표랍시고 거들먹거리지 않으니 홍영식도 견딜 만했다. 사석에서는 여전히 호형호제 관계였다.

보빙사 일행은 일본 나가사키를 거쳐 요코하마에 도착했다. 당시 요코하마에는 미국 서안 샌프란시스코에 가는 정기 여객선이 있었다.

민영익은 요코하마에서 하버드대 졸업생인 로웰이라는 미국인을 안내인으로 고용했다. 로웰은 이 인연으로 훗날 조선에 들어와 3개월 간 체류하고 그 견문기를 《고요한 아침의 나라, 조선》(Chosun, The Land of the Morning Calm)이라는 제목으로 출판한다.

사절단은 샌프란시스코에 도착한 다음 육로로 동부에 갔다. 9월 18일 뉴욕에서 사모관대 차림으로 체스터 아서 대통령을 만났다. 이들은 대통령 앞에서 무릎을 꿇고 이마를 바닥에 조아리는 큰절을 올렸다.

"대통령 합하閤下, 돈수頓首 문안드리옵니다."

"무릎을 꿇지 말고 얼른 일어서십시오."

아서 대통령이 당황해했다.

이들의 복장은 미국인 눈에는 매우 이채롭게 보였다. 당시의 〈뉴욕 헤럴드〉신문에는 그 장면을 아래와 같이 보도하였다.

민영익 대사가 입은 관복은 값져 보였다. 보라색 비단 겉옷의 벌어진 사이로 백설 같은 하얀 바지가 보였고 황금으로 야릇하게 새긴 넓적한 허리띠를 매었다. 흉배에는 자줏빛 바탕에 수놓은 두 마리 학과 여러 가지 찬란한 빛으로 가장자리를 두른 포폭布幅을 붙였다. 비단과 대나무와 말총으로 만든 예모를 썼다. 부사 홍영식이 입은 관복은 민 대사의 것과 대체로 같았으나 흉배에 수놓은 학이 한 마리뿐이었다. 서광범은 흰 바지와 자줏빛 관복에 사모紗帽를 썼으며 그 뒤에는 로웰이 야회복을 입고 들어왔다. 그 다음으로는 유길준이 버들빛깔의 도포를, 변수邊樹는 검은색 관복을 입고 있었다.

이들은 뉴욕, 보스턴, 워싱턴 등을 다니며 선진문물을 견학했다. 병원, 우체국, 신문사, 육군사관학교 등을 둘러봤다. 관계자들은 환대하며 농기구, 개량종자, 신식 무기 등을 선물로 주었다.

미국에서는 1879년 토머스 에디슨이 전구를 발명하여 민영익 일행이 미국을 둘러볼 때는 실용화 단계에 있었다.

"조선에도 전기시설을 설치해주시오."

민영익이 이렇게 주문함에 따라 조선에서는 1887년 기술자 맥케이가 경복궁에 전등을 가설한다.

사절단 일행은 구경을 마치고 백악관을 방문해 아서 대통령에게 작별인사를 했다. 민영익이 아서에게 감사인사를 올렸다.

"말이 통하지 않아 조금 답답한 것을 빼곤 불편함이 없었습니다. 매우 유익한 여행이었습니다."

"좋은 추억을 간직하십시오. 그리고 이것은 제 작은 선물입니다. 유럽을 거쳐 코리아에 돌아가는 배표 3장입니다."

이 배표로 민영익, 서광범, 변수 등은 유럽 여행을 떠났고, 홍영식은 귀국 길에 올랐다. 유길준은 미국에 남아 학업을 시작했는데 이로써 유길준은 최초의 조선인 미국 유학생이 된다.

훗날 변수도 미국에 유학해 1891년 메릴랜드 주립 농과대학에서 이

학사 학위를 받는다. 한국인 최초의 미국 정규대학 학사다. 변수는 졸업 후 미국 농무부 직원으로 일하다 학교 앞에서 열차에 치여 숨졌다.

8

김옥균이 어깨가 축 처져서 귀국한 반면 1883년 7월 미국으로 떠났다가 이듬해 5월 귀국한 민영익은 의기양양했다. 민영익은 귀국하자마자 국왕과 왕후를 알현하고 선물을 진상했다. 미국과 유럽 견문기인 〈건백서建白書〉를 올리고 온갖 신기한 이야기를 들려주었다.

민영익은 국왕 부부에게서 총애를 받았다.

"중전, 유람 이야기를 들어보니 세상이 과연 넓구료."

"영익을 중용하옵소서."

민영익은 곧 이조참판으로 승진했고 금위대장과 신군좌군영관을 겸임했다. 조정의 인사권과 군사권을 거머쥔 핵심 실력자로 부상했다.

권문세가에서는 민영익의 벼락출세 소식이 화제가 됐다.

"스물다섯 나이에 명실상부한 세도재상이 됐지. 민비의 조카이니 그럴 만도 하지."

"임오군란 때 중 옷을 입고 탈출해 겨우 목숨을 건진 민영익이 이렇게 출세했으니 사람 팔자는 알 수 없는 법이야…."

민영익은 고종과 왕후의 부름을 받아 어떨 때는 하루에 서너 번이나 입궐했다. 그의 죽동 집 사랑채는 추부趨附하는 서생들로 북적거렸다.

왕후가 민영익을 불러 다과를 함께 들며 물었다.

"조카님의 친한 벗이 죽동 8학사라고 하던데 … 그들이 누군가?"

"호사가들이 그런 이름을 붙였지요. 어릴 때부터 가까이 지내는 선비들입니다. 김옥균, 홍영식은 학문을 논하는 벗입니다. 어윤중, 이

중칠, 조동희, 김홍균, 홍순형, 심상훈도 죽동 8학사들입니다."

"쟁쟁한 노론 가문의 후계자들이네."

"평생 의지할 벗들입니다."

"그래도 살다 보면 뜻이 갈라질 때가 있을 거야."

민영익과 김옥균. 이들은 한때 죽동 8학사로 어울렸으나 화합을 이루기 어려운 관계였다.

서화에서 일가一家를 이룬 민영익은 여가 때면 세필細筆 붓으로 난초를 그렸다. 큰 화폭에 큼직하게 그리는 것보다 작은 종이에 정밀하게 그리는 것이 편했다. 난초 그림 여백에 넣는 글씨도 깨알같이 작게 써야 마음이 가라앉았다. 하루는 세필 붓이 닳아 못 쓰게 되자 큰 붓으로 그림을 그렸다. 잡념이 생겼는지 그림 대신에 글씨를 썼다.

"엇, 이게 무슨 글씨인가?"

무심결에 쓴 글씨를 보고 놀랐다. 김옥균을 경계하는 내용이었다.

'김옥균의 급진적 개화론은 위험스러워⋯. 그의 호방한 기상이 부담스럽고⋯. 민씨 세력에 대한 비판발언도 귀에 거슬리는군.'

김옥균은 안동 김씨 부흥의 임무를 어깨에 짊어지고 있었다. 문중 어른들은 툭하면 김옥균을 윽박질렀다.

"60년 세도가 시들해지고 있네. 자네가 가문을 일으켜야지."

김옥균은 개화정책을 지렛대로 삼아 문중을 재기시키려 했다. 하지만 그의 기대는 번번이 어긋났다. 힘센 민씨 가문이 걸림돌이었다.

김옥균은 이 걸림돌을 치우는 방략을 궁리하느라 잠시 칩거하기로 했다. 동대문 밖 10리 거리에 있는 한적한 별장에 자리 잡았다.

이곳에 온 지 열흘이 지나자 김옥균은 지인들을 두루두루 초대했다. 급진 개화파 동지는 물론 온건 개화파 인사들도 여럿 있었다.

온건 개화파에선 민영익과 김홍집이 초대에 응했다. 일본의 시마무라 대리공사와 이소바야시 중대장 등 일본인 10여 명을 위해 일본 요리도 준비했다. 별장 마당에 연회장이 마련되었다. 삽상한 바람이 불고 달빛은 교교皎皎하다.

"이런 몽환적인 분위기에서 어찌 마시지 않을 수 있으랴!"

김옥균이 외쳤다. 다른 참석자들도 동조했다.

술잔을 주거니 받거니 하다 보니 너도나도 명정酩酊상태에 빠졌다. 혀가 꼬여 말이 새는 사람이 수두룩했다. 정세 토론을 벌이다 개화파와 보수파 사이에 언쟁이 벌어지면서 험악한 공기가 흘렀다.

"잘난 체하지 마시오."

"거드름을 피운 게 누군데?"

"말조심하시오."

"말장난 하지 마!"

주먹다짐 직전으로까지 비화됐다.

김옥균은 양측을 달래느라 혼이 났다. 새벽 3시까지 술자리는 이어졌다. 날이 어슴푸레 밝아지자 대기시킨 가마꾼들이 손님을 태우고 성내城內로 떠났다.

이 잔치 이후에 김옥균과 시마무라 대리공사는 더욱 친해졌다. 그러나 이들의 친교는 잠시뿐, 다케조에가 공사로 다시 부임해온다.

9

토야마 군사학교에서 교육받은 서재필 일행은 1884년 7월 29일 1년 2개월여 만에 귀향했다. 학자금이 떨어져 도중하차한 점은 아쉬웠으나 신식 군사훈련을 받고 선진문물을 익히고 왔으니 뿌듯했다.

부푼 꿈을 안고 돌아왔건만 반기기는커녕 따가운 눈총이 쏟아졌다. 여전히 청국이 조선을 좌지우지할 때여서 일본을 다녀온 서재필은 경계대상이 됐다. 서재필은 울분을 토했다. 나랏돈으로 공부를 시켰다면 당연히 활용해야지! 청국과 결탁한 민씨 세력이 원망스러웠다.

그러던 중 10월 어느 날 일본에서 배운 군사훈련 솜씨를 국왕 앞에서 선보이라는 연락이 왔다.

"기회다!"

그동안 갈고닦은 솜씨를 보여주자, 우리 손으로 우리 군대를 신식으로 바꿀 수 있음을 증명해보이자…. 군사 유학생들은 휘파람을 불며 군복을 다려 입고 군화를 닦아 신었다. 창검을 꽂은 총을 걸치고 경복궁으로 행진해 들어갔다. 옥좌에는 고종이 앉았고 그 주변엔 여러 조신들이 옹립했다. 서재필 일행은 온 힘을 다해 훈련내용을 선보였다. 제식훈련과 검도, 호신술 등을 보여주었다.

"대단하오!"

고종은 감탄하며 손뼉을 친 후 서재필을 가까이 불렀다.

"그동안 많은 정진을 했소. 일본의 군사력은 어떠하던가?"

"서양식으로 편제되어 있어 막강합니다. 군사 훈련부터 무기 체제에 이르기까지 완전히 환골탈태했습니다."

"조선도 그렇게 바꿔야 하지 않겠소?"

"지당하옵니다. 신(臣)이 소임을 맡겠사옵니다."

"기개가 가상하오. 곧 합당한 보직을 맡기겠소."

며칠 뒤 서재필은 신식 군대를 키우는 조련국 사관장, 즉 사관학교 교장에 임명되었다. 그러나 이 소식을 들은 원세개가 발끈했다. 그는 고종을 찾아가 무례한 어투로 언성을 높였다.

"조선 군대를 훈련시키는 청국군과 일언반구 상의도 없이 일본식 사관학교를 세운다고요? 턱도 없는 일이니 당장 취소하시오."

고종은 울상을 지으며 원세개의 말을 따랐다. 낙망한 서재필은 부득부득 이를 갈며 다짐했다.

"청국과 이를 추종하는 민씨 세력을 척결하지 않고는 조선의 자주독립은 없다!"

서재필 일행에게 궁궐수비대 발령이 났다. 선진 군사교육을 받아 왔건만 궁궐 문지기 노릇을 하라고 하니 격분했다. 더욱이 궁궐 수비 대장과 부하들은 서재필 일행을 하대했다.

서재필은 김옥균을 만나 분통을 터뜨렸다.

"낡아빠진 생각만 머리에 가득 찬 놈들이 우리를 능멸했습니다."

"솔! 꾹 참게. 언젠가 때가 오지 않겠나?"

"가만히 앉아 기다리면 궁둥이가 썩고 맙니다."

"기회는 만들 수 있다네."

개화파로부터 등을 돌린 민영익이 군대 통수권을 쥐었으니 서재필의 희망은 더욱 이루어지기 어려워졌다. 민영익은 청나라 장교 5명을 초빙한 뒤 서재필을 비롯한 일본 군사훈련생 일행을 쫓아냈다.

'3일 천하' 백일몽

1

1884년 11월 4일, 초겨울인데도 벌써 강추위가 들이닥쳤다. 해가 지고 어둑해지자 도성 안에는 삭풍朔風이 몰아쳤다. 행인들의 발걸음이 뜸해졌다. 초저녁인데도 부엉, 붱, 하는 부엉이 울음소리가 들린다.

박영효의 집인 금릉위궁에는 야음을 틈타 개화당 인사들이 모여들었다. 박영효는 부마가 되면서 금릉위라는 작호爵號를 얻은 바 있다. 그가 사는 집 이름에도 궁宮자가 붙었다.

김옥균은 칩거지에서 빠져나와 금릉위궁으로 왔다. 서광범, 홍영식, 서재필 등은 일찌감치 도착했다. 이들은 백하주白霞酒와 송절주松節酒, 그리고 나물과 산적 등 안주가 차려진 큼직한 원반을 가운데 놓고 둥그렇게 둘러앉았다.

최연장자이자 개화당의 영수領袖격인 김옥균이 말문을 열었다.

"국운이 바람 앞의 등불과 같네. 우리가 나서지 않으면 조선은 망하고 말 것이야. 청국 세력을 몰아내야 하네."

박영효의 목소리에는 침통함이 가득했다.

"간신이 권력을 농단하고 재용財用을 탕진하고 있소이다. 개화당은 몇 사람 되지 않고 대다수가 완고당頑固黨이니 언제 개화가 이루어지겠소? 민씨 일파를 쫓아내야 하오."

막내 서재필이 혈기를 참지 못하고 펄펄 뛴다.

"사관학교 계획이 무산되니 울화통이 터집니다."

미국을 두루 돌아보고 와 국제사정에 밝은 홍영식이 속이 답답한 듯 송절주 한 잔을 단숨에 들이켠 뒤 말했다.

"작년에 미국에 보빙사로 갔을 때 민영익의 속셈을 파악했는데 그는 개화당과는 동지가 될 수 없는 인물이오. 얼마 전 청·불 전쟁 때문에 청군 일부가 철수했기에 지금이 조선에서 청국 세력을 몰아내는 좋은 기회요. 우리가 일본과 손을 잡고 거사를 벌이면 청국은 개입할 여력이 없을 것이오. 수구당이 개화당을 제거하려 움직이고 있소. 개화당에 우호적이던 내시 유재현柳在賢이 수구당에 포섭됐다오."

과묵한 서광범이 나지막한 목소리로 독백하듯 중얼거렸다.

"일본은 믿을 수가 없소. 차관 약속을 깨뜨린 것만 봐도 …."

김옥균이 술병을 거칠게 움켜잡으며 대답했다.

"엊그제 다케조에 공사가 장기휴가를 마치고 조선으로 돌아왔다네. 오늘 낮에 다케조에의 밀사가 나를 찾아와서 전하는 말이 … 개화당이 거사를 벌인다면 발 벗고 돕겠다더군. 내일이라도 당장 박영효 대감이 다케조에를 만나 진심을 확인해보게. 그리고 홍영식 대감은 푸트 미국 공사를 만나 미국의 의중을 탐지해보시게."

박영효가 손마디를 두두둑 꺾으며 말했다.

"개화당에 대해 적대적인 다케조에가 일본에 갔다오더니 태도가 확 바뀐 모양이군요. 일본 정부의 외교정책 방향이 우리 개화당을 돕자는 쪽으로 변화한 듯합니다. 아무튼 일본을 이용해야지요."

김옥균은 목소리를 낮추었다.

"청국 세력을 몰아내고 개화를 추진하는 대경장大更張개혁에는 두 가지 방법이 있네. 첫째는 국왕 칙령을 받아 점진적으로 추진하는 평화적 방법이지. 둘째는 무력으로 정권을 장악한 다음 급진 개혁을 단행하는 것이지. 우리는 둘째 방법을 택할 수밖에 없네."

분위기가 무거워졌다. 김옥균이 잠시 침묵하자 방안에는 참석자들의 숨소리만 들릴 뿐 정적이 감돌았다. 각자 백하주, 송절주를 서너 잔씩 마셔 얼굴빛은 불콰했지만 표정은 굳었다.

김옥균은 다시 말을 이었다.

"〈프랑스 혁명사〉를 모두들 읽어보셨겠지? 파천황破天荒의 계기를 만들지 않으면 새로운 역사는 생기지 않는다네. 우리 손으로 개벽開闢을 이루어야지. 목숨을 걸고 판을 엎어야 해."

서재필이 결연한 각오를 한 듯 떨리는 목소리로 화답했다.

"좋습니다. 대장부의 갈 길이 그것 아니겠습니까."

김옥균이 속삭이듯 말을 이었다.

"주상 전하를 우리 편으로 끌어들여야 하네. 우리 거사를 적극 용인하지는 않겠지만 묵인한다는 윤허라도 얻어야 할 것이야."

박영효가 군사동원 계획을 설명했다.

"소생이 키워온 특공대 500명이 있소. 작년(1883년) 3월 소생이 경기도 광주 유수留守로 좌천되었을 때 의기소침하기는커녕 오히려 멋진 군대를 키울 수 있는 호기라 생각했소. 경기도 광주는 수도 방위를 위한 4도^都 가운데 하나여서 광주 유수는 군대 양성의 권한을 가졌지요. 장정을 모집하여 서양식 군대처럼 훈련시켰답니다."

김옥균은 서재필에게 당부했다.

"병력 총지휘 임무는 자네에게 맡기겠으니 일본에서 배운 작전술을 잘 활용하게."

"여부 있겠습니까. 일본 토야마에서 고락을 함께 한 동지들이 저를 보필할 것입니다. 그리고 개화당의 비밀결사^{結社}인 충의계 계원 43명은 결사대^{決死隊}를 조직합니다."

"이번 거사에 우리가 동원하는 병력은 모두 1천여 명이네. 이들을 잘 지휘하는 게 성패의 관건이야."

허리를 곧추세워 앉은 서재필은 울렁거리는 마음을 진정시키려 나직이 중얼거리며 자기 최면을 걸었다.

"처변불경^{處變不驚}이라 …. 격변기에도 놀라지 말아야지."

2

11월 5일 박영효는 다케조에 공사를 만났다. 포마드를 잔뜩 발라 머리칼이 번들거리는 다케조에는 속삭이듯 말했다.

"귀국의 개혁지사들은 이번 기회를 놓쳐서는 안 되오. 며칠 전 조선 국왕에게 청·불 전쟁에서 청국이 패배할 것이라 말했지요. 임오군란 때의 손해배상금 미수금 40만 원은 탕감하겠다고 밝혔고 …."

"개화당이 거사하면 일본은 우리를 어떻게 도울 거요?"

"자세한 사항은 다시 만나 논의하십시다. 비밀유지를 위해 다음 회동은 바둑대회로 위장하면 좋겠군요."

이틀 후, 다케조에는 시마무라 공사 대리를 대동하고 박영효의 자택인 금릉위궁을 방문했다. 조선의 바둑 고단자 2명과 일본 공사관 직원 가운데 바둑 고수 2명이 대결하는 형식이었다.

바둑대회가 진행되는 동안 옆방에서 김옥균과 다케조에는 바둑판을 앞에 놓고 마주 앉았다. 건성으로 바둑을 두며 대화를 나누었다.

"휴가는 잘 다녀오셨습니까? 외무대신은 안녕하시던가요?"

"이노우에 대신께서 김 대감께 안부인사를 꼭 전해드리라 당부하시더군요. 일전에 차관 건을 성사시키지 못해 유감이라면서 …."

"공사께서는 우리 개화파를 비우호적으로 보지요?"

"무슨 말씀을 … 오해를 푸십시오. 뭐든 개화당을 돕겠습니다."

"우리를 도우신다니 일단 믿겠습니다."

"거사를 도모하신다고요?"

"단도직입적으로 말씀드리지요. 병력과 자금을 지원해주시오. 일본군 150명이 국왕 호위를 맡아주고 몇십만 원을 융통해주시오."

"호위를 요청하는 국왕 친서가 있어야 합니다."

"국왕 친서를 받아내지요. 한 가지 명심하실 것은 일본군은 국왕 호위를 담당할 뿐이지 결코 조선 내정에 간섭해서는 안 됩니다. 수구당 처치는 우리가 알아서 할 터이니 …."

"일본군이 조선 국왕을 호위하는 것은 청국군의 공격에 대해 방어하라는 뜻이겠지요?"

"그렇소이다."

"청국군이 지금 조선에 1천 명가량 있지만 우리가 150명으로 국왕을 철통같이 호위하면 섣불리 덤벼들지 못할 것입니다. 프랑스와 전쟁을 벌이는 청국이 조선에 병력을 추가로 보낼 여력도 없겠지요."

11월 11일 심야, 자시子時경이었다.

쾅쾅, 따르르…. 남산에서 포성과 총성이 울렸다.

"무슨 소리야?"

금릉위궁에서 정변을 모의하던 개화파 인사들은 놀라서 벌떡 일어섰다. 바깥에 나와 보니 남산 쪽에서 소리가 계속 들려온다.

"거사 비밀이 새 나간 것 아닌가?"

서재필은 즉시 충의계 심복을 시켜 굉음이 울리는 사정을 알아오라고 지시했다. 그 심복은 새벽에 돌아왔다.

"일본군 진영에서 포성과 총성이 울렸습니다. 소리만 들렸지 실제 전투가 벌어진 것은 아닌 듯하옵니다."

"그렇다면 …?"

날이 밝자 김옥균과 서재필은 다케조에를 찾아가 간밤의 사정을 물었다.

"일본군이 야간 사격훈련을 했지요. 뭘 그렇게 놀라십니까?"

"거사 준비가 한창인데 들통이라도 나면 어떻게 하시려구요?"

"너무 흥분하지 마세요. 요 며칠 새 민영익이 지휘하는 조선 군대와 원세개가 이끄는 청국군의 동태가 심상찮았어요. 그래서 일본군의 위력을 과시하기 위해 야간훈련을 했소이다. 하하하 …."

"지금처럼 심각하고 민감한 시기에 어찌 너털웃음이 나오시오?"

"김옥균 대감, 대사를 치를 분이 왜 그리 소심하신가요. 하하하 …."

"공사! 말조심하시오. 매사 신중해야 할 때요. 일본군이 야간훈련을 하면 청국군과 조선 군대가 가만히 있겠소?"

일본군의 야간훈련 이후에 청국군은 경계를 강화했다. 병사들은 야간에 군장을 하고 취침했으며 불침번 병력을 갑절로 늘렸다.

평소 청국 외교관들은 다케조에 공사를 못마땅하게 여겼다. 다케조에가 일본 영사관에서 벌인 연회에서 청국 영사 진수당陳樹棠을 모욕했기 때문이다. 다케조에는 여러 외교관 앞에서 큰소리로 말했다.

"저기 청국 영사의 별명이 '무골無骨해삼海蔘'이라면서요?"

이 말을 들은 청국 외교관들은 발끈했다.

"무슨 망언이야?"

울분을 참지 못한 젊은 외교관이 다케조에의 멱살을 잡으려 했다. 진수당이 나서서 제지했다.

"그만 참게. 우스개로 한 이야기를 갖고 왜 그러나?"

겉보기로는 어수룩하지만 노련한 외교관인 진수당은 서둘러 사태를 수습했다. 하지만 그는 내심으로는 복수의 칼을 갈았다.

3

1884년 11월 29일 밤, 고종은 침전에 누워 눈을 감았으나 잠이 오지 않았다. 심장이 쿵쿵 뛰고 속이 더부룩했다. 청국과 일본의 세력 다툼에 끼어 골치를 앓아서인지 몸이 물먹은 솜처럼 묵직했다.

고종은 침소 밖으로 나왔다. 초겨울 북풍이 매섭게 분다. 하늘엔 두꺼운 오운烏雲이 끼어 달도 별도 보이지 않는다.

"가슴이 왜 이리 답답한가 …."

고종은 홀로 하늘을 쳐다보며 중얼거렸다. 환관宦官으로 개화파에 가담한 변수가 슬며시 다가와 머리를 조아린다.

"전하, 바람이 차갑습니다. 어서 침소로 들어가시지요."

고종은 대꾸하지 않고 서 있다가 이윽고 말문을 열었다.

"김옥균을 불러라."

동대문 밖 별장에서 은거하는 김옥균은 부름을 받고 부랴부랴 입궐했다. 말을 타고 허겁지겁 달려오니 시간은 삼경三更 무렵이었다.

고종은 침소에 앉아 있다 김옥균이 입시하자 벌떡 일어섰다.

"전하, 야심한 때 어인 일로 부르셨습니까?"

김옥균은 탑전榻前에 부복俯伏하여 문안을 올렸다.

고종은 좌정하고 나지막하게 말했다.

"경은 벼슬자리에서 물러나 있으니 세상 일이 더 잘 보이지 않소?"

'물실호기勿失好機! 국왕을 오래 독대하기가 어디 쉬운가.'

"천하대세가 급변하고 있사옵니다. 하루라도 일찍 조선이 독립국임을 선포하고 국력을 키워야 하옵니다.

"그래야 함을 과인이 어찌 모르겠소?"

"지금 청국과 법국이 인도지나(인도차이나)에서 벌이는 전쟁은 조선의 운명에도 큰 영향을 미칠 것이옵니다. 법국은 조선에도 마수를 뻗을지 모릅니다. 아라사(러시아)도 조선에 눈독을 들이고 있으며, 일본은 이미 조선에 군대까지 보내놓고 있지 않습니까. 조선을 놓고 열방列邦의 이전투구泥田鬪狗가 벌어질 상황이 심히 우려되옵니다."

"어쩌면 좋겠소?"

"종묘사직과 억조창생의 명운이 걸린 이 중차대重且大한 시기에 청국 세력을 업은 수구당 간신배들이 전하를 둘러싸고 전하의 판단을 흐리게 하고 있사옵니다."

"음…."

"국제 정세가 묘하게 돌아가고 있습니다. 조선에서 청국군 세력이 허약해진 틈을 타서 일본이 청국군을 공격할 것입니다. 그러면 조선 땅에서 청일 양국이 전쟁을 벌이는 셈입니다."

"누가 이기겠소?"

"이미 청국은 석양길에 접어든 나라입니다. 전쟁이 벌어진다면 일본이 이길 것입니다. 그런데도 수구파 사대주의자들은 여전히 청국에 의존하여 일신의 안일을 도모하고 있사옵니다."

이때 침전 밖에서 인기척이 났다. 비단 치마가 마루 위를 스치는 소리가 나더니 왕후가 들어왔다. 고종과 김옥균은 놀랐다. 고종은 눈이 동그래지며 말을 더듬거렸다.

"중전께서 어인 일로 …."

왕후는 고종 옆에 앉더니 김옥균을 내려다보며 말했다.

"경의 말씀을 바깥에서 다 들었습니다. 경은 아마 나를 수구파의 괴수로 의심하는 듯합니다. 그래도 좋습니다. 나라의 존망에 관계되는 중대한 일에 내가 아녀자로서 대계大計를 그르치면 안 되지요. 경은 숨기지 말고 대책을 말씀해 보세요."

김옥균은 내심 뜨끔하였다. 민씨 척족의 발호跋扈에 대해 성토하였는데 당사자가 갑자기 나타났기 때문이다. 그러나 왕후는 역시 대범하고 노련했다. 면박을 주기보다는 감싸는 듯한 발언을 했다.

고종은 왕후를 힐끗 쳐다본 뒤 말문을 열었다.

"경의 충심을 과인은 잘 알고 있소. 나라가 위급한 때를 당하면 경에게 주모籌謀를 일임할 터이니 다시는 중전을 의심치 마시오."

김옥균은 왕후에게 머리를 조아리며 말했다.

"중전마마를 의심하다니요. 혹시 오해를 가지셨다면 푸시옵소서."

'중전의 출현이 오히려 다행 아닌가. 이 자리에서 무언가 확실한 언질을 받아내면 좋을 터!'

"전하, 바라옵건대 친서 밀칙密勅을 내려주시옵소서. 신의 몸에 항상 모시고 다니며 전하의 성교聖敎를 실천하도록 하겠습니다."

"무슨 밀칙을 바라오?"

"위난시 신 김옥균이 임기응변의 대권을 행사하도록 하는 내용이면 좋겠사옵니다."

고종은 그 자리에서 칙서勅書를 쓰고 수결手決한 다음 옥새를 찍어주었다. 김옥균이 당장 청일전쟁이 벌어질 것처럼 겁박하자 엉겁결에 칙서를 써준 것이다. 의외로 쉽게 국왕은 손아귀에 들어왔다.

'혁명이 성공하면 국왕은 허수아비로 내세우고 개화당이 전권을 행사할 수 있겠지? 그날이 얼른 와야지!'

김옥균의 입가엔 엷은 웃음이 스치듯 지나갔다.

4

1884년 12월 1일, 개화당 인사들은 금릉위궁에 모였다. 궁宮이라지만 화려한 전각 따위는 없다. 사랑채가 큼직한 것이 두드러질 뿐 여느 고관대작 집과 별 다를 바 없는 집이다.

금릉위 박영효는 손님 가운데 막내인 서재필에게 말을 건넸다.

"내가 홀아비여서 손님 접대가 시원찮네."

"별 말씀을 다 하십니다."

"어린 나이에 부마가 되었지만 내 처(영혜옹주)가 혼인 석 달 뒤에 저세상 사람이 되는 바람에 …."

초췌한 얼굴의 김옥균은 허리를 곧추세우고 말했다.

"우리 움직임을 수구당 늙은이들이 눈치챈 것 같네. 민영익이 원세개 진영에 부쩍 자주 드나든다고 하네. 여차하면 거사도 벌이지 못하고 우리가 당하겠네. 사흘 후 거사를 감행하기로 하세."

고개를 숙이고 있던 홍영식이 얼굴을 번쩍 들며 말했다.

"사흘 후라면, 우정국 새 건물 낙성식이 열리는 날 아닙니까?"

우정국 책임자인 홍영식은 낙성식 준비 때문에 요 며칠 밤잠을 설쳤다. 김옥균이 홍영식을 똑바로 바라보며 대답했다.

"낙성식에 이어 축하연이 벌어지겠지? 그때를 노리기로 했네."

김옥균은 가슴에 품었던 종이를 꺼냈다. 임금에게서 받은 밀지다.

"자, 이것 보시게."

펼친 종이에 쓰인 글씨를 서광범이 읽었다. 목소리가 떨린다.

"임기응변의 대권을 행사할 수 있다 … 그리고 이것은 상감마마의 수결과 옥새 …."

서재필이 김옥균에게 물었다.

"전하께서 우리 거사를 윤허해주셨단 말입니까?"

김옥균은 억지로 밝은 미소를 지으며 대답했다.

"그렇다네. 전하를 앞세워 뜻을 이룰 수 있게 됐어."

박영효도 품속에서 종이 한 장을 꺼냈다.

"이것은 우리가 지금까지 숱한 밤을 지새우며 논의한 거사 행동계획을 정리한 것이오. 일곱 가지 사항으로 요약했소. 읽어보시오."

이들은 행동계획을 세심히 점검한 뒤 확정했다.

박영효가 눈을 크게 껌벅이며 말했다.

"각자가 돌아가며 한 가지씩 낭독하도록 합시다. 머릿속에다 기억하고 이 종이는 불살라 없애야지요."

박영효부터 읽었다.

"첫째, 축하연이 벌어지면 우정국 부근의 별궁에 불을 지른다. 그것을 거사신호로 삼는다. 불이 나면 수구파 4영사^{營使} 민영익, 한규직, 윤태준, 이조연은 직책상 화재현장으로 갈 것이다. 이때 그들을 처단한다. 수구파 한 명마다 처단 책임자 두 사람을 배정하되 처단자는 각각 단검 한 자루와 단총 한 자루를 휴대한다."

"둘째, 별궁에 불을 지르는 일은 충의계 계원인 판관 이인종李寅鍾이 총책임을 맡는다. 이규완, 임은명, 윤경순, 최은동 등은 석유를 뿌리는 일을 지휘한다."

"셋째, 수구파 4영사의 처단 책임자는 다음과 같이 정한다. 민영익을 윤경순이, 한규직을 이규완이, 윤태준을 박삼룡이, 이조연을 최은동이 맡는다. 이들이 실수하는 경우에 대비하여 별도로 일본인에게 조선옷을 입혀 예비 행동자로 한 사람씩 배정한다."

"넷째, 대신들과 별입시別入侍가 드나드는 금호문 밖에 신복모가 지휘하는 충의계 계원들을 매복시킨다. 이들은 민태호, 민영목, 조영하 등이 입궐하면 즉시 처단한다."

"다섯째, 고대수顧大嫂라는 별명을 가진 덩치 큰 궁녀를 시켜 궁궐 내 통명전通明殿에서 폭약을 터뜨려 폭음과 섬광을 내게 한다."

"여섯째, 혼잡이 생겨 아군끼리 충돌할 우려가 있으므로 암호를 정한다. '하늘 천天'을 외치면 일본어 '요로시よろし'라고 대답한다."

"일곱째, 정변이 성공하면 국왕을 경우궁景祐宮으로 옮겨 모시고 삼중으로 호위한다. 내위內衛는 개화당 장사인 충의계 계원과 사관생도가, 중위中衛는 일본군이, 외위外衛는 조선군이 담당한다."

행동계획을 읽은 이들은 한동안 참선參禪하듯 침묵했다.

박영효가 계획서를 촛불에 갖다 대자 활활 타올라 재가 되었다.

"이 재를 각자 감잎차에 타서 마십시다."

박영효의 제안으로 그들은 푸석푸석한 종이 잿가루를 찻잔 안에 넣었다. 서재필이 맨 먼저 마신 다음 한 마디 내뱉었다.

"씁쓰름하군."

5

12월 4일, 거사일 날이 밝았다. 하늘은 흐리고 간간이 진눈깨비가 날렸다. 우정국 개국 축하연은 오후 7시에 시작된다.

우정국 책임자이자 축하연 초청자인 홍영식은 오후 4시에 우정국 건물에 들러 준비상황을 점검했다. 김옥균과 서재필도 거사 장소를 다시 살폈다. 김옥균은 인근에 있는 자택에 돌아왔다. 국왕을 가까이에서 모시는 개화파 인물인 변수가 찾아왔기에 궁궐 동정을 물었다.

"전하께서는 오늘 어떻게 지내셨는가?"

"아침 일찍부터 공무를 보시다가 방금 전에 침소에 드셨습니다."

"자네는 다시 입궐해 전하의 동태를 잘 살피게. 오늘 밤 내가 입궐하면 상감마마와 중전마마가 어디에 계신지 보고하게."

김옥균은 이웃 서재필의 집으로 갔다. 거기엔 일본 토야마 군사학교 연수생인 '사관생도'들과 충의계 회원 여럿이 모여 있었다.

"동지들, 이제 운명의 시간이 다가오고 있소이다. 우리는 조선을 살리기 위해 명命을 걸었소. 대장부로 태어나 이런 대사에 참여하는 것에 어찌 주저함이 있겠소?"

"우리는 목숨을 초개草芥처럼 버릴 것을 각오한 몸입니다!"

김옥균과 서재필은 동지들의 손을 일일이 잡아 힘차게 흔들었다. 어느 결사대 대원은 몸을 떨며 눈물을 찔끔거렸다. 서재필은 그의 어깨를 토닥거리며 격려했다.

그날 서재필은 뭔가 낌새를 느끼고 울먹이는 아내에게 당부했다.

"누구도 대의大義를 막지 못하오. 부인은 그저 평정심을 갖고 기다리시오."

그는 엄마 젖을 빨고 잠든 두 살배기 어린 아들의 머리를 서너 번 쓰다듬고는 자리를 박차고 일어났다. 이것이 아내와 아들과의 마지막 대면이 될 줄이야…. 아내와는 혼인한 지 3년이 지났지만 여전히 정이 들지 않아 데면데면하게 대했는데 그게 마음에 걸렸다.

김옥균이 우정국에 도착하니 이미 여러 초청객들은 입장해 있었다. 일부 손님은 벌써 술자리 판에 휩쓸려 술잔을 부지런히 움직인다. 일본인 요리사가 만든 서양식 요리가 식탁에 올랐다.

악사들은 음악을 연주하고 기생들은 춤을 추며 흥을 돋운다.

푸트 미국 공사, 애스턴 영국 공사, 진수당 청국 영사 등이 자리에 앉았다. 푸접 좋은 성품이라 금세 조선말을 배운 묄렌도르프는 한복 차림으로 나타나 아무나 잡고 조선말로 인사했다. 다케조에 일본 공사는 몸이 아파 불참했단다.

김옥균, 박영효, 서광범 등은 그날 초대를 받았다. 벼슬이 낮은 서재필은 초대객에 포함되지 않았다.

김홍집, 민영익, 한규직, 이조연 등 쟁쟁한 인사들이 둘러 앉아 왁자지껄 이야기꽃을 피우고 있었다. 내외국인 모두 18명이 참석했다. 이들을 모시고 온 경호원, 수행원, 통역관 등도 새 우정국 건물 안팎에 대기해 분위기는 시끌벅적했다.

김옥균은 옆에 앉은 시마무라 일본 서기관에게 슬쩍 말을 건넸다.

"하늘 천天자를 아시오?"

시마무라는 눈을 찡긋 하고는 빙그레 웃으며 대답했다.

"요로시 …."

김옥균은 별궁 쪽을 초조하게 쳐다봤다. 불이 일어나면 거사는 개시된다 …. 그러나 약속시간이 지나도 불은 보이지 않았다. 그때 김옥균을 찾는 사람이 있다 해서 연회장 밖에 나가보니 개화당의 행동대원 하나가 숨을 헐떡이며 다가왔다.

"용을 써도 별궁 방화는 불가능합니다. 경계가 워낙 삼엄해서 …."

"그 부근 아무 초가에라도 불을 지르시게."

김옥균이 연회장에 돌아와 기다리는데 신호 불빛은 여전히 올라오지 않았다. 속은 까맣게 타들어 갔다. 또 김옥균을 찾는 사람이 왔다 하기에 나갔다. 찾아온 사람은 유혁로였다.

"별궁 방화 실패로 순라꾼들이 사방에 퍼져 다른 곳 방화도 어렵습니다. 결사대원들이 바로 연회장을 습격하려고 합니다만 …."

"그러면 혼잡 속에서 외국 공사들을 다치게 할 우려가 있소. 순라꾼이 없는 곳을 아무데나 골라 불을 지르시오."

김옥균이 긴장한 얼굴로 두 번이나 바깥에 들락날락하자 민영익은 의심스런 눈길로 바라보았다. 시마무라도 불안한 듯 자꾸 회중시계를 꺼내 뚜껑을 열었다 닫았다 한다. 이때였다.

"불이야, 불!"

우정국 북쪽 창문 밖에서 화염이 어른거렸다. 창문을 열어보니 우정국 옆 거리에서 시뻘건 불길이 하늘로 치솟았다. 연회장 안의 손님들은 우당탕거리며 일어나 출입구 쪽으로 몰려나갔다.

어영대장을 지내며 담력을 키워온 한규직이 큰 소리로 외쳤다.

"제가 나가서 불을 끄고 오겠소이다. 안심하십시오."

한규직이 막 나가려는데 민영익이 피투성이가 된 채 연회장으로 기어 들어왔다.

"칼, 칼을 맞았소. 으윽….."

민영익은 재빨리 바깥으로 나갔다가 대문 앞에 대기하던 결사대원의 칼을 맞은 것이다. 대원은 민영익을 한칼에 처치하지 못하고 중상을 입히는 데 그쳤다. 민영익은 얼굴과 팔이 칼에 베였다. 그가 흘린 피가 바닥을 흥건히 적셨다. 연회장 안은 아수라장이 되었다.

김옥균, 박영효, 서광범은 북쪽 창문을 뛰어넘었다. 그들은 암호를 외치며 달려나갔다.

"하늘 천天!"

김옥균은 우정국 대문 앞에서 만난 서재필에게 지시했다.

"개화당 장사들을 인솔하여 경우궁 문밖에 가서 기다리게. 나는 일본공사관에 갈 테니…. 민영익은 죽지 않았어. 수구파들을 처치할 때는 숨통을 확실하게 끊어놓게."

"일본 공사관에는 왜 가십니까?"

"일본측이 변심하지 않았나 확인해야겠네. 이따 경우궁에서 봄세."

김옥균이 일본 공사관에 가니 시마무라가 먼저 돌아와 있었다.

"김 대감, 대궐로 가시지 않고 어인 일로 여기로 오셨습니까?"

"일본 측은 계획대로 지원하는 거요?"

"물론입니다."

김옥균은 시마무라의 말을 듣고 국왕이 있는 창덕궁으로 향했다. 도중에 운니동 어귀에서 김봉균, 이석이 등 개화당 장사들을 만났고 또 요소요소에 매복한 장사 40여 명을 보았다.

김옥균은 금호문으로 김봉균을 데리고 들어가며 명했다.

"인정전 아래에 화약을 묻어두었으니 거기로 가서 폭발시키게."

136

김옥균은 창덕궁에 도착했다. 어둠 속에 횃불이 일렁였다.

개화당 가담자인 윤경완이 병정 50명을 거느리고 기다리고 있었다. 계획대로 착착 진행되는 듯했다.

"전하를 급히 알현하러 왔네."

김옥균은 환관 유재현에게 침소에 든 상감마마를 깨우라고 다그쳤다. 유재현은 놀라 동그래진 눈으로 김옥균을 바라보며 머뭇거렸다.

"어서! 지금 큰 변고가 생겼네."

김옥균이 고함을 치며 다그쳤다. 유재현은 미간을 잔뜩 찌푸린 채 국왕 침소로 발길을 돌렸다.

"들라 하십니다."

유재현의 말을 듣고 김옥균, 박영효, 서광범은 국왕 침소로 들어갔다. 이들은 고종 앞에 무릎을 꿇고 아뢰었다. 왕후도 옆에 있었다.

"이 무슨 소란이오?"

떨리는 목소리로 묻는 고종의 질문에 김옥균이 차분하게 대답했다.

"방금 우정국 낙성식에서 중신 몇이 살해되는 변고가 있었습니다."

"뭐라? 누가 살해당했소?"

"자세한 상황은 파악되지 않았사옵니다. 여기도 위험하오니 전하께서는 경우궁으로 옥체를 옮기셔야 하겠사옵니다."

왕후가 따지듯 물었다.

"사변이 청국측에서 나왔는가요? 아니면 일본측에서?"

정곡을 찌르는 왕후의 질문에 김옥균은 우물쭈물했다. 미처 대답도 하기 전에 바깥에서 폭음이 들렸다.

쾅! 폭음과 함께 땅이 쿵 울렸다. 고종은 혼비백산했다.

"이게 무슨 소리요?"

"변고가 심상찮습니다. 경우궁으로 피하심이 마땅한 줄 아옵니다. 신을 따라 어서 가시옵소서."

바깥의 폭음은 김봉균이 통명전에서 터뜨린 폭약 굉음이었다. 남자처럼 생긴 궁녀 고대수가 숨겨놓은 이 폭약은 김옥균이 일본에 갔을 때 승려 탁정식에게 시켜 서양인에게서 사온 것이었다.

고종과 왕후는 사정을 따질 겨를이 없이 허둥지둥 창덕궁을 나섰다.

"전하! 일본 군사를 불러 호위하도록 하겠습니다. 일본 군사를 부르려면 친필 칙서가 있어야 합니다."

김옥균이 건넨 지필묵을 받은 고종은 노상에서 '일본 공사는 와서 짐을 호위하라'고 써주었다. 김옥균은 이 친필 칙서를 박영효에게 주며 다케조에 공사에게 갖다주라고 했다.

김옥균, 서광범이 국왕과 왕후를 모시고 경우궁 정전正殿 뜰에 이르렀을 때다. 박영효와 다케조에가 말을 타고 일본군을 인솔해서 도착했다. 박영효가 말에서 내려 고종에게 말했다.

"전하, 일본 군대가 왔으니 안심하시옵소서."

경우궁 정전 앞에서 기다리던 서재필도 고종에게 아뢰었다.

"신이 사관생도와 함께 신명을 바쳐 전하를 보위하겠사옵니다."

고종은 정전에 들어가 좌정했다. 김옥균, 박영효, 서광범이 국왕 옆에서 시위侍衛했다. 창덕궁 옆에 있는 경우궁은 정식 궁궐이 아니라 순조純祖의 생모의 신주를 모시는 사당이어서 아담한 건물이었다.

거사 계획대로 서재필의 지휘 아래 사관생도와 개화당 장사들이 근접 호위를 했다. 친군영 전영 소대장 윤경완은 병사 50명으로 정전 뜰을 지켰다. 일본군 150명은 대문 안팎을 경호했다. 외위外衛로는 친군영의 전영, 후영 병력 1천 명을 불러 경우궁 안팎을 지키도록 했다.

고종을 중심으로 3중, 4중의 호위체제가 편성됐다. 이렇게 되니 일단 정변은 성공한 것으로 보였다.

경우궁에 들어오는 대신은 홍영식이 접견했다. 한규직과 윤태준이 먼저 찾아왔다. 곧 이어 이조연이 왔다. 이들은 홍영식에게 물었다.

"도대체 무슨 일이오?"

홍영식은 이들 수구파 대신을 가까이 보자 너무 박절하게 대할 수 없어 나지막한 목소리로 간단히 대답했다.

"잠시 기다리시오."

내시 유재현이 나타나자 한규직이 눈을 부릅뜨고 목소리를 높였다.

"주상전하께서는 어디에 계신가? 알현하러 왔네."

유재현은 홍영식을 힐끔 쳐다보고는 아무 말을 못했다.

그때 박영효가 나타나 한규직 일행을 보더니 고함을 질렀다.

"3영^營 영사들이 상감을 호위하지 않고 왜 여기서 머뭇거리시오?"

후영사 윤태준이 씩씩거리며 나섰다.

"전하를 모시러 가겠소."

윤태준이 손중문을 나서자마자 그 앞에서 기다리던 이규완이 각축의 명인답게 깨금발로 뛰어올라 두발낭상으로 윤태준의 턱을 걸어찼다. 휙, 하는 소리에 이어 픽, 하는 소리가 났다. 윤태준이 윽, 하는 외마디 비명을 지르며 쓰러지자 이규완의 부하가 시커먼 철퇴를 내리쳤다. 윤태준은 머리통이 으깨어지며 즉사했다.

한규직과 이조연은 경우궁 후문을 나섰다가 척살되었다. 이들은 한칼에 목숨을 잃었다. 전, 후, 좌 3영사가 모두 죽임을 당한 것이다.

민영목, 조영하, 민태호 등 수구파 중진들도 경우궁을 찾았다가 차례로 온몸을 난자당했다. 김옥균은 변수를 불렀다.

"자네가 각국 공사관을 돌며 정변 사실을 알리게. 개화당이 주도한 이 정변은 국왕의 재가를 얻은 것이어서 합법적인 행위라고 설명하게. 그리고 우정국에서 소동을 빚은 점에 대해 사과하시게."

김옥균은 또 고종의 사촌 형인 이재원李載元을 불러오게 했다.

"대개혁을 위해서는 정변이 불가피했습니다. 시대가 요구하는 흐름에 동참해 주십시오."

이재원은 김옥균의 제의를 의외로 순순히 받아들였다.

김옥균이 우선 급히 시행할 정령政令을 국왕에게 품하려 할 때였다. 한숨 돌린 왕후가 고종에게 말했다.

"전하, 창덕궁으로 돌아가심이 좋을 줄로 아옵니다. 여기 경우궁에 왜 있어야 하는지 … 마치 유폐幽閉된 것 같사옵니다."

고종은 왕후의 말을 듣고 고개를 끄덕였다. 경우궁으로 따라온 환관과 궁녀들도 삼삼오오 모여 입술을 삐죽거렸다. 김옥균은 이래서는 곤란하다고 보고 서재필을 불렀다.

"극약 처방을 써야겠네. 유재현을 잡아와 처단하게. 분위기를 바꾸어야 하네."

서재필은 장사 몇 명과 함께 유재현을 끌고 왔다. 환관과 궁녀들을 모두 불러 모은 자리에서 무릎 꿇려 앉혔다. 유재현은 등을 새우처럼 동그랗게 굽혀 머리를 조아렸다. 김옥균은 큰 목소리로 외쳤다.

"유재현은 듣거라. 당신은 간교한 꾀로 이간질을 일삼아 조선의 개혁을 방해한 중죄를 지었노라. 또한 상감마마를 잘못 보필하여 오늘 이런 변고를 당하도록 했다. 마땅히 중벌을 받아야 할 것이니라."

서재필이 손을 들었다가 아래로 내리니 그 신호와 함께 결사대 대원이 단칼에 유재현의 목을 뎅겅 베어버렸다. 유재현의 머리통이 피를 뿜으며 바닥에 뒹굴었다. 환관과 궁녀들은 몸을 와들와들 떨며 명령에 고분고분 따랐다.

훗날 중국 상하이에서 암살당한 김옥균의 시신이 국내에 옮겨져 능지처참陵遲處斬될 때 유재현의 양자는 시신의 배를 갈라 간을 꺼내 씹으며 복수했다.

고종은 유재현 척살 소식을 듣자 깜짝 놀라 눈을 껌벅거렸다.

'김옥균이 미친 것 아닌가? 개화당의 충성심을 믿어도 되나?'

그날 자정께 개화당 5인 지도부는 한자리에 모였다. 땀으로 얼굴이 번들거리는 김옥균은 이들의 손을 차례로 잡으며 말했다.

"동지들, 수고했네. 이제 우리 손으로 조선을 탈바꿈하세!"

6

이튿날인 12월 5일, 어김없이 날이 밝았다. 경우궁 뜰에는 까치떼가 쪽빛 하늘을 뒤로 하고 찬바람을 가르며 날아다녔다.

세수하러 우물터에 나온 김옥균은 서재필에게 말했다.

"저 까치를 보게. 날렵한 날개 모양이 멋지지 않은가?"

"길조吉鳥를 아침에 봤으니 길조吉兆입니다."

"그래야지. 일본에서는 까마귀가 길조, 까치는 흉조라 하더군."

김옥균은 찬물을 얼굴에 찍어 발라 닦은 다음 고종을 알현했다.

"간밤에 침소는 불편하지 않으셨습니까."

"난리 중에 어찌 잠을 자겠소. 이제 어쩔 작정이오?"

"새로운 내각을 구성할까 하옵니다. 영의정에는 이재원이 적임자이오니 윤허하여 주시옵소서."

"이재원? 사사로이는 과인의 사촌 형님 …."

고종은 이재원이 영의정으로 추대되자 약간 안도했다. 그러나 개화당이 어떤 일을 꾸미는지 짐작하지 못해 답답하기는 여전했다.

김옥균은 머리를 조아리며 개각 명단을 아뢰었다.

"좌의정에는 홍영식을, 전후영사 겸 좌포장엔 박영효, 서광범은 외교를 담당하게 하고, 서재필은 병조참판으로 보임할까 합니다."

"서재필이 급제한 지가 얼마나 되었다고 벌써 참판을 ….."

"비상시국에서는 경력보다는 능력이 중요하다고 사료하옵니다."

"개화당의 우두머리인 귀공은?"

"신은 판서 없는 호조참판을 맡을까 합니다."

"아래 사람들이 판서를 맡는데 경이 참판을 맡다니 이상하지 않소?"

"신은 권력을 탐해 개혁을 추진하는 게 아니옵니다."

"겉모습을 그렇게 꾸미려고 하오? 누가 봐도 이상한데 ….."

"신의 진심을 헤아려 주십시오."

"진심이라 … 앞으로 두고 보겠소."

"온건 개화파인 김윤식, 김홍집, 이건창도 기용하겠습니다."

고종은 입술을 삐죽 내민 실뚱머룩한 표정을 지었다. 김옥균은 식은땀을 흘리며 허리를 굽혔다.

청국군 진영에서는 비상이 걸렸다. 원세개는 조선 정변소식을 듣고 저녁밥도 거른 채 밤새 측근들과 대책을 숙의했다.

"이럴 수가 있소? 우리가 까맣게 모르는 새 ….."

"낌새는 감지했습니다만 ….."

"개화당과 일본이 손을 잡았군. 좌시할 수 없소."

"민비를 움직여야 합니다. 경기관찰사 심상훈沈相薰을 개화당 지지자로 위장하여 경우궁에 들여보내겠습니다. 심상훈이 왕후에게 정변의 진실을 알려야 하지요.”

“내가 민비에게 보낼 밀서를 쓰겠소.”

심상훈은 원세개의 밀서 쪽지를 가슴에 품고 왕후를 배알拜謁하러 갔다. 결사대원들이 감시하는 가운데 심상훈은 문안을 올렸다.

“중전마마, 무양하시옵니까?”

“보다시피 … 잘 지내고 있습니다.”

왕후는 말은 그렇게 했지만, 말투로 보아 심기가 불편함이 틀림없었다. 심상훈은 왕후를 쳐다보며 눈을 껌벅거렸다. 왕후의 눈과 마주쳤다. 왕후는 심상훈이 뭔가 속내를 털어놓을 것으로 짐작했다.

왕후는 큭큭, 마른기침을 두어 번 한 뒤 지밀상궁에게 명했다.

“심 대감께 차를 대접하게.”

눈알을 이리저리 굴리던 심상훈은 차를 마시다가 왕후의 찻잔 아래에 밀서를 슬쩍 끼워 넣었다. 경비병이 미처 보지 못하는 틈을 탔다.

왕후는 심상훈이 돌아간 뒤 혼자 앉아 밀서를 펼쳤다.

‘청국은 왕후를 변함없이 지지한다’는 원세개의 글이 눈에 들어왔다. 무장武將의 글씨 치고는 달필이었다.

중전마마를 적敵으로 여기는 개화당은 일본과 공모해 정변을 일으켰습니다. 경우궁으로 주상전하와 중전마마를 모신 것은 볼모로 감금한 것입니다. 청국군이 개화당 군사와 일본군의 호위를 뚫고 구출할 터이니 염려 마십시오. 우선 창덕궁으로 옮기십시오. 창덕궁은 넓어서 그들의 소수 병력으로서는 방어하기에 불리한 곳입니다.

왕후는 이제야 사태를 파악했다.

'고얀 것들! 개화당이 일본을 등에 업고 역모를 저질렀군. 내 추측이 꼭 맞았어. 상감마마를 졸라 이곳에서 빠져나가는 게 급선무야.'

왕후는 고종에게 다가가 울먹이며 간언했다.

"전하, 경우궁은 너무 좁아 국사를 영위하기엔 불편하기 짝이 없는 곳이옵니다. 새 정부가 들어선다면서 이곳에 머물면 너무나 옹색하지 않사옵니까. 창덕궁으로 옮기는 것이 마땅하옵니다."

김옥균은 왕후를 달래려 국왕의 거처를 경우궁 옆의 계동궁桂洞宮으로 옮겼다. 계동궁은 이재원이 사는 곳으로 경우궁보다 넓으나 약간 고지여서 개화당 소수 병력으로도 방어하기가 유리한 곳이다.

왕후는 계동궁도 싫다고 투덜거렸다.

"왜 창덕궁으로 가지 않는지 이해할 수 없습니다. 외교 사절들이 문안차 방문하는데 이 좁은 계동궁에 계시다면 체통이 서겠습니까?"

왕후의 성화에 못 이긴 고종은 김옥균을 불렀다.

"창덕궁으로 옮겨야겠소."

"어젯밤 정변의 여파가 아직 가라앉지 않았습니다. 여기서 이틀만 계시면 모든 일이 정리될 것이고 그때 환궁하도록 하겠사옵니다."

김옥균은 다케조에 공사에게도 단단히 당부했다.

"창덕궁은 방어하기가 어려운 곳이니 국왕이나 왕비가 분부하시더라도 계동궁을 떠나서는 아니 되오."

"알았습니다. 하하하 …."

김옥균이 대책을 논의하려 홍영식, 이재원과 함께 외청에 잠시 나갔다. 그 사이에 고종은 다케조에를 불렀다.

"공사, 여기는 불편해서 도저히 머물 수 없소. 누추해서 체통이 서지 않는구려. 창덕궁으로 가야겠소."

"합하, 그러시다면 준비하여 곧 환궁하도록 하겠습니다."

김옥균이 이 소식을 전해 듣고 계동궁으로 달려왔다.

"다케조에 공사, 뭐하는 짓이오? 그토록 당부하였거늘⋯."

"왜 나를 윽박지르시오? 일본군을 못 믿어서 걱정이오? 염려 마세요. 일본군 정예 병력 150명이 철통같이 지키고 있으면 청군이 1천 명이든 2천 명이든 막을 수 있답니다. 하하하⋯."

고종이 김옥균을 불러 다그쳤다.

"다케조에 공사가 환궁하는 것이 문제없다고 하였소. 빨리 옮기도록 하시오."

"사정이 그렇지 않사옵니다."

"어허, 괜찮다는데도! 어명이오!"

고종은 충혈된 눈을 끔벅이며 버럭 역정을 냈다.

김옥균은 고종의 심기를 거스를 수 없어 그날 오후 5시에 창덕궁으로 고종을 모시고 돌아왔다.

이날 밤, 창덕궁 대궐문을 잠그려 할 때였다. 청군의 오조유吳兆有 진영에서 병정을 보내 선인문을 잠그지 못하도록 방해한 일이 있었다. 그밖에 별다른 사건은 없었다.

7

창덕궁 안에 있는 성정각誠正閣. 세자가 학업을 연마하는 건물이다. 편액 글씨는 정조의 어필御筆이다. 그 앞에 개화당 핵심인사들이 모였다. 고종이 창덕궁에 돌아온 직후였다.

12월 5일 저녁에 집결한 이들은 밤을 새워 6일 새벽까지 신정부의 정책을 마련하느라 머리를 맞대었다. 이들은 잠을 제대로 자지 못해 모두 눈에 벌건 핏발이 섰다.

"백성들의 심금을 울리는 혁신책이 있어야 하오."

"군신관계를 강요하는 청국으로부터 독립한다는 뜻을 분명히 밝혀야지요. 청국의 마수魔手에서 벗어난 조선!"

아침이 밝자 홍영식이 고종을 알현했다. 고종은 하품을 하며 부석부석한 얼굴로 홍영식을 맞았다.

"성품이 온화한 경이 보고하러 들어오니 과인의 마음이 한결 편하오. 보고내용이 무엇이오?"

"혁신 정강을 마련하였사옵니다."

"혁신 … 허울 좋은 이름 아래 과인은 허수아비가 되는구면 …."

"이 길로 나아가야 주상 전하의 영도력이 빛나는 법이옵니다. 이대로 재가해주시옵소서."

홍영식은 재가받은 혁신 정강을 국왕의 전교傳敎 형식을 빌려 공포했다. 혁신 정강 14개 조항을 사대문 안 몇몇 곳에 게시했다.

정강을 읽은 백성들의 입에서는 옳소, 옳소 하는 반응이 나왔다.

"속이 후련하구면. 맨 앞을 보게. '청국은 대원위 대감을 며칠 안에 돌려보내라'고 요구했구면. 조선의 목소리를 낸 것 아닌감?"

"개화파 청년들의 배짱이 대단하네그려. 저기 저 정강을 보게나. '청국에 조공을 보내지 않겠다'고 밝혔군."

"우리 눈엔 '문벌을 폐지하여 인민 평등을 보장하고 탐관오리貪官汚吏를 척결하여 민생을 살리겠다'는 대목이 가장 마음에 드는구면."

"말은 번드르르한데 과연 실현할 수 있을까?"

"일단 믿어봐야지."

개화당은 청군의 공격에 대비해 방어체제를 마련했다. 간밤에 청군이 선인문 닫는 것을 방해한 사건이 께름칙했다. 개화당 지도부는 간밤의 사건에 대해 원세개에게 항의문을 보냈다.

창덕궁 방어책임자 서재필은 궁궐 안팎을 둘러봤다. 돈화문으로 들어와 인정전, 선정전, 남행각을 살폈다. 엊그제 벼락치기 정변으로 정권을 잡았지만 이 체제가 존속될지 확신하기 어려웠다.

서재필은 무기 장부를 점검했다. 몇 개월 전에 미국에서 최신식 소총 3천 정을 구입했다는 항목이 눈에 띈다. 됐다! 큰 힘이 될 것이다!

"소총을 병사들에게 나누어주시오."

신바람이 난 서재필은 궁내를 돌면서 호위병들을 격려했다.

"추운데 고생이 많네. 곧 최신식 소총을 받을 것이야. 청국군이 갑자기 쳐들어올지 모르니 정신을 바짝 차리시게."

서재필은 무기고에 가서 미국제 소총을 점검했다. 무기고 관리자 몇 명이 자리를 지키고 있었다.

"총을 꺼내보시게."

"총이 이상합니다. 총 주위가 벌겋게 됐는데 이게 녹 아닙니까?"

총을 살펴보니 엉망이었다. 제대로 관리하지 않아 녹투성이였다. 기름을 칠하고 닦아 쓰려면 며칠이 걸릴 지경이었다.

"이럴 수가…."

일본에서 군사교육을 받을 때 '군인은 소총을 생명처럼 소중히 여겨야 한다!'고 귀가 따갑도록 들었다. 조선 군대에서는 값비싼 소총을 이렇게 팽개쳐놓은 것이다.

허탈해진 서재필은 국왕이 정사를 보는 인정전仁政殿 안으로 들어갔다. 고종이 잠시 자리를 비워 텅 빈 공간 …. 일월오봉도^{日月五峰圖} 병풍을 뒤로 한 용좌^{龍座}에서 강렬한 기운이 솟아나오는 듯하다. 그곳을 한동안 응시하고 있는데 어느 사이엔가 상감마마가 들어와 좌정한 모습이 보였다. 당황한 서재필은 곧 부복하며 문후 인사를 올렸다.

"전하, 옥체 만강하시옵니까?"

"……."

아무 대답이 없었다. 평소의 고종과는 달랐다. 좀 이상한 낌새가 느껴져 슬며시 고개를 들어 용안을 쳐다보았다. 아무도 없었다. 눈을 부비고 다시 쳐다보니 고종이 아닌 다른 임금이 앉아 있었다. 왕의 얼굴은 빛덩어리 같아서 똑바로 쳐다보기 어려웠다. 눈이 부셔 희미한 윤곽만 보였다. 그에게서 강렬한 서기^{瑞氣}가 뿜어져 나왔다.

눈을 가늘게 떠서 정신을 가다듬고 용상^{龍床}을 응시했다. 국왕은 젊고 얼굴이 갸름했다. 다시 자세히 보니 국왕이 환하게 웃으며 서재필에게 오라는 손짓을 하였다. 그 손짓은 선인^{仙人}의 것인 듯했다.

'헛것이 보이나?'

이렇게 자문^{自問}하며 국왕의 눈과 마주치는 순간 헉, 하고 신음을 내뱉었다. 익선관을 쓴 서재필 자신이 옥좌에 앉아 있는 것 아닌가.

청국군은 이번 기회에 일본군에 '본때'를 보여야겠다고 다짐했다. 창덕궁 진입작전을 개시했다. 원세개는 참모들에게 명령했다.

"1천 5백 명의 병력을 2개 부대로 나누어 돈화문과 선인문 쪽으로 각각 공격하라. 인정사정 볼 것 없이 초전박살이다!"

마침 이때 일본 우편선이 제물포에 입항했다. 선편으로 온 일본 정부의 훈령이 다케조에 공사에게 전달되었다. 문서를 받아 든 다케조에의 얼굴이 일그러졌다. 이노우에 외무대신 명의로 작성된 것이다.

조선 개화당의 정변에 가담하지 않기 바람. 청·불 전쟁이 소강상태
에 빠져 일본은 청국과의 관계를 굳이 악화시킬 이유가 없음.

"청군이 개떼처럼 몰려옵니다. 돈화문과 선인문 쪽으로 양면 공격
을 시작했습니다. 조선군 외위 병력으로는 막아내기 어렵습니다."
다급한 목소리의 보고를 받고 서재필은 자리에서 벌떡 일어났다.
돈화문 쪽으로 나가보니 총을 쏘며 돌진해오는 청국군 무리들이 보
였다. 조선군 외위 부대는 미처 응전태세를 갖추지 못했다. 병사들이
양달에 쪼그리고 앉아 미국산 소총에 낀 녹을 닦고 있을 때였다.
"얼른 응전하라! 물러서면 안 된다. 돈화문을 사수하라!"
친군영 전영 소속 조선군 500명은 활을 쏘며 방어했다. 그러나 역
부족이었다. 청국군이 쏜 총탄을 맞고 수십 명이 피를 내뿜으며 쓰러
졌다. 무기의 열세로 더 버티지 못하고 전열이 흩어졌다. 다음 방어
선은 중위를 맡은 일본군이었으나 싸우지도 않고 물러나려 했다.
군사 책임자 서재필은 조선군과 일본군을 독려했다.
"청군이 더 이상 들어오지 못하게 막아라!"
서재필은 전투 도중에 낌새가 이상해 내전內殿을 살펴보았다. 왕후
가 보이지 않았다.
"중전마마는 어디로 가셨는가?"
"조금 전에 창덕궁 북산 쪽으로 가셨습니다. 세자와 세자빈, 왕대
비와 대왕대비마마도 함께 가셨나이다."
"상감마마는 어디에 계시는가?"

"저기, 저기에 …."

환관들이 가리키는 쪽을 보니 고종도 무감武監과 병사 몇 명의 호위를 받으며 북산으로 향하고 있었다. 서재필은 큰 소리로 김옥균과 서광범을 불렀다. 이들은 부리나케 달려가 어가御駕 앞을 가로막았다.

"전하, 어디로 가시나이까. 저희가 보위할 것이오니 그대로 머물러 주시옵소서."

이들은 고종의 어가를 억지로 끌어 다시 궁궐 안으로 돌아왔다. 개화당 장사들이 국왕을 호위하도록 단단히 이른 뒤 긴급대책을 논의했다. 서재필이 전투상황을 보고했다.

"청군의 숫자를 보니 방어선이 모두 무너지겠습니다."

김옥균은 일그러진 표정으로 아, 하고 신음했다. 이어 머리를 푹 숙였다가 치든 뒤 입술을 깨물며 말했다.

"전하를 모시고 제물포를 거쳐 강화도로 가야겠네."

"거기서 개화당 정부를 유지할 것입니까?"

"그 수밖에 없네."

서재필도 아, 하고 통성痛聲을 토했다. 김옥균과 서재필은 고종 곁에 다가갔다.

"전하, 잠시 제물포로 피신하심이 좋을 듯하옵니다."

"무슨 헛소리요? 과인이 제물포로 가다니 당치도 않은 일이오."

"사태가 위급합니다. 가셔야 하옵니다."

"난 못 가오. 죽더라도 대왕대비가 계신 곳으로 가겠소."

날카로운 총성이 귓전을 때린다. 군사들의 노도怒濤 같은 함성도 들린다. 청국군은 고종과 개화당 지도부가 있는 곳으로 공격해 왔다. 청국군인의 퍼런 군복을 본 일행은 뒤쪽 언덕으로 피신했다. 그러다

다시 안전한 곳을 찾다가 창덕궁 동북 궁문까지 갔다.

궁문 앞으로 궁녀 한 사람이 어가 앞으로 잰걸음으로 다가왔다.

"중전마마께서 급한 전갈을 보내셨습니다. 상감마마께서 얼른 북산으로 오라고 하시옵니다."

고종이 어가에서 내려 북산 쪽을 쳐다보니 거기에 왕후가 서 있었다. 왕후는 어서 오라는 손짓을 했다. 왕후 뒤에는 원세개가 빙긋이 웃으며 서 있었다. 고종은 왕후를 발견하자 숨을 헐떡이며 발길을 북산 쪽으로 돌렸다. 김옥균은 고종 앞에서 무릎을 꿇고 제물포 피신을 다시 간곡히 상주했다.

"사직社稷의 존망이 경각에 달려 있습니다. 어서 제물포로 ….."

"어허, 싫대도!"

고종은 옆에 있는 무감武監에게 자신을 업으라고 말하고 무감의 등을 두드렸다.

"북산 쪽으로 달려라."

서재필은 무감을 위협하며 저지하려 했다. 그러나 김옥균은 고종의 뜻이 확고함을 알고는 만류했다. 개화당 지도부는 어쩔 수 없이 고종과 함께 북산으로 향했다. 개화당 장사와 일본군이 호위했다. 다케조에 공사도 어정쩡한 발걸음으로 따라갔다.

청군들은 고종을 호위하는 일본군을 발견하고는 함성을 지르며 무차별 난사했다. 고종 옆에 있던 무감 한 명이 총을 맞고 쓰러졌다.

김옥균은 성큼성큼 청국군에게 다가가 큰 소리로 꾸짖었다.

"여기 대 조선국 대군주께서 계시는데 어찌 감히 발포하는가? 당장 멈추어라!"

다행히 총성은 멎었다.

다케조에 공사는 눈방울을 굴리더니 김옥균에게 말했다.

"일본군 병력으로는 청국군에 중과부적衆寡不敵이오. 또 본국 정부로부터도 철수 훈령을 받았소."

"뭐라고? 이렇게 배신하다니 ⋯."

김옥균은 분을 참지 못해 이를 득득 갈았다. 코에서는 하얀 김이 뿜어져 나왔다. 개화당 인사들은 청군의 포위 속에서 일본군마저 철수한다면 고종을 호위할 수 없게 됨을 알았다. 개화당 지도부는 잠시 머리를 맞대고 논의했다.

김옥균이 일그러진 얼굴로 말을 내뱉었다.

"하늘이 우리 편이 아니네. 정변은 실패로 끝났어."

정변 5주역 가운데 가장 젊은 나이인 서재필은 이에 맞섰다.

"실패라니요? 우리가 끝까지 전하를 모시면 성공할 수 있습니다."

박영효가 탄식했다.

"오호, 통재라! 청국군이 들어오면 우리는 역모逆謀 주동자로 처형되고 말 것이야. 우선 몸을 피하고 훗날을 기약해야 하네."

김옥균이 결론을 내렸다.

"일본으로 피신하세."

홍영식은 그 와중에서도 평정심을 잃지 않고 목소리를 차분히 낮추어 말했다.

"후일을 위해 모두들 떠나시오. 하지만 한 사람은 남아야 하오. 개화파는 폭도가 아니라 나라를 바로 일으키기 위한 애국자였다고 알려야 하지 않겠소? 내가 여기 남아 창의唱義하겠소."

김옥균이 말렸지만 홍영식은 신발을 벗고 땅바닥에 털썩 주저앉았다. 떠날 뜻이 없음을 결연한 자세로 나타냈다. 홍영식은 눈을 부릅뜨고 입을 꽉 다물었다. 서재필이 울먹이며 홍영식의 옷소매를 잡았다.

"그럴 수는 없습니다. 제가 여기 남겠습니다. 얼른 일어서십시오."

"솔! 자네는 이제 갓 스물 하나 청춘이야. 나는 자네보다 더 살았으니 지금 죽더라도 여한이 없네."

"죽기는 왜 죽습니까."

"여유가 없네. 얼른 떠나시게."

김옥균 일행은 홍영식과 손을 잡고 짧게 작별인사를 했다.

"홍 동지, 사태가 수습된 후 다시 만나세."

김옥균 일행이 떠나자, 곧바로 청군이 들이닥쳤다. 청국군인들은 홍영식 일행 10명을 포박했다. 홍영식이 외쳤다.

"무슨 무례한 짓들이냐? 나는 개화당 새 정부의 좌의정 홍영식이다. 어서 줄을 풀어라!"

산전수전을 다 겪어 얼굴 여러 곳에 칼자국이 선명한 청국군 장군 오조유는 짐짓 근엄한 표정을 지으며 꾸짖었다.

"네놈들은 국왕을 경우궁으로 강제로 끌고 간 역적 아닌가?"

"나라를 개혁하려고 한 일이다. 역모가 아니다."

"쓸데없는 소리 … 역적은 참수를 면치 못한다는 걸 알겠지?"

홍영식은 오랏줄에 꽁꽁 묶여 있으면서도 기백 넘치게 대꾸했다.

오조유는 눈을 치켜뜨더니 손뼉을 탁탁 쳤다. 처형신호였다. 홍영식 일행은 그 자리에서 재판도 없이 처형되었다. 홍영식은 청군 병사가 휘두른 시퍼런 청룡도에 의해 목이 댕겅 날아갔다. 이들 몸에서 흘러나온 피가 창덕궁 후원을 벌겋게 물들였다.

김옥균, 박영효, 서광범, 서재필 등 개화당 주역 4명과 변수, 유혁로, 이규완, 신응희, 정난교 등 간부 5명은 다케조에 공사를 따라 이날 오후 9시경 일본 공사관에 들어갔다. 일본인 거류민 일부도 일본 공사관으로 피신해 있었다.

사방이 어두워졌다. 공사관 안팎은 온통 살기로 그득했다. 정변의 도망자들은 모두 자리에 눕지 못하고 서서 밤을 샜다. 서재필은 살기에서 벗어나려 공사관 마당을 서성거렸다. 왼쪽 소매가 피로 흥건해서 걷었더니 칼에 베인 길쭉한 상처에서 피가 흘러나오고 있었다. 다친 줄도 몰랐으니 …. 공교롭게도 의남매 징표인 연비 한가운데를 칼이 스쳐지나갔다. 태희 누나의 염원 덕분에 이 정도로 다치는 데 그쳤을까. 무명천을 칭칭 감아 지혈을 했다. 어깨가 욱신거려 상의를 벗었다. 어깻부들기에 총알이 스친 듯했다. 살점이 떨어져나간 부분에는 검붉은 피딱지가 앉았다.

자상刺傷, 총상銃傷의 극심한 고통 속에서도 피로가 밀물처럼 몰려와 벽에 등을 기댄 채 깜박 졸았다.

"헉!"

산발散髮한 아내와 입을 크게 벌린 아들이 절규絶叫하며 달려왔다. 가위눌림이었다. 눈을 번쩍 떴다. 아랫도리가 뜨뜻해지더니 곧 축축해졌다. 지린내가 코를 찔렀다.

개화당이 일으킨 갑신정변은 사흘 만에 막을 내렸다. '3일 천하'로 끝나고 만 것이다. 재집권한 수구파 정부는 김옥균, 박영효, 서광범, 서재필 등 '4흉凶'에 대한 체포령을 내렸다.

8

이튿날인 12월 7일 아침, 일본 공사관 바깥에서 웅성거리는 소리가 들렸다. 쇠스랑, 도끼, 죽창을 든 사내들이 몰려왔다. 이들은 짚단에 불을 붙여 공사관에 던졌다. 공사관 건물이 화염에 휩싸이면서 검은 연기가 하늘로 치솟았다.

"왜놈들을 불태워 죽이자!"

"때려서 죽여야지!"

이들의 부릅뜬 눈에서 사나운 독기가 뿜어져 나왔다.

일본군 중대장 이소바야시磯林眞三가 동태를 살피려 문밖에 나섰다가 군중에게 붙잡혔다.

"저놈을 쳐 죽여라!"

땅바닥에 쓰러진 이소바야시는 숱한 도끼질, 죽창질을 받고 숨졌다. 공사관 앞길에 쌓인 하얀 눈 더미에 그의 쪼개진 머리에서 흘러나온 시뻘건 피가 흩뿌려졌다.

다케조에는 공포를 쏘며 공사관을 빠져나와 남은 병사들의 호위를 받았다. 김옥균 일행 9명도 말을 타고 다케조에를 뒤따랐다. 이들은 서둘러 제물포로 향했다. 일본 우편선 센사이마루千歲丸를 타고 일본으로 건너가기 위해서다.

묄렌도르프는 갑신정변 실패소식을 듣고 푹신한 소파에 몸을 깊숙이 묻고 안경을 닦으며 궁리했다.

'나를 음해한 김옥균 … 그 고약한 인간을 요절내야겠지?'

묄렌도르프는 김옥균이 제물포 쪽으로 갔다는 전갈을 받고 곧장 기마병대를 대동하고 추격했다.

"멈추어라!"

김옥균 일행을 발견한 기마병 대원이 고함을 쳤다. 김옥균 일행은 말채찍을 휘두르며 필사적으로 달렸다.

탕, 탕! 기마병들은 총을 쏘며 뒤따라왔다. 서재필을 제외한 일행은 말 타기에 서툴렀다. 기마병들의 능숙한 솜씨를 당할 수 없었다. 김옥균의 말이 총을 맞고 거꾸러졌다. 김옥균도 땅바닥에 곤두박질했다. 뽀얀 흙먼지가 하늘로 치솟았다. 바로 옆에서 김옥균을 살피며 달리던 서재필은 말머리를 뒤로 돌렸다. 서재필은 계속 말을 달리면서 한쪽 발을 등자에서 떼어 냈다. 곧이어 몸을 돌려 말의 배 아래로 들어가 양쪽 등자에 발을 걸고 말의 배에 몸을 밀착시켰다.

"정신 차리세요!"

땅바닥에 쓰러져 넋이 빠진 김옥균에게 다가가 고함을 친 서재필은 기합 소리를 내며 김옥균의 팔을 낚아채 말 등 위로 던져 올렸다. 김옥균의 몸이 순식간에 하늘로 붕 떴다가 안장에 떨어졌다. 거의 기적 같은 마상재馬上才였다.

등 뒤에 기마병대가 바짝 다가오며 총을 쏘았다. 서재필은 다시 안장에 올라앉아 김옥균을 왼팔로 안고 말을 달리기 시작했다.

"거기 서라!"

묄렌도르프의 목소리가 들렸다.

서재필과 김옥균, 두 사람을 태운 말은 힘이 달리는지 바각, 바각, 둔탁한 발굽 소리를 냈다. 서재필은 말을 달리면서 몸을 돌려 묄렌도르프를 향해 총을 쏘았다.

타앙! 묄렌도르프의 말이 총을 맞고 주저앉았다. 묄렌도르프는 땅에 나뒹굴었다. 그 바람에 안경이 박살났다.

기마대원이 집요하게 총을 쏘았다. 귓전을 때리는 총성과 함께 서재필, 김옥균은 말 아래로 굴렀다. 말이 총을 맞고 쓰러진 것이다. 제물포 부두의 하적장을 지나가던 참이어서 다행히 두 사람은 푹신한 밧줄 더미 위에 떨어졌다.

바로 눈앞에 센사이마루가 보였다. 서재필은 김옥균의 손을 잡고 필사적으로 배를 향해 달렸다. 숨이 끊어질 만큼 전력 질주한 이들이 가까스로 승선하자 묄렌도르프가 배 앞까지 왔다.

센사이마루는 일본 국적의 배여서 묄렌도르프가 함부로 뒤질 수 없었다. 묄렌도르프는 배에 사람을 보내 다케조에에게 김옥균 하선을 요청했다. 다케조에는 김옥균 일행을 일본에 데려 가면 골칫거리가 될 것이므로 이들에게 하선을 종용했다.

"뭐요? 혁명을 지지해 준다더니 이제 우리 목숨까지 위협하는 거요? 못 내리겠소."

김옥균이 버티자 다케조에는 배에서 내려 묄렌도르프에게 갔다. 김옥균 일행이 거부한다고 말했다.

선박 입구에서 묄렌도르프와 다케조에 사이의 대화를 듣고 있던 일본인 선장 쓰치 쇼자부로辻勝三郞가 묄렌도르프 앞을 가로막고 나섰다.

"이 배 안에는 그런 조선인이 없소. 소란 피우지 말고 돌아가시오."

"그자가 타는 걸 내 눈으로 봤소. 내가 배 안에서 찾아보겠소."

일본인 치고는 덩치가 꽤 큰 편인 쓰치 선장은 묄렌도르프를 내려다보며 목소리를 높였다.

"무슨 헛소리요? 배 안에서는 선장이 곧 법法이오. 내 허락 없이는 승선할 수도 없고 배 안을 뒤질 수도 없소이다."

생명이 백척간두百尺竿頭에 달려 있던 개화당 일파는 선장의 의협심 덕분에 간신히 목숨을 건졌다. 김옥균은 선장에게 고마움을 나타냈

다. 콧수염을 기른 쓰치는 서양인들이 즐겨 피우는 파이프 담배를 입
에 물었다.

"고맙소. 훗날 우리가 뜻을 이룰 때면 반드시 보답하리다."

"괜찮소. 보답은 무슨 보답을…."

"그래도 그게 아니오. 목숨을 살려 주었는데…."

"그러면 나중에 조선 제일의 미인을 소개해주시오."

"그렇게 하겠소이다. 하하하."

쓰치는 훗날 김옥균이 홋카이도北海道에서 잠시 망명생활을 할 때
그곳 항구에 들를 때마다 김옥균을 방문하는 등 의리를 발휘한다.

서재필은 센사이마루 갑판에 올라 현해탄의 거친 물결을 내려다보
았다. 영영 돌아올 수 없는 운명인가. 아내와 아들과는 작별인사라도
했지만 태희 누나는 얼굴도 보지 못했다. 눈물이 글썽거리는 태희의
눈망울이 어렴풋이 떠오른다.

"역적 잔당을 척결하라!"

수구파 실력자들은 핏발 선 눈을 부릅뜨고 이렇게 외쳤다. 이에 따
라 갑신정변 가담자들은 속속 붙들려가서 곤장을 맞고 주리를 틀렸
다. 고문을 당하다 숨지는 이가 줄지었다.

가족들도 화를 입었다. 연좌제에 따라 역적의 3족은 멸하게 된다.

홍영식의 아버지 홍순목은 "역적의 씨를 살려둘 수 없다"면서 홍영
식의 외아들을 독살하고 자신도 음독자살했다. 영의정을 지낸 세도가
홍순목의 마지막은 이렇게 참담했다. 홍영식의 아내도 목을 맸다.

서재필의 생부 서광언과 생모 이씨는 자결했다. 서재필의 아내 광
산 김씨도 스스로 목숨을 끊었고 두 살짜리 아들은 돌보는 사람이 없

어 굶어죽었다. 광산 김씨의 시신을 누군가가 수습했다는 풍문이 전해졌다.

김옥균의 양아버지 김병기는 고종이 다행히 부자父子인연을 끊어주는 바람에 화를 면했다. 그러나 친아버지 김병태는 천안에 구금되어 있다가 훗날 김옥균이 상하이에서 암살당한 후 교수형에 처해진다. 김옥균의 아내 유씨는 충북 옥천군에서 노비가 되어 목숨을 부지했다.

9

부우웅, 부우웅 …. 일본의 나가사키 항. 새로 완공된 선착장에는 미국, 유럽, 동남아로 오가는 철제 동력선들이 줄지어 정박해 있다. 수많은 배들이 들락거려 뱃고동 소리가 끊이지 않는다.

김옥균 일행은 패잔병 신세로 나가사키에 도착했다. 저마다 입술은 부르텄고 몸 곳곳엔 피딱지투성이였다. 옷엔 핏방울이 얼룩졌다. 김옥균은 낙마 때 허리를 다쳐 갈 지之자 걸음을 했다.

이들은 곧 도쿄로 가서 개화사상가 후쿠자와 유키치를 찾아갔다.

"얼마나 고초가 많았소. 살아서 오다니 천만다행이오."

김옥균은 정변 실패의 통한痛恨을 토로했다.

"막판에 청국 군인들이 개입하는 바람에 …."

후쿠자와는 저녁 식사를 준비했다며 식당으로 안내했다.

"귀공들이 무사히 왔으니 샴페인을 마시며 축하해야지."

그는 샴페인 한 병을 들고 나왔다. 집사가 샴페인 잔이 없다면서 보통 술잔을 가져왔다.

"이 좋은 술은 샴페인 잔에 따라 마셔야 하오. 잔을 구해 오시오."

집사가 잔을 사오자 후쿠자와는 날렵한 모습의 유리잔에 샴페인을 가득 따랐다. 말석에 앉은 서재필은 보글보글 올라오는 거품을 물끄러미 바라보았다. 환대 덕분에 울적한 마음이 조금이나마 풀렸다.

이튿날 아침, 서재필은 늦잠에서 깨어났다. 숙취로 머리가 묵직했다. 하인이 갖다 준 커피 향을 맡으니 정신이 조금 들었다.

"쓰디쓴 이 맛, 참으로 오묘하구먼 …."

커피 맛을 음미하며 탁자 위에 놓인 신문을 집어 들었다. 〈시사신보〉 1884년 12월 17일 자였다. 후쿠자와의 글이 눈에 띄었다.

'갑신정변에 관한 논설 아닌가 ….'

정변의 참뜻을 몹시 폄훼한 내용이었다. 일본은 전혀 관계가 없다는 점을 강조했다. 금력도, 병력도 없는 개화당이 위기에 몰리자 운을 하늘에 맡기고 무모하게 거사했다는 것이다.

'이럴 수가 … 이런 글을 써놓고도 능구렁이처럼 속내를 감추고 태연하게 샴페인 파티까지 열어주다니 ….'

서재필은 김옥균에게 신문을 보여주었다.

"선생을 존경했는데 … 알고 보니 교활한 이중인격자 아닙니까?"

열을 올리는 서재필과는 달리 김옥균은 평정심을 잃지 않았다.

"선생은 조선에 친일정권을 세우기를 바랐지. 우리가 실패했으니 선생의 입장이 난처해지지 않겠는가."

"우리가 꼭두각시입니까?"

"선생을 너무 비난할 것도 없네. 그는 일본의 국익을 위해 우리를 이용했고, 우리는 조선의 국익을 위해 선생의 도움을 얻으려 했네. 동상이몽同床異夢이야. 국제사회에서는 이게 엄연한 현실이네."

"신의信義는 어디로 갔습니까?"

"신의? 그것은 개인 간의 차원이야. 외교에서도 물론 신의는 있어야지. 그러나 외교는 힘이 우선이네. "

"국익을 위해서라면 간교奸巧를 부려도 된다는 것입니까?"

"간활奸黠의 극치, 그것이 외교야. 무릇 노련한 외교관은 왼손에 칼을 쥐고 있으면서도 오른손으로는 상대방과 악수하며 활짝 웃는다네. 계략과 음모가 극에 달하면 때로는 예술로 승화하기도 한다네. 평화스런 모습으로 탈바꿈하기도 하고 …. 적대국 왕족과의 정략결혼, 이것은 외교적 계교計巧가 낳은 평화 아니겠는가? 세계 역사를 살펴보면 그런 사례가 부지기수이지. "

"진실, 진정성은 실종됐습니까?"

"세상을 좀더 살아보시게. "

서재필은 비로소 세상의 이치를 깨달은 느낌이었다. '독립'의 중요성을 가르쳤던 후쿠자와도 일본의 이익을 위한 극우파 경세가經世家일 뿐이었다. 그 '독립'도 청나라로부터의 독립이지 일본으로부터의 독립이 아니었다. 조선을 청국에서 독립시키면 일본이 조선을 삼키기가 더 쉽지 않겠는가.

김옥균 일행은 후쿠자와 자택에서 두 달간 머물다가 요코하마의 외국인 거류지 야마테초山手町로 집을 얻어 나갔다. 후쿠자와의 이중성을 안 이상, 더 신세를 질 수 없었다. 자격지심인지는 몰라도 후쿠자와의 눈초리도 싸늘하게 변한 것 같았다.

10

요코하마에 봄이 와 벚꽃이 만개했다. 며칠 뒤 봄비가 내리고 바람이 불자 꽃잎이 후두둑 떨어졌다. 서재필은 형님들을 모시고 야마테초 중심가를 거닐었다. 길에는 벚꽃 꽃잎이 지천으로 깔려 있다.

목이 기린처럼 긴 어느 서양인이 김옥균에게 다가와 인사를 했다.

"김옥균 선생 아니십니까?"

"루미스 목사님이지요?"

"조선 정변 소식은 들었습니다. 저희 집으로 가셔서 이야기를 나누실까요?"

벚꽃을 밟으며 헨리 루미스 목사 집으로 갔다. 루미스는 일본 최초의 장로교회인 요코하마 교회를 설립했다. 김옥균과 루미스는 구면이었다. 김옥균은 두 번째로 도쿄에 가 7개월간 머물 때 여러 서양인 목사들을 만난 바 있다. 그들은 조선에 기독교를 보급하려 했다.

루미스 목사의 집은 교회에 딸린 2층 벽돌 건물이었다. 유리창은 면 레이스 커튼으로 장식됐다.

"집에서 갓 구워낸 쿠키입니다. 맛을 보시지요."

"달콤하고 향긋한 맛이군요."

이들은 다과茶菓를 들며 담소를 나누었다.

서광범은 보빙사 일원으로 미국을 다녀왔기에 간단한 영어를 구사할 수 있었다. 서광범은 손짓 발짓을 동원해 통역했다. 말이 막히면 모두가 일본어로 이야기했다. 루미스도 웬만한 일본어는 구사했으며 한국어도 인사말 정도는 알았다.

"저희는 조선에도 하나님의 복음을 전파해야 합니다. 여러 현인들을 만났으니 큰 도움이 되겠군요."

"뭐 도울 게 있어야지요. 이제 조선에 돌아갈 수도 없답니다."

"형제님들이여, 용기를 잃지 마십시오. 하나님은 힘없는 사람들을 사랑으로 감싸는 분이십니다. 고난을 당하는 사람들을 당신의 가슴에 품는 자애로운 분이십니다."

루미스 목사는 부드러운 목소리로 차근차근 말했다.

서재필은 가슴에서 불덩이처럼 뜨거운 기운이 북받쳐 올랐다. 지금까지 공맹孔孟과 노장老莊을 섭렵했고 이동인을 만나 불도佛道를 배우기는 했으나 하나님의 존재에 대해서는 생소하다. 태희 누나도 자세한 설명은 하지 않았다.

"제가 힘이 자라는 한 돕겠습니다. 내일 저녁식사에 초대할 테니 다시 와주시겠습니까?"

김옥균 일행은 이튿날 옷을 깨끗하게 차려 입고 루미스 목사 자택을 방문했다. 망명객이라 수중에 돈이 없어 빈손으로 갈 수밖에 없었다. 루미스는 손님들을 소개했다.

"저와 함께 목회활동을 하는 존 헤론 목사님입니다. 그리고 요코하마에서 사업을 하시는 제임스 모오스 사장 …."

반짝이는 은쟁반에 담긴 서양식 요리를 들며 서재필은 오랜만에 심신이 푸근해졌다. 모오스 사장은 껄껄 웃으며 주로 박영효에게 조선의 사정에 대해 물었다.

"조선에는 금이 지천으로 깔려 있다는 소문을 들었어요. 강아지도 금목걸이를 매고 다닌다는데 … 사실인가요?"

"헛허허 … 과장된 풍문입니다."

"저는 조선에 가서 사업을 하고 싶습니다만 …."

훗날 모오스는 조선에 진출하여 평안도 운산 금광의 채굴권을 얻고 서울과 인천을 잇는 경인철도 건설허가를 받아낸다.

화기애애한 분위기가 조성되자 루미스 목사의 얼굴엔 웃음이 가득했다. 그도 조선 진출 의향이 있다고 밝혔다.

"저도 조선에 성서를 보급하러 곧 갑니다. 도쿄외국어학교에서 조선어를 가르치는 이수정李樹廷 선생이 조선어로 번역하고 있습니다."

박영효가 눈을 치켜뜨며 루미스에게 물었다.

"이수정이라면 제가 수신사로 일본에 올 때 따라온 사람 아닙니까?"

"맞습니다. 기독교 세례를 받은 이수정 선생의 요청으로 미국 장로교회가 알렌 선교사를 조선에 파견했답니다. 언더우드 목사라는 분도 조선에 갑니다."

루미스는 원고 뭉치를 들고 나와 김옥균에게 내보이며 말했다.

"조선어 성경 초안입니다. 살펴봐주시면 고맙겠습니다만 ……."

그날 저녁 식사 이후 김옥균은 이수정이 번역한 마가복음 초고를 교정하며 소일했다. 서재필은 루미스에게, 박영효는 헤론 목사에게 조선어를 가르쳤다.

모오스 사장은 사업가답게 미래를 내다보며 조선의 망명객에게 투자했다. 김옥균 일행에게 달마다 100달러를 후원한 것이다.

김옥균이 대표로 이 돈을 받아 70달러를 차지했고 나머지 30달러는 박영효, 서광범, 서재필이 10달러씩 썼다. 김옥균이 후원금 대부분을 사용한 것은 망명객 대표 자격으로 일본인들을 자주 만난다는 이유 때문이었다. 박영효는 이 점이 못마땅했다.

'군자君子가 돈 문제로 왈가왈부하는 게 치사하지만, 김옥균 형님이 너무 독식하는 게 아닌가?'

10달러로는 연명하기가 어려웠다. 조선에서 상류층 생활을 하던 그들은 낯선 요코하마에서 꾀죄죄한 이부자리를 덮고 밤잠을 설치는 신세로 전락하고 말았다. 막내격인 서재필은 난생 처음으로 빨래를 했다. 땟국이 밴 빨랫감을 모아 시냇가로 가서 빨고 돌아올 때면 혹시 남의 눈에 띄지는 않을까 노심초사했다.

11

"우리 목숨을 노리는 자객들이 온다는데 …."

박영효가 저녁밥을 먹다가 중얼거렸다. 희미한 남폿불이 비치는 작은 탁자 주위에 둘러앉은 김옥균 일행은 그 소리를 듣고 입맛이 떨어졌다. 서재필도 이런 소문을 들은 바 있다. 다른 선배들이 불안해할까 봐 전하지 못했다. 실제로 묄렌도르프는 일본에 와서 일본 정부에 김옥균 일행의 추방을 요구하기도 했다.

김옥균이 손으로 탁자를 탁탁 치면서 애써 태연한 체했다.

"올 테면 오라지."

박영효가 벌컥 화를 냈다.

"혼자서 대범한 체하지 마시오."

김옥균이 능글능글 웃으며 대답했다.

"3일 천하 정권에서 판서 자리에 앉았던 분이 왜 이리 소심할까?"

박영효는 화를 참느라 입을 꽉 다문다. 콧김이 쉭쉭 나온다.

서광범이 차분한 어투로 말했다.

"신변 위협에 떨고 있을 게 아니라 새로운 살 길을 찾아봐야지요."

서재필도 맞장구쳤다.

"맞습니다. 언제까지나 이런 건달생활을 할 수 없지요."

박영효는 분이 덜 풀렸는지 서재필을 쏘아붙였다.

"건달이라고? 말씀이 지나치네."

서재필은 머리를 긁적이며 대답했다.

"저도 불안합니다. 선교사들을 만나니 미국으로 가고 싶네요."

김옥균과 박영효가 눈이 휘둥그레지며 중얼거렸다.

"미국?"

서광범이 벌떡 일어서며 무엇인가 선언하듯 말했다.

"소생도 미국으로 가고 싶습니다."

서광범과 서재필은 미국행 방법을 구체적으로 알아보기 시작했다.

루미스 목사의 주선으로 만난 호러스 언더우드 목사는 서재필과 서광범의 인생을 바꿔 놓았다. 조선에 가려고 3개월간 일본에 머물던 언더우드는 첫 인상이 온화하면서도 강단이 있었다.

서광범은 더듬거리는 영어로 대화했다.

"조선에서는 말도 통하지 않고 생활하기도 불편할 텐데 목사님이 굳이 가려는 이유가 무엇입니까? 생명의 위협도 받을 텐데요."

"빛을 전파하기 위해서입니다."

"빛이라니요?"

"하나님의 복음 말입니다."

"저는 문명화된 미국에 가서 공부하고 싶습니다만⋯."

"미국에 계신 제 형님에게 소개장을 써 드리겠습니다. 미국에서 무한한 꿈을 펼치시고 나중에 귀국하여 빛을 전파하십시오."

언더우드와 서광범은 1859년생으로 동갑이란 사실을 알았다. 언더우드는 친근감을 나타내며 자신의 어린 시절 이야기를 들려주었다.

"저는 1859년 7월 19일 영국 런던에서 태어났습니다. 아버지는 발명가였고 당신께서 발명한 등사용 잉크, 타자기 잉크리본을 생산하는 공장을 운영하였지요. 제가 열 살 되던 때에 아버지 사업에 그림자가 드리워졌습니다."

그는 성경 갈피 속에 끼워둔 가족사진을 꺼내 보이며 말을 이었다.

"그때 미국 신대륙에 이민 가는 바람이 불어 저희 가족은 미국으로 떠났답니다. 저는 두 살 위인 형과 함께 프랑스에 있는 기숙학교에서

2년간 공부한 후 미국으로 가서 가족과 합류했답니다. 아버지 사업은 미국에서 번창하였지요."

영국, 프랑스, 미국, 일본을 넘나드는 언더우드의 삶의 행적을 듣고 서광범과 서재필은 자신이 초라해짐을 느꼈다.

그들은 조선으로 가는 헨리 아펜젤러 목사도 만났다. 언더우드, 아펜젤러와 더불어 조선에 대해 이야기하며 한 달가량 교유했다.

숙소에 돌아온 서재필이 미국에 갈 계획을 밝혔다.

"도쿄에서 활동하는 발라흐 선교사를 만났습니다. 그분이 샌프란시스코에 사는 로버츠 장로라는 분에게 저를 소개하시겠답니다."

일본 신문을 읽고 있던 박영효가 말했다.

"나도 함께 가고 싶네."

미국행 여행서류를 뒤적이던 서광범이 중얼거렸다.

"문제는 샌프란시스코에 가는 뱃삯을 마련하는 일인데 …."

박영효가 혀를 끌끌 찼다.

"허허, 무슨 묘안이 없을까?"

서재필이 고개를 갸우뚱거리며 말했다.

"종이에 한시漢詩를 써서 팔면 어떨까요?"

박영효가 퉁명스럽게 말을 받았다.

"그걸 누가 돈을 내고 사겠는가? 돈 벌겠다고 글씨를 쓴다는 게 선비로서 낯간지러운 일이고 …."

서재필이 발끈했다.

"일단 써보세요. 제가 팔아볼 테니까요."

이들은 숙소 골방에 앉아 글씨를 썼다. 이들의 글씨는 명필 축에 드는 데다 조선의 최고위 벼슬자리 경력이 인정되어 꽤 잘 팔렸다. 이렇게 여비를 마련해서 박영효, 서광범, 서재필은 1885년 5월 26일 미국으로 먼 길을 떠난다. 일본에는 김옥균만 남는다. 김옥균은 송별연에서 서재필에게 파란 벨벳으로 감싼 작은 상자를 건넸다.

"솔! 이것 받게. 내 정표情表야."

서재필은 상자 안 물건을 꺼냈다. 회중시계와 사전이었다.

"시계는 국왕에게서 하사받은 것일세. 어린 솔을 처음 만나던 날이 생각나는군. 총기가 가득한 눈망울을 보곤 내가 반해버렸어. 어리석은 나를 돕느라 자네가 이 지경에까지 이르렀군. 용서를 비네."

"무슨 말씀이십니까. 대장부가 큰 뜻을 세워 감행한 일입니다. 앙천부지仰天俯地하여 추호의 부끄러움이 없습니다."

"부디 심신을 잘 지켜 후사를 도모하세."

서재필과 김옥균은 손을 잡았다. 두 사람의 눈가엔 물기가 젖었다.

서재필은 선물상자를 들고 숙소 부근 공원으로 왔다. 후미진 곳에 홀로 앉았다. 이제 새로운 세계에 도전한다. 노을이 지는 하늘을 바라봤다. 순간, 머리에 달린 상투가 거추장스럽게 느껴진다. 품에서 장도를 꺼내 상투를 잘랐다.

"상투여, 내 몸에서 떠나거라. 너는 구습舊習을 상징하는 존재 아니냐? 나는 너를 보내고 미래를 향해 나아가노라."

이튿날 서재필은 형님들을 모시고 사진관에 갔다. 말쑥한 양복 차림으로 기념촬영을 했다.

아메리칸 드림

1

배 갑판에 서니 저 멀리 아메리카 대륙이 보인다. 새로운 세계, 미지의 땅 …. 1885년 6월 11일, 미국 샌프란시스코 항에 도착한 서재필의 가슴은 부풀었다. 씨티오브페킹 호가 항구에 도착하니 마중나온 사람들로 선착장은 시끌벅적하다. 어느 젊은 남녀는 꽉 부둥켜안고 진한 키스를 나눈다. 선착장에 북적이는 사람들의 피부색은 다양하다.

"사람 생김새만으로도 여기가 이국異國인 줄 알겠군."

서재필은 중얼거리며 부근을 스윽 둘러봤다.

박영효, 서광범, 서재필은 동양인 승객 가운데 유난히 눈에 띈다. 잘 다려진 양복을 입고 안경을 썼기에 부유층 또는 고위층으로 보인다. 다른 동양인 승객들은 대부분이 중국, 일본에서 온 이민 노무자들이어서 옷차림새가 남루하다. 후줄근한 작업복 차림이거나 때가 꼬질꼬질 묻은 전통 복장이다.

서광범으로서는 두 번째 미국 방문이다. 1883년 9월 보빙사 일원으로 샌프란시스코에 도착한 기억이 어슴푸레 되살아났다. 당시엔 미국 정부 관리로부터 환대를 받았다.

입국 절차를 마치고 미국 땅에 발을 딛자 어느 서양인 젊은이가 다가와 인사를 했다.

"안녕하십니까. 〈샌프란시스코 크로니클〉(San Francisco Chronicle) 신문에서 나왔습니다. 잠시 이야기를 나누실까요?"

서광범이 당황해하며 그 이유를 물었다.

"일본 고위인사 아닌가요? 인터뷰를 하려고요."

황갈색 머리칼에 넉넉한 덩치를 가진 그 기자는 일본인 통역자를 옆에 데리고 있었다. 통역인의 도움으로 대화가 진행되었다. 박영효가 대표로 대답했다.

"우리는 일본 관료가 아니오. 조선에서 온 사람들입니다. 조선을 개혁하려다 뜻을 이루지 못해 미국땅으로 망명왔지요."

"작년 겨울 코리아 쿠데타의 주인공들이시군요?"

"어떻게 먼 나라 쿠데타 소식까지 아십니까?"

"저희 신문이 보도했는걸요. 쿠데타 주인공들이라면 더더욱 인터뷰 요청을 해야겠는데요. 선착장 접견실에 가실까요?"

카메라 플래시가 터지며 사진도 여러 장 찍었다. 기사는 1주일 후인 6월 19일 자 신문에 실렸다.

'은둔의 나라에서 온 망명자들, 반란 끝에 온 표류자들, 샌프란시스코는 세 진보당 지도자들의 피난처'(Corean Refugees. Exiles from the Hermit Nation. The Waifs of a Rebellion. San Francisco as the Asylum for Three Leaders of the Progressionist) 라는 제목의 기사다. 내용은 이들 일행에 대해 우호적이었다.

이 기사는 이들에 대해 '한때는 동양에서 최고의 영화를 누리던 사람들이었지만 지금은 서양의 생소한 도시에서 밑바닥에서 지내며, 한때는 강력한 권력자였지만 지금은 생계도 막막하고 친구도 없는 신세'라고 표현했다.

그러나 곤궁한 면모만 강조하지는 않았다. '이들 망명객은 불평 없이 사태의 급변을 받아들이며 스스로를 불운의 노예로 보기보다는 진보적 목적을 위한 희생자로 여긴다'고 긍정적으로 평가했다.

이 신문은 서재필의 경력에 대해서 자세히 보도했다. '25세 미만의 청년으로 도쿄사관학교 졸업생이며 한국군의 대령Colonel이었으며 남북군의 부사령관이었다'고 썼다. 토야마 군사학교를 잠시 다닌 서재필의 경력이 조금 잘못 소개되었다.

허름한 샌프란시스코 호텔에서 묵으며 신문 보도를 본 일행은 안도의 숨을 쉬었다.

'이 기사를 보이면 미국에서 푸대접을 받지는 않겠지.'

서재필은 신문을 잘 보관해두었다.

2

트윈 베드가 겨우 들어가는 방 하나, 좁은 거실이 있는 싸구려 아파트. 대낮인데도 컴컴하다. 창문을 열어놓아도 퀴퀴한 냄새가 사라지지 않는다. 세 사람의 보금자리다. 박영효와 서광범은 각각 침대 하나씩 차지하고 서재필은 거실의 소파에서 잠을 잤다.

끼니는 서재필이 도맡아 준비했다. 부근에 중국인 가게들이 많아 쌀과 채소, 고기를 싼 값에 살 수 있었다. 부잣집에서 귀하게 자란 서재필이어서 요리에 서툴렀다. 밥을 태우거나 설익히는 것은 다반사 ….

"밥을 잘 하려면 무예처럼 오랜 수련을 해야 한다는구먼 ….”

반쯤 태운 밥을 젓가락으로 몇 알씩 집어 먹으며 박영효가 볼멘소리로 말했다. 뚱한 표정이었다.

서광범은 숟가락으로 밥을 푹 떠서 일부러 입을 크게 벌려 한입에 넣었다. 우물우물 씹으며 말했다.

"밥 짓는 솜씨가 날로 좋아지는데 ….”

서재필은 고개를 떨구면서 마음속으로 다짐했다.

'이런 고생 따위야 얼마든지 감당해야지. 밥 짓고 빨래하는 일이 조선에서야 여인네들이 하는 일이지만 여기는 미국땅이 아닌가. 개화, 개명을 부르짖으려면 나의 생활도 바꿔야 하지 않겠는가.'

열흘가량이 흐르자 돈 걱정이 생겼다. 주머니가 홀쭉해졌다.

일본을 떠날 때 발라흐 선교사에게서 받은 소개장을 꺼냈다. 샌프란시스코에 거주하는 로버츠 장로에게 쓴 편지였다.

주소대로 찾아가니 마침 로버츠는 집에 있었다. 검은색 정장 차림으로 성경을 읽고 있던 그는 소개장을 받아들고 환대했다.

"장로님, 미국에서 제 꿈을 펼치렵니다. 우선 일자리를 알아봐 주셨으면 합니다. 생계문제를 해결하고 또 영어도 배우고 ….”

"코리아에서 고관을 지낸 분인데 험한 노동을 하실 수 있을까요?”

"아메리카에서는 직업에 귀천이 없다고 하지 않습니까?”

"교회 신자 한 분이 가구점 광고 전단지를 붙일 사람을 구하더군요. 다음 주일 예배에 오시면 소개해 드리겠습니다.”

서재필은 교회에서 만난 가구점 사장을 따라가 월요일부터 당장 일을 시작하였다. 하루 일당은 2달러. 전단 뭉치와 풀통을 들고 유니언 스퀘어, 차이나타운 등 시가지 곳곳을 다니는 일 자체는 어렵지 않았다. 그러나 잘 맞지 않는 일본제 구두를 신고 온종일 뛰어다녀 발이 아픈 것이 고역이었다.

물집을 터뜨린 부위가 따끔따끔 아팠다. 갈라지고 해진 발바닥 때문에 밤에는 얼얼하고 쑤셔서 잠을 이루기 어려웠다. 이를 악물고 고통을 참으며 다음 날에도 전단지를 붙이는 괴로운 마라톤을 계속했다.

샌프란시스코는 해안에 평평한 땅이 조금 펼쳐져 있고 그 뒤에는 산이 있어 가파른 언덕길이 많은 도시다. 전단지를 붙이려면 오르락내리락 하는 길을 오래 걸어야 한다. 샌프란시스코의 명물 전차는 훗날인 1900년에 설치된다.

서재필은 낮에는 일을 하고 밤에는 신문을 읽었다. 거의 모르는 단어였다. 김옥균에게서 받은 사전을 들추며 한 단어, 한 단어를 익혀갔다. 공책에 신문기사를 베껴 쓰는 것은 쏠쏠한 재미였다. 기사에는 온갖 인명과 지명이 나오니 미국을 이해하는 데 큰 도움이 됐다.

미국 신문의 칼럼에는 자유(freedom, liberty)라는 단어가 자주 등장했다. 조선에서는 거의 듣지 못한 개념 아닌가. 사전을 찾아보고 곰곰 생각하니 '자유란 누구에게 속박 당하지 않고 마음대로 행동하는 것, 그러나 남에게 해害를 끼쳐서는 안 되는 것'으로 이해理解되었다.

아침에 주민들과 인사하는 것도 즐거운 일과이다. 모르는 사람과도 눈길이 마주치면 "굿 모닝"이라 말하며 웃음을 짓는 서양식 인사가 처음엔 어색했으나 익숙해지니 좋은 예법으로 보였다.

셋 가운데 가장 젊은 서재필이 미국 생활에 가장 빨리 적응했다. 박영효는 24세, 서광범은 26세, 서재필은 21세였다.

좁은 아파트에서 세 사람이 옹기종기 모여 사는 것이 불편했다. 그래도 서재필은 일자리를 구하고 영어도 열심히 배우며 보람을 느꼈지만 박영효는 견디기 어려워했다.

"나는 아무래도 미국에서는 못 살겠네. 엊그제 일본인 지인을 만났는데 그분이 일본으로 함께 돌아가자고 하더군."

"여기에 계시라고 강권할 수도 없고⋯. 일본에 돌아가셔서 옥체를 잘 돌보세요. 훗날을 도모해야지요."

이들은 석별의 정을 나누었다. 갑신정변 주도자 5인 가운데 이제 서재필, 서광범만 샌프란시스코에 남았다.

서광범은 일요일에 교회에 갔다가 성경 책 안에서 언더우드 목사가 써준 소개장을 발견했다. 소개장의 수신인은 언더우드 목사의 형인 존 언더우드였다. 그는 미국에서 유명한 타자기 회사 사장이다.

서광범은 언더우드 사장과 연락이 되어 그의 초청으로 뉴욕으로 떠났다. 서광범은 떠나기 전날 밤, 서재필과 작별인사를 나누었다.

"솔! 부디 용기를 잃지 마시게. 여기 존 언더우드 사장의 주소가 있으니 연락하면 언제든 나와 연결될 걸세. 나는 언더우드 사장을 만나 학업을 할 수 있도록 부탁할 참이야."

이제 낯선 도시 샌프란시스코에 서재필 혼자만 남았다. 거리가 더욱 황량하게 느껴졌다. 그럴수록 그는 부지런히 달리며 전단지를 붙였다.

하루는 일을 마치고 주급週給을 받으러 갔는데 분위기가 심상찮았다. 사장이 아일랜드 출신 청년 두 명을 불러 세워놓고 꾸짖었다. 서재필이 들어가니 사장은 더욱 큰 소리로 그들을 닦달했다.

"코리아 청년이 맡은 구역에서는 가구 주문이 밀려들어오고 있어. 그는 하루에 10마일을 달리는 데 비해 자네들은 5마일밖에 달리지 않

아. 같은 돈을 받고 일은 절반밖에 하지 않는 셈이야."

키가 껑충 크고 얼굴에 주근깨가 빽빽한 청년이 대꾸했다.

"그건 저희가 일을 게을리 한 게 아니라 저 녀석이 일을 두 배로 한 것이에요. 저 누렁이는 괴력을 지닌 특수 종자입니다."

어이가 없었다. 열심히 일한 것이 동료 직원들을 불편하게 만들 이야…. 이후 이들은 서재필을 노려보며 협박까지 했다.

"짜식, 혼자서 잘난 체하지 마라. 칼침을 맞는 수가 있어!"

서재필은 그때서야 중국인 노동자들이 샌프란시스코를 비롯한 캘리포니아 주 여러 도시에서 배척받는 이유를 깨달았다. 중국인들이 막노동 일을 뼈 빠지게 하니 고용주 입장에서는 중국인들을 선호했다. 일자리를 중국인에게 뺏긴 백인들은 인종차별을 노골화했다.

1882년 캘리포니아 주 의회는 중국인 배척법(Chinese Exclusion Act)을 통과시켰다. 이 법은 중국인의 투표권을 박탈하고 법인 취직을 금지하는 내용이었다. 중국인들은 번듯한 회사에 취업할 수 없고 허드렛일만 하라는 뜻이었다.

서재필은 아일랜드 출신 청년들의 등쌀에 견디기 어렵거니와 일당 2달러로는 생계를 유지할 수 없어 더 험한 일자리라도 찾아야 했다. 일당 3달러인 도로공사 일을 구했다.

데이비슨 산 부근의 도로공사였는데 날품팔이 인부들은 돌을 날랐다. 무게 10~20 킬로그램의 큼직한 돌을 두 팔로 들어 올려 다른 곳에 치우는 중노동이었다. 하루 8시간 일하면 저녁엔 허리가 끊어질 듯이 아팠다. 중국인 노동자들도 이 일은 힘들어 기피했다.

서재필은 인내심의 한계를 시험하는 자세로 일했다. 노동이 아니라 체력단련이라고 여기니 한결 마음은 가벼웠다.

'돌 나르기로 근육까지 단련하게 되었으니 돈 벌고 운동하고 일석이
조가 아니냐.'

도로가 완공되자 일감이 떨어졌다. 서재필의 성실성을 눈여겨 본
공사 감독이 다른 일자리를 소개해주었다. 그의 형님이 운영하는 정
육점이다. 목장에 가서 살찐 소를 골라 도축장으로 끌고 가고 도축된
고기를 정육점에 나르는 일이었다. 중노동인 것은 마찬가지였다.

도로공사 일보다 고약한 점은 온몸이 피투성이가 되는 것이다. 조
선에서는 백정이 하는 일 아닌가. 서재필은 그런 자괴감이 들 때마다
과거를 잊기 위해 스스로를 채찍질했다.

좋은 점은 퇴근할 때 큼직한 쇠고기 덩어리를 받는 것이다. 정육점
주인은 스테이크를 맛있게 굽는 방법을 가르쳐주고 고기에 발라 먹는
소스도 병에 넣어 챙겨주었다. 친절한 주인 덕분에 집에 돌아오면 스
테이크를 굽고 맛을 음미했다.

"창고에 도둑이 들어 하루치 판매량을 몽땅 훔쳐갔어."

어느 날 출근하니 주인은 도난사실에 아연실색했다.

"오늘밤부터 창고를 지키시게. 철야 근무수당을 두둑이 주겠네."

선뜻 응낙하고 창고 주변을 순찰하며 경비를 섰다. 며칠간은 아무
일이 없었다. 열흘째 되던 날 도둑들이 나타났다. 프로레슬러 덩치의
괴한 3명이 몽둥이를 들고 들이닥쳤다. 서재필은 손에 잡은 경비봉을
곧추세웠다.

"꼼짝 마라, 이놈들!"

"빨리 물러서. 여기 얼쩡거리면 죽여버리겠다."

가만히 보니 낮에 함께 고기 운반 일을 하는 동료 인부들이다. 자기
일터의 물건을 훔치다니 ….

"이놈들아, 썩 물러가라!"

고함을 쳤으나 그들은 물러나지 않았다.

그들 가운데 곰 같은 사내가 몽둥이를 후려쳤다. 서재필은 재빨리 경비봉으로 막은 후 괴한의 어깻죽지를 때렸다. 나머지 두 명은 한꺼번에 달려들었다. 그들의 머리며, 허리며, 몸통이며 할 것 없이 경비봉으로 두들겼다. 괴한 3명은 몽둥이를 단 한 방도 맞히지 못했다.

반면 서재필의 날카로운 경비봉 타격으로 괴한들은 머리통이 터지고 어깨뼈가 내려앉았다. 어린 시절부터 목검과 진검으로 무예를 단련한 서재필에게 괴한들의 어설픈 몽둥이질 따위는 너무도 싱거웠다. 그들은 비명을 지르며 도망쳤다.

날이 밝자 정육점 주인이 사정을 알아차렸다. 그날 근무할 인부 10명 가운데 3명이 결근했는데 그들이 바로 범인이었다. 그중 한 명은 주인의 먼 친척이었다. 그는 손목뼈가 부러져 병원에 입원했단다. 주인은 서재필에게 보너스로 10달러나 주면서 칭찬했다.

"자네, 대단한 솜씨야. 혹시 사무라이 출신 아닌가?"

창고 도둑 격퇴 이후에 주인은 서재필을 더욱 믿었다. 그러나 서재필은 나라를 지키고 심신을 단련하려 배운 검술을 좀도둑 퇴치에 쓰는 현실이 서글펐다. 주인의 총애를 받자 다른 인부들이 서재필을 시기했다. 그렇다 해서 그들처럼 적당히 일하고 돈을 받을 수는 없었다. 성심성의껏 일하지 않으면 직성이 풀리지 않았다.

주말을 맞은 어느 날, 퇴근 무렵이었다. 인부들은 피땀 범벅이 된 작업복을 벗고 샤워실에서 몸을 씻었다. 서재필은 탈의실에서 외출복을 갈아입다 여러 동료들이 고기 덩어리를 훔쳐 가방에 넣고 나가는 광경을 보았다. 그들을 뒤따라 나가 고함쳤다.

"도로 갖다 놓지 못해!"

"이 누렁이가 웬 훼방이야? 참견 말아!"

그들을 조용히 달래려 했으나 보스격인 청년이 먼저 서재필을 향해 주먹을 날렸다. 서재필은 가볍게 피하면서 발로 그의 다리를 차 넘어 뜨렸다. 그랬더니 네댓 명이 한꺼번에 달려들었다. 이들과 뒤엉켜 싸웠다. 이들도 주먹깨나 쓰는 축이어서 몸놀림이 재빨랐다.

서재필은 독수리가 창공을 날 때 날개를 펼친 것처럼 부드러우면서도 강력하게 팔을 뻗는 '활갯짓'으로 상대의 공격을 걷어냈다. 휙, 하며 발뒤꿈치로 상대의 턱을 내지르는 '곧은 발길'에 한 놈이 나가떨어졌다. 다리를 안에서 밖으로 내지르는 '째차기'에 또 한 녀석이 나둥그러진다. 불곰같이 생긴 녀석에겐 솟구쳐 올라 360도 돌려차는 '돌개질'로 한 방 먹였다. 깨금발로 뛰어올라 상대의 턱을 내지르는 '두발낭상'으로 두 놈을 연거푸 거꾸러뜨렸다. 불과 5분 여 사이에 다섯 놈을 해치웠다.

소란이 벌어지자 주인이 달려왔다. 얼굴이 피범벅이 된 도둑들은 서재필이 행패를 부렸다고 오히려 덮어씌웠다. 영어가 짧은 서재필이 상황을 떠듬떠듬 설명하자 주인은 반신반의하는 표정이었다.

입가에 맺힌 피멍을 쓰다듬으며 서재필은 허탈감에 빠졌다.

'청운의 뜻을 펼치기는커녕 평생 밥벌이에 급급하지 않을까?'

그나마 밤에 YMCA에 가서 외국인을 위한 영어강좌를 들으면 위안이 됐다. 미국인의 삶에 대해 조금씩 눈을 떴다.

일요일이 돌아오자 서재필은 교회에 갔다. 언제나 호의적인 로버츠 장로를 만나 격려받고 나면 상쾌해졌다. 로버츠는 샌프란시스코에서 보험회사 임원으로 일하며 교회에 부지런히 나오는 사람이다. 그날도 예배를 마치고 로버츠에게 인사하자 활짝 웃으며 반겼다.

"마침내 귀하의 수호천사가 찾아오셨어요. 펜실베이니아 주에 커다란 탄광을 가진 거부ᄐ富입니다. 학교도 여러 개 설립했지요. 여름 휴가를 맞아 여행을 오셨는데 귀하를 만나고 싶어 하시네."

그 사업가는 존 홀렌백이었다. 58세의 장년인 그는 백발에다 흰 수염이 더부룩해 외견으로는 60대 후반으로 보였다. 홀렌백이 묵고 있는 호텔의 스위트룸에서 만났다.

"신문기사 잘 읽었습니다. 미국에 오신 목적은 무엇입니까?"

"새로운 문물, 앞선 문명을 익히기 위해서입니다."

"'하늘은 스스로 돕는 자를 돕는다'(*Heaven helps those who help themselves*)라는 격언을 들어봤습니까?"

"YMCA 야학 영어반에서 배웠습니다. 저는 그 격언에 감명을 받아 게으름에 빠지지 않도록 스스로 담금질을 합니다."

"훌륭합니다! 펜실베이니아에 가서 공부할 의향이 있으신지요?"

"기회가 생긴다면…."

"제가 학비와 생활비 모두를 후원하겠습니다. 앞으로 코리아에 복음을 전파하는 데 일조하시기를…."

홀렌백을 조우함에 따라 서재필의 미국 생활은 새 전기를 맞는다.

3

샌프란시스코의 1886년 여름은 유난히 무더웠다. 작열하는 햇볕 아래에서 막일을 하면 살가죽은 벌겋게 익는다.

'뙤약볕 막노동과 이별하는군. 날품팔이 일꾼들의 곤곤ᄀᄀ한 삶을 온몸으로 느낀 것이 소중한 자산 아닌가.'

서재필은 오클랜드 역에서 동부로 향하는 대륙횡단 열차에 몸을 실었다. 열차를 타고 동부로 가는 2주일 동안 차창 밖 풍경을 바라보며 상념에 잠겼다. 미국 대륙은 과연 넓다.

'광활한 초원과 그 위를 질주하는 들소 무리! 축복받은 나라!'

밤이 되니 차창에 여러 얼굴이 비친다. 지금 김옥균, 박영효, 서광범 동지는 무얼 하고 있을까. 참혹하게 척살 당했다는 홍영식 혁명동지의 얼굴도 일렁거린다. 태희 누나는 여전히 의녀醫女로 일할까.

짧은 혼인생활 끝에 역적의 배우자라는 탓으로 끔찍한 최후를 맞았을 아내의 얼굴이 떠오른다. 두 살배기 어린 아들은 대역죄인의 씨앗이라는 이유만으로 굶어죽었다니 …. 조선, 그 폐쇄된 소국小國이 저주스럽다. 내 혈육을 무참히도 죽인 야만국 아닌가. 그래도 어쩌랴. 내 피와 살을 만든 산하山河인 것을 ….

시에라네바다 산맥의 터널을 지날 때다. 험준한 암벽 사이로 뚫린 터널 속으로 열차가 달리는 모습은 장관壯觀이다. 이 거대한 토목공사를 사람의 손으로 이뤄냈다니 …. 인간 능력에 대한 경외심이 든다.

앞자리에 앉은 통통한 40대 남자가 뭉툭한 시가를 피운다. 잡지를 들추어 보며 혼자서 중얼거린다. 그는 금붕어 같은 큰 눈을 껌벅이며 말을 걸고는 차창 밖의 풍경에 대해 설명했다.

"저기 시에라네바다 산맥을 보세요. 높이가 2, 100미터인 화강암이 깎아지른 듯 서 있지요? 철도가 없을 땐 미국 동부에서 서부로 육로로 오는 것은 상상도 못했답니다. 40년 전 겨울에 이 산맥을 넘는 데 도전한 탐험단 80여 명 가운데 절반이 죽었답니다. 생존자들은 얼어붙은 동료의 시체 인육을 먹고 버텼다고 하지요."

"육로 아니면 어떻게 뉴욕에서 캘리포니아로 왔습니까?"

"말도 마세요. 배로 왔는데 얼마나 오래 걸렸는지 …. 남미대륙 아래를 돌아 태평양으로 항해했으니 6개월이 걸렸지요. 배로 파나마까지 가서 육로로 태평양 해안까지 이동했다가 다시 배를 타고 샌프란시스코까지 올라가는 방법도 있었는데 그것도 6개월 걸렸답니다."

"터널을 뚫고 철로를 깔아 동서부를 2주일 시간으로 줄였군요."

"철도 개척 때 험준한 암벽에 구멍을 뚫는 작업은 그야말로 대역사大役事였답니다. 1863년에 시작해 1869년에 마쳤는데 이 7년간의 작업에서 중국인들이 보인 도전정신은 정말 존경스러워요."

"인간의 집념으로 이런 증영增嶸한 곳에 철로를 놓다니 …."

"터널작업의 하이라이트는 케이프 혼Cape Horn이라는 이름이 붙여진 산골짜기 구간이었지요. 바위의 경사도가 75도여서 문자 그대로 깎아지른 절벽이었어요. 전문가들은 이곳에서는 작업이 불가능하다고 보았지요. 그런데 중국인들은 몸에 밧줄을 매고 절벽에 매달려 해냈어요. 자기 조상들이 2천 년 전에 만리장성을 축조할 때 이미 그런 작업을 했다고 농담을 던질 정도로 여유가 있었다 하더군요."

시에라네바다 산맥을 넘자 사막이 펼쳐졌다. 열차 좌우를 둘러보니 산록은 전혀 보이지 않고 황량한 사막만 눈에 들어왔다. 드넓은 평원을 지나 센트럴 퍼시픽 철도의 중간 기착점인 시카고에 도착했다.

시카고에 내려 시가지를 구경했다. 해안도시 샌프란시스코와는 다른 분위기였다. 건물도, 상점도, 창고도 큼직큼직했다. 인구가 50만이라니! 거대한 도시다. 목재, 곡물 창고와 도축장은 규모가 커서 걸어 다니기엔 다리가 아플 정도였다. 시카고 시내에 있는 호수는 광활했다. 오대호 가운데 하나라고 했다.

'이게 호수라니! 바다처럼 넓어 끝이 보이지 않는데 ….'

4

붉은 벽돌로 지어진 아담한 3층 건물 앞에는 연녹색 잔디가 넓게 깔렸다. 건물 벽은 담쟁이 넝쿨로 덮였다. 해리 힐먼 아카데미 (Harry Hillman Academy)라는 고등학교다. 운동장에는 야구, 릴레이 연습을 하는 학생들이 보인다. 후원자인 홀렌백의 사업장인 윌크스 바르Wilkes-Barre 시는 뉴욕 시에서 서북쪽으로 120킬로미터 떨어진 산골도시다. 이곳에 해리 힐먼 고교는 자리 잡았다.

1886년 9월 서재필은 벅찬 가슴을 안고 교정에 들어섰다. 명문 사립학교이니만큼 연간 학비가 700달러로 꽤 비쌌다. 노동자 벌이로는 도저히 다닐 수 없는 상류층 학교다. 학생 수는 96명, 교사는 9명으로 공립학교에 비해 교육여건이 좋은 편이다. 여기에 입학한 동양인은 서재필이 최초였다.

스칼 교장 선생 댁에 기숙하며 정원을 손질하거나 집안일을 도와주기로 했다. 그 노동은 교장 가족의 일원임을 뜻하기도 했다.

영어식 이름을 'Philip Jaisohn'으로 정하고 김옥균에게서 받은 영·일 사전과 일·영 사전을 수시로 펼쳐보며 단어를 익혔다. 라틴어, 그리스어 과목도 수강했다. 영어의 뿌리인 이들 언어를 배우는 것은 인문계 사립학교의 오랜 전통이었다.

입학 당시 서재필의 나이는 22세로 고교생 가운데는 최연장자였다. 동생뻘인 급우들과 함께 어울리자 미국 청소년들의 의식구조를 차츰 이해할 수 있었다.

서광범에게 편지를 보냈더니 며칠 후 답장이 왔다. 뉴저지 주의 뉴브런즈윅에 있는 럿거스대학에 다닌다는 것이다. 잘 정착했으며 학업도 순조롭다고 한다.

1887년 6월, 한 해 공부가 마무리된 때였다. 홀렌백이 학교를 방문했다. 교장이 서재필의 성적표를 보이면서 칭찬했다.

"필립 제이슨은 매우 총명한 학생입니다. 입학할 때는 영어가 서툴렀으나 이젠 불편 없이 구사합니다. 처음 배우는 그리스어, 라틴어에서 장려상을 받았습니다. 수학도 장려상이군요."

서재필은 1년 공부 성과가 만족스럽다고 말했다.

"상상도 못한 학문세계가 존재한다는 사실에 놀랐습니다만, 제가 그것을 공부하게 되었으니 천운天運입니다. 예를 들어 피타고라스 정리를 배우고 사물의 이치를 깨닫는 데 큰 도움을 받았습니다."

1887년 9월에 개강하는 학기에는 철학, 역사 등 인문계 과목과 함께 생물학, 화학 등 자연계 과목도 배웠다. 갈수록 적응도가 높아지면서 성적이 올랐다. 몇 과목에서는 최고 점수를 받았다.

영어가 익숙해지자 연설법Declamation을 들었는데 이 과목에서 특출한 재능을 보였다. 과외활동으로 토론클럽에 들어가 찬반 공방을 벌이는 토론법을 익혔다.

학생회 주최로 웅변대회가 열린다는 게시물이 붙었다. 참가신청서를 내고 '제임스 가필드James A. Garfield 대통령에 대한 찬사'라는 원고를 마련했다. 얼마 전에 읽은 가필드 대통령의 전기가 머리에 떠올라 그것을 주제로 삼았다.

동료 학생 하나가 고개를 갸우뚱거리면서 물었다.

"가필드는 재임기간이 4개월밖에 되지 않아 별 볼 일 없는 대통령인데 왜 그를 주목하나요?"

"워싱턴이나 링컨 대통령에 비해 무명인 것은 사실이지. 하지만 그는 자기의 꿈을 이룬 인물 …. 극빈 가정에서 자라났는데도 좌절하지 않아 대통령까지 되었으니 ….."

연설대회가 열리는 날이다. 강당은 학생, 교사, 학부모들로 꽉 찼다. 토론클럽 회원 가운데 10여 명이 출전했다. 서재필은 단전丹田에 힘을 꽉 넣고 원고 내용을 머릿속으로 떠올렸다.

첫째 연사가 나가 화려한 제스처를 써가며 열변을 토했다. 주제는 미국의 예술에 관한 것이었다.

"영국으로부터 정치적으로는 독립했지만 미국엔 아직 독자적인 예술이 뿌리내리지 못하지 않았습니까?"

두 번째 연사는 뉴욕에 세워진 '자유의 여신상'에 관해 발표했다.

"2년 전인 1886년 10월 28일 뉴욕 리버티 섬에 우뚝 솟은 자유의 여신상을 아십니까? 그 여신은 오른손엔 횃불을, 왼손엔 '1776년 7월 4일'이란 날짜가 적힌 미국 독립선언서를 들고 있습니다. 미국은 독립 후 100년 사이에 눈부신 발전을 이룩했습니다. 이것은 우리 조상들의 피와 땀, 그리고 지혜의 산물이 아니고 그 무엇이겠습니까?"

연설이 끝나자 어떤 학부모는 성조기를 흔들며 환호했다.

서재필은 다섯 번째로 연단에 섰다. 가필드 대통령이 참관한다고 자기 암시를 하면서 말문을 열었다.

"오하이오 주의 어느 가난한 농가에서 아기가 태어났습니다. 그 아이가 두 살 때 아버지가 돌아가셨습니다. 홀어머니 슬하에 자란 아이는 내내 가난했지만 성실한 자세와 따스한 미소를 잃지 않았습니다. 아이의 장래 희망은 선원이 되어 먼 나라를 돌아다니며 넓은 세상을 구경하는 것이었습니다. 지방 수로水路에서 노동자로 일하면서 윌리엄스대학을 어렵게 졸업한 그는 교직에 있다가 남북전쟁 때 공을 세워 육군 소장으로 승진했습니다. 18년간 연방 하원의원으로 봉사하던 그는 1881년 드디어 미합중국 대통령으로 선출되었습니다. 그가 바로 제임스 가필드입니다. 그는 성실성과 용기를 가지면 어떤 역경도 극복할 수 있다는 사례를 보여준 위대한 인물입니다!"

가필드에 대한 존경심에서 우러나온 사자후獅子吼에 청중은 우레 같은 박수로 화답했다. 당당 2등으로 뽑혔다. 상금은 10달러.

서재필은 방과 후 학교 운동장에서 벌어지는 스포츠 행사에도 적극 참여하였다. 농구, 배구, 럭비는 처음 해보는 스포츠여서 서툴렀다.

그러나 육상과 승마에서는 발군의 솜씨를 보였다. 어린 시절에 뜀박질 시합을 하면 맨 앞을 달리지 않았던가. 소년 때는 하인 아이들과 뜀박질하다 들켜 양반 체통을 구긴다며 꾸중을 듣기도 했다.

100미터, 200미터, 400미터 등으로 거리를 정해놓고 시간을 재며 달리는 게 흥미로웠다. 서재필은 중장거리에 특히 강했다. 800미터에서 전교생 가운데 2위를 차지했다. 5천 미터와 1만 미터에서는 늘 전교 1위였다.

달리기를 잘하는 덕분에 인근지역 15개 학교가 함께 벌이는 크로스컨트리(산악 달리기) 대회에 학교 대표선수로 참가했다. 와이오밍 밸리에서 열린 크로스컨트리 대회는 험준한 산길을 따라 10킬로미터를 달리는 고난도 대회였다.

상쾌한 숲 냄새를 맡으며 출발했다. 500미터쯤 달리자 가파른 오르막이 나타나며 숨이 턱 막혔다. 고개를 숙이고 팔을 힘껏 흔들었다. 땅바닥에서 익숙한 향기가 올라온다. 길섶을 보니 만개한 산철쭉이 화려한 자태를 자랑한다. 유년시절에 삼각산에서 보던 산철쭉 아닌가. 선홍빛이 정겹고 아름답다. 오르막 내리막이 반복되었다. 처음에 무리하게 스피드를 낸 선수들은 차츰 발걸음이 무거워진다. 저 멀리 피니시 라인이 보이는데 한 선수가 앞서간다. 안간힘을 다해 그를 쫓았다. 그러나 역부족이었다. 2위로 결승점에 들어왔다.

야구에도 솜씨를 보였다. 소년시절에 돌팔매 연습에 몰두한 적이 있는데 그게 도움이 되었다. 제구력이 뛰어나 투수로 뽑혔다.

교장은 서재필이 장거리 달리기에서 두각을 나타내자 더 큰 대회에 나가 학교 이름을 빛내줄 것을 기대했다. 교장 부인은 좋아하는 요리가 무엇인지 묻고 다양한 메뉴를 준비했다.

5

교장 부인이 활짝 웃으며 말했다.

"며칠 후 친정아버지가 오셔요. 전직 판사인데 코리아 학생이 우리 집에 산다고 했더니 무척 만나고 싶어 하세요."

"배울 게 많겠군요. 미국 법제도가 궁금해서 …."

"잘 되었네요. 저희 아버지는 필립과 좋은 말동무가 될 겁니다."

부인의 예상은 적중했다. 친정아버지는 무골호인형으로 상대방을 편하게 해주는 성품이어서 호흡이 잘 맞았다. 헐렁한 카디건을 입고 레몬 그래스 차를 즐겨 마시는 그는 유머가 풍부했다.

저녁에 틈이 나면 두 사람은 거실 페치카 옆 흔들의자에 앉아 담소를 나누었다. 미국의 역사와 법제도, 남북전쟁, 미국인 관습 등 온갖 이야기를 들려주었다.

"필립 제이슨 청년, 여기 이 도시, 윌크스 바르의 유래를 아시오?"

"존 윌크스John Wilkes와 아이작 바르Isaac Barre라는 인물의 이름을 땄다는 정도밖에 모릅니다만 …."

"이 두 사람은 영국 의원인데 100여 년 전 미국 독립전쟁 당시에 영국 의회에서 미국의 독립을 지지한 인물이라오."

"영국 정치인이 미국 편을 들었다니 대단한 소신파군요."

"그들은 정의감이 강했다오. 당시 영국은 미국에서 엄청난 세금을 거둬 갔는데 인지조례는 미국 인쇄물에 무거운 세금을 물리는 악법이었다오. 미국에 주둔하는 영국군에게 적절한 숙식을 제공해야 한다는, 숙영법이라는 해괴한 법도 있었고 …."

"미국이 독립하는 데엔 국내외 수많은 이들의 열정이 작용했군요."

"미국 역사를 공부하면 많은 교훈을 얻는다오. 펜실베이니아 주 게티즈버그는 남북전쟁(1861~1865년) 때 가장 치열한 전투가 벌어진 곳이오. 링컨이 명연설을 하는 바람에 더 유명해졌지만 …."

"저도 게티즈버그 연설을 암송할 때마다 감동하곤 한답니다."

"게티즈버그 연설 일부를 암송해보시려우?"

서재필은 일어서서 링컨이 된 기분으로 게티즈버그 연설을 읊었다.

"우리는 여기에서 죽은 전사들의 죽음이 헛되지 않게 할 것을 맹세합니다. 이 나라에는, 신의 보살핌 아래, 새로운 자유가 탄생할 것입니다. 인민의, 인민에 의한, 그리고 인민을 위한 정부는 결코 이 땅에서 소멸되지 않을 것입니다."

"아주 잘했어요. 스피치 솜씨가 탁월하군요."

전직 법관 노인은 서재필과 보내는 시간을 더 늘려 인생경험을 전수하겠다고 작정했다.

"나와 함께 골프를 치겠소?"

"골프? 그게 뭡니까?"

"골프란 스포츠를 모른단 말이오?"

"처음 듣습니다."

"가르쳐 주겠소. 댄스와 골프를 할 줄 알면 사교활동에 좋다오."

노인을 따라 골프장으로 갔다. 넓은 초원에서 막대기를 들고 조그만 공을 치는 사람들이 보였다. 별로 어렵지 않을 듯했다. 정지한 공을 때려 똑바로 멀리 보내 조그만 구멍에 집어넣는 경기라 하지 않는가.

서재필은 청년시절에 수원에 있는 조부 별장에서 격구擊毬를 배운 적이 있다. 말을 타고 달리며 막대기로 공을 치는 무예다. 격렬하게 달리는 말 위에서도 공을 쳤는데 정지한 골프공을 다루지 못하랴. 격구를 할 때 귀견줌, 할흉, 치니매기, 도돌방울, 구을방울 등 여러 동작을 부드럽게 잘 연결해서 찬사를 들었다.

"자, 보시오. 내가 먼저 공을 칠 테니⋯."

노인이 감나무로 만든 우드 드라이버로 공을 쳤다. 공은 똑바로 날아갔지만 거리는 150야드밖에 가지 못했다. 서재필의 차례다. 그는 공을 향해 드라이버를 날렸다.

"엇!"

힘껏 휘둘렀으나 허공을 치고 말았다. 공을 맞히지도 못한 것이다.

"온몸에 힘이 잔뜩 들어 있네요. 힘을 빼고 부드럽게 움직여 봐요."

얼굴이 뜨거워졌다. 곰곰 따져보니 검법 원리와 같다. 기氣를 모으려면 인위적인 힘을 넣어서는 안 된다. 단전으로 호흡하며 골프채를 살며시 들어올렸다. 일순간 쉬는 듯하다가 채를 경쾌하게 휘둘렀다. 원심력을 이용했다.

휘익! 바람을 가르며 공이 솟아 250야드나 날아갔다.

"처음 골프채를 잡은 사람이 이런 멋진 샷을 날리다니 놀랍소."

"제가 한국인 가운데 골프를 최초로 친 사람이 아닐까요?"

188

"그렇겠군요. 오늘은 역사적인 날이오. 골프 마치고 클럽하우스에서 자축 파티를 가집시다."

6

조선은 지금 어떻게 되고 있나? 서재필은 조선 소식이 궁금할 때는 서광범에게 편지로 물었다. 서광범은 조선 상황을 꾸준히 살폈다.

1885년에 조선은 청나라로부터 돈을 꾸어와 인천-서울-의주를 연결하는 전신電信시설을 마련했다고 한다. 급한 연락을 위해 파발마를 보내는 대신에 전보를 보낼 수 있게 되었단다.

1886년에 감리교의 아펜젤러는 배재학당을, 스크랜튼은 이화학당을, 장로교의 언더우드는 경신학교를 각각 설립했다.

서광범은 럿거스대학을 졸업하고 워싱턴에서 일자리를 얻었다. 스미소니언박물관에서 번역작업을 틈틈이 하면서 연방정부 교육국의 도서관에서 주로 일했다.

1889년 6월, 서재필은 힐먼 고등학교를 졸업할 때를 맞았다. 서양 문물을 익히며 심신을 단련한 3년 세월이 어느덧 흐른 것이다.

홀렌백 이사장이 자신의 저택에 서재필과 교장 부부를 초대했다.

"새로운 언어를 익히고 이렇게 좋은 성적까지 냈군요. 재정후원을 한 나로서는 큰 보람을 느끼오."

교장은 학업 성적 이외의 부분에 대해 언급했다.

"리더십이 출중했답니다. 궂은일을 솔선수범하였고 급우들에게서 존경을 받았습니다. 스포츠 능력이 뛰어나 학교 명예를 빛냈습니다."

식사를 끝내고 커피를 마시는 시간이었다. 홀렌백이 허공을 쳐다보며 질문했다.

"대학에 진학해서는 당연히 신학을 전공하겠지요? 목사가 되어 코리아 선교를 책임져주시오. 그런 구상으로 필립을 후원했소. 필립이 가세한다면 조선의 복음화는 가속도가 붙을 것이오."

"기독교 신앙심이 깊다고 자부합니다만, 목사가 되겠다는 포부를 품은 적이 없습니다. 하나님의 소명을 받아야 하는 것 아닙니까?"

"필립은 라파예트대학과 프린스턴 신학교에서 공부할 수 있소. 내가 그 학교 이사로 활동하고 있소."

"저는 역적으로 몰렸기에 코리아에 들어가는 즉시 처형당합니다."

"그래요? 이것 참 곤란한데 …."

홀렌백의 목소리는 떨렸다. 그가 든 커피 잔이 달그락거렸다. 교장은 손수건으로 이마의 땀을 닦았고 부인은 티스푼을 만지작거렸다.

"나를 각박한 사람이라고 여기겠지만 목사 지망생이 아니라면 앞으로 학자금을 지원할 수 없소."

서재필과 홀렌백, 이들 두 사람은 서로에게 배신감을 느꼈다.

서재필은 원래 라파예트대학에 진학할 작정이었다. 홀렌백이 관여하는 대학이니 그곳에 가는 것이 자연스러웠다.

라파예트대학의 에드워드 하트 교수와 면담한 적도 있다. 교수는 성적표를 검토한 뒤 어느 학과에도 합격할 수 있다고 했다.

서재필은 다시 하트 교수를 찾아가 엊그제 상황을 설명했다.

"장학금을 받을 수 있을까요? 저는 무일푼입니다."

"딱하군. 자네 같은 인재가 우리 대학에 오기를 기대했는데 …."

"도무지 길이 없을까요?"

"우리 집에서 기거하면서 집안일을 거들어주면 숙식비는 해결될 것이고 … 문제는 등록금인데 아르바이트로 벌 수 있을까?"

"제 성적으로는 장학생이 될 수 없을까요?"

"충분하네. 하지만 이사회에서 부결될지 몰라. 장학생 심사위원장이 홀렌백 이사님이지."

"그럼 장학금은 어렵다고 보고 이번 여름에 필라델피아로 가서 아르바이트로 등록금 일부라도 벌어오겠습니다."

"행운을 비네."

7

서재필은 펜실베이니아 주에서 가장 큰 도시인 필라델피아로 갔다. 신문 구직란을 살피고 직업소개소에 찾아가 봤다. 일자리는 막노동뿐이었다. 막일이라면 익숙했지만 문제는 품삯 수준이다. 일당이 2달러에 불과하니 숙식 문제만 해결될 뿐이었다.

윌크스 바르에 돌아온 서재필은 어깨를 축 늘어뜨린 채 걸었다. 길 건너편에서 허리가 구부정한 노인이 말을 걸어왔다.

"혹시 힐먼 고등학교의 스칼 교장 선생 댁을 아시는가요?"

"제가 그 집에서 지금 살고 있습니다. 안내해드리지요."

서재필은 노신사가 든 무거운 가방을 건네받아 서풋서풋 걸어갔다. 그는 교장의 오랜 친구인 데이비스 교수라고 자신을 소개했다. 데이비스는 서재필의 딱한 사정을 듣고 조언을 주었다.

"나도 어렵게 고학한 사람이어서 필립의 심정을 잘 압니다. 다섯 살 때 영국에서 이민 왔는데 미국에 도착하자마자 아버지가 열병으로 돌아가셨어요. 그 이후 우리 가족이 겪은 고초는 이루 말할 수 없었답니다. 하지만 열심히 노력하다 보면 반드시 수호천사가 나타나더군요. 워싱턴 스미소니언박물관의 오티스 관장을 찾아가면 어떨까요?"

"그분을 잘 아시는지요?"

"오랜 친구라오. 소개장을 써 드리리다. 동양에서 온 귀중품이 많으니까 분류하고 정리하는 작업에 필립 같은 사람이 필요하겠지요."

서재필은 스미소니언박물관에서 일하는 서광범을 떠올렸다.

'참으로 기묘한 인연이군.'

오티스 관장은 도수 높은 안경을 쓰고 콧수염을 멋지게 기른 신사였다. 그는 콧수염을 만지작거리며 말했다.

"데이비스 교수의 소개장을 갖고 오셨다구요. 음⋯."

그는 소개장을 찬찬히 읽더니 활짝 웃었다.

"서광범 씨를 아시는지요?"

"알다마다요. 그분은 제 아저씨뻘이고 미국에 함께 왔습니다."

"서광범 씨는 저희 도서관에서 한문 서적을 영문으로 번역하는 작업을 많이 하셨지요. 그 프로젝트가 끝나서 요즘 연방정부 도서관에서 일하고 있지요."

"그럼, 제가 여기서 번역할 일감은 없습니까?"

"번역작업은 계속 이뤄져야 하는데 예산이 뒷받침되지 않아서요."

소개장 하나에 기대를 걸고 찾아왔는데 예산이 없다니⋯. 오티스 관장도 난감한 표정인 것은 마찬가지였다.

서재필이 한숨을 쉬며 관장실을 막 떠나려 할 때 웬 손님이 들어왔다. 카키색 군복을 입은 군인이었다. 오티스 관장은 군인을 보더니 뭔가 아이디어가 떠올랐다는 듯 허연 이를 드러내며 웃었다.

"존, 어서 오게. 한문, 일본어, 영어에 두루 능통한 필립 제이슨 씨를 소개하겠네. 제이슨 씨, 여러 가지 재주가 많은 제 친구 존 빌링스 박사를 소개하겠소. 현역 육군대령인데 유명한 외과의사이자 의학통계학 전문가, 거기다 예술품 큐레이터이기도 하고 …."

존 빌링스는 서재필에게 우람한 손을 내밀어 악수를 청하였다. 건성으로 흔드는 악수가 아니라 정감 있게 감싸는 손맛이 느껴졌다.

"여러 언어에 능통하시다니 부럽군요."

"미국에 와서 군인 분을 만나니 감회가 새롭네요. 저는 코리아에서 군사 책임자로 활동한 바 있습니다. 일본의 군사학교를 다녔고 …."

"군사 책임자라면 …?"

"설명드리면 복잡합니다만, 국방차관을 잠시 지냈습니다."

"국방차관이라 … 대단히 높은 분이네요. 만나서 영광입니다."

세 사람은 커피 향기를 음미하며 대화를 나누었다. 오티스 관장은 빌링스 대령에게 넌지시 물었다.

"자네가 일하는 육군 군의감軍醫監 도서관이나 군사박물관에는 아시아 자료가 많다고 했지? 영문으로 번역할 프로젝트는 없는가?"

"번역까지는 예산이 모자라서 곤란하고 … 자료를 정리라도 해야 한다네. 산더미처럼 쌓인 동양 의학서적을 분류해서 목록을 만들어야 하는데 맡길 사람이 있어야지. 한문과 일본어로 된 책이 5천여 권이나 된다네. 지금 사람을 찾고 있는 참인데 …."

"자네 눈앞에 계신 제이슨 씨가 적임자 아닌가?"

"아! 그렇겠군요. 모레 아침에 저희 도서관에 오십시오."

천우신조天佑神助란 이런 경우가 아니겠는가.

레스토랑 창가에 앉으니 멀리 백악관이 보인다. 하얀 외벽이 고결한 기품을 풍긴다.

서재필은 예약석에 앉아 서광범을 기다렸다. 4년 만의 상봉이다. 이윽고 나타난 서광범의 귀공자 풍모는 여전하다.

"아저씨, 그동안 안녕하셨습니까?"

"솔! 고생 많았지?"

이들은 부둥켜안았다. 서광범은 더욱 깡말랐다.

"편지는 자주 받았으나 이렇게 얼굴을 뵈오니 속이 후련하군요. 저도 운이 좋으면 워싱턴에 일자리가 구해질 것 같습니다. 모레 육군 박물관에 가보기로 했답니다."

"조카님 능력이라면 어디에든 취직을 못하겠어?"

"희망사항입니다. 그건 그렇고 ⋯ 요즘 조선은 어떻게 돌아갑니까?"

"청국이 여전히 조선 조정을 쥐락펴락하지. 얼마 전에 여기 워싱턴에 조선 공사관이 문을 열었는데 공사에 박정양朴定陽, 참찬관에 이완용, 서기관에 이하영李夏榮과 이상재李商在, 번역관에 이채연이 왔지. 공사관을 개설할 때 안내 책임자로 알렌이 왔고 ⋯."

"완용 형님이 발탁되었군요. 어떻게 변했는지 ⋯."

"지금이라도 공사관에 찾아가면 이완용을 볼 수는 있겠지. 하지만 우리가 조선에서는 역적으로 몰렸으니 조선 국록을 먹는 이완용이 우리를 만나면 부담스럽겠지?"

"아저씨는 박정양 공사와도 친분이 두터웠지요?"

"우리 가친과 막역하셨지. 박 공사를 만나려고 연락했더니 이미 미국을 떠났다 하더군. 청국이 쫓아낸 셈이지. 박 공사 일행이 미국에 와서 먼저 청국 공관에 문안인사를 올리지 않았다고 트집을 잡았다는 거야. 조선 외교관들은 워싱턴에서 외교활동을 하기는커녕 청국 눈치를 살피느라 손발이 묶였어. 결국 박정양 공사와 이상재 서기관은 귀국했지."

"해도 너무하는군요."

서재필은 주먹을 부르르 떨었다.

"청국 압력 탓에 조선은 정식공사 대신 대리공사를 파견하는 것으로 타협했지. 이완용은 미국에 부임한 지 5개월 만에 병을 얻어 귀국했다가 최근에 대리공사로 다시 왔다네."

"이하영 서기관은 어떤 사람인가요? 이름이 생소한데요."

"나도 잘 모르는 인물이야. 부산 연산상회라는 가게의 점원 출신이라 하더군. 일본 나가사키에 물건을 사러 갔다가 마침 조선으로 부임하는 알렌을 만난 모양이야. 워낙 붙임성이 좋아 알렌 마음에 쏙 들었다고 하더군. 알렌의 추천으로 관료로 발탁되었다가 중전마마 총애를 받아 여기까지 왔다 하더군."

"재주가 많은 인물이군요."

"이하영은 춤 솜씨가 뛰어나 여기 외교가에서도 이름을 날린다네. 어느 멕시코 여성이 반해서 구혼까지 했다고 하더군. 하하하."

9

빌링스 대령의 사무실. 벽엔 큼직한 미국 지도가 걸렸다. 책상 위에는 금박 장정의 두꺼운 책들이 수북이 쌓였고 구석구석에는 총, 칼, 군복, 대포 등 군사자료들이 진열됐다. 공공보건 전문가인 빌링스 박사는 육군 의학박물관 건물을 설계하기도 한 팔방미인이다.

빌링스는 인사 담당자를 불러 채용절차를 설명하도록 했다.

"저희 직원은 공무원 신분입니다. 공정하게 채용했다는 근거를 남겨야 하므로 채용시험을 치르겠습니다. 중국어와 일본어 시험 …."

담당자는 백지 두 장과 시험문제를 던져주었다. 중국어 시험문제는 영문판 누가복음 제10장을 중국어로, 즉 한문으로 옮겨 쓰는 것이다. 일본어 문제는 요한복음 제15장을 일본어로 번역하는 것.

서재필은 미국에 도착한 이후 거의 매일 성경을 읽었다. 그것을 한문과 일본어로 옮기라고 하니 그리 어려운 과제가 아니었다. 인사 담당자가 보는 앞에서 술술 써 내려갔다. 손탁이 준 만년필로 ….

"벌써 번역을 마쳤습니까?"

"한문을 쓰고 읽는 일은 제가 코흘리개 때부터 하던 일이랍니다."

"놀랍군요. 이 답안지를 저희가 전문가에게 맡겨 채점하겠습니다. 결과는 내주 초에 알려드리지요."

인사 담당자는 워싱턴에 주재한 중국인, 일본인 외교관에게 채점을 의뢰했다. 며칠 뒤 채점결과가 나왔는데 2개 모두 100점으로 나왔다. 중국인 외교관은 '글씨가 명필이기도 하다'는 의견을 달았다.

서재필은 도서관 사서직원으로 채용되었다. 월급은 125달러로 막노동에 비하면 두세 배나 많다. 생계와 학업을 해결할 수 있는 돈이다.

서재필은 새로운 도전을 꿈꾼다. 대학에 들어가기로 작정했다. 주경야독晝耕夜讀할 수 있는 대학을 찾아보니 코코란Corcoran대학이 있었다. 콜럼비안대학의 부설 야간대학이다. 훗날 콜럼비안대학은 조지워싱턴대학으로 변신한다.

코코란 대학은 워싱턴 시내 공무원들이 퇴근 이후에 공부하도록 설립된 야간학교였다. 수업시간은 오후 6~10시. 개설과목은 수학, 물리학, 화학, 생물학, 지질학, 금속학, 기계공학 등 이공계 위주였다.

서재필은 1888년 가을 학기부터 학업을 시작했다. 첫해엔 주로 자연과학 기초과목을 수강하였다.

빌링스 대령의 우정 어린 보살핌을 받고 차차 그의 인품에 매료되었다. 빌링스는 고국을 등진 망명객의 처지를 잘 이해했다. 빌링스는 1836년생이어서 1864년생인 서재필의 아버지뻘이 되는 나이였다. 그래도 서재필을 친구처럼 격의 없이 대했다. 때로는 거수경례를 하며 익살을 부리기도 했다.

"국방차관님께 경례 올립니다."

빌링스는 자신의 퍼스트 네임을 부르도록 했다. 작은 고민거리라도 털어놓도록 했고 팔을 걷어붙이고 나서서 해결해주었다.

"의학서적 분류작업이 어렵지 않은가?"

"어렵기는요. 동양의학 서적을 훑어보니 서양의 자연과학과는 다른 체계로 되어 있군요. 양쪽을 비교하면 무척 흥미롭답니다."

"어느 과목이 가장 재미있지?"

"생물학과 화학입니다."

"필립은 의학을 전공해도 되겠군. 마침 콜럼비안대학의 의학부에 야간과정이 있으니 새 학기부터는 그곳에서 공부하면 좋겠네."

의학? 의사!

'내가 의사가 된다는 것은 상상도 못했는데 …. 유대치, 태희, 이순심 등 도규계刀圭界의 인물들을 만난 것이 내 운명에서 필연인가?'

숱한 생명을 건진 명의名醫 빌링스의 말이 이어졌다.

"의사는 병마病魔에 시달리는 환자를 도우므로 성직자나 마찬가지라네. 여러 직업인 가운데 가장 보람을 느낄 수 있지."

의사가 되겠다는 포부가 생기자 새로운 눈이 생겼다. 서고書庫를 정리하다《해체신서解體新書》라는 책이 눈에 들어온 것이다.

번역자는 일본인 의사 스기타 겐파쿠杉田玄白. 번주藩主의 시의侍醫인 스기타는 1771년 어느 봄날에 에도(현재의 도쿄)의 형장에서 네덜란드 의사가 사형수 시체를 해부하는 과정을 다른 의사 2명과 함께 참관했다. 오장육부가 네덜란드에서 출간된 인체해부서《타펠 아나토미아》와 일치했다. 중국 의서에 두루뭉수리하게 그려진 인체 내부도와는 달랐다. 스기타는 인체 구조도 제대로 모르고 진료한 사실이 부끄러워 이 책을 일본어로 번역하기로 결심했다. 이들 의사 3명은 생소한 네덜란드어를 배워가며 3년간의 고생 끝에 번역서를 출간했다. 이 책이 나온 후 네덜란드를 연구하는 난학蘭學이 일본에서 융성해진다. 일본은 난학을 통해 서양의 과학, 무기, 예술, 제도 등을 도입했고 이는 일본 사회를 크게 변화시켰다.

"후쿠자와 유기치 선생도 난학 전문가였지. 조선은 화란이라는 나라를 너무 푸대접했어."

서재필은 이렇게 중얼거리며 영어로 번역된《하멜 표류기》를 읽었다. 하멜은 1653년 제주도에 표착한 네덜란드 선원으로 조선을 탈출해 이 기행문을 썼다. 서재필은 네덜란드와 조선에 관한 자료를 찾아 읽고 다음과 같이 일기에 썼다.

네덜란드는 16세기 대항해시대 이후 거대한 선단을 앞세워 해양무역에 앞장선 강소국强小國이다. 네덜란드인으로 한반도에 최초에 상륙한 사람은 얀 얀손 벨테브레. 동인도회사 선원으로 일본을 향해 가던 그는 배가 난파하는 바람에 1627년 제주도에 표착했다. 조선

여인과 결혼해서 박연이라는 이름으로 살았고, 서양식 무기제작에 기여했다. 그 후 1653년 네덜란드 상선이 제주도 부근에서 표류돼 하멜 등 36명의 선원이 조선땅을 밟았다. 그들은 총포제작, 축성, 의술 등의 재주를 가졌으나 주로 사대부집을 떠돌며 광대노릇을 하다 한반도를 탈출했다. 몽매한 조선 지도부는 그들의 선진기술을 활용하지 못한 것이다.

반면 일본은 1636년 나가사키 앞바다에 '데지마'라는 인공섬을 만들어 네덜란드 문물을 중점적으로 받아들였다. 이곳에 네덜란드 상인들이 거주하도록 함으로써 서양의 문물들이 밀물처럼 들어왔다. 흔히 일본이 1853년 미국 페리 제독의 흑선黑船이 상륙한 이후 개화를 추진했다는데 그보다 이미 200여 년 전부터 네덜란드를 통해 서양문물을 받아들였다.

서재필은 서고 구석에서《한국천주교회사》라는 3권짜리 두툼한 책을 발견했다. 저자는 프랑스 파리외방전교회 소속 달레 신부. 조선에서 선교활동을 하는 다블뤼 신부가 기록한 자료를 바탕으로 달레 신부가 편집해 1874년에 출판한 것이었다. 원본은 불문佛文인데 앞부분은 영문판으로 번역 출판돼 있었다. 영문판을 읽어보니 조선의 역사, 문화, 생활을 자세히 소개해놓았다. 한글에 대해서도 매우 과학적인 문자라고 설명했다.

이 책의 핵심은 천주교인이 끔찍한 고문을 당하고 참수되면서도 의연한 자세를 보이는 모습을 매우 자세히 기술한 것. 서재필은 불문 원본을 제대로 읽지 못해 안타까웠다. 태희의 부모 이름이 누군지도 모르지만 그분들의 순교 장면이 혹시 기록돼 있나 확인하고 싶었던 것이다.

빌링스의 권유로 서재필은 1889년 가을 학기에 의학부에 진학했다. 이듬해인 1890년 6월 10일 그는 미국 시민권을 얻었다. 한국인으로서는 최초다. 서광범은 1892년 11월에 미국 시민권을 얻는다.

서재필은 의학부에서 3년간 공부한 뒤 한국인 최초로 미국 의학사 Medical Doctor 학위를 받는다. 의과대학을 졸업하니 여러 일이 순탄하게 풀리고 미국 사회에 대한 이질감도 줄었다.

빌링스 박사는 하회탈같이 파안대소破顏大笑하며 격려했다.

"어려운 관문을 통과해서 축하하네. 이왕이면 의사면허증도 따야 하겠지? 워싱턴 시내 가필드 병원에 인턴으로 추천해주겠네."

서재필은 수련의 과정을 밟고 1893년 드디어 의사면허를 얻었다.

"이제 의업에 종사할 것을 허락받으매 내 생애를 인류 봉사에 바칠 것을 엄숙히 선언하노라…."

히포크라스테스 선언을 낭독한 서재필은 눈을 감고 심호흡을 했다. 유대치, 태희, 이순심의 얼굴이 한꺼번에 떠오른다.

태희 누나와 함께 약령시에 약재를 사러 갈 때였다. 누나는 뭔가 주문呪文 같은 걸 중얼거리며 걸어갔다.

"수태음폐경手太陰肺經… 족태음비경足太陰脾經… 수양명대장경手陽明大腸經… 족양명위경足陽明胃經… 수소음심경手少陰心經… 족소음신경足少陰腎經…"

"누나, 뭘 외우는 거요?"

"우리 몸에 있는 12개 경락經絡 이름이야. 우주 원리와 인체 원리는 같아. 우주의 축소판이 우리 몸이지."

그럴 듯하지만 얼른 이해하기 어려운 말이었다.

200

어떤 때는 더 이상한 말을 중얼거렸다.

"에 꿈 스뻬리뚜 뚜오 …"

"어느 나라 말이오?"

"라전어羅典語인데 '당신 영혼과 함께'라는 뜻이야."

서재필은 의사면허증을 취득한 후 당장 개업의로서 활동하지 않고 여전히 의학박물관 공무원으로 근무했다. 보직은 사서에서 의무관으로 바뀌었다.

의학박물관은 박물관 기능뿐 아니라 의료 연구기관을 겸하고 있었다. 특히 세균학 분야에서는 이곳이 미국에서 최고 권위를 자랑했다. 미국 육군은 대규모 병력을 가졌기에 전염병 예방에 열중했고 세균학 연구에 권위를 쌓았다. 이 무렵에 세균학 권위자 2명이 부임했다.

"새로 부임한 육군 의무감 조지 스턴버그입니다."

"말라리아와 폐렴을 일으키는 세균을 발견하신 분이지요? 저는 필립 제이슨입니다. 박사님이 저술하신 교과서로 공부했습니다."

"무슨 책이던가요?"

"886페이지나 되는 대작 《세균학》, 바로 그 책입니다."

"내 청춘을 바친 책이지요. 제 집사람이 신혼 2년째 되던 해에 황열병으로 저 세상으로 갔답니다. 나는 전염병 퇴치에 일생을 바치기로 결심했는데 연구결과를 묶은 것이 그 책이랍니다."

또 다른 세균학자는 월터 리드 소령으로 눈빛이 맑은 중년이다. 의학박사인 그는 의료박물관 관장으로 부임했다.

의무감 스턴버그 박사는 리드 소령과 서재필을 사무실에 불렀다.

"두 분은 중요한 프로젝트를 맡아야겠소. 군사의료 체계를 선진화하기 위해 병리학 실험실을 설치하겠으니 거기서 일해주시오. 리드 소령은 의료박물관 관장과 병리학 실험실장을 겸임하시오."

서재필은 리드 소령의 조수로 근무했다. 실험실에는 서재필 이외에 그레이 박사라는 사람이 조수로 일했다. 그레이는 지하실에 발전기를 설치해놓고 각종 전기실험을 했다.

리드 소령은 여러 실험과제를 던졌다. 서재필은 실험에 매달렸고 그 결과를 논문과 보고서로 발표했다. 서재필이 훗날 노후에도 의학 논문을 줄지어 발표한 것은 이때의 경험 덕분이다. 일반 개업의와는 달리 육군소속 의사들은 세균학, 공중위생학, 방역학 등 거액의 연구비가 드는 일에 전념할 수 있었다.

리드와 서재필은 구면이다. 서재필이 일자리를 구하러 워싱턴에 와서 스미소니언박물관을 구경할 때였다. 인체 모형이 신기해서 뚫어져라 바라보는데 바로 옆에서는 콧날이 오뚝 선 어느 미남자가 수첩에 그 모형을 스케치하고 있었다.

"잘 그리시는군요."

"이렇게 그리면 인체를 이해하는 데 큰 공부가 된답니다. 군의관으로 일하는 월터 리드라고 합니다."

"의사?"

"사람의 건강과 생명을 지켜주는 의미 있는 일을 하지요."

이처럼 대화를 나눈 게 4년 전인데 같은 실험실에서 일하게 됐다.

서재필은 방역학을 체계적으로 연구하면서 조선 민중의 비위생적인 삶이 머리에 떠올라 괴로웠다. 청계천 주변의 주민들은 지금도 똥덩어리가 둥둥 떠다니는 구정물을 마시며 살아가고 있겠지 ….

10

"무슨 짓이에요. 얼른 물러서세요."

여성의 다급한 목소리가 밤의 정적을 깨고 울려 퍼졌다. 서재필은 늦은 밤까지 실험을 하고 귀가하다 집 부근 공원에서 이 소리를 들었다. 불량배 청년 셋이 그녀를 둘러싸고 집적거렸다. 의협심이 발동돼 그냥 지나갈 수 없었다. 그들에게 일갈했다.

"아가씨를 풀어주시지?"

"이거 뭐야?"

덩치가 우람한 불량배 하나가 주먹을 뻗었다. 서재필이 반격자세를 취함으로써 1 대 3의 주먹다짐이 벌어졌다. 오랜만에 주먹을 써본다. 주먹과 발길질 솜씨는 녹슬지 않았다. 이크, 에크! 기합 소리를 내며 하나, 둘, 셋을 쓰러뜨렸다.

그 여성은 놀란 사슴 눈으로 서재필을 바라봤다.

"고마워요. 봉변을 당할 뻔했는데 …."

"뭘요. 댁까지 바래다 드리겠습니다."

"집은 바로 저기 보이는 곳입니다."

"저도 그 근처에 사는데요. 필립 제이슨이라고 합니다."

"뮤리엘 암스트롱입니다."

그 여성을 집 바로 앞에까지 데려다줬다. 그녀와 나란히 걸어가니 가슴에 뜨거운 기운이 솟았다. 그녀의 체취는 체리향 같았다.

하루는 제임스 화이트 예비역 대위가 저녁식사를 함께 하자며 스미소니언박물관 근처 레스토랑으로 초대했다. 화이트 씨는 빌링스 대령과 친분이 있어 몇 번 만난 적이 있다. 사교계의 마당발로 알려진 인물이다. 레스토랑 저녁 초대라니 뜻밖이다.

"필립 제이슨 씨, 독신주의자는 아니지요?"

"좋은 피앙세가 있으면 결혼해야지요."

"어울릴 규수가 있는데 … 서로 아는 사이일 것이오. 뮤리엘 암스트롱 양이라고 …."

"아, 며칠 전에 …."

"맞아요. 바로 그 뮤리엘 … 지혜롭고 우아한 여성이라오. 예술에 대한 조예가 깊고 …."

"그녀를 어떻게 아시지요?"

"단도직입적으로 말씀드리지요. 뮤리엘은 제 딸입니다. 친딸은 아니고 … 뮤리엘의 친아버지는 미국 철도우체국을 창설한 조지 암스트롱 씨인데 철도우편 업무에서 혁혁한 공을 세운 거목입니다. 그분이 급서하는 바람에 제가 후임자로 부임했지요. 뮤리엘은 유복녀로 태어났답니다. 미망인과 뮤리엘을 돌보다가 한 가족이 되었습니다. 뮤리엘을 친딸처럼 애지중지 키웠지요."

"그런 사연이 있군요."

"뮤리엘이 제이슨 씨에게 푹 빠졌어요. 그날 밤, 대단했다면서요? 내가 제이슨과 아는 사이라고 밝히자 다리를 놓아 달라는군요."

서재필은 화이트 씨 집에 초대받아 뮤리엘 양과 재회했다. 밝은 곳에서 자세히 보니 후리후리한 키에 크고 파란 눈동자, 단정한 입매를 지닌 여성이었다.

"다시 만나니 더욱 멋있는 남자네요."

"우리 만남은 3류 소설 장면 같소. 깡패에 봉변당하는 아가씨를 구해주는 남자 주인공 … 그 남자와 아가씨의 재회 …."

"현실세계에서는 소설 같은 일이 흔히 일어나곤 한답니다. 그렇다

해서 진부하다고만 볼 수 없어요. 나름대로 필연성이 있겠지요. 코리아에서 오셨다고요?"

"조국을 떠난 지 이제 10년 가까이 됩니다. 저는 몇 년 전 미국 시민권을 얻었으므로 이제 제 조국은 미국이지만 …."

"저희 친아버지는 여덟 살 되던 때인 1830년 아일랜드에서 미국으로 이민 오셨다고 해요. 저는 지금 스물 셋으로 결혼하기엔 이른 나이지만 아버지 정이 그리워 일찍 남편을 만나고 싶답니다."

서재필도 뮤리엘이 마음에 들었다.

'길게 끌 것 없이 결혼하자 … 운명적인 만남임에 틀림없어 ….'

"뮤리엘, 워즈워스의 시를 좋아하시오?"

"그의 작품을 읽으면 자연의 아름다움과 인간의 고결한 정신이 영교靈交하는 듯하지요. 워즈워스와 함께 공동시집을 펴낸 콜리지의 낭만 시도 좋아한답니다."

"브라우닝의 시도 즐겨 읊으시나요?"

"로버트 브라우닝 작품은 난해해요. 저는 그의 부인인 엘리자베스 브라우닝의 시를 더 좋아한답니다."

"문학적 소양이 뛰어나군요."

"과찬이에요. 저는 미술에 더 관심이 많답니다. 아이를 낳으면 화가로 키울 작정입니다."

"코리아에서는 그림 그리는 사람이 별 대접을 받지 못하지요."

"미국에서도 아직 그래요. 그러나 미래에는 화가가 존경받을 겁니다. 예술을 창작하는 사람이 대우를 잘 받는 곳이라면 살기 좋은 사회겠지요."

11

워싱턴 시내 카버넌트교회. 지은 지 얼마 되지 않았지만 고딕 양식이어서 고풍스런 맛을 풍긴다. 1894년 6월 20일, 서재필과 뮤리엘은 이 교회에서 혼인식을 올렸다. 주례는 워싱턴 기독교계의 유력인사인 루이스 해밀튼 목사가 맡았다.

"이들 부부에게 축복을 내리소서!"

해밀튼 목사는 훗날 청년 이승만李承晩이 미국 유학을 왔을 때 여러 모로 돕는다.

스테인드글라스를 통해 들어온 햇빛은 빨강, 녹색, 파랑 등 여러 색으로 반사하며 신랑, 신부를 비쳤다. 장중한 파이프 오르간 선율이 천상天上의 음향을 연상케 해 하객들의 살갗에 소름을 돋게 한다.

피로연은 장인 화이트 씨 별장에서 열렸는데 워싱턴 사교계의 명사 200여 명이 초대되었다. 실내악단 멤버들은 피로연 내내 요한 슈트라우스의 왈츠를 연주했다. 이 행사를 취재하기 위해 신문기자들이 여럿이 찾아왔다. 이튿날 아침 〈워싱턴 포스트〉, 〈워싱턴 이브닝 스타〉 등 여러 신문에서 결혼식을 상세히 보도했다. 이 결혼식이 화제가 된 것은 화이트 씨가 사교계를 주름잡는 거물이었기 때문이다.

한국인 하객으로는 서광범과 박용규朴鎔圭가 참석했다. 박용규는 워싱턴 공사관에 임시직으로 일하는 유학생으로 영어가 유창한 인물이다. 공사관 직원들은 그를 편의상 '박 공사'라고 불렀다. 피로연이 열리는 잔디밭에서 서광범과 박용규는 따로 테이블에 앉아 오랜만에 한국어로 실컷 이야기했다.

"박 공사, 시카고에 다녀왔다면서요?"

"벌써 작년(1893년) 일입니다. 거기서 세계박람회가 열렸는데 우리

도 참가했지요. 맞배지붕 기와집으로 지은 조선전시관에는 '대죠선
(대조선)'이라는 국호를 써 붙이고 태극기를 걸어 놓았답니다. 가마,
도자기, 부채, 갑옷, 활, 화살 등을 전시해 주목을 끌었지요. 조선의
문화를 알리려는 주상전하의 강력한 의지 덕분이었습니다."

"북태평양 철도회사가 태극기 문양을 활용해 자기네 상표를 만들었
다면서요?"

"그 사람들 눈에 태극기가 무척 신비롭게 보였던 모양입니다."

서론을 마친 서광범은 본론으로 들어갔다.

"지금 조선은 어떻게 돌아가고 있소?"

"지금 난리입니다. 전라도 고부군수인 조병갑趙秉甲이란 돈벌레가
자기 아버지 비각을 세운답시고 백성들에게서 1천 냥을 뜯고 만석보
수세를 강제로 걷었다고 합니다. 분개한 농민들은 동학교 접주 전봉
준을 앞세워 여러 차례 고부 관아와 전주 감영을 찾아가 시정을 요구
했습니다만 씨알이 먹혀들지 않자 들고 일어난 것이지요."

"그래서?"

"전봉준은 올해(1894년) 2월 농민 1천여 명을 이끌고 고부 관아를
습격했지요. 그들은 돼지 같은 아전들을 처단하고 곡식을 몰수해 백
성에게 돌려주었으며 관아 무기를 탈취했습니다. 고부읍을 점령한 농
민군은 조병갑의 학정을 고칠 것과 외국상인의 침투를 막으라는 등
13개조의 요구사항을 제시했습니다."

"조정에서는 팔짱 끼고 가만히 있었는가요?"

"크게 놀란 조정은 조병갑을 문책했고 안핵사按覈使로 이용태를 보
냈지요. 그러나 이용태는 동학인의 잘못으로만 돌리고 그들을 잡는
데 급급했답니다. 격분한 농민들은 4월에 '보국안민輔國安民을 위해 봉

기하라'는 통문을 사방에 보냈지요. 농민들은 얼마나 답답했겠습니까. 관료는 썩었고, 유생들은 낡은 명분 싸움질이나 하고….."

박용규는 마치 자신이 직접 목격한 것처럼 입에 침을 튀기며 실감나게 이야기했다. 이때 새 신랑 서재필이 그들의 대화에 끼어들었다. 박용규는 위스키에 얼음을 넣어 들이켠 다음 이야기를 계속했다.

"동학 간부들이 지휘부를 맡고 농민이 병사가 된 농민군 8천여 명이 편성되었지요. 이들은 조직적인 항거에 나서서 일본놈, 양코배기, 특권층을 몰아내고 이상적인 왕정을 세우기 위해 싸울 것을 다짐했지요. 노란 깃발을 표지로 내걸고 죽창, 몽둥이, 쇠스랑으로 무장하고….."

취기가 올라 얼굴이 벌게진 박용규는 일어서더니 죽창을 잡고 흔드는 몸짓을 했다.

"농민군은 고부를 점령한 뒤 고부 북쪽의 백산으로 진을 옮겼답니다. 그들은 5월에 관군을 고부 남쪽 황토고개에서 맞아 쳐부수었지요. 농민군은 남쪽으로 치고 내려가 정읍, 고창, 영광을 차례로 점령하고 함평, 무안, 나주를 거쳐 다시 북상했습니다."

박용규가 다시 위스키 온 더 락스를 마시자 서재필이 물었다.

"경군京軍은 뭐하고 있었던가요?"

"조정에서는 8백여 명의 경군을 보내 진압하도록 했으나 농민군들의 드높은 사기를 누를 수는 없었지요. 정예 중앙부대가 농민군에게 장성에서 참패했으니까요. 이제 전라도가 사실상 농민군 휘하에 들어갔답니다."

"필립, 자네는 개업을 하는 게 낫겠네. 의사가 공무원으로 일하면 승진기회가 제대로 오지 않는다네. 월터 리드 소령을 보게나. 그 천재 의사가 푸대접을 받잖아, 안 그런가?"

의과대학 스승인 존슨 박사가 결혼을 앞둔 서재필에게 던진 조언이었다. 이 말을 듣고 고민하던 서재필은 결혼식 직전에 육군 박물관에서 사직하고 워싱턴 시내에 병리치료 전문인 개인병원을 열었다.

개업 초기엔 환자들이 꽤 몰려들었다. 어느 날 당뇨병을 앓는 모오스라는 환자를 정성스레 치료했더니 차도가 있다면서 다시 왔다. 당시엔 병리학은 새로운 분야였기에 당뇨병 환자를 치료하는 의사가 흔하지 않았다. 모오스는 서재필의 성실한 자세와 첨단 의술을 믿어 병원 부근으로 이사를 오기까지 했다.

그러나 개업하고 몇 달이 지나자 미국 경제에 큰 불황이 닥쳤다. 파산하는 은행과 철도회사들이 줄을 이었다. 환자들은 몸이 아파도 주머니 사정이 나빠 의사를 찾지 못했다.

서재필은 모교 의과대학에서 세균학 강의를 맡기도 했다. 강의료 수입이 적어 살림이 쪼들리자 뮤리엘을 볼 낯이 없었다. 주택 임차료는 물론 식료품비도 부담스러워졌다.

여름 무더위에 손님도 뜸한 병원에 홀로 앉은 서재필은 신문을 꼼꼼히 읽었다. 어느 기사가 눈에 확 들어왔다. '차이나, 저팬 전쟁 발발, 코리아에서 …' 라는 제목의 기사였다.

'이게 무슨 날벼락인가. 조선땅에서 청일전쟁이라니 ….'

그때 박용규가 찾아왔다.

"조선에서 전쟁이 터졌습니다."

"나도 방금 신문에서 읽었소. 전황은 어찌 되오?"

"전황을 이해하려면 동학란 이야기를 먼저 해야 합니다. 저번에 결혼식 피로연에서 꺼낸 이야기를 마저 하고 ⋯."

박용규는 숨을 헐떡이며 말을 이어갔다.

"동학교도와 농민들의 기세에 조선 조정은 움찔했습니다. 농민군에게 관군이 마구 밀리자 청나라에 파병을 요청했습니다. 일본도 조선 거주 일본인을 보호한다며 군대를 보냈답니다."

"두 나라 모두 조선을 차지할 욕심으로 들어온 것 아니겠소."

"일본군은 7월 23일 새벽 엉뚱하게 경복궁을 강점하고 상감마마를 궁궐에 가두었지요. 일본은 이어 청국군을 기습공격해 전쟁을 일으켰는데 예상과는 달리 청국군은 묵사발이 되었습니다. 8월 초 벌어진 평양 전투에서 청군 전사자는 2천여 명인 데 비해 일본군 전사자는 180여 명에 불과했지요. 청국군은 신식 무기로 무장한 일본군에 일방적으로 밀렸답니다."

"고래싸움에 새우 등 터진다고, 조선 백성들의 피해가 컸겠네요?"

"평양은 쑥대밭이 되었지요. 관아 건물과 수많은 여염집이 불타고 숱한 주민들이 목숨을 잃거나 다쳤답니다. 집을 잃고 유랑민으로 떠도는 이들이 헤아릴 수 없이 많다고 합니다."

"이제 일본이 큰소리를 떵떵 치겠구먼 ⋯."

"일본은 친일세력을 앞세워 저들의 개혁안을 통과시켰지요. 갑오경장甲午更張이라는 허울 좋은 이름이 붙었지만 ⋯."

"10년 전 갑신정변甲申政變에, 이번엔 갑오경장이라 ⋯."

조선의 소식을 들을 때마다 우울했다. 밝은 소식은 거의 들리지 않는다. 가뜩이나 미국생활이 곤궁한데 조선의 국운이 누란지세累卵之勢

에 있다 하니 가슴이 활활 타오른다.

박용규가 서재필의 근황을 꼬치꼬치 캐묻기에 어려운 살림살이에 대해 툭 털어놓았다. 박용규는 뜻밖의 제의를 했다.

"공사관 건물에 마침 빈 방이 하나 있어요. 이완용 공사가 쓰시던 방인데 거기서 지내세요. 조금도 주저하지 마시고 ⋯."

자존심이 상하긴 했지만 다른 방도가 없어 워싱턴 로간 서클 부근에 자리 잡은 공사관으로 거처를 옮겼다. 이완용과의 인연은 이렇게도 이어진다. 박용규는 생활비가 떨어진 뮤리엘에게 돈을 주기도 했다.

미국의 불황은 의외로 골이 깊었다. 철도파업으로 열차가 섰고 파업에 연방군이 개입하는 사건도 있었다. 서재필의 개인병원엔 환자들의 발길이 뚝 끊어졌다.

13

1894년 10월, 초가을인데도 유난히 추위가 일찍 닥쳤다. 을씨년스런 바람이 불어왔다. 난방비가 없어 추운 병원 실내에서 서재필이 오들오들 떨고 있을 때였다. 서광범이 찾아왔다.

"아저씨, 웬일입니까? 어디 편찮으신지요?"

"진료받으러 온 게 아니고 ⋯ 긴히 나눌 이야기가 있네."

평소 차분한 성격인 서광범이 그날따라 몹시 들떠 보였다.

"좋은 일이 생긴 모양이지요?"

"건너편 이탈리아 식당에서 점심을 먹으며 이야기하세. 여기는 너무 썰렁하구먼 ⋯."

이들은 이제 이탈리아 음식에도 익숙해졌다. 서광범은 지중해식 라자냐를, 서재필은 파스타와 샐러드를 주문했다.

"박영효 아우님이 8월에 일본에서 조선으로 귀국했다는구먼 ···."

"대역죄大逆罪가 사면된 것입니까?"

"그렇다네. 갑오경장 정국에서 중임을 맡는다고 하네."

"일본이 박영효 형님을 앞세워 뭘 도모하려는군요. 대역죄 사면도 일본의 입김에 따라 이뤄졌겠고 ···. 아저씨는 사면되지 않았나요?"

"중요한 대목이네. 포도주라도 마시며 이야기함세."

서광범은 웨이터를 불러 와인 리스트를 갖고 오게 했다. 제법 비싼 붉은 포도주를 주문했다. 두 사람은 나란히 잔을 들었다.

"솔! 우리 건배하세."

"건배라구요? 그럼 ···?"

"우리도 사면되었다네! 건배!"

두 사람은 눈시울을 붉히며 잔을 들었다. 포도주 한 병을 비우자 취기가 올랐다. 서광범은 눈을 감고서 입술을 달싹인다.

"또 폭탄 발언하실 게 있습니까?"

"있지 ··· 조선 조정은 조카님과 나에게 입각 제의를 했어."

"입각이라고요?"

"나는 조선개혁에 일조하려고 결심했네. 요즘 곤궁하기도 하고 ··· 내가 근무하던 도서관이 규모를 축소하는 바람에 해고당했어. 워싱턴시 신지학회神智學會(Theosophical Society) 사무실에서 관리인으로 겨우 살아가고 있지. 자네는 어떻게 할 참인가?"

"조선으로요?"

"숙고해 보게."

서재필은 서광범과 헤어진 뒤 병원에 돌아와 머리를 싸맸다.

'수구초심首丘初心이라. 언젠가 돌아가야 할 고국산천이건만 어쩌지

썩 내키지 않아. 금의환향錦衣還鄕하려면 미국에서 뭔가를 이뤄야 할 것 아닌가. 지금이 진정 돌아갈 시점인가?'

조선은 여전히 애증愛憎이 교차하는 대상이다. 그 정든 산하가 눈에 가물거려 애간장을 태우던 게 지난 10년 세월 아니던가. 반면 인간이 대접을 받지 못하는 고약한 나라도 조선이 아닌가.

서재필은 며칠을 두고 고민하다 조선에 가는 것을 포기했다.

서광범은 10년간의 미국 망명생활을 접고 일본 외무성으로부터 미화 369달러 25센트를 여비로 받았다. 몬태나 주에서 노동자로 일하던 신응희申應熙와 정훈교鄭薰教를 불러 함께 귀국 길에 올랐다.

14

외무대신, 내무대신 등 요직을 거치고 조선 공사로 부임한 이노우에 가오루井上馨는 벽에 걸린 큼직한 동아시아 지도 앞에 섰다. 막대기를 들어 일본, 조선, 중국 땅을 차례로 짚어보면서 중얼거렸다.

"청일전쟁에서 일본은 기필코 이긴다. 조선땅에서 청 세력을 몰아내고 대일본제국의 입지를 굳혀야 한다. 그런 다음 광활한 중국 대륙으로….."

이노우에는 창가로 가서 조선 공사관 뜰의 향나무를 바라보았다.

"적갈색 껍질을 보니 일본의 향나무와 모양이 같구먼. 향나무는 일본, 중국, 조선에 골고루 자라는 나무 아닌가. 향나무가 서식하는 곳을 일본이 모두 장악해야 하겠지?"

그는 팔짱을 끼고 사무실 안을 왔다갔다 걸으며 자문자답했다.

"조선땅부터 접수해야지 … 대원군이 걸림돌이야."

이노우에는 참모들을 불렀다.

"대원군을 쫓아낼 묘책이 없겠소?"

모사謀士기질이 농후한 어느 참모가 대원군에게 무슨 혐의를 덮어 씌워 몰아내면 된다고 제안했다.

"대원군이 동학농민군과 청국군을 끌어들여 국왕을 폐위시키려 했다고 각본을 짜면 될 것 아니옵니까?"

"그게 통할까?"

"물론이지요. 거기에다가 대원군이 적손자인 이준용李埈鎔을 왕위에 옹립하려 했다고 꾸미면 됩니다. 대원군이 이준용을 끔찍하게 아끼는 것은 세상이 다 아는 일이고 ….."

1894년 12월에 새로 출범한 갑오경장 내각에서 박영효는 내부대신을, 서광범은 법부대신을 맡았다. 친일개화파의 부활을 알린 개각이었다. 조야朝野 곳곳에서 개각에 대해 수군거렸다.

"역적 출신인 박영효, 서광범에게 권력을 주다니 천지개벽이군."

"그들 '변법 개화파'는 일본 앞잡이겠지? 보나마나 뻔한 일 ….."

이노우에를 은밀히 만난 박영효는 대원군 축출계획을 듣고 말없이 고개를 끄덕였다.

'괴로운 일이긴 하지만 앞으로 개혁을 추진하려면 어쩔 수 없어. 대원위 대감은 개혁에 훼방을 놓을 위인이야.'

박영효는 측근인 장사 이규완을 불렀다.

"이준용을 잡아오라. 대원위 대감이 제지하더라도 ….."

경무관 이규완은 순검 20명을 거느리고 운현궁에 갔다. 대원군 부부가 보는 앞에서 이준용을 육모방망이로 두들겨 패면서 포박했다.

"대역죄인 이준용은 오랏줄을 받아라!"

노쇠한 대원군은 눈에서 불을 뿜으며 고함을 쳤다.

"무엄한 놈들, 이 무슨 행패냐?"

순검들은 그 말에 아랑곳하지 않았다. '늙은 호랑이' 대원군이 이젠 두렵지 않았다. 이준용은 경무청으로 끌려와 주리틀림을 당했다.

대원군은 고종 축출 음모를 덮어쓰고 정계은퇴를 강요당했다. 힘이 빠진 대원군은 어쩔 수 없이 무릎을 꿇었다.

1895년 새해를 맞는 원단元므 새벽, 박영효는 눈이 쌓인 길을 걸어서 광화문 앞까지 산책했다. 왕조의 권위를 상징하는 경복궁의 대문인 광화문 앞에 서서 상념에 잠겼다.

'일본의 요구가 점점 많아지고 있어. 이를 모두 들어줄 수는 없고 … 왕조는 어찌하며, 왕정체제는 어떻게 해야 할꼬?'

이노우에는 경부철도와 경인철도 부설권을 따내고 목포를 개항하려고 서둘렀다. 또 조선 군대를 일본군에 예속시키려는 꿍꿍이를 드러내기도 했다. 이노우에는 조선 측에 불리한 차관을 들여올 것을 궁리하기도 했다. 이처럼 일본이 노골적으로 조선의 권익을 침해하려하자 박영효는 반발했다.

"너무 심하지 않소? 조선은 일본의 속국이 아니오."

"조선 개화를 일본이 돕겠다는데 무슨 망언이오?"

박영효와 이노우에는 열을 올리며 말다툼을 벌였다. 이노우에는 분을 삭이려 의자에 몸을 깊숙이 묻고 냉수를 거푸 석 잔이나 마셨다.

'일본에서 낭인으로 빌빌거리던 박영효를 살려준 사람이 누군가? 바로 이 사람, 이노우에 아닌가. 배은망덕해도 유분수지 ….'

박영효가 추진하는 이른 바 '제 2차 개혁'은 순조롭지 않았다. 일본이 개입하는데다 조선 조정 내부에서도 마찰이 일어났기 때문이다.

김홍집, 어윤중 등 온건 개화파와 박영효, 서광범 등 급진 개화파는 호흡이 맞지 않았다. 사소한 일로 티격태격하기 일쑤였다.

"송파 강변에 서 있는 청 태종 공덕비를 보셨소이까? 대명천지 조선 땅에 청나라 임금 공덕비가 있다니 나라의 체통이 뭐가 되겠소? 하루빨리 치워 없애야 하오. 서대문 밖의 영은문迎恩門과 모화관慕華館도 청나라 사신을 위한 것 아니오? 그것들도 때려 부수어야 하오. 사대주의 유물이외다."

급진 개화파 인사들이 이같이 목소리를 높였다.

"사대주의라니? 현실을 인정할 수밖에 없는 실용주의가 맞는 표현이오. 백보 양보해서 청 태종 공덕비와 영은문을 철거한다 해도 모화관이야 번듯한 건물인데 쓸모가 있지 않소? 부수기는 왜 부수오?"

구파는 이렇게 맞섰다.

박영효는 각료회의에서 구파를 몰아붙였다.

"내정개혁에서 제대로 된 것이 하나도 없지 않소이까? 정부 각료는 총사퇴해야 마땅하오이다."

구파는 별다른 대꾸를 하지 않았다.

박영효는 자택에 서광범을 불러 저녁밥을 먹으며 시국을 논했다.

"서 대감, 답답하지 않습니까?"

"박 대감의 심정을 잘 알지."

"돌파구를 찾아야겠어요."

"패기만만한 서재필을 불러들이면 어떨까? 새 바람이 솔솔 불 것이야. 갑신정변 동지들이 다시 뭉쳐 개혁을 완성해야 하지 않겠나?"

"좋습니다. 그래야 이승을 떠난 김옥균, 홍영식 동지의 뜻을 받드는 것 아니겠습니까?"

1895년 6월 2일 박정양 과도내각은 서재필을 외부협판에 임명했다. 그러나 서재필의 귀국의사를 확인하지 않은 상태였다. 발령소식은 며칠 후 워싱턴에 있는 서재필에게 전달되었다.

'외부협판이라 … 조선에 돌아가 웅지를 펼쳐야 하나?'

서재필은 고심을 거듭한 끝에 이 제의를 거절한다. 그러나 조선 정부는 서재필이 다시 결심할 때까지 기다리기로 하고 발령을 취소하지 않았다.

15

경복궁 강녕전康寧殿 지붕 위로 제비 몇 마리가 후드득하며 날아간다. 퀭한 눈으로 하늘을 물끄러미 바라보던 고종이 옆에 선 왕후에게 말을 건넨다.

"제비들이 강남으로 돌아갈 준비를 하나 보오."

"아침저녁으로 선선한 바람이 부니 가을이 멀지 않았사옵니다."

"강남이란 곳은 얼마나 멀리 떨어져 있을까?"

"안남安南(베트남)이나 유구琉球(오키나와) 정도 되겠지요."

"세상이 그렇게 넓다는데 … 과인과 중전은 궁궐에 갇혔으니 …."

고종은 강녕전 앞마당에 있는 어정御井 앞으로 걸어갔다. 상궁이 떠바치는 물을 벌컥벌컥 마신다.

"어, 시원하다! 중전도 마셔 보시오."

"물맛이 좋으십니까?"

"좋긴 한데, 일고여덟 살 때 북악산 골짜기에서 마시던 물맛보다는 못하네."

"전하께서 북악산에도 가셨사옵니까?"

"그때는 개구쟁이였다오. 동무들과 폭포에서 발가벗고 멱도 감았고. 하하하 ….."

"믿기지 않는군요. 호호호 …."

"멱 감고 목이 새카맣게 타서 집에 들어갔다가 아버지에게 장죽으로 종아리를 흠씬 얻어맞았지. 그래도 청계천에서는 발가벗지 않았다오. 하하하 …."

"전하의 골계滑稽, 처음 듣습니다. 호호호 …."

왕후는 하얀 이를 드러내며 웃었다.

"가만, 가만 … 그러고 보니 중전의 아름다운 치아를 본 것이 처음이오. 항상 입을 다문 듯이 말해서요."

고종은 한바탕 웃은 뒤 컴컴한 어정 안을 들여다보았다.

"정저지와井底之蛙가 살고 있을까?"

"설마 개구리가 살겠습니까."

"벗으로 삼고 싶소. 좁은 곳에 갇힌 신세가 비슷하니까 …."

우물 안을 오래 바라보던 고종이 고개를 들어 왕후에게 말했다.

"청국이 허수아비인 줄 미처 몰랐소."

"사직이 위태롭습니다. 일본을 견제할 대안세력을 골라야 합니다."

"대안세력?"

"아라사(러시아)가 어떨지요. 아라사의 힘을 빌려 온건한 동도서기東道西器를 추진함이 좋을 듯하옵니다."

고종과 왕후는 일본을 견제하려 러시아에 손을 내밀기로 했다. 이이제이以夷制夷 고육책이었다.

청일전쟁에서 일본군은 청국군을 마구 몰아붙였다. 사무라이 출신인 야마가타 장군이 이끄는 일본군은 평양과 황해 해전에서 대승을 거두었다. 그 여세를 몰아 압록강을 건너 중국 본토로 진격했다. 일본군은 마침내 1894년 11월 3일에는 대련을 함락하고 여순까지 점령했다.

일본의 승리가 굳어지자 1895년 4월 17일 양국간에 시모노세키 조약이 맺어진다. 조약체결을 추진한 양국 대표는 일본의 이토 히로부미伊藤博文와 청국의 이홍장李鴻章이었다. 한 시대를 풍미한 두 거장이 맞붙었다.

이토 히로부미는 정치계 최대 거물로 '대일본 제국의 설계자'로 불린다. 조선을 집어삼키는 데 앞장서 훗날 안중근安重根에게 저격당해 사망한다.

조슈長州 번 출신인 이토의 청년시절을 잘 아는 비판적 지식인이 박영효에게 들려준 이야기가 있다. 한때 사무라이였던 그 지식인은 미국 유학을 다녀오기도 했다.

"이토 상은 겉으로는 아주 인자하게 보이지요? 머리가 희끗희끗하고 콧수염도 기르고 해서 점잖은 할아버지 같지요. 영국 유학 경력 덕분에 지적知的인 인상도 풍기고 … 하지만 청년시절엔 하급 사무라이였다오. 내가 그 밑에서 칼잡이를 했으니 잘 알지요. 일본의 이익을 위해서라면 모략, 전쟁, 살육을 얼마든지 감행할 위인이니 잘 살펴보시오. 천황 앞에 머리를 조아리지만 천황을 앞세워 모든 일을 좌지우지한다오. 사실상 천황보다도 힘이 더 세다오. 그는 조선뿐 아니라 중국까지 삼켜야 배가 부를 천재형 야심가野心家이니 주의하시오."

그 말을 들으니 조선의 미래에 먹구름이 드리워진다. 이토는 영국에서 건성으로 시간을 보낸 것이 아니라 명문 런던대학교에서 당대 최고의 과학자로부터 최첨단 분야인 화학을 배웠단다. 독일에도 잠시 머물며 법학을 공부했다. 명석한 두뇌와 후흑厚黑으로 무장된 인물로 가히 동양 평화를 파괴할 괴물 같은 존재다.

청국 정치 및 외교계의 거물 이홍장. 그는 1870년 직예直隷총독으로 임명되어 이후 약 25년간 청말淸末의 권력 실세로 군림했다. 체구가 육중하고 목소리도 우렁찼다. 그런 이홍장도 청일전쟁에서 패하자 이토 앞에서 고개를 숙일 수밖에 없었다. 그는 패전 원인이 썩어빠진 지도자 서태후西太后 때문이라 생각했다.

'구미호 같은 할망구 탓에 천하의 대청제국이 휘청거린다. 서태후는 여름 무더위를 피하려고 호수처럼 넓은 연못을 파는 공사를 시키지 않았는가. 그 사치 때문에 북양함대 전함 3척 예산이 날아갔지. 아편전쟁으로 나라 땅이 뺏겨도 늙은 여우는 뻔뻔하다. 통탄스럽도다!'

시모노세키 조약의 쟁점 가운데 하나는 조선을 청국 손아귀에서 빼는 사안이다. 청국은 조선을 조공국, 즉 속국屬國으로 여기고 있다.

이토 히로부미가 눈썹을 치켜 올리며 이홍장을 다그쳤다.

"조선을 독립국으로 인정하시오."

이홍장은 못 들은 척 한참 눈을 껌벅이더니 느릿느릿 대답했다.

"좋소이다. 단, 조선을 완전무결한 독립국임을 인정하되, 청일 양국이 조선 내정에 간섭하지 않는다는 단서조항을 넣읍시다."

"무슨 소리요? 그냥 청국이 조선 독립을 인정한다는 내용만 표시합시다. 청국은 조선을 그동안 멋대로 주물럭거리지 않았소? 이제는 손을 뗄 때가 되었소."

"앞으로는 일본이 조선을 손아귀에 넣겠다는 속셈 아니오?"

"일본의 속셈까지 읽으려 하시오? 외교상 결례요."

이홍장은 책상을 탁 치며 벌떡 일어났다.

"너무 몰아세우지 마시오. 이번 전쟁은 사실상 나의 사병私兵인 북양군벌과 일본의 싸움이었을 뿐 청국이 패하지는 않았소. "

"노여움을 푸시고 … 이젠 요동반도와 대만에 대해 이야기합시다. "

"그 땅을 차지할 심산이오?"

"잠시 조차租借하겠으니 그리 아시오. "

패전한 청국의 대표 이홍장은 일본의 일방적인 주장을 담은 시모노세키 조약에 서명할 때 이를 바득바득 갈았다.

'급히 먹다간 체할 것이야. 저승에 가서라도 일본을 지켜보겠어!'

그나마 노련한 이홍장이 협상에 나섰기에 그 선에서 방어했다. 협상 진행 중에 이홍장은 일본인 극우파 청년이 쏜 총에 맞았다.

이홍장의 피격 소식이 일본 히로시마廣島 대본영에 전해지자 메이지 천황과 하루코昭憲 황후는 경악했다. 협상이 일본에게 불리해질 것이기 때문이다. 천황은 군의총감을 보내 치료하도록 했으며 황후는 자신이 직접 만든 붕대를 보냈다.

총알은 왼쪽 목에 박혀 제거수술을 받았다. 이홍장은 협상을 유리하게 전개하려 죽어가는 시늉을 했다.

시모노세키 조약으로 조선은 청국으로부터 문서상으로 독립되었고 일본은 요동반도와 대만을 얻었다.

"일본이 건방지게 중국을 넘본다고?"

러시아, 프랑스, 독일 등 3국은 이렇게 신경질을 부리면서 "요동반도를 청국에 돌려주라"고 일본에 압력을 넣었다. 일본은 '3국 간섭'에 못 이겨 노른자위 땅 요동반도를 토해냈다. 일본이 서양 열강에 맞서기에는 아직 역부족이었다.

이노우에 공사는 동아시아 지도 앞에 서서 콧김을 내뿜었다.

'어렵게 손에 쥔 요동반도를 빼앗기다니 … 힘을 더 키워야 해.'

이노우에는 일본 귀국발령을 받고 고종과 왕후를 알현했다. 그 자리에서 박영효를 은근히 비방했다.

"박영효는 갑신정변 때 대역죄를 지은 죄인인데 뉘우치는 빛이 보이지 않습니다. 언제 무슨 일을 저지를지 모르니 경계하십시오."

이노우에는 조선에 살고 있는 일본인들에게도 박영효를 헐뜯는 말을 했다. 그러자 일본 낭인 몇몇이 발끈해 금릉위 궁에 몰려와 고함을 지르는 등 행패를 부렸다.

고종과 왕후는 일본이 약간 주춤거리는 이번 기회에 러시아 힘을 빌려 일본을 옥죄려 했다.

16

한강은 드넓다. 강바람이 획획 분다. 소금기 머금은 묵직한 갯바람에 비해 강바람은 경쾌하다. 마파람을 탄 돛단배가 물살을 가르며 달린다.

"저쪽에 압구정鴨鷗亭이라는 정자가 있었다오."

뱃놀이에 나선 박영효가 손가락으로 언덕을 가리키며 일본인 문사 친구들에게 설명했다.

"4백여 년 전에 한명회韓明澮라는 문신이 은퇴한 후 저곳에 정자를 짓고 음풍농월吟風弄月했지요. 세조가 등극할 때 지모를 제공한 그분의 아호가 압구정이라오. 저 압구정 정자는 얼마 전까지 제 소유였는데 갑신정변 직후에 몰수되면서 파괴되었지요."

배에 함께 탄 기생 하나가 이들의 대화에 끼어들었다. 목이 길고 얼굴이 하얀 그녀는 일본인 손님에게 사케 한 잔을 따라 올리며 말했다.

"한명회 대감은 쉰네 같은 무식쟁이도 아는 유명한 분이랍니다. 영의정을 다섯 번이나 지냈다고 하지요. ”

　허리통이 퉁퉁한 기생도 박영효에게 술잔을 올리며 말을 이었다.

　“한명회 대감의 사위는 임금님이 되었지요. 팔삭둥이로 태어나 그런 부귀영화를 누렸으니 부러운 인생이군요. ”

　박영효는 강바람을 맞으며 일본에서 가져온 사케를 홀짝홀짝 마셨다. 취기가 올랐다.

　“한명회 대감이 지은 오언절구 하나 읊어 보겠소이다. 청춘부사직青春扶社稷이요, 백수와강호白首臥江湖라 …. ”

　퉁퉁한 기생이 박영효 옆에 바짝 다가앉으며 말했다.

　“뜻도 풀이해 주셔야지요. ”

　박영효는 크게 인심 쓰는 듯 껄껄 웃고 뜻풀이를 했다.

　“젊어서는 사직을 세우는 데 몸 바치고, 늙어서는 강변에 누워 세상을 관조하는도다 …. ”

　이들은 남쪽 하안河岸에 내려 뽕나무 밭을 걸었다. 지붕이 하늘에 닿을 듯이 높은 커다란 사찰이 나타났다.

　“봉은사라는 고찰古刹이오. 신라 원성왕 때 창건한 절이지요. 이제 술이 깼으니 경내에 들어가 구경하십시다. ”

　일본인 문사 한 사람이 ‘판전板殿’이라 쓰인 큼직한 현판을 보고 감탄사를 내뱉었다.

　“저 글씨 … 야성이 가득 찬 개성個性! 바위처럼 우뚝 섰군. ”

　박영효가 자부심 가득한 표정으로 말했다. 일본인은 서예書藝의 극치를 보고 현판에서 눈을 떼지 못했다.

　“명필인 추사秋史 김정희金正喜 선생의 걸작이라오. ”

　“편액 왼쪽에 쓰인 낙관을 보니 칠십일과七十一果 병중작病中作이라

돼 있는데 무슨 뜻이오?"

"추사 선생은 말년에 여기 부근 과천果川에 살면서 봉은사에 자주 들르셨지요. 그때 아호를 과도인果道人이라 하셨는데 일흔한 살 과도인이 병중에 쓴 글이다… 이런 뜻이라오. 이 편액 글씨는 추사가 별세하기 바로 사흘 전에 쓰신 것이라 하니 마지막 작품이지요. 그가 일생 동안 쌓은 내공을 모두 쏟아 부은 글씨라오."

"박 대감 덕분에 조선 최고 명필의 최후의 걸작을 감상하였소이다."

일본인 문사들은 "박영효와 한강에서 뱃놀이를 했다"고 지인들에게 자랑했다. 이 말이 일본인 건달 사사키 히데오佐佐木秀雄의 귀에 들어갔다. 그는 조선인 친구 한재익韓在益을 만나서 필담을 나누면서 엉뚱한 글을 썼다.

박영효는 1주일 전 일본인 측근들을 데리고 한강에서 뱃놀이를 했다. 그러나 뱃놀이 하는 체하면서 사실은 왕비 시해를 모의했다.

사사키는 박영효에게 조선 조정에 일자리를 부탁했다가 거절당하자 앙심을 품고 이런 짓을 저질렀다. 깜짝 놀란 한재익은 필담 용지를 들고 가 특진관 심상훈에게 건네주었다. 심상훈은 한걸음에 궁궐로 달려가 국왕에게 보고했다. 심상훈은 갑신정변 때 원세개의 밀서 쪽지를 왕후에게 건네줘 갑신정변이 실패하도록 일조한 인물이다.

"전하, 심상찮은 보고가 올라왔습니다. 이 종이를 보시옵소서."

"뭐요? 박영효가 이럴 수가 있나…."

"일단 진상을 알아보는 게 순서인 것으로 사료되옵니다."

"김홍집 대감을 부르시오."

고종의 지시로 김홍집은 대신들을 소집해 긴급 대책회의를 가졌다. 물론 이 회의에 박영효와 서광범은 제외되었다.

"박영효 대감을 불러 경위를 따져야 합니다."

"부르나마나 뻔한 일이오. 국모 참살이 대역죄인데 박 대감이 어떻게 자기 입으로 토설吐說하겠소? 부인한다면 사실 여부를 가릴 방도가 없지 않소이까."

"그러니 일단 불러 자초지종을 들어보자는 게 아니오?"

"대신 가운데 그런 역모를 도모한 사람이 있다면 우리 내각 전체에 문책 불똥이 떨어질 우려도 있지 않겠소?"

"박영효는 급진 개화파, 골수 친일파여서 우리와는 노는 물이 다른 사람 아니오? 그런 쓸데없는 걱정은 마시오."

갑론을박 끝에 박영효를 잡아들이자는 결론이 나왔다.

"경무사 이윤용李允用을 시키면 되겠지요?"

"이윤용? 곤란하겠소. 이윤용은 박영효와 절친한 관계요."

"적임자가 없겠소?"

"안경수가 괜찮겠소. 이윤용을 해임하고 안경수를 경무사 자리에 앉혀 체포임무를 맡깁시다."

이에 따라 이완용의 형 이윤용은 경무사 직위가 박탈되었다. 이윤용은 끄나풀을 통해 그 이유를 알아내곤 울화통이 치밀었다. 곧 박영효를 심야에 찾아가 전말顚末을 알려주었다.

"안경수가 체포하러 온다고 하니 어서 도피하시오. 가급적 멀리 … 일본에라도 …."

"이런 날벼락이 있나 … 일본을 떠난 지 얼마나 되었다고 …."

박영효는 심복 이규완을 데리고 일단 일본 공사관으로 피신했다.

날이 밝자 박영효는 한강으로 나가 증기선을 타고 제물포를 거쳐 일본으로 다시 망명길을 떠났다. 박영효가 도피하자 서재필의 외부협판 직도 날아간다. 38일 만에 면관免官된 것이다.

고종과 왕후는 박영효가 사라지자 허전하면서도 한편으로는 일본 압력에서 벗어날 수 있다고 여겨 속이 후련해졌다.

"전하, 이제 친일내각을 바꿔 반일反日정책을 추진하소서."

"일본이 가만히 있겠소?"

"제 아무리 일본이 욱일승천旭日昇天 기세라고 하나 조선 조정의 결기가 뚜렷하다면 더 이상 횡포를 부리지 못할 것이옵니다."

"중전의 말씀대로 된다면 좋으련만⋯."

고종과 왕후는 8월 들어 김홍집, 김윤식, 이범진, 박정양, 이완용 등 친미 및 친러 인물을 등용하여 새 내각을 꾸몄다.

17

박영효는 일본을 거쳐 다시 미국으로 왔다. 박영효와 서재필은 1895년 9월 하순에 워싱턴에서 재회했다.

"솔! 이렇게 돌고 돌아 다시 만나게 되었네."

"이 무슨 기구한 사연입니까? 반갑기는 한데⋯."

"역마살이 낀 사람은 어쩔 수 없어."

박영효가 워싱턴에 한 달가량 머무는 동안 서재필은 거의 매일 박영효와 만났다. 함께 밥을 먹고, 술을 마셨다. 박영효는 미국 의회 의사당을 방문하고 부러워서 연신 감탄사를 내뱉었다.

"호! 대통령과 의회가 서로 견제하며 절묘하게 국정을 운영하는 모습이 거의 예술의 경지 아닌가. 조선도 빨리 개명해야지. 자네가 귀국해서 그 대업을 추진해야겠어. "

"……."

"솔! 조선은 존망지추_{存亡之秋}에 있네. 국왕과 왕비는 왕위 보존에만 급급하고 신료들은 백성 고혈을 짜서 사복 채우기에 혈안이 되어 있어. 백성들은 세계가 어떻게 돌아가는지 모르고 … 망해가는 조선을 살리려고 몇몇 지사들이 나서지만 역부족이네. "

"조선은 희망이 없는 나라입니까?"

"희망을 포기할 정도는 아니네. 원세개가 물러나면서 수구세력이 수그러들었어. 그래서 개혁의 가망성이 보이기도 하네. "

"3일 천하도 아니고 이번엔 7개월간이나 집권하지 않았습니까. 이번 갑오개혁 정책의 뼈대는 무엇이었습니까?"

"먼저 왕실의 권한을 줄이고 내각제를 세우는 것이었네. 서양 선진국들은 공화제를 갖추었거나 왕이 있더라도 입헌군주국 아닌가. 또 매관매직의 온상인 지방행정을 혁파하려 했어. 군대와 경찰도 개혁해야 하고 … 사람을 사람답게 대접하는 것도 개혁의 큰 과제야. 계급과 신분제도를 타파하고 남성우위 사상에서 벗어나도록 해야지. "

"어느 하나 그른 것이 없군요. "

"옳은 일이지만 반대세력이 있다네. 기득권을 상실하는 사람들이 바로 그들이지. "

"다시 방랑에 나선 이유는 무엇입니까?"

"나를 밀어주는 세력기반이 약해서 그렇다네. 나는 아무래도 일본의 힘에 의존할 수밖에 없지. 그래서 친일파라는 소리를 듣는 것이야. 반일감정이 팽배한 조선에서 내가 활동하는 데는 한계가 있지. "

"친러파도 백성 지지를 받기 어려운 것은 마찬가지겠지요?"

"백성들은 러시아도 싫어하지. 미국에 대해서는 우호적이야. 미국 선교사들이 조선에 와서 교육사업이다, 의료사업이다 하면서 인심을 얻었기 때문이지. 미국 시민권을 가진 자네가 조선에 돌아와 활동하면 백성들에게서 신망을 받을 수 있을 걸세."

"설마 그러기야 하겠습니까?"

"여기 워싱턴의 조그만 개인병원에서 환자 오기를 기다리는 따분한 의사보다는 조선에 가서 대업에 뛰어드는 게 헌헌軒軒장부 갈 길이 아니겠는가?"

박영효의 말을 듣고 보니 일리가 있었다. 한때 나라를 구하겠다며 목숨을 걸고 정변을 일으킨 서재필은 지금 일신의 안녕을 좇는 직업의사로 전락했다는 자괴감이 들었다.

18

"뮤리엘, 살림살이가 어렵지 않아요? 내 벌이가 시원찮아서 ⋯."

"당신과 함께 있으면 굶어도 살 수 있어요."

"여기 조선 공사관에서 더부살이하는 게 무척 불편할 텐데 ⋯."

"거처가 있는 것만 해도 얼마나 고마운 일이예요."

"개업한 것을 후회하오. 하필 불황이 닥칠 줄이야 알았겠소?"

"좀 지나면 괜찮아지겠죠. 염려 말아요."

뮤리엘은 이렇게 가슴이 넓었다. 이런 천사 같은 아내에게 조선으로 돌아가겠다는 폭탄선언을 어찌 하겠는가.

'나의 조국은 이제 미국?'

이렇게 자문해보니 대답하기가 난처하다.

텅 빈 진료실에 혼자 앉으니 갑신정변 때 고종이 허둥거리며 도피하는 장면이 떠오른다. 러시아 백곰, 중국 흑곰, 일본 살쾡이에 둘러싸인 조선 토끼가 목숨을 온전히 보전할까.

박영효가 갖고 온 조선 사진첩을 뒤적이는 게 일과가 되었다. 종로 거리가 눈에 들어온다. 조선에 있을 때는 그 거리가 가장 넓고 번화해서 구경삼아 자주 걸었다. 그러나 지금 살펴보니 초라하기 그지없다. 미국의 큰 도시는 널따란 길을 돌과 자갈로 포장해서 다니기 편리하고 도로 양쪽에 번듯한 건물들이 즐비하지 않은가. 종로 거리는 여전히 허름한 기와집과 초가집투성이며 길은 진창이다. 헐렁한 무명옷을 걸치고 힘없이 걷는 사람들이 수두룩하다.

사진첩을 보고 있는데 뮤리엘이 들어와 서재필은 화들짝 놀랐다.

"뭐예요?"

"코리아 거리풍경 사진인데 ….."

"보여주세요."

"부끄럽소. 너무 초라해서 ….."

뮤리엘이 사진첩을 넘겨보자 민망했다. 조선의 미개함에 대해 얼마나 실망할까. 거기서 온 나를 무시하지는 않을까 ….

그녀는 사진첩을 천천히 넘기며 한 장면, 한 장면을 살폈다. 그런 뮤리엘을 서재필은 불안한 눈길로 바라보았다.

"이 커다란 대문이 뭐예요?"

"광화문이라는 대문이오. 경복궁으로 들어가는 문 … 경복궁은 코리아의 국왕이 기거하는 궁전이고 ….."

"멋진데요. 그리고 궁전 뒤에 멀리 커다란 산이 보이는군요."

"삼각산이라는 명산이오. 소년시절에 심신을 단련하던 곳 ….."

"그런 명산이라면 나도 가고 싶군요."

아내가 관심을 갖고 자꾸 질문하자 서재필은 설명하는 데 신명이 났다. 부끄러움에서 벗어나 조선의 산천을 자랑하는 쪽으로 돌아섰다.

"필립, 코리아에 가고 싶으세요?"

"코리아에 …? 음 …."

마음 한 구석에 숨긴 향수병郷愁病이 들킨 듯해서 말을 더듬었다.

"그, 그렇다기보다 …."

"대답하지 않아도 저는 알아요. 미국에서 설움을 당할 때마다 코리아가 왜 그립지 않겠어요?"

"나는 미국 시민이오. 코리아는 과거 추억 속의 나라일 뿐이오."

"미스터 박(박영효)이 최근 방문한 뒤 필립이 좀 달라졌어요. 혼자앉아 무언가 고민하시더군요."

"사, 사실은 …."

"툭 터놓고 말씀해봐요."

"미스터 박이 코리아에 돌아가자고 권유했소. 나는 이미 두 차례나코리아 정부로부터 입각 제의를 받기도 했고요."

"입각이라고요? 그럼 장관이나 차관?"

"그렇다오."

"그런 중책이라면 당연히 가셔야지요."

"뮤리엘과의 생활이 소중한데 어찌 …."

"필립이 결심한다면 나도 코리아에 가겠어요."

"진심이오?"

뮤리엘은 대답 대신 살포시 웃으며 고개를 끄덕였다.

서재필은 아내를 왈칵 껴안았다. 상대방의 몸이 부르르 떨고 있음을 서로 확인했다.

마침내 귀국을 결심했다. 아내와 함께 떠날까 하다가 당장은 무리였다. 일단 혼자 떠나고 서울에 안착한 다음 그녀를 부르기로 했다. 설레는 마음으로 짐을 쌌다. 서적과 약, 의료기기가 짐의 대부분이었다. 조립용 자전거와 야구용품도 챙겼다.

'조선은 얼마나 변했을까 ….'

박영효는 워싱턴 대사관에서 일하는 박용규에게 서재필의 귀국을 도와주라고 부탁했다. 박용규는 이런 부탁이 없더라도 도울 참이었다. 새 양복 3벌과 가방과 구두를 마련해 주었다.

홀로서기

1

1896년 1월 정초, 물기를 잔뜩 머금은 눈덩이가 햇살을 받아 녹자 서울 거리는 곤죽이 되었다. 행인들은 애써 질퍽한 곳을 피하려 까치발로 이리저리 헤맨다. 하지만 그들의 짚신은 벌써 흙투성이다.

"아이쿠, 무슨 흙탕이 이리 고약한고!"

무릎 높이까지 흙물이 튀어 올라 바지가 엉망이 된 사람들은 혀를 끌끌 찬다. 저마다 잔뜩 찌푸린 얼굴이다.

"개혁인지, 개벽인지 세상 어지럽구먼 ⋯."

"개벽은 무슨 개벽이여? 개뼈다귀지 ⋯."

조정에서는 얼마 전, 1895년 11월 17일(음력)을 1896년 1월 1일 (양력)로 삼아 음력을 폐지한다고 발표했다.

해를 넘기기 이틀 전, 상투를 자르라는 단발령을 공포했다. 일본 공사에게서 단발을 강요받은 고종은 하늘을 쳐다보며 탄식했다.

"신체발부髮膚는 부모님에게서 받은 것이니 감히 훼상치 말라고 공자께서 가르쳤거늘 ….”

고종은 분에 못 이겨 눈물을 줄줄 흘리더니 체념한 듯 고개를 숙이며 농상공부 대신 정병하鄭秉夏를 불렀다.

“과인의 상투를 자르시오.”

정병하는 고종에게 절을 올리며 울먹였다.

“전하, 무례함을 용서하옵소서.”

정병하가 눈물 콧물을 뿌리며 고종의 상투를 가위로 싹둑 잘랐다. 고종은 어어, 소리를 내며 울부짖었다. 이어 왕세자의 상투는 유길준이 잘랐다. 고종은 바닥에 떨어진 머리카락을 한동안 바라보았다. 그러더니 벌떡 일어서 외쳤다.

“좋소. 과인이 솔선수범하여 양복을 입겠소.”

총리대신 김홍집 이하 모든 대신들도 상투를 자르고 양복으로 갈아입었다.

1896년 원단元旦, 고종은 대신들과 각국 외교관들로부터 신년 하례를 받았다. 태양력을 사용하기 시작한 첫해의 하례식이다. 양복 차림의 고종을 알현한 외국 공사들은 너도나도 찬사를 올렸다.

“용안이 한층 돋보이십니다.”

“조선이 새롭게 변화하고 있음을 상징적으로 나타내고 있습니다.”

“용단을 내리심을 감축 드리옵니다.”

고종은 내심 흐뭇해했다.

‘상투를 자른 직후엔 어색하더니 하루 이틀 지나고 보니 무척 편리하지 않은가. 더욱이 외교 사절들이 찬사를 늘어놓으니 기분이 나쁘지 않구먼 … 거울을 보니 열 살은 젊어진 듯하고 ….’

그러나 민심은 그렇지 않았다. 궁내부 특진관인 김병시金炳始가 단발령을 반대하는 상소문을 올렸다. 안동 김씨 가운데 핵심 인물인 김병시는 국왕이 일본 압력에 못 이긴 사실에 울분을 터뜨렸다.

"해괴하기 짝이 없는 일이로다."

김병시는 새벽에 머리를 감고 좌정했다. 사랑채 문을 열어놓고 맑은 공기를 마시며 눈을 지그시 감고 시조를 읊었다.

"가노라 삼각산아 다시 보자 한강수야 / 고국산천을 떠나고자 하랴마는 / 시절이 하수상하니 올 둥 말 둥 하여라…."

병자호란 때 끝까지 싸우기를 주장한 김상헌金尙憲이 청국 심양으로 끌려가면서 지은 시조다. 김병시는 김상헌의 9대 손이다.

김병시의 상소문을 신호탄으로 하여 전국의 유생들이 다투어 상소문을 냈다.

"말세야, 말세!"

이렇게 한탄하며 통곡하는 사람들로 나라가 떠들썩했다. 스스로 머리칼을 자르는 사람은 거의 없었다. 조정에서는 강압적인 방법을 동원하기로 했다. 순검들이 거리로 나섰다.

"가위를 들고 나가 행인들의 상투를 닥치는 대로 잘라버려!"

순검들은 마을이며 장터며 가릴 것 없이 돌아다니며 상투를 잘랐다. 버티는 젊은이는 머리를 잡아 무릎을 꿇리고 깎았다.

"아이고, 아이고…."

거리마다 통곡소리가 들렸다. 중앙에서는 단발령을 독려하기 위해 체두관剃頭官을 지방에 파견했다. 지방관들은 다른 일을 제쳐 두고서라도 상투 자르는 일에 열을 올렸다. 상투를 잘리지 않으려 산으로 도피하는 사람도 있었다. 자살하는 유생도 속출했다.

"상감과 왕세자가 왜놈들 협박에 못 이겨 머리를 깎았다는구먼."

"찢어죽일 왜놈들! 우리 일어나서 그놈들을 찢어 죽입시다!"

흉흉한 소문이 돌면서 반일 항거의 움직임이 꿈틀거렸다. 유학계의 거목인 면암 최익현崔益鉉의 단발령 반대발언은 전국에 퍼졌다.

"내 목을 자를지언정 상투는 자를 수 없도다吾頭可斷 此髮不可斷."

최익현의 발언으로 단발령 거부만이 아니라 왕후살해에 대해 복수하자는 여론이 조성되었다. 그 '을미사변'에 관해서는 김홍집 내각과 일본이 한동안 비밀에 부쳤기에 백성들은 실상을 몰랐다. 그러나 진상이 점점 알려지자 백성들은 두 눈을 부릅뜨고 일어났다.

"왜놈들, 요절을 내야지!"

쇠스랑, 죽창, 도끼를 든 의병이 일어나기 시작했다. 그 기세는 요원의 불길같이 거침없었다.

2

새해 벽두부터 살쾡이가 할퀸 민심은 이처럼 쓰라렸다. 피가 뚝뚝 떨어졌으나 닦아주는 이도, 위로하는 이도 없었다.

서재필은 새로 내부대신이 된 유길준을 만나러 갔다. 1881년 일본의 선진문물을 배우는 신사유람단이 떠날 때 유길준은 수행원으로 따라갔다. 그는 거기서 남아 1년 반 동안 일본 유학생 제1호로 공부했다. 1883년 민영익을 대표로 하는 보빙사가 미국으로 갈 때도 유길준은 동참했다. 역시 미국에 남아 대학에 다녔다. 2년 동안 미국에서 선진제도를 배우고 갑신정변 직후에 귀국했다.

"그동안 무양無恙하셨습니까?"

"솔! 자네는 외모까지 코쟁이 같구먼 … 양복도 멋지게 어울리고…."

유길준의 외모는 여전히 서민적이었다. 화려한 경력과는 달리 둥글넓적한 얼굴 때문에 수더분하게 보였다. 그러나 잘 다듬어 윤기가 자르르한 콧수염은 상류층 인사임을 나타냈다.

"단발령 때문에 온 나라가 시끄럽네요. 단발을 반대하는 심정을 이해하기는 하지만 상투가 얼마나 비위생적입니까. 상투를 고집하는 유생들의 케케묵은 사고방식으로 무슨 개화를 추진합니까?"

"자네 같은 인재가 돌아오기를 학수고대하였네. 지금 열강들은 조선 정부를 업신여기고 있네. 조선 국력이 약한데다 앞뒤가 꽉 막힌 인간들이 감투를 쓰고 앉았기 때문이지."

"미국과 일본에서 두루 학문을 연마한 분들이 계시잖습니까."

"몇 명만으로는 안 되고 전체 수준이 높아져야 하네. 재작년에 조선 땅에서 청일전쟁이 터져 참화를 당하지 않았는가. 요즘 러시아와 일본이 조선땅에서 샅바 다툼을 벌이니 러일전쟁이 일어날까 두렵다네."

"그런 조짐이 있습니까?"

"구체적인 움직임은 없지만 낌새가 어쩐지 … 나는 조선이 중립국이 되어야 함을 주장한 바 있네. 그래야 전쟁을 막을 수 있지. 청국, 일본, 러시아 3국이 조선의 중립을 승인하고 보호해야 한다네. 내가 조선 주재 독일 부영사 부들러와 함께 중립화론을 정부에 건의했으나 받아들여지지 않았다네."

유길준은 콧수염을 손가락으로 만지작거리며 말을 이었다.

"국왕께서는 그동안 청국, 러시아, 일본에 시달린 탓에 미국을 선호하신다네. 또 미국에서 차관을 도입하고 싶어하시지. 자네가 외부대신을 맡는다면 그런 일도 쉽게 풀리지 않겠나?"

"저는 지금 미국 시민인데 그 자리를 맡을 수는 없잖습니까?"

"외부대신이 안 된다면 내부대신이건, 문부대신이건 무엇이나 마음대로 고를 수 있네. 자네가 입각한다면 개혁을 열망하는 백성들은 열렬히 환영할 것일세."

"관직은 곤란합니다. 다른 길을 걸으며 조국을 돕겠습니다."

"다른 길이라면?"

"신문을 만들고 싶습니다. 백성을 계몽시키고 민주주의를 보급하려면 신문이 가장 좋은 수단입니다."

"신문이라면 나도 무척 관심이 있네."

유길준은 서가에서 《서유견문西遊見聞》을 꺼내들었다.

"저자가 유길준 … 형님이 쓰셨군요."

"내가 작년(1895년) 4월에 도쿄에서 출판했다네. 미국, 유럽 여러 나라를 여행하며 보고 들은 것을 정리한 책이야. 후쿠자와 선생이 쓴 《서양사정》보다 무려 25년이나 늦게 나왔지. 선생의 그 명저를 읽고 나도 그런 책을 써야겠다고 결심했다네."

"몇 권이나 인쇄했나요?"

"천 권을 찍었어. 대부분을 내가 사서 지인들에게 기증했지. 자기 돈 내고 사 볼 사람은 별로 없겠지? 나는 미국에서 공부하고 돌아오자마자 국사범으로 체포되었다네. 한규설 포도대장 집에 감금당했다가 백록동白鹿洞에 있는 민영익 대감 별장에서 유폐생활을 했지. 원고는 1년 반 만에 탈고했으나 국사범 처지에서 책을 내지 못하다가 복권이 되는 덕분에 출판한 것이라네."

"어려움을 이기고 집필하셨군요. 보빙사, 신사유람단으로 나들이한 여러 인사 가운데 제대로 된 기록을 남기기는 이번이 처음입니다."

"도성에서 떠나지 않는다는 조건으로 7년 만에 연금에서 풀려났다네. 영어 덕을 보기도 했지. 외교문서 번역 일을 맡았는데 궁정에 전기를 공급하겠다는 미국 프레이저 사 작자들이 폭리를 취하려다 내게 들켰다네. 제안서를 보고 내가 부당성을 지적했지. 정부는 그 공적을 인정해 나를 풀어주었다네."

서재필은 《서유견문》을 휘리릭 넘기며 내용을 살펴본다.

"서양의 사정을 알리는 데 큰 도움이 되겠군요."

"나는 선진국의 신문을 보고 감동을 받았지. 이 책에서도 신문이 개화에 큰 도움이 된다고 강조했다네."

"저도 미국에서 신문이 대단히 중요하다고 절감했답니다. 민주주의 체제를 유지하려면 언론의 자유가 반드시 필요하지요."

"그럼 자네가 관보국官報局을 맡으면 되겠구먼."

"관보국이라면 정부 홍보기관 아닙니까? 그런 신문이라면 곤란합니다. 언론자유를 누리려면 정부를 비판할 수 있어야 해요."

"자네 말은 나도 이해하네. 하지만 정부를 때리는 신문을 어찌 정부가 돈을 대서 만들겠는가?"

"물론 비판만 하는 것은 아니지요. 정책방향이 옳다면 홍보하기도 해야 하고 … 신문 발간에 정부가 도움을 주었으면 합니다."

"생각해봄세."

서재필은 유길준이 자신에게 매우 호의적이라고 느꼈다.

유길준은 서재필을 보내고 의자에 몸을 깊숙이 파묻었다. 콧수염 끝을 손가락으로 뱅뱅 돌리며 궁리했다.

'이번 기회에 서재필을 내 사람으로 만들어야겠어. 신언서판身言書判을 골고루 갖춘 그가 서양 의사까지 되었으니 내 손 아래에 두면 천군만마와 같은 효과를 얻을 수 있지 않겠나?'

3

"이랏샤이마세!"

진고개에 있는 일본인 여관에 들어서니 종업원이 큰소리로 손님을 맞는다. 일본인들이 일본어로 왁자지껄하게 이야기하고 손님에게 제공하는 음식도 모두 일식이다. 조선에 들락거리는 일본인이 급증하고 있다. 일본인 투숙객은 대개 말쑥한 양복 차림이다.

어느 서양인이 서재필을 기다리고 있었다. 금발에 높다란 콧대, 큼직한 체구의 그가 여관 현관에서 서 있으니 단연 눈에 띈다.

"배재학당 교장인 아펜젤러 목사입니다. 저를 기억하시겠습니까?"

"아펜젤러 목사라면 … 예전에 일본에서 만난 분 아닌가요?"

"1885년 봄이었지요. 귀하는 일본에서 망명생활을 할 때였고 저는 조선에 가기 위해 일본에 잠시 머물 때였고 …."

"벌써 10년이 흘렀군요."

"미국생활에서 불편한 점이 많았겠지요?"

"처음 한두 해는 영어가 서툴러 고생이 많았답니다. 매주 주일마다 교회에서 예배 보면서 목사님의 설교에 귀를 기울이니 영어 듣기에 큰 도움이 되더군요. 성경에 나오는 다양한 레토릭은 영어 쓰기에 좋은 자양분 구실을 했답니다."

"그 체험담, 매우 소중한 증언입니다. 배재학당에 오셔서 강의해 주시면 영광이겠습니다."

"조선의 청년들을 가르친다? 흔쾌히 강의를 맡겠습니다."

"여관이 불편하실 테니 제 집에 와 계십시오. 빈 방이 있답니다."

"사실은 곧 제 아내가 미국에서 올 텐데 여관보다는 목사님 사택에 머무는 게 낫겠군요. 미국사람인 아내가 여관에 있으면 말이 통하지

240

않아 불편할 것이어서 ….”

“대환영입니다.”

“주미 공사로 부임하는 서광범 대감이 미국으로 떠나시면 제가 그 집에서 기거할 예정입니다. 그때까지만 신세지겠습니다.”

“신세라니요. 내내 제 집에 와 계십시오.”

서재필이 귀국했다는 소문이 나돌자 아펜젤러 목사의 사택에 과거 지인들이 방문하러 줄을 이었다. 이들 대부분은 서재필이 ‘갑신정변 5적’으로 비판받을 때는 지인이라는 사실을 쉬쉬했다. 이제는 사정이 달라졌다. 염량세태炎凉世態!

서재필은 혹시 태희 누나가 오지 않나 눈이 빠져라 기다렸으나 아무런 소식이 없었다. 홀로 침대에 누워 천장을 보니 그녀의 다정한 눈매가 떠올랐다. 에 꿈 스삐리뚜 뚜오 ….

4

신무문神武門 위에 새벽 초승달이 높이 걸려 있다. 한줄기 굵은 바람이 신무문 지붕 위를 스쳐 지나가자 달은 홀연히 빛을 잃었다.

서재필은 경복궁의 북쪽 문인 신무문 앞에 서서 높은 석축 위에 우뚝 솟은 누각을 바라봤다. 누각과 지붕이 파란 하늘을 향해 힘차게 뻗어 있다.

“이렇게 호쾌하게 생긴 신무문을 늘 닫아두다니 … 북쪽 방위가 음방陰方이어서 신무문을 열어 두면 여풍女風이 불기 때문이라고?”

서재필은 풍수설이니 도참설이니 하는 참언讖言을 믿지 않았다.

신무문은 가끔 열린다. 국왕이 경무대에서 치러지는 무과시험을 참관하려 이곳을 지나거나 가뭄이 심할 때다.

1896년 1월 8일. 신무문이 활짝 열렸다. 이날 관병식觀兵式에 국왕이 참관하기 때문이다. 고관뿐 아니라 외교사절들도 참석한다.

유길준은 서재필을 초대해 고종을 알현하도록 배려했다. 서재필의 좌석은 고종의 지근거리에 배정되었다. 대역죄인이 돌아와 국왕 측근에 앉다니 만감이 교차한다.

"주상 전하, 옥체 만강하셨사옵니까. 신, 서재필, 10여 년 만에 문안드리옵니다."

"오랜만이오. 경은 풍상風霜을 많이 겪었겠구료."

"하해河海 같은 성은 덕분에 금의환향했습니다."

"경은 양의洋醫가 되었다고 들었소. 참으로 가상하오. 과인이 요즘 안질眼疾을 앓고 있으니 나중에 치료를 좀 해주시오."

온화한 말투였다. 가까이서 보니 국왕은 10년 전에 비해 몸이 비대해지고 피부엔 생기가 사라졌다. 콧잔등과 뺨엔 검버섯 몇 개가 있다. 의사의 눈으로 보자면 고종은 영양과잉, 운동부족, 스트레스 과중으로 인한 성인병에 시달리는 듯했다.

관병식이 끝난 뒤 국왕 침소에서 고종의 눈을 살폈다. 다래끼가 나 고름이 익어 있었다. 위생 솜으로 눈을 눌러 고름을 빼냈다. 바르는 약과 먹는 약을 올렸다.

"시의侍醫는 과인의 몸에 손대기를 어려워하는데 경은 양의이니 다르구료."

"서양 의학은 환부를 칼로 잘라내기도 합니다."

"중국의 전설적인 명의인 화타華陀도 수술을 했었지 … 태서泰西에서도 화타와 같은 명의가 있었다 하던데 이름이 뭐더라?"

"히포크라테스라 하옵니다."

"히, 포, 테 … 화타와 이름도 비슷하군."

고종은 말끔한 헤어스타일에 양복 차림이었고 향수 냄새를 풍겼다. 보령寶齡이 이제 마흔을 갓 넘었을 뿐인데 목소리가 노인네처럼 가늘어졌다.

5

"서재필의 경험을 널리 알려야겠소. 공개강연회를 준비하시오."

내부대신 유길준은 실무 책임자를 불러 이렇게 지시했다.

1896년 1월 19일, 일요일 오후 1시 남별궁 터(조선호텔 자리)에서 서재필의 첫 공개강연회가 열렸다. 이런 형식의 강연회는 조선 역사상 처음이다. 여러 대신들과 관료 4백여 명이 청중으로 참석했다.

연제演題는 '조선에 가장 필요한 것은 무엇인가?'였다. 서재필이 연단에 올라서자 청중은 호기심 가득 찬 눈으로 쳐다보았다. 청중 대다수가 그의 과거를 잘 아는 사람들이다. 하얀 드레스셔츠에 파란 넥타이를 맨 서재필은 간단한 인사말에 이어 논점으로 바로 들어갔다.

"피눈물 세월을 이역만리에서 보내고 조국에 돌아오던 날, 저는 가슴이 너무나도 벅차올랐습니다. 내 나라 조선이 그 사이에 조금은 더 발전했겠지, 백성들의 곤궁한 삶은 약간 나아졌겠지 하는 기대감을 품고서 제물포에 발을 디뎠습니다. 그러나 이 나라는 제가 떠날 때보다 더욱 피폐해졌더군요."

청중은 긴장했다. 서재필의 목소리가 점차 높아갔다.

"처절한 민생고民生苦를 목격하고 제 심장에서 피가 터져 나올 것 같았습니다. 조정은 민생에 아무런 도움을 주지 못해 백성들은 천지개벽을 바라더군요. 미국을 볼까요? 미국 땅에는 구라파(유럽)에서 빈

손으로 떠난 이민자들이 모여 풍요로운 삶을 누립니다."

서재필은 주먹을 쥐어 하늘을 향해 뻗어 흔들며 운율을 맞추었다.

"지금 조선은 절망상태입니다만 우리가 하기에 따라서는 동양의 강대국으로 만들 수 있습니다. 조선에 가장 필요한 것은 교육입니다. 젊은이를 위한 학교들을 세워야 합니다. 세상 소식을 널리 알리는 신문도 만들어야 합니다."

조선의 밝은 미래를 제시하자 표정이 일그러졌던 청중도 얼굴을 펴고 박수를 쳤다. 여기저기서 질문이 쏟아졌다.

"미리견이나 영국, 법국, 덕국(독일) 같은 나라에서는 철선도 만들고 기차도 만든다는데 우리는 그런 기술을 어느 세월에 배웁니까?"

"조선 사람들은 머리가 좋습니다. 우리 젊은이들을 잘 교육시키면 철선 제조기술은 금방 익힙니다. 미국에서는 밤에도 전등을 훤하게 켤 수 있는데 이런 기술도 조선인들의 두뇌라면 금세 배웁니다."

"자금이 있어야 뭘 만들겠지요. 조선은 빈털터리인데요."

"조선에서 생산하는 금만 해도 연간 3백만 달러어치나 됩니다. 지금은 광석 형태로 헐값에 수출하고 있어요. 국내에서 야금冶金하여 금괴 또는 금화로 만들어 국고에 보관하고 이 가치만큼의 지폐를 발행하면 자금은 충분합니다. 정부가 매년 2백만 달러씩 저축한다면 10년이면 2천만 달러가 될 것이니 그러면 국가경제가 튼튼해지지 않겠습니까?"

"금 이외에 국고를 늘리는 방안은 없습니까?"

"나라살림을 잘 운용하면 낭비를 줄일 수 있습니다. 예를 들어 관리들의 숫자를 3분의 1로 감축하는 것입니다. 3분의 2가 받는 녹봉만큼 경비가 줄어 국고가 튼튼해지겠지요. 그리고 부정부패를 없애면 방대한 재원이 생깁니다. 지금 관헌이 걷는 세금의 절반은 국고에 들어오지 않고 도중에서 사라지지 않습니까? 은행을 설립하여 모든 세금을 은행을 통해 내도록 함으로써 부패를 없애면 학교를 세우고 신식 무기를 살 재원이 생길 것 아니겠습니까?"

박수소리가 더욱 뜨거워졌다.

"여러분, 여기 보이는 게 조선의 국기國旗인 태극기입니다. 태극기를 향해 배헌拜獻하십시다. 오른손을 왼쪽 가슴에 얹어 ⋯."

서재필이 태극기를 향하여 서양식 경례를 하자 여러 방청인은 그대로 따라했다. 이것이 조선 역사에서 처음으로 행하여진 '국기에 대한 경례'였다. 방청인은 어렴풋이 애국심을 느꼈다.

첫 공개강연회에 대한 소감이 〈한성신보〉에 독자투고 형태로 실렸다. 어느 독자가 '세상에서 보지 못하고 듣지 못했던 일에 대해 깨달아 밤낮으로 명심하고 있다'는 내용으로 보낸 글이었다. 서재필은 공개강연회를 앞으로 매주 1회, 일요일에 열기로 했다.

'중추원中樞院 고문에 보補함.'

크고 화려한 옥새가 찍힌 사령장을 받은 서재필은 깊은 감회에 젖어 잠시 눈을 감았다. 월급은 10년간 매월 300달러씩이란다. 대신大臣 대우인데 당시 기준으로는 고액이다.

유길준은 서재필을 불렀다.

"중추원 고문직에 있으면서 신문을 발행하시게. 정부 예산으로 신문사 자본금 4천 400원을 대기로 결정했다네. 여기엔 사택 신축비 1천 400원이 포함되어 있고."

"사택이라뇨?"

"자네 부인이 조선에 오시면 함께 살 가옥 말이야. 서양식으로 지어 불편함이 없도록 하려고 ….”

서재필의 지위나 대우에 관해 유길준은 내각 책임자인 김홍집과 긴밀히 논의했다.

"서양 선진국에서는 신문이 널리 보급되어 있습니다. 조정이 하는 일을 적극 알려야 백성들에게서 지지를 얻지요.”

"지금 관보官報만으로는 부족하다, 이 말이오?”

"백성들이 쉽게 볼 수 있는 신문이 필요한데 서재필이 만들도록 하겠습니다. 요즘 공개강연으로 주목받는 서재필이 신문을 발행한다면 신문 자체도 큰 인기를 끌 것입니다.”

"서재필이 너무 뜨면 우리가 곤란해지지 않을까? 호랑이 새끼를 키우는 격이 아닌가 해서 ….”

"염려 마십시오. 서재필은 기반이 취약합니다. 그리고 과거 대역죄인이었다는 점이 두고두고 흠이 될 것입니다.”

"서재필을 돕기는 하되 정치적으로 너무 크는 것은 경계해야 하오.”

온건 개화파 김홍집은 서재필의 급진전력前歷이 내내 켕겼다.

6

'미우라 고로 피고인에 대해 무죄를 선고한다.'

서재필이 조선에 온 지 한 달이 지날 무렵인 1896년 1월 21일, 일본 히로시마 재판소가 내린 판결이다. 명성황후 참살사건과 관련해 미우라 고로三浦梧樓 전 조선주재 일본공사 일행에 대해 죄가 없다고 판결한 것이다. '조선에서 진범이 붙잡혀 처형된 데다 미우라 일행이 범인이라는 물증이 불충분하다'는 이유에서였다.

미우라는 누구인가. 조슈 번에서 출생한 그는 일본 육군중장 출신으로 외교경험이 없던 인물이다. 18세 때 기병대에 들어가 장군계급까지 오르는 출셋길을 걸었던 그는 군국주의를 신봉하는 골수 극우파다. 그가 이노우에 공사 후임으로 1895년 9월 조선에 부임했을 때다. 신임 미우라와 전임 이노우에는 일본 공사관 밀실에 마주 앉았다. 탁자 위의 분재盆栽에서 솔향기가 풍겼다.

별명이 '괴물'인 미우라는 시커먼 눈썹에 박박 깎은 머리, 근육질 몸매에서 무인 분위기를 물씬 풍긴다. 이노우에는 턱시도를 차려 입었다. 그날 밤 송별파티에 가기 위한 복장이다.

"미우라 군, 곧 큰일을 해야지."

"대일본제국을 위해서라면 지옥 불구덩이에도 뛰어들겠습니다."

미우라가 부임하면 전임자 이노우에는 귀국해야 하는데도 이례적으로 17일간이나 함께 공관에 머물렀다. 인계, 인수를 위한 공동 근무치고는 기간이 길었다. 사실은 왕후살해를 치밀하게 공모하는 시간이었다. 한성신보사 사장 아다치 겐조安達謙藏도 공모자였다.

미우라는 바깥에 얼굴을 내밀지 않고 공관에서 불경을 읽는 체했다. 그가 고종과 왕후를 알현했을 때 《관음경觀音經》을 진상하며 말했다.

"외교는 문외한이옵니다. 조선의 빼어난 산천을 구경하며 염불이나 읊고 지낼까 합니다."

경계심을 풀기 위한 위장술이다.

미우라는 참모인 시바 시로柴四郎를 불렀다. 미국 유학파 시바는 피부가 하얗고 체격이 말라 얼핏 보면 유약한 인상을 풍긴다. 그러나 독사 눈매를 갖고 있어 그와 눈이 마주치면 상대방은 움찔한다. 그 눈매 때문에 일본 극우 낭인단체 천우협天佑俠, 현양사玄洋社 회원들과 접촉하는 일을 맡으면서도 기 싸움에 밀리지 않았다.

"자네는 좋은 학교에서 공부를 많이 했다며?"

"하버드대학과 펜실베이니아대학에서 경제학이라는 새로운 학문을 익혔습니다."

"그 지식을 대일본제국을 위해 활용하시게."

일본은 한반도와 중국 대륙에 진출하기 위해 엘리트 지식인 낭인들을 조선에 보냈다. 이들은 신문기자나 상인으로 행세하면서 조선의 상황을 염탐했다. 필요에 따라서는 테러에 가담했다. 일본인 시각에서는 이들은 행동하는 열혈 애국지사다. 푼돈을 받고 주먹과 칼을 휘두르는 싸구려 야쿠자 따위가 아니라 의식화된 지식인 테러리스트였다. 엘리트 낭인들은 '3국 간섭' 이후 일본이 서양 열강에게 밀리자 울분을 터뜨렸다.

"이대로 주저앉아서는 안 되네. 국면 반전의 길을 찾아야지."

"조선이 러시아와 가까워지고 있어. 민비가 이를 주도하고 있지."

"복잡하게 생각할 거 없군. '여우'를 없애면 될 것 아닌가."

이들에겐 '여우 사냥'이란 암호로 불린 민 왕후 암살음모가 애국의 길로 비쳤다. 이런 음모가 공권력과 손을 잡고 실행에 옮겨진 것이다.

이노우에가 귀국한 지 20일 뒤에 왕후가 살해됐다. 계획의 큰 틀은 이미 이노우에와 일본 본토의 이토 히로부미가 짜놓았고 미우라가 실행을 맡았다.

1895년 10월 8일 새벽, 미우라는 궁궐을 덮쳤다. 일본 수비대와 경찰, 극우 지식인 낭인 60여 명을 대동했다. 이들을 돕는 조선군 간부도 있었는데 우범선禹範善 훈련대 제2 대대장이 장본인이다. 우범선은 사건 직후 일본으로 피신했는데 훗날 조선에서 간 자객 고영근高永根

에 의해 처단된다.

그날 일본 칼잡이들은 경복궁을 급습해 궁녀들의 머리채를 잡아끌고 왕후의 처소를 대라고 겁박했다. 마침내 건청궁 동쪽 곤녕합^{坤寧閤}에서 왕후를 찾아냈다. 왕후의 '보디가드'격인 무관 홍계훈^{洪啓薰}과 궁내부 대신 이경직^{李耕稙} 등이 장렬한 죽음으로 저항했으나 흉도의 칼부림을 막지는 못했다.

명성황후는 흉도들의 발길질을 받고 칼로 온몸을 난자당해 숨졌다. 눈알에서 광기^{狂氣}를 뿜어내는 흉도들은 시신을 문짝 위에 얹어 이불을 덮고 곤녕합 부근 녹원^{鹿園} 숲속으로 옮긴 다음 장작더미 위에 올려 놓고 석유를 끼얹어 태웠다.

일본은 사건을 은폐하기 위해 "대원군이 배후에 있다"고 소문을 퍼뜨렸다. 대원군과 왕후는 오랜 정적이므로 그런 소문을 제3자가 들으면 그럴듯하지 않겠는가.

왕후 죽음 이후 고종은 정신적인 공황상태에 빠졌다.

'일본인들이 과인의 목숨도 노리겠지? 지금 경복궁은 일본군이 포위했으니 ….'

고종은 측근 신하조차 믿지 못하고 내내 밤잠을 설쳤다. 식사할 때도 독살 공포에 떨었다. 며칠째 달걀과 캔에 든 연유만 먹기도 했다. 자기 눈앞에서 음식을 조리하도록 하여 그 음식을 먹었다.

미국 공사 알렌과 러시아 공사 베베르, 미국인 선교사 언더우드는 고종을 위로하려 자주 알현했다. 베베르는 음식을 나르는 철가방과 열쇠를 보여주었다.

"이 철가방에 음식을 넣어 올리겠사오니 전하께서 이 열쇠를 갖고 계시다가 손수 여십시오. 그 이외 음식을 믿으면 아니 되옵니다."

"고맙소. 베베르 공사 …."

이때부터 베베르 공사와 언더우드 목사 등은 철가방에 음식을 넣어 자물통을 채워 고종에게 보냈다. 고종은 밤에 혼자서 잠을 자지 못해 이들이 곁에 있어주기를 간청했다. 언더우드, 아펜젤러, 헐버트 등 미국인 선교사들이 교대로 밤샘을 했다.

왕후 참살사건 이후 친미파 이완용은 미국 공사관에, 친러파 이범진李範晉은 러시아 공사관에 피신해 있었다. 이들은 친일파의 독주를 막으려 은밀히 만나 대책을 논의했다.

이범진은 이완용에게 제의했다.

"지금 국왕은 사실상 일본의 인질 신세 아닌가? 국왕을 외국 공사관으로 모시면 일본을 견제할 수 있을 텐데 …. 단도직입적으로 말하겠네. 러시아 공사관으로 모시도록 하세."

"러시아 측이 수용할까요?"

"내가 설득해 보겠네. 러시아는 반길 게 틀림없네."

이완용은 미국 입장을 타진하려 알렌에게 계획을 넌지시 흘렸다.

"미국이 직접 관여할 사안이 아니지요."

알렌은 친일 내각이 득세하면 미국의 입지가 좁아지므로 이 모의를 지지했다. 알렌의 지인인 모오스 사장은 왕후의 뒷배 덕분에 평안도 운산금광 채굴권을 따낸 바 있다.

1895년 11월 27일, 윤웅렬 등 30여 명의 반일파 무장대원들은 러시아 공사관에서 얻은 실탄 80발을 갖고 고종을 빼내기 위해 경복궁 춘생문으로 다가갔다.

주모자 가운데 한 사람인 안경수安駉壽는 고민에 빠졌다.

'국왕을 외국 공사관으로 모셔가는 명분은 뭘로 내세우나?'

안경수는 전날 밤 외부대신 김윤식에게 거사계획을 슬쩍 귀띔했다. 결국 거사는 미수에 그치고 만다. 무장대원들이 춘생문에 당도하니 벌써 궁궐 경비대원들이 철통같은 경계에 들어섰고 무장대원들을 붙잡았다. 이 '춘생문 사건'이 실패로 끝나자 친러파 대표자 이범진은 러시아 군함을 타고 중국 상하이로 망명을 떠났다.

일본 언론은 이 사건을 '조선 국왕 탈취미수 사건'으로 크게 보도했다. 일본 정부는 "이 사건에 미국 및 러시아 공사관이 개입되었다"며 떠들었다. 이는 일본이 조선 왕후를 살해했다는 국제적 비판을 희석시키기 위해서다. '왕후 살해사건이나 국왕 탈취사건에 모두 외국 세력이 관여했다는 점에서 마찬가지 아닌가?'라는 궤변을 펼쳤다.

일본 정부는 미우라 고로 일당 48명을 소환하여 히로시마 형무소에 가두고 재판을 하는 체하다가 마침내 증거불충분을 이유로 무죄판결을 내렸다.

7

"서재필 … 예사 인물이 아니야."

"견문이 넓어서인지 군계일학群鷄一鶴이더군."

구전口傳을 통해 서재필의 이름은 갈수록 널리 알려졌다. 서재필의 거처를 찾는 방문객들이 줄을 이었고 강연요청이 잇달아 들어왔다.

농상공부 대신을 지낸 김가진金嘉鎭이 서재필에게 조선 상인들의 모임에 와서 강연을 해달라고 요청했다.

"자네가 앞선 나라의 상관습을 가르쳐 주시게."

"상인들의 결사結社인 협회를 만들면 되겠군요."

서재필의 제안에 따라 조선상인 40명은 건양협회와 한성상무회의

소를 결성키로 하고 모였다. 서재필은 상인들의 토론에 귀를 기울였다. 이들은 일본 상인 등쌀 탓에 장사하기가 힘들다고 열을 올렸다.

"조선땅에 석유가 수입된 지 몇 년이 지났소이다. 그 기름이 호롱등잔을 밝히는 데 얼마나 요긴하게 쓰이는지 잘 알지 않소? 그러나 값이 너무 비싸요. 일본 상인들이 폭리를 취해서 그렇다는데 ···."

그 말을 듣고 서재필이 단호하게 말했다.

"조선 상인이 석유를 직수입하여 팔면 되지 않습니까?"

"어떻게 석유를 수입하는지 알지 못해서 그렇다오."

"미국의 스탠더드 오일이라는 석유회사와 접촉하면 되지요."

일본 상인은 석유 무역으로 엄청난 차익을 누렸다. 당시 인천, 부산, 원산을 통해 수입되는 석유는 연간 20만 초롱(1초롱은 5갤런 용량의 양철통)이었다. 일본 상사는 스탠더드 오일로부터 1초롱에 20전에 사서 조선에서는 72전에 팔았다. 수송료가 든다고 하지만 갑절이 넘는 이문을 챙긴 셈이다.

일본 상사가 영국 맨체스터에서 수입해 조선에 판 고급 무명 옷감인 옥양목玉洋木도 불티나게 팔렸다. 겨울이 다가오면 과자점, 이발소, 세탁소에서도 옥양목을 갖다 놓고 팔았다. 옥양목과 석유를 조선 상사가 직수입해서 판다면 소비자 가격도 낮아지고 조선 상인들이 돈을 벌 것 아닌가.

"조선인이라고 석유와 옥양목을 직수입하는 회사를 만들지 말라는 법이 있습니까? 여러분이 직접 그 회사를 설립하시면 되잖습니까?"

"좋은 생각이오!"

그 자리에서 참석자 40명 회원의 만장일치로 석유직수입회사 설립안을 가결시켰다. 이 소식을 들은 일본 공사 고무라 쥬타로小村壽太郎

는 고래고래 고함을 질렀다.

"조선 상인들이 직수입회사를 차린다고? 발칙한 인간 서재필 …."

두툼한 영문판 《펠로폰네소스 전쟁사》를 읽던 고무라 공사는 책을 쾅, 덮고 서재필 신상자료를 들추어 봤다. 갑신정변 주역, 미국 시민 권자, 미국 의사 …. 경력만 봐도 만만찮다. 그런데다 연설 솜씨가 빼 어나 청중을 휘어잡는다 하지 않은가.

'연미복을 입은 불여우'라는 별명으로 불리던 고무라는 미국 하버드 대학 출신이다. 그는 서재필이 민주주의를 설파하면 조선이 변화할 것 으로 봤다. 그걸 막아야 일본이 조선을 영원히 마음대로 주물럭거리지 않겠는가. 고무라는 그렇게 판단하고 서재필을 만나보기로 했다.

"미국에서 어려운 의학공부를 하셨소이다. 데모크라시, 즉 민주주 의에 대해서 어떻게 생각하시오?"

"이상적인 정치체제 아니겠소? 조선에서도 앞으로 민주주의를 도 입해야 하오."

"조선은 국왕이 멀쩡히 살아 있는 데다 민도民度가 낮아 데모크라시 를 정착시킬 수 없소이다."

"무슨 당찮은 망발이오? 민도를 높여 민주주의를 추진해야지요."

"일본이 조선을 잘 보호하는데 조선에 데모크라시가 왜 필요하오?"

"보호라구요? 농담이 지나칩니다. 알 만한 사람이 …."

두 사람의 시선에서 불꽃이 튀었다.

고무라 공사에겐 서재필이 버겁게 여겨졌다. 서재필이 신문발행으 로 여론을 주도하고 강연활동을 계속하면 민심이 서재필 쪽으로 쏠리 지 않겠는가. 이러면 일본에 걸림돌이 될 것이리라.

고무라는 책사 부하를 불러 서재필 건에 관해 의논했다.

"그자를 조선에 계속 있게 하다가는 두고두고 화근이 되겠어."

"회유를 하면 어떨까요?"

"독종이어서 회유가 먹혀들겠나?"

"그럼, 간단합니다. 목줄을 끊겠다고 협박해야지요."

"서재필은 무예가 뛰어나다고 하네. 겁박하려면 무예 고수들을 동원해야 할 것이야. 설불리 손댔다는 우리측이 낭패를 당할 것이야."

"염려 마십시오. 한성에 어슬렁거리는 고수급 낭인들에게 일을 시키면 뒤탈이 없을 겁니다."

"행동대의 우두머리는 두뇌가 뛰어난 자여야 하네. 총칼뿐만 아니라 설시舌쏫로도 겁을 주어야 한다네."

"조선 상인들의 간뎅이를 부풀게 한 김가진도 손을 봐야겠어. 유길준도 삐딱하게 보이니 내부대신 자리에서 쫓아내야겠더군."

"김가진 건은 공사께서 김홍집 내각에 직접 지시하시면 됩니다."

"알았어. 김가진 처리 건은 나에게 맡겨."

왕후 참살 이후 일본 세력은 조선 조정을 맘대로 주물렀다. 일본 공사는 친일 내각에 감놔라 배놔라 간섭했다. 조선 궁궐을 지키는 훈련대는 일본 군관들의 휘하에 놓였고 일본군이 호위 명목으로 궁궐을 포위하고 있었다.

8

학부협판 윤치호의 집무실. 책상 위엔 영어, 중국어, 일본어, 불어 사전이 놓여 있다. 윤치호는 영어를 처음 배우던 시절에 구입한 손때 묻은 《영화화역자전英華和譯字典》을 뒤적이고 있었다. 조선인을 위한 영어교재를 만들 참이다.

윤치호의 집무실에 서재필이 찾아왔다.

"오랜만일세."

"솔 형님!"

"춘부장(윤치호의 아버지 윤웅렬)께서는 안녕하신가?"

"기력이 쇠하셨지요. 두어 달 전의 춘생문 사건 실패 때문에 …."

"……."

"무인武人 자존심이 강한 엄친께서는 저에게도 무인의 길을 걸으라 하셨는데 제가 워낙 문약해서 … 엄친께서는 문무겸전이라는 말이 나올 때마다 솔 형님을 거론하신답니다."

"민망하네. 아우는 낭중지추囊中之錐 인물이지. 미국, 일본, 중국에서 신학문을 공부해 동서고금東西古今에 통달했다면서?"

"아이고, 부끄럽습니다."

윤치호는 신사유람단이 일본에 갈 때 수행원으로 따라갔다가 2년간 일본에서 유학했다. 또 갑신정변 직후 신변위험을 느끼고 중국 상하이로 건너갔다가 중서서원中西書院에서 3년 반 동안 영어와 중국문화를 공부했다. 이어서 미국에 건너가 5년간 유학했다.

"미국에 체류한 기간이 언제였던가?"

"1888년 초겨울에 밴더빌트대학 신학부에 별과생으로 입학했지요. 그 뒤 조지아 주 애틀랜타에 있는 에모리대학에서 공부했고 …."

"나와 미국 땅에서 같은 시기에 있었군 … 우리 힘을 합해서 신문을 만들어 보지 않겠나?"

"신문요? 제가 기관차 운전기술을 모르듯이 신문 만드는 기술엔 문외한인데요. 신문에 대한 관심은 큽니다만 …."

"신문 제작과 경영에 대해서는 신경 쓸 것 없네. 자네는 좋은 외국

글을 번역하기만 하면 되네."

"제가 학부협판이란 바쁜 자리에 있어서 신문에 전념하기는 어렵습니다. 틈이 나는 대로 돕겠습니다. 저는 오랫동안 영문일기를 쓰고 있답니다. 글쓰기를 좋아해서 신문 만들기는 제 적성에도 맞겠군요."

9

차디찬 진눈깨비가 거세게 내린다. 땅거미가 깔리자 육의전六矣廛 상인들은 서둘러 문을 닫는다. 찬바람이 불고 행인 발걸음이 뚝 끊어져 더 기다려 봐야 허탕일 것이었다.

몸을 잔뜩 움츠린 상인들을 쳐다보며 서재필은 숙소인 아펜젤러 목사 자택 방향으로 발길을 돌렸다. 컴컴한 어둠 속에서 경운궁(덕수궁)을 지나 정동 길에 접어들 때였다. 등 뒤에서 조슈長州 억양의 일본어 사투리가 들렸다. 돌아보니 뒤에서 따라오던 괴한 다섯 명이 서재필을 에워쌌다. 얼굴엔 시커먼 복면을 썼다. 말투나 몸 움직임으로 봐 일본 낭인들이다.

"서재필이지?"

"누구냐?"

"잔말 말고 조선땅을 떠나라."

"네놈들이 뭔데 가라마라 하느냐?"

"신문을 만든다고? 당장 손을 떼라. 까불면 숨통을 끊어버리겠다."

"얻다 대고 돼먹잖은 협박이야!"

서재필이 고함을 치자 괴한들은 일제히 권총을 빼들어 겨누었다.

"총알 맛을 보기 싫으면 신문발행을 그만 두라니까 …. 윤치호도 죽인다. 신문발행에 관련한 놈들은 모두 대갈통을 박살내겠다!"

괴한 하나는 서슬이 시퍼런 일본도를 빼들어 서재필의 목 아래에
갖다대었다. 어스름 속에서도 상인霜刃은 번득였다. 어중이떠중이라
면 대여섯 명이라도 상대하겠지만 상대는 고수급 무술인임을 느낄 수
있었다.

순간 서재필의 머릿속에는 'professional killer'(암살 전문가)라는
영어단어가 떠올랐다. 'assassinator'(암살자)라는 단어도 생각났다.
기가 꺾이기 싫어 다시 고함을 쳤다.

"너희들을 보낸 자가 누구냐?"

그 순간 괴한 하나가 정권正拳으로 서재필의 명치를 강타했다. 윽,
소리를 지르며 쓰러졌다. 다른 괴한은 허벅지를 구둣발길로 퍽, 걷어
찼다. 땅바닥에 뒹굴자 괴한들은 바람결처럼 빨리 사라졌다.

정신을 차리고 숙소로 돌아오니 온몸이 흙투성이였다.

'이게 무슨 봉변인가. 놈들은 일본 공사가 보낸 낭인?'

아내 뮤리엘의 편지가 도착해 있었다. 겉봉에 쓰인 뮤리엘의 글씨
가 오늘따라 왜 그리 예쁘게 보이는지 …. 편지지를 꺼내 보니 구구절
절 남편을 만나러 얼른 조선에 오고 싶다는 내용이었다. 임신했다는
소식도 있었다.

'생명의 신비! 하지만 가족과 함께 조선에서 살아갈 수 있을까?'

이튿날 외출을 준비할 때 누군가가 보내온 선물꾸러미가 배달되었
다. 사흘 전에도 조선상인 모임에서 만난 어느 부호에게서 인삼과 떡
을 선물받았다. 공개강연을 마치면 몇몇 방청객이 일꾼 편으로 차,
과자, 보약 등을 보내오기도 했다. 조선에 대해 개탄하다가도 이런
선물을 받으면 두터운 인정을 느낀다.

보자기를 풀어보니 옻칠을 한 검은 나무상자가 들어 있었다. 뚜껑

을 열어보는 순간, 비명을 질렀다.

"억!"

피가 뚝뚝 흐르는 염소 대가리가 들어있는 게 아닌가. 피에서 김이 무럭무럭 솟는 것으로 보아 방금 목을 잘라 상자에 넣은 듯했다.

상자 한구석에는 하얀 종이가 들어 있었다. 펼쳐 보니 '빨리 조선을 떠나라'라고 쓰여 있었고 '애국지사愛國志士'라고 발신자 명의가 적혀 있었다. 어제 폭행을 가한 일본인들의 소행임을 알아차렸다.

서재필은 서둘러 윤치호를 찾아갔다.

"어젯밤에 ….'

서재필은 어젯밤과 오늘 아침에 있었던 일을 털어놓았다. 윤치호는 혀로 입술에 침을 바르며 눈을 껌벅거렸다.

"신문을 발행한다 하니 위기감을 느꼈겠지요. "

"그놈들이 윤치호 운운했으니 자네도 밤길에 조심해야겠어. "

"큰일이네요. 무술 고수가 당하니 저 같은 책상물림이야 …. "

이틀이 지난 2월 2일, 김가진이 경무청에 검거되었다. 유길준에게 그 사유를 물었으나 눈만 멀뚱거릴 뿐 대답하지 못했다.

서재필은 윤치호에게도 물었다.

"자네는 김 대감이 체포된 이유에 대해 뭔가 짚이는 게 없나?"

"얼마 전에 형님의 제안대로 김가진 어른이 조선상인협회 결성에 앞장서지 않았습니까. 그것 때문에 일본인들이 김 대감을 체포하도록 압력을 넣은 것 아닐까요?"

김가진은 예조판서를 지낸 김응균金應均의 아들로 태어나 규장각 참서관, 사헌부 감찰 등의 벼슬자리에 앉았다가 일본에 가서 4년간 머물며 신문물을 익혔다. 그는 왕후 피살사건 직전에 농상공부 대신에서 해임되었다가 주일 공사로 발령받은 바 있다. 그러나 일본의 대 對조선 정책에 불만을 품고 계속 부임을 미루어 왔다. 그러다가 서재필을 만나 의기투합하여 건양협회와 석유직수입회사를 만들기로 하자 공사직을 사임했다. 사임한 바로 이튿날에 구속된 것이다. 김가진이 구속된 날은 서재필이 세 번째 공개강연회를 갖기로 한 날이다.

훗날 김가진은 일본 정부가 주려는 남작 작위 爵位를 거절하고 대동단 大同團이라는 항일 결사체를 주도했다. 그는 중국 상하이에 망명하여 임시정부의 별동대를 지휘하다 1922년 병사한다.

서재필은 이날 이후 길을 걷다가 뒤에서 무슨 소리라도 나면 칼잡이가 연상되어 내내 가슴이 움찔했다.

10

"단발령을 철회하라!"

"국모의 원수를 갚자!"

눈을 부릅뜬 의병들이 외친다. 낫이며 쇠스랑이며 죽창을 들고 허공을 향해 휘두른다. 허름한 옷차림에다 봉두난발이지만 드높은 기상은 시퍼런 칼날처럼 날카롭게 벼려졌다.

단발령 강행과 명성황후 참살사건이 알려지면서 강원도 춘천에서부터 의병이 들고일어났다. 조정은 의병을 진압하려고 서울의 주력 부대를 전국 각지에 보냈다. 이러니 수도 한성의 경비가 허술해졌다.

상하이로 망명했던 이범진은 곧 돌아와 러시아 공사관에 머물면서 베베르에게 제안했다.

"러시아의 힘을 빌려 변국 變局해야겠소."

"친일 내각을 거꾸러뜨린다는 뜻인가요?"

"그렇소. 이완용 대감과 손을 잡고 추진하겠소. 지금 김홍집의 친일내각처럼 친러내각으로 베베르 공사와 상의하여 국정을 펼치겠소."

이범진은 국왕을 수발하는 엄 상궁에게 접근했다.

다섯 살 어린 나이에 '아기 나인內人'으로 입궁한 그녀는 중전을 가장 가까운 거리에서 모시는 시위侍衛 상궁으로 일하던 1886년 어느 날 새벽 고종의 침소에서 나오면서 치마를 둘러 입었다. 간밤에 임금에게서 승은承恩을 입었다는 표시다. 나이 32세의 박색인 엄 상궁의 승은 소식에 중전은 눈에 쌍심지를 켜고 그녀를 형틀에 묶어 때려죽일 기색이었다. 내전內殿의 움직임을 들은 국왕이 몸소 허겁지겁 달려와 엄 상궁을 죽이지 말라고 애원했다. 엄 상궁은 목숨을 겨우 구걸해 민가로 쫓겨났다.

고종은 명성황후가 참변을 당한 후 닷새 만에 9년 전 쫓겨난 엄 상궁을 불러들였다. 그만큼 엄 상궁을 오매불망寤寐不忘했던 것이다.

이범진은 엄 상궁을 시켜 밤중에 궁중을 음산한 분위기가 돌게 꾸미도록 했다. 엄 상궁은 부탁을 받으면서 대가를 요구해 이범진은 금괴 몇 개를 건네주었다.

엄 상궁은 궁궐 곳곳에 흰색 옷을 걸어놓아 얼핏 보면 귀신이 나타난 것처럼 연출했다. 또 심야에 여인의 구슬픈 울음소리가 울려 퍼지도록 심복 무수리에게 시켜놓았다. 고종은 공포에 시달렸다. 한밤중에 귀곡성鬼哭聲을 듣고는 놀라 혼절하기도 했다. 목이 짧아 땅딸막하고 몸매는 퉁퉁한 '못생긴' 엄 상궁에게 고종은 더욱 의존하게 됐다. 명성황후 버금가는 지모智謀와 결단력을 가진 그녀는 이범진과 짠 계략대로 고종에게 말했다.

"전하, 사태가 심상찮아 긴박하게 아뢰겠사옵니다. 대원위 대감과 친일파 대신, 그리고 일본인들이 공모하여 전하를 폐위하려는 역모를 꾸민다고 하옵니다. 그들은 대원위 대감이 총애하는 이준용을 왕위에 앉히려 한다고 하옵니다."

"그럴 수가⋯."

"대원위 대감이 어떤 분이옵니까. 권력을 위해서라면 못할 게 없는 어른이 아니겠습니까? 전하께서는 아라사 공사관에 잠시 피신하시는 게 좋겠사옵니다."

엄 상궁은 눈물을 콸콸 쏟으며 고종에게 간청했다.

고종은 귀가 번쩍 띄었다. 음산한 분위기가 감도는 경복궁에 정나미가 떨어진 터에 러시아 공사관으로 모신다고 하니 반가운 제안이었다. 명성황후도 생전에 이이제이以夷制夷 방편으로 러시아를 끌어들여 일본을 제압하려 하지 않았던가.

1896년부터 양력을 채택하긴 했지만 설은 여전히 음력으로 쇠는 게 대세였다. 음력 세모歲暮가 다가오자 거리는 부산해졌다. 행인들의 통행이 늘었다. 궁중에서도 마찬가지였다. 궁녀들이 탄 가마가 밤낮없이 경복궁의 북쪽 신무문을 드나들었다.

"잠깐 서시오. 안에 누가 타고 있나 봅시다."

궁궐 수비를 맡은 훈련대원들은 가마 문을 열어 내부를 살폈다. 설이 다가오면서 가마 통행량이 늘어나자 일일이 점검하는 게 번거로워졌다. 매번 궁녀들이 타고 있으므로 신경을 쓸 필요도 없었다.

"나으리들, 추운 겨울밤에 고생 많으셔요. 자, 이거나 드세요."

궁녀들은 분 냄새를 풍기며 그들에게 가끔 술과 안주를 건네주어 겨울 심야의 허기와 무료함을 달래주었다.

"조선에서 의병들이 날뛰니 러시아 공사관을 보호해야 하오."

베베르 러시아 공사는 이런 명목으로 제물포에 정박한 러시아 군함 2척에서 무장수병 120명을 서울로 불러들였다. 대포 1문도 끌고 와 정동 언덕의 러시아 공사관 앞에 걸어놓았다.

2월 11일 새벽, 미명未明을 타고 궁녀용 가마 2개가 신무문을 빠져나갔다. 전날 밤 푸짐한 술과 안주를 얻어먹은 경비 군졸들은 신경이 무디어졌다. 여느 때와 마찬가지로 자주 보던 궁녀 가마인지라 그냥 통과시켰다.

가마는 새벽 찬 바람을 가르며 러시아 공사관으로 향했다. 러시아 수병들이 철통같이 경비를 서고 있는 공사관 대문 앞에 가마가 도착했다. 그곳에서 내린 사람은 고종과 왕세자였다. 이범진, 이완용, 베베르 등이 고종을 맞았다.

"전하, 어서 오시옵소서."

이것이 아관파천俄館播遷 사건이다.

고종은 공사관에 들어가자 안도의 숨을 쉬었다. 푹신한 서양식 소파에 앉아 따뜻한 커피를 마시고 나니 울렁거리던 가슴이 가라앉았다.

이범진은 이를 갈며 복수를 다짐했다.

'친일파 대신놈들 … 이번 참에 미주알까지 확 뽑아야지 ….'

고종은 이범진의 진언대로 경무관 안환安桓을 불러 명령했다.

"중전 참살 책임자를 처단하라. 총리대신 김홍집, 내부대신 유길준, 농상공부대신 정병하, 군부대신 조희연, 법부대신 장박 … 이들 다섯이 바로 장본인이니 체포하라."

"예, 그대로 집행하겠습니다."

대신들은 아침에 입궐해서야 국왕이 러시아 공사관으로 갔다는 사실을 알았다. 구수회의^{鳩首會議}를 열었다.

"총리대신에게도 알리지 않으시고 이 무슨 일인가?"

"아무래도 이상합니다. 음모가 있는 것 같소이다."

"친러파 이범진이 귀국하였다 하는데 … 아라사 대사관에 들어앉아 베베르와 짜고 술수를 부리는 것 아니겠습니까?"

"총리대신인 내가 가만히 앉아 있을 수는 없소. 상감마마를 알현해 직접 자초지종을 확인해야겠소."

김홍집은 대신들의 만류를 뿌리치고 정병하와 함께 경복궁을 나섰다. 이들은 광화문을 나가려다 경무청 순검에게 붙잡혔다. 군중 가운데 보부상인 듯한 털보가 외쳤다.

"왜놈 앞잡이, 저놈들을 때려잡아라!"

김홍집과 정병하는 흥분한 군중에게 둘러싸여 뭇매를 맞아 눈알이 터지고 척추가 부러지며 곧 숨통이 끊어졌다. 순검들은 이를 방치했다. 이미 경무관에게서 언질을 받은 바 있다.

"개입하지 말고 느긋이 구경만 하게나."

김홍집과 정병하의 시체는 손발이 묶인 채 광화문에서 종로까지 끌려가 종각에 며칠 동안 방치된다.

탁지부 대신 어윤중^{魚允中}도 고향인 보은으로 달아나다 용인에서 지방민들에게 붙잡혀 온몸에 몽둥이찜질을 당해 숨졌다. 청렴한 사또로 여러 지역에서 존경받던 어윤중도 이렇게 처참한 최후를 맞았다. 유길준은 일본으로 망명을 떠났으며 김윤식은 제주도로 유배되었다. 주미 공사로 미국에 머물던 서광범은 현지에서 망명의 길을 택했다.

고종은 김홍집 내각의 핵심 대신들을 제거한 후 박정양을 내부대신 겸 총리대신 서리에 임명했다. 또 이완용에게 외부대신, 학부대신 서리, 농상공부대신 서리 등 감투 3개를 한꺼번에 씌워준다. 이완용의 형 이윤용은 군부대신 겸 경무사로 임명했다.

친일파가 물러나고 친러파, 친미파 인사들이 중용됐다. 4개월 전 왕후 살해사건이 일어났을 때 친러파, 친미파가 외국 공사관으로 피신한 것과 반대현상이 나타났다.

"단발령을 철회하노라. 상투를 자르든 그대로 두든 마음대로 하라."

친러 내각은 민심을 수습하려고 의병 항쟁의 불쏘시개가 된 단발령을 철회했다. 러시아는 조선 내정에 직접 손대지 않고 원격 조종하는 방법을 썼다. 일본은 친러 정부를 견제할 방도가 없어 러시아와 협상을 벌였다. 조선의 내정을 둘러싸고 남의 나라끼리 줄다리기를 하는 형국이 되었다.

이범진 등 친러파와 이완용 등 친미파는 국모참살의 원수를 갚는다는 구실로 아관파천을 추진했다. 이는 바깥에 내거는 명분일 뿐 사실은 러시아의 힘으로 친일파 정권에게서 권력을 빼앗으려 한 것이다.

고종이 러시아공사관에 이듬해인 1897년 2월 20일까지 약 1년간 머문 것은 국가체면을 깎았다. 열강들은 조선이 독립국으로서의 자격이 있는지 의심했다.

러시아가 일본을 견제함으로써 조선 국왕의 운신 폭이 넓어진 것은 사실이다. 러시아와 일본의 세력균형이 이루어진 이 시기부터 1904년 러일 전쟁이 일어날 때까지 8년간은 정부가 어느 정도 자주성을 높일 수 있었던 시기였다.

고종은 러시아 공사관에 온 뒤로는 단잠을 잤다. 문안을 올리러 온 베베르 공사에게 고마움을 털어놓았다.

"위패韋貝(베베르) 공사, 이젠 마음 놓고 식사할 수 있게 됐소."

베베르는 지하에 있는 방 4개를 제공했다. 집무실, 침실, 엄 상궁 침실, 궁녀 침실로 사용하도록 했다.

고종과 왕세자는 혈색이 좋아졌다. 고종은 기름진 서양요리를 맛보면서 원기를 회복했다. 수라상은 엄 상궁이 직접 챙겼다.

엄 상궁은 러시아 공사관에서 임신한다. 이렇게 해서 태어난 아기가 영친왕 이은李垠이다. 엄 상궁의 호칭도 '엄비'로 격상된다.

11

피투성이 시신 2구가 종각 안에 걸렸다. 종각 천정에서 늘어뜨린 줄에 매달려 대롱대롱 걸려 흔들린다. 머리는 으깨지고 복부에서 내장이 흘러나온 상태다. 서재필은 아관파천 사건이 일어난 1896년 2월 11일 낮 종각 앞을 걸어가다가 김홍집과 정병하의 시체를 보았다.

'법에 의하지 않고 이렇게 사람을 때려죽이는 게 조선의 현실인가. 시신을 백주白晝 대로大路에 걸어놓다니 얼마나 야만적인 행위인가.'

서재필은 충직했던 신료를 가차 없이 처단하는 국왕의 전횡에 진절머리가 났다.

'이 나라엔 인권이나 인명존중 같은 개념이 없는가. 왕정 대신 민주공화제는 이 땅에 언제쯤 정착할까?'

서재필은 아관파천의 전모를 전해 듣고는 개탄했다. 국왕이 남의 나라 공관에 몸을 의탁하다니 이러고서도 독립국가라 할 수 있는가. 한동안 망연자실하다가 한편으로는 다행스럽게 느껴졌다.

'일본세력이 위축되겠지. 나를 해치려는 일본인 낭인들은 활개 치지 못할 것이고 … 신문발행을 방해하지도 못하겠지.'

유길준이 일본으로 망명한 것이 마음에 걸리긴 했으나 다행히 윤치호가 학부대신 서리 겸 학부협판으로 임명되었다. 서재필은 윤치호를 만나 신문발행에 대해 논의했다.

"국고에서 신문발행 자금을 지원한다고 했다네. 박정양 대신이나 이완용 대신의 견해는 어떤가?"

"두 분 모두 신문발행에 대해 찬성하십니다. 지금 제가 박정양 총리 대신을 만나러 가는데 동행하시지요."

윤치호의 안내로 서재필은 박정양의 집무실로 들어갔다. 박정양은 '미국 물'을 마셔본 인물답게 세련된 옷차림이었다. 양복 윗주머니에는 하얀 행커치프를 꽂아 멋을 부렸다. 뒤로 빗어 포마드를 바른 머리칼은 번들번들했다.

"자네가 화성돈(워싱턴)에서 공부할 때 나도 바로 지척에 있었는데 그때는 인연이 닿지 않아서인지 못 만났지. 신문을 발행한다고?"

"잘 아시겠지만 개화를 추진하려면 신문이 꼭 필요하지요."

"신문발행 자금을 정부에서 지원하겠네."

서재필은 이어 이완용을 만났다.

"형님께서 이렇게 국가요직에 계시니 마음이 든든합니다."

"같은 서당에서 뒹굴던 어린 시절이 생각나는구먼 …."

"형님의 서예는 군계일학이었지요. 요즘도 서도에 심취하십니까?"

"그럴 시간이 없다네. 신문발행, 어떻게 되는가?"

"인쇄기를 곧 마련하겠습니다."

"건물도 구해야 하고 글 쓰는 사람들도 뽑아야지. 자금은 정부에서 지원할 테니 걱정 말게. 그리고 … 이것은 개인적으로 쓰시게나."

이완용은 서재필이 자리를 뜰 때 두툼한 돈 봉투를 건네주었다.

"사양하겠습니다."

12

정동의 자그마한 언덕에 러시아 공사관이 자리 잡았다. 건물 외벽에 하얀 회칠을 해서 멀리서 보면 이국적인 분위기로 주위를 압도하며 우뚝 솟았다.

"누구요?"

목에 힘이 잔뜩 들어간 러시아 경비병이 퉁명스럽게 물었다.

"조선 국왕을 알현하려 왔소."

서재필은 대답하면서 경비병을 노려보았다. 촌티를 풍기는 경비병은 눈싸움에서 지지 않겠다는 듯 시퍼런 눈알을 데굴거렸다.

"출입신청서를 작성하시오. 허락이 떨어져야 들어갈 수 있소."

한참을 기다려도 소용없었다. 다시 물어봐도 경비병은 무뚝뚝하게 대했다.

"이렇게 무례할 수가 ….."

서재필이 얼굴을 찌푸리며 서 있을 때 어느 서양인 여성이 다가왔다. 화려한 레이스가 달린 치마를 입고 넓은 챙 모자를 썼다. 투명한 살결과 긴 속눈썹이 돋보인다. 그녀는 음식물을 담은 큼직한 바구니를 들었다. 천으로 덮은 바구니에서는 고소한 냄새가 흘러나왔다.

"공사관에 들어가십니까?"

"예, 코리아 대군주 폐하를 뵈려고요."

"실례지만 무슨 일을 하시는 분입니까? 저는 미국에서 온 제이슨이라는 사람입니다만 ….."

"앙투아네트 손탁이라고 해요. 이 근처에서 정동구락부를 운영하고 있어요. 제 언니가 베베르 공사의 부인이죠."

"귀하는 러시아 인입니까?"

"아뇨, 독일 태생입니다. 형부가 코리아에 부임할 때 저도 함께 왔지요. 형부는 독일계 러시아인이랍니다."

"저도 국왕을 만나러 왔는데 경비병들이 너무 무뚝뚝해서 ⋯."

"제가 말해 볼게요."

손탁이 러시아어로 경비병에게 서재필을 빨리 들여보내라고 부탁하자 곧바로 문을 열어주었다.

서재필은 손탁과 함께 공사관 안으로 걸어 들어갔다.

"바구니에 음식이 들었나요?"

"상감마마께 올릴 수라예요. 저희 정동구락부 주방에서 정성스럽게 조리했답니다."

"국왕께서는 서양음식을 잘 드시는지요?"

"요즘엔 아주 좋아하신답니다. 식사 후 디저트로 쿠키를 즐겨 드시고, 커피도 꼭 마시지요. 돌아가신 왕후마마도 서양식에 한창 맛을 들이셨는데 ⋯."

"왕후도 자주 알현하셨나요?"

"제 언니는 무시로 드나들었답니다. 저도 마찬가지였지요."

"총애를 받았군요."

"저는 왕궁의 외국인 접빈 책임자로 임명되기까지 했어요. 왕후께 서양음악이나 그림에 대해 말씀드리기도 했고요. 서양식기와 가구를 도입하는 일도 맡았지요."

경쾌한 목소리로 또박또박 말하는 손탁은 붙임성이 뛰어난 여성이었다. 독일 여성은 무뚝뚝하다는 편견이 깨졌다.

"독일 어느 지방에서 태어났는지요?"

"알자스로렌 지방에서요."

"독일과 프랑스 국경지역?"

"예, 맞아요. 중세 이후 프랑스 땅이 되었다가 독일 땅이 되었다가 한 곳이죠. 주민들은 독일어와 프랑스어, 모두 구사한답니다. 정치인들은 애국심을 강조하지만 저희 주민들이야 프랑스면 어떻고, 독일이면 어때요, 평화로운 삶을 원할 뿐이죠. 전쟁은 지긋지긋해요."

"조국, 모국이란 개념이 없다는 뜻인가요?"

"그렇습니다. 제 성명을 보세요. 성姓은 독일식이지만, 이름은 프랑스식이에요. 제 조국은 독일도 되고 프랑스도 됩니다."

"독일과 프랑스 … 앙숙관계인데 양국을 모두 사랑한다니 …."

"굳이 강조하자면, 저는 사해四海 동포주의를 신봉하지요."

서재필은 당돌한 발언을 하는 손탁에 대해 호기심이 생겼다. 러시아 공사관 입구에서 본관까지 뻗은 야트막한 언덕길을 함께 걸어 올라가면서 손탁을 흘깃흘깃 살폈다.

손탁은 서재필에게서 남성적인 매력을 발견했다. 여느 조선인과 달리 쭉 뻗은 체격에 품격 있는 매너를 갖추었기 때문이다. 가슴이 뜨거워진 손탁은 일부러 천천히 걸으며 대화를 이어갔다.

"저희 정동구락부에 한 번도 안 오셨지요?"

"저는 작년 말에야 조선에 왔답니다."

"꼭 들러주세요. 외교관들이 막후 외교활동을 벌이는 사교장이랍니다. 호호호 …."

손탁은 바구니를 열어 종이에 싼 과자를 건네주었다.

"나중에 맛보세요."

"이게 뭡니까?"

"마카롱이라는 프랑스 스타일 과자예요. 프랑스 수도사가 개발한 것인데 천상天上의 음식인 듯 환상적인 맛을 낸답니다."

"상감마마께 진상할 음식을 제가 먹으면 불경스러운데요."

"딱 한 개이니 맛만 보시란 겁니다."

고종은 공사관 구석방에 갇힌 신세였다. 고종의 얼굴엔 개기름이 번들거렸다. 고종 옆에는 아관파천 직후 법부대신에 기용된 이범진이 서 있었다. 그는 대원군 집권기에 훈련대장을 지낸 이경하가 진주晉州에 근무할 때 애첩 몸에서 태어나 이름에 진晉이라는 글자가 붙었다.

서재필은 이범진을 보자 천주교도를 대학살大虐殺한 그의 아버지 이경하가 떠올랐다. 아마 태희 누나의 친부모도 이경하의 광기 어린 칼날 아래 목숨을 잃었으리라. 대원군이 이경하를 총애한 이유는 '사람을 잘 죽여서'였다는 것 아닌가. 서재필이 이범진을 쏘아보자 이범진도 도끼눈을 부릅떴다. 고종은 이에 아랑곳 않고 서재필에게 말을 걸었다.

"과인이 요즘 몸이 무겁고 피곤해서 견딜 수가 없소. 경이 진맥을 좀 해보시오."

"진맥보다는 청진기를 쓰겠습니다."

"그렇지. 알렌 공사도 청진기를 쓰더니⋯."

고종의 몸을 살피니 당뇨병 증세가 두드러졌다. 영양과잉에 운동 부족 탓이었다. 컴컴한 실내에 오래 머무는 것도 건강에 나빴다.

"수라를 드실 때 기름진 고기 대신에 콩, 채소, 보리밥을 즐겨 드셔야겠습니다."

이런 처방을 엿들은 이범진이 눈에 불을 켜고 쏘아붙인다.

"중놈들이나 먹는 풀뿌리 따위를 수라상에 올리라고?"

고종은 뭔가 망설이는 눈치더니 목소리를 낮추었다.

"경이 서양의술을 배웠다고 하니 왕세자가 후사後嗣를 볼 수 있겠는지 각별히 신경을 써서 진찰해 주시오. 이 아이를 보면 아비로서 가슴이 찢어진다오."

고종은 눈시울을 붉히며 명성황후가 낳은 왕세자 이척李坧을 불러 세웠다. 서재필은 왕세자를 침실에 데리고 가서 눕혔다.

"왕세자 마마, 아랫도리를 벗으시지요."

서재필의 카리스마에 압도된 왕세자는 순순히 바지를 훌러덩 벗었다. 고환이 대추만하게 새카맣게 말라붙어 있었다. 잠지도 새끼해삼처럼 작고 흐물흐물했다. 선천성 고자鼓子였다. 이 왕세자가 조선의 마지막 국왕 순종純宗이다.

'황후는 이 아이가 낫도록 하기 위해 내탕금이 바닥날 정도로 굿판을 벌였지. 미친 짓처럼 보였지만 고환을 만져보니 어미의 찢어지는 심경이 이해되는군. 쯧쯧….'

진찰을 마친 서재필에게 고종은 애타게 물었다.

"양방으로 고칠 방도는 없겠소?"

"아뢰옵기 황송하오나 화타가 살아나도 어렵겠습니다."

고종은 눈을 질끈 감고 이마에 손을 얹는다. 눈가에 물기가 퍼지더니 코를 훌쩍인다.

서재필은 잠시 입을 다물었다가 진언했다.

"대궐로 돌아가셔서 중심을 잡으셔야 하옵니다. 넓은 근정전, 인정전을 두고 무엇이 두려워 이 골방에 앉아 계십니까?"

이렇게 아뢰고 물러서려 할 때였다. 다혈질인 이범진이 고종 옆에 다가가더니 서재필이 들으라는 듯이 말했다.

"저놈은 여전히 역적이옵니다. 이 위험한 때에 전하께 환궁을 재촉하다니 고약한 망언입니다."

그 말을 듣는 순간 서재필은 분노가 치밀었다.

'나를 칭하여 저놈이라고 ···. 저런 상스런 말을 국왕 귀에 소곤거리는 인간이 고관으로 있다니 이러고서도 나라가 온전할 수 있겠는가.'

서재필과 이범진의 눈길이 다시 마주쳤다. 서재필의 눈에서 분노의 불길이 뿜어나오자 평소 기세등등하던 이범진이 움찔했다. 이날 이후 이범진은 서재필에 대한 험담을 여기저기서 하고 돌아다녔다.

"거만한 인간이야. 외신外臣 행세를 하며 상감마마를 업신여겼어. 소여물을 수라상에 올리라고 한 돌팔이야. 양의랍시고 무엄하게도 왕세자 마마의 불알을 주물럭거리기도 했어. 상종 못할 인간 말종이지."

이범진은 자신이 아관파천의 주역이라는 부담감 때문에 늘 불안했다. 조선에 머물면 봉변을 당할 것 같아 아관파천 5개월 후에 주미 공사를 자원해서 미국으로 떠난다. 그 후 이범진은 러시아 공사로 부임해 조선의 국권을 살리려 러시아 황제를 접촉하는 등 나름대로 안간힘을 쓴다. 훗날 이범진은 1910년 한일합방 소식을 듣고 상심한 끝에 이듬해 상트 페테르부르크에서 자결한다.

서재필은 러시아 공사관에서 나와 언덕길을 내려오면서 손탁에게서 받은 마카롱을 입에 넣었다. 몽환 속에서 먹는 것 같은 달콤한 맛이었다. 손탁의 우아한 체취가 배어서 그런가 ···.

13

정동에 있는 허름한 한옥 건물에서는 홍소哄笑가 연일 흘러나온다.

"신문사 건물로 딱 어울리네요. 하하하 ….."

"지금은 텅 비었지만 인쇄기를 넣고 직원들을 뽑으면 꽤 북적거릴 거외다. 허허허 ….."

러시아 공사관이 지척에 있는 정부소유 건물이다.

서재필은 일본 오사카에 신문제작용 인쇄기를 주문했다. 신문제호題號는 '독립신문'으로 정했다. 조선을 독립국가로 우뚝 세워야겠다는 염원을 담은 것이다.

회계와 교정校訂 업무를 맡을 직원으로 배재학당 학생 주상호周相鎬를 뽑았다. 주상호는 훗날 이름을 주시경周時經으로 바꾸고 한글 보급 활동을 펼치는 주인공이 된다.

"신문을 한글로 만들어 만백성이 쉽게 읽도록 할 것이야."

"세종대왕께서 한글을 창제하신 것도 바로 그런 뜻입니다."

"자네 손에 든 보따리, 그게 뭔가?"

"한글자료가 들었답니다. 늘 이것을 들고 다닌다 해서 제 별명이 '주보따리'랍니다. 한글신문을 위해 몸과 마음을 바치겠습니다."

기자로는 손승용孫承鏞 등을 선발했다. 신문창간을 준비하느라 동 분서주하는데 언더우드 목사가 찾아왔다.

"제가 도울 일은 없을까요?"

"영어 능통자를 찾아주시겠습니까? 영어로도 발행하려고요."

"제가 운영하는 야소교 학당에 영어를 잘하는 학생이 있답니다."

언더우드가 추천한 이가 김규식金奎植이었다. 만 15세의 앳된 소년 으로 얼굴이 하얗고 눈동자가 맑아 귀공자풍이다. 그를 영어사무원 겸 회계원으로 뽑았다.

"김 군이 언더우드 목사님 학당에 들어간 사연은?"

"제 가친 이야기부터 하겠습니다. 동래부 관리였던 엄친께서는 일본과 비밀거래를 하는 동료 관료들의 부패행위를 상소했는데 이것이 화근이 되어 모함을 받아 유배당하셨답니다. 모친은 제가 여섯 살 때 별세하셨고요."

"춘부장은 지금 어디에 계신가?"

"유배에서 벗어나셨다가 제가 아홉 살 때 돌아가셨습니다. 천애고아지요. 언더우드 목사님 부부를 부모처럼 여깁니다."

"그 학당에 학생들은 몇 명이나 있는가?"

"25명입니다. 저희들은 매일 새벽 3시에 일어나 날이 밝을 때까지 한문을 익히고 기도를 한 다음 아침식사를 합니다. 오전에는 영어와 성경을 공부하고, 오후엔 서예연습을 합니다."

김규식은 독립신문사에 잠시 근무하다 이듬해인 1897년 미국 동부 버지니아 주에 있는 로노크대학Roanoke College 예과에 입학한다. 김규식의 유학준비에 서재필이 앞장서 돕는다. 김규식은 로노크대학에서 고종의 다섯째 아들 의친왕 이강李堈과 함께 공부한다. 훗날 김규식은 외교분야에서 독립운동가로 맹활약한다.

"인쇄기가 제물포항에 도착했다고? 내가 그곳으로 가야지."

서재필은 인쇄기를 소달구지에 실어 서울로 운반해 왔다. 인쇄기를 설치해 놓았으나 다룰 줄 아는 사람이 없었다. 서재필이 지침서를 처음부터 끝까지 꼼꼼하게 읽으며 작동법을 익혔다. 채자採字, 조판 등 인쇄 기초작업도 손에 기름을 묻혀 가며 체득했다.

신문은 한글과 영문을 겸해서 발행하기로 했다. 4개 면으로 된 타블로이드판으로 3개 면은 한글로, 나머지 1개 면은 영문으로 구성했다.

영문판 교정은 외국인 학교의 영어교사 호머 헐버트에게 맡겼다. 미국 다트머스대학과 유니언 신학교를 졸업한 헐버트는 1886년 조선에 온 이후 여러 학교에서 영어를 가르쳤다. 그는 1907년 네덜란드 헤이그에서 열린 만국평화회담에 이상설, 이준, 이위종 등과 함께 밀사로 파견됐다. 그는 한국민요 아리랑을 서양악보로 옮기는 등 한국을 세계에 알리는 데 앞장섰다. 훗날 청량리 위생병원에서 별세한 헐버트의 시신은 양화진 외국인 묘지에 안장된다. 그의 묘비에는 '나는 웨스트민스터 성당보다도 한국 땅에 묻히기를 바라노라'고 새겨져 있다.

서재필은 창간호 1면 머리에 실을 창간 논설을 작성하기 위해 며칠째 새벽에 일어났다. 기氣체조와 택견 기본동작으로 몸을 풀고 목욕을 한 다음 깨끗한 옷을 입고 책상 앞에 반듯이 앉았다. 여러 차례 퇴고를 거듭한 끝에 다음과 같은 원고를 완성했다.

〈독립신문〉 창간호를 내면서 우리는 이 신문의 주장을 독자들에게 알리는 것이 타당한 것으로 생각한다. 우리 신문은, 첫째로, 불편부당한 독립된 신문이므로 어떤 계급이나 파벌 또는 정당에 편중되지 않고 모든 사람을 동등하고 공평하게 대할 것이다. 둘째로, 우리 신문은 조선인을 위한 조선이라는 주장을 내세우고 있다. 조선이라 함은 서울 사람만을 말하는 것이 아니라 지방 사람들도 의미한다. 우리는 백성과 정부 사이의 올바른 이해가 양편에 모두 이익을 줄 것이라 믿기 때문에 이 양자 사이의 사실적인 정보의 원천 역할을 하도록 노력할 것이다. 셋째로, 이 신문이 최대한 많은 사람들에게 구독되도록 하기 위해 우리는 신문값을 최소로 정하고, 한자 대신 한글을 쓰기로 하였다. 우리 백성들이 배우기 쉬울 뿐 아니라 세계 각국 글자들 가운데서 가장 훌륭한 한글을 무시해서는 안 된다. 넷째로, 우리는 사실만을 보도할 것이다. 즉, 관직이나 사회적 지위를 불문하고 그들의 모든 선행과 비행을 알리는 동시에 부당한 대우를 받는 자가 있다면 가장 비천한 사람이라 할지라도 우리는 그 사람을 옹호할 것이다.

신문에 영문판도 첨부하고 있다. 우리는 이것이 온 백성과 외국인들에게 모두 유익할 것으로 믿는다.

우리는 이 논설을 끝내기 전에 대군주 폐하께 송덕하고 만세를 부르노라.

14

1896년 4월 7일, 〈독립신문〉 창간호가 나왔다.

서재필은 윤치호, 주시경, 김규식, 헐버트 등과 함께 기름 잉크냄새가 물씬 풍기는 창간호를 살펴보았다.

"드디어 독립신문이 나왔소! 잉크냄새가 이렇게 향긋할 수가 … 코리아에서 발행된 최초의 민간신문이오."

서재필은 손과 콧잔등에 묻은 시커먼 잉크자국을 아랑곳 않고 목소리를 높였다.

〈독립신문〉은 발행되자마자 세간의 이목을 집중시켰다. 창간호 300부가 사흘 사이에 매진되었다. 지방에는 미처 보급하지도 못했다.

"이것이 신문이라는 건가?"

대다수 백성들은 신문이라는 말도 들어보지 못할 때였다. 호기심에서 사보는 이도 적지 않았다. 정기구독 신청자가 몰려들었다. 발행 부수를 1천 부로 늘렸다.

인기를 끈 이유는 무엇보다 신문값이 싸다는 점이다. 1부에 1전이었다. 신문에는 세상 이야기가 가득했다. 〈독립신문〉은 읽기 쉬운 한글로 만들어졌기에 대중에게 가까이 다가갔다. 신문을 산 사람은 다 읽은 다음 친지와 이웃들이 읽도록 건네준다. 돌려 읽기를 하므로 신문 1부의 독자는 200명가량으로 추산되었다.

손승용 기자는 서울시내 각 상점과 시장을 돌아다니며 그날의 물가 시세를 조사하여 신문에 게재했다. 다른 기자는 관청을 출입하면서 인사발령 사항 등 관청 정보를 적어왔다. 기자 명칭으로는 처음엔 '보고원'으로 썼다가 '탐보원', '탐보인', '기자' 등으로 바꾸었다. 〈독립신문〉의 논설은 거의 서재필이 집필했다. 가끔 주시경도 논설을 썼다.

창간 당시 신문값은 가판의 경우 동전 한 푼(1전), 정기구독이면 월 12전, 연 1원 30전이었다. 1장의 제작비가 1전 6리였으므로 1장에 6리의 적자가 생긴다. 광고수입으로 이 적자를 메웠다. 가판 판매자에게는 20%의 이윤을 주었다. 100장을 가져가는 가판 판매자에게 80장의 대금만 받는 방식이다.

서재필은 가판 판매자들을 불러 신문 파는 요령을 가르쳤다.

"신문, 독립신문이오! 한 장에 한 푼씩이오! 이렇게 크게 외치면서 팔란 말이오. 여러 사람 앞이라 해서 쑥스러워 해서는 아니 되오."

인쇄공 8명을 채용했으나 이들은 툭하면 게으름을 피웠다. 서재필이 나타나면 일하는 체하다가 돌아서면 곧바로 잡담을 나누거나 자기들끼리 장난을 쳤다. 낮잠 자는 것을 당연시하는 직공이 대부분이었다. 지각, 조퇴, 결근을 밥 먹듯 했다. 분초를 다투어 제때 인쇄해야 하는데 이들이 빈둥거리는 바람에 서재필이 직접 인쇄기를 돌리기도 했다.

신문은 1주일에 3번, 화·목·토요일에 냈다. 논설, 광고, 물가 시세, 관보, 외국통신, 잡보 등을 실었다.

당시 조선에서는 개항 도시를 중심으로 일본계 신문들이 발행되었다. 서울의 〈한성신보〉, 제물포의 〈조선신보〉는 일본 상인들의 이익을 대변하는 대표적인 신문이었다.

"일본계 신문만 보다가 독립신문을 보니 속이 후련하구먼!"

독자들의 반응이었다. 외교사절들에게 영문판 〈독립신문〉은 조선을 이해하는 데 큰 도움을 주었다.

〈독립신문〉이 창간되고 며칠이 지난 후 정동구락부 주인 손탁이 신문사로 찾아왔다. 화려한 레이스가 달린 하얀 치마를 입고 핑크빛 양산을 든 모습이다.

"창간을 축하해요. 조선사정을 파악하는 데 큰 도움이 되네요."

"정기구독하시겠소?"

"정동구락부 홀에도 비치하고 숙박 손님이 묵는 객실용으로도… 10부를 신청합니다."

"10부씩이나? 최다 신청자입니다. 감사합니다."

"감사하기는요. 좋은 신문을 저희 손님에게 제공하는 것인데요. 그리고 이것, 제 작은 정성입니다. 독립신문 창간기념 축하 케이크…."

손탁은 종업원이 들고 온 바구니를 열었다. 꽃모양으로 만든 큼직한 케이크가 나타났다.

"이렇게 아름다운 케이크는 처음 봤소."

"저희 가문에서 오랫동안 전수된 제조법으로 만든 것이랍니다."

"귀한 선물을 주셔서 감사하오만, 좀 부담스럽소. 제가 정동구락부에 자주 가지도 못하는데 ….”

"이제 단골손님이 되셔야지요.”

"독립신문 독자가 3천 명을 돌파하면 축하연을 정동구락부에서 열도록 하겠소.”

"그날을 손꼽아 기다리겠어요.”

〈독립신문〉에 공개적으로 반기를 드는 축도 있었다. 수원에 사는 김현기, 김창해, 조석윤 등 3인은 연명으로 상소문을 냈다. 이들은 "갑신역당을 토죄討罪하고 독립신문을 폐간하도록 하라!”고 촉구했다.

15

독립신문사 사장실.

말이 사장실이지 가로 세로 각각 2미터가량의 좁은 공간이다. 그 가운데 작은 책상과 의자가 놓여 있다.

정밀靜謐한 새벽, 결빙結氷 직전 같은 팽팽한 긴장감 속에서 사설을 집필한다. 이럴 때면 쿵쿵, 심장의 벅찬 고동소리를 느낀다. 펜촉에 잉크를 묻혀 원고지 위에 한 글자씩 또박또박 써내려 간다. 문득 '펜은 칼보다 강하다(The pen is mightier than the sword)'라는 글을 휘갈겨 썼다.

인권, 법치주의, 위생, 경제개발 …. 조선인들에게는 생소한 개념이다. 서양이 근대화하면서 쌓은 역사적 산물이다.

'이런 개념을 조선에 널리 전파해야 하지 않겠나! 민주주의, 공화제 …. 군주제 국가에서 이를 들먹였다가는 반역혐의를 받겠지? 바람직한 정체政體가 공화제임은 확신하지만 바깥으로 드러낼 때는 에둘러

표현해야겠지?'

4월 12일 제3호의 논설에서는 충신과 역적에 대해 썼다. '국법에 기준을 두고 그 나라의 법률을 지키면 충신이고, 법률을 지키지 않으면 역적이다'고 역설했다.

제4호 논설에서는 정치학이란 학문에 대해 설명하고 '조선 정치가는 근대 정치학을 배워야 한다'고 촉구했다.

'우리가 바라건대 정부에 계신 이들은 나라가 잘 되기를 바란다면 관찰사와 군수들을 자기들이 천거할 것이 아니라 각 지방 백성들이 그 지방에서 뽑게 하면 국민 간에 유익한 일이 있음을 불과 1, 2년 동안이면 알 것이다'면서, 민간인에 의한 선거를 주장하였다.

이런 주장은 독자들에게 신선한 충격을 주었다.

"생전 처음 듣는 주장이로고 ···. 관찰사나 군수를 우리 손으로 뽑는다고? 말씀만 들어도 속이 후련하군!"

제5호 논설은 한술 더 떠 '관찰사와 군수는 임금이 백성에게 보내신 사신이며, 법을 지키는 백성에게는 종'이라면서, 관헌은 공복公僕에 불과함을 설명했다.

"천지개벽할 소리 아녀? 벼슬아치들이 우리 백성들의 종이라니 ···."

기존 관료들은 〈독립신문〉의 이런 논설에 대해 긴장하기 시작했다. 일부 관료들은 서재필을 노골적으로 비난했다.

"이 무슨 해괴한 주장인가? 관찰사와 군수를 백성들이 뽑다니! 갑신정변 대역죄인 서재필은 여전히 역심逆心을 품은 위험한 인물이야."

제7호에서는 여성 교육과 여성 인권에 관한 논설을 실었다.

세상에 불쌍한 인생은 조선 여편네니, 우리가 오늘날 이 불쌍한 여편네들을 위하여 조선 인민에게 말하노라. 여편네가 사나이보다 조금도 낮은 인생이 아닌데 사나이들이 천대하는 것은 다름이 아니라, 사나이들이 문명개화가 못 되어 이치와 인정은 생각지 않고 다만 자기의 팔힘만 믿고 압제하려는 것이니, 어찌 야만에서 다름이 아니리오. 조선 부인네들도 차차 학문이 높아지고 지식이 넓어지면 부인의 권리가 사나이 권리와 같은 줄을 알고 무리한 사나이들을 제어하는 방법을 알리라. 그러기에 우리는 부인네들께 전하오니, 아무쪼록 학문을 높이 세워 사나이들보다 행실도 더 높고 지식도 더 넓혀 부인의 권리도 찾아라.

이 사설이 나간 날 오후에 독립신문사에 이화학당 여학생 5명이 찾아왔다. 모두 얼굴이 새카맣고 체격이 자그마했다. 대표격인 학생은 울어 벌겋게 된 눈으로 말했다.

"서재필 선생님을 만나고 싶습니다. 논설을 읽고 감동했습니다."

비좁은 사장실에 여학생들이 들어오자 모두 앉을 자리도 없었다.

"서양에서는 여성들의 역할이 매우 중요하다네. 장차 여러분도 조선의 개화에 한몫을 할 때가 올 것이니 부지런히 공부하시게. 혼인 이후에 직업을 가지면 좋지."

여성독자들의 감사편지가 신문사에 몰려들었다. 이 가운데 양현당養賢堂이란 아호를 가진 김씨 부인은 자신의 재산을 털어 여학교를 짓겠다고 밝혔다. 양현당의 글씨가 태희의 필체와 비슷해 주소지를 찾아갔으나 다른 사람이었다.

'태희 누나도 독립신문을 보고 있을까? 심인尋人광고를 내볼까?'

그렇게 애를 태우기만 했다.

양현당 김씨 부인은 1897년 정선貞善여학교를 세워 올데갈데없는 여자아이들을 모아 먹여주고 입혀주며 국문·한문·산술·침선針線·여공女紅 등을 가르쳤다. 여성교육에 관심이 많아 숙명여학교, 진명여학교를 세운 엄비가 정선여학교 운영에 보태 쓰라고 뭉칫돈을 주기도 했다. 이 학교는 서울 승동承洞에 있어 승동여학교라고도 불렸는데 양현당이 1903년 타계하자 문을 닫았다.

서재필은 강연회에서 한국인의 우수성을 강조했다.

"조선 사람은 동양 각국 사람과 비교하면 중국인보다 더 총명하고 부지런하고 깨끗하고, 일본인보다는 체격이 크고 튼튼해서, 교육을 잘 시키고 의복, 음식, 거처를 제대로 한다면 동양인 중에 제일가는 인종이 될 것입니다."

16

야트막한 언덕 위에 붉은 벽돌 건물이 파란 하늘을 배경으로 우뚝 솟아 있다. 교정 마당에 그득 핀 하얀 수국, 분홍색 금낭화가 늦봄 훈풍 물결에 따라 현란한 춤을 춘다.

"내가 다니던 힐먼 아카데미와 흡사하군."

서재필은 배재학당에 들어서면서 독백했다. 〈독립신문〉을 창간한 지 40여 일이 지난 1896년 5월 21일, 그는 배재학당에서 처음 강연을 했다. '서재필의 목요강좌'를 맡았다. 아펜젤러 목사가 그를 안내했다.

"배재학당은 영어부와 한문부로 나뉘어져 있습니다. 학생은 160명이고, 교사는 미국 선교사 2명, 한국인 5명입니다."

"학생들은 영어강의를 알아듣나요?"

"영어실력이 천차만별입니다. 몇 년째 배워도 도통 못 알아듣는 학생이 허다하지요. 예외적으로 이승만이라는 학생은 특출납니다. 8개월이 지나자 꽤 유창하게 구사하더군요. 워낙 총명해서 영어 초급교사로 활동하도록 했답니다."

배재학당은 1885년 8월 3일, 서울 정동 언덕 위의 조그만 한옥에서 문을 열었다. 미국 북감리회 선교사로 파견된 아펜젤러 목사가 두 청년에게 영어를 가르치면서 개교했다. 배재학당이라는 교명은 고종이 친히 지어주었다. 인재人材를 배양培養하라는 뜻이다. 이 학교는 조선 최초의 근대 사학이다.

아펜젤러가 개교할 때는 좁은 한옥 방의 벽을 헐고 두 방을 합쳐 교실로 사용했다. 첫 입학생인 이겸라, 고영필은 영어를 배운 뒤 양의洋醫가 되겠다는 꿈을 가진 청년이었다. 아펜젤러는 그들에게 영어를 가르치며 한국말을 배웠다.

초기의 배재학당 학생들은 도포차림에 갓을 쓰고 장죽을 갖고 다녔다. 쉬는 시간이면 장죽에 담배를 담아 푹푹 연기를 내며 피웠다. 명문가 자제는 하인을 데리고 나와 체육시간에는 정구를 대신 치게 하고 잔심부름을 시켰다. 아펜젤러는 학생들에게 하소연했다.

"하인을 데리고 오지 마세요. 담배 피우는 것은 눈감아 주겠소."

배재학당의 교과목은 영어, 지리, 산술, 맹자 등에서 1893년부터 생리학, 화학, 물리, 음악, 도화(미술) 등이 추가되었다. 양옥 교사도 갖추어 명실상부한 근대교육의 요람으로 탄생했다. 수업시간에 실험, 실습도 자주 했다. 생리학 시간에는 교사가 피가 뚝뚝 떨어지는 쇠머리 표본을 갖다 놓고 이리저리 뒤적거리면서 설명했다. 소나 토끼의 심장을 보여주었고 화학시간엔 간단한 실험을 했다.

1894년 11월엔 훗날 대한민국 건국대통령이 되는 이승만李承晩이 배재학당에 입학했다. 그는 결혼해 아들까지 낳은 19세 청년이었다. 이승만은 과거제도가 없어지자 허탈해하던 중 의형제로 지내는 신흥우申興雨 형제의 권유로 학교에 들어왔다.

이승만은 영어 배우는 속도가 빨라 서양식 병원 제중원에서 일하는 여의사 조지아나 화이팅에게 한국말을 가르치는 아르바이트 교사로 뽑혔다. 이승만은 서양문화를 받아들이는 진취성에서도 앞장서 1895년 가을, 배재학당 학생 가운데는 최초로 상투를 잘랐다. 단발령이 내려지기 몇 달 전의 일이다.

1895년 12월, 명성황후 참살사건이 알려지자 청년 이승만은 울분에 몸을 떨었다. 이승만은 열혈청년들과 더불어 거리에 나서 민중시위를 주도했다. 그는 대한문 앞에서 일본군과 대치하다가 오른팔이 부러지는 부상을 당했다. 함께 시위를 주도한 임감수, 이도철 등은 붙잡혀 처형됐다. 지명수배자 이승만은 황해도 평산에 있는 누나 집에 피신해 3개월을 보냈다. 이듬해인 1896년 2월 아관파천으로 일본 세력이 물러나자 이승만은 배재학당에 다시 나타났다.

아펜젤러 목사가 학생들에게 서재필을 소개했다.

"선생은 조선인으로서는 최초로 서양의사가 된 분입니다. 오늘 여러분을 위해 귀한 시간을 내주셨습니다."

첫날 강연의 연제는 '세계사는 어떻게 발전하고 있나?'로 정했다. 주로 민주주의 발전과정을 설명했다. 이에 덧붙여 조선이 나아가야 할 방향에 대해 역설했다.

"조선이 자강自强, 독립하는 것은 식은 죽 먹기처럼 쉬운 일은 아닙니다. 국민 상하가 합심 협력하여 애국하되 세계 대세에 눈을 떠서 인권을 존중해야 합니다. 국민교육이 중요하고 여성에 대한 종래의 차별을 없애야 합니다. 도로와 수도를 설치해야 하고 의복, 음식, 주거의 위생에 주의를 기울여야 합니다."

강연이 끝나자 박수가 터져 나왔다. 몇몇 학생은 서재필에게 다가와 머리를 꾸벅 숙이며 인사했다. 한국인 교사석에 앉아 있던 어느 청년이 벌떡 일어나 다가왔다.

"저는 이승만이라는 학생입니다. 오늘 큰 깨우침을 얻었습니다. 아직 동서남북 이치를 모릅니다. 많이 가르쳐 주십시오."

"면려勉勵하시오. 세상은 정말 넓다오. 조선은 이 넓은 바다에서 홀로 헤엄쳐서 살아남아야 하오."

강연을 마치고 서재필은 야구 글러브와 배트가 든 가방을 열었다. 아펜젤러가 환호했다.

"야구용품을 갖고 오셨군요! 저는 미처 생각도 못했는데 ⋯."

"운동장에 나가 야구란 어떤 스포츠인지를 보여주십시다."

서재필이 투수를, 아펜젤러가 포수를 맡아 공을 던지고 받았다. 학생들이 돌아가며 배트를 쥐고 타자 역할을 맡도록 했다. 이승만은 배트를 열심히 휘둘렀으나 번번이 헛 스윙했다. 소박하나마 이것이 이 땅에서 야구가 처음 소개되는 광경이었다.

17

서재필은 〈독립신문〉 사설 논제를 무엇으로 정할까 구상하며 종로 거리를 걸었다. 그때 청국상인 가게 앞에서 남루한 옷차림의 50대 중 늙은이가 청국상인에게 매를 맞고 있었다. 서재필이 이들 사이에 끼어들어 조선인 남자에게 물었다.

"왜 그러시오?"

"소생이 물건 구경만 하고 사지 않는다고 상인이 다짜고짜로 때리는 것 아니겠습니까요."

화가 난 서재필은 청국상인에게 너무 심하지 않느냐고 따졌다.

"기분이 나빠서 때렸소. 뭐가 잘못되었소?"

"손님을 때리는 법이 어디 있소?"

뱃살이 출렁거리는 상인은 퉁방울눈을 데굴데굴 굴리며 대꾸했다.

"물건을 사지 않는 사람이 어찌 손님이오?"

"억지 부리지 말고 빨리 저분에게 사과하시오."

"뭐라고? 당신이 뭔데 남의 일에 끼어들어 참견이야?"

상인은 팔을 걷어붙이곤 서재필의 멱살을 잡고 흔들었다. 호신술이 몸에 밴 서재필은 상인의 팔을 비틀어 길바닥에 내동댕이쳤다.

"어이쿠!"

"빨리 사과하시오."

서재필이 다그치자 상인은 상대방의 완력이 자기보다 월등함을 알고는 마지못해 그 중늙은이에게 사과했다.

"고맙구먼유."

"어디 다친 데는 없습니까?"

"괜찮아유. 평생 하도 맞는 데 이골이 나서 이 정도는….”

이 말을 듣고 가슴이 찡했다. 조선 민중이 흔히 당하는 일 아닌가.

서재필은 신문사로 돌아와 5월 21일자 제20호 논설에서 탐욕스런 청국상인들을 예로 들면서 필봉을 휘둘렀다. 서재필은 발로 뛰면서 사회의 여러 병폐를 찾아내고 신랄하게 비판했다.

서재필은 〈독립신문〉 사설에서 '집을 튼튼히 고친 후에 도배와 장판을 해야 한다'고 비유한 뒤 양복 입기와 단발을 촉구했다. 단발령이 유림들의 격렬한 반대로 유보된 데 대한 비판이었다.

이 무렵에 새로 학부대신이 된 신기선中箕善은 〈독립신문〉을 보면 울화통이 터졌다. 그는 신문을 읽다가 벌떡 일어섰다.

"서재필, 그자는 질서를 깨고 권력을 잡으려는 야심가 아닌가? 그자가 주장하는 단발, 한글쓰기, 양복입기, 청국에 대한 조공朝貢 폐지 등을 도저히 받아들일 수 없어."

러시아는 조선이 개화하기를 바라지 않았다. 조선이 어수룩한 상태로 있어야 다루기 쉬워서다. 러시아는 오히려 갑오경장 이전의 수구적 상태로 돌아가도록 부추겼다. 수구파는 이런 분위기 속에서 입지를 넓혀갔다. 신기선도 그런 인물이었다. 장춘사라는 양조회사를 차려 떼돈을 번 신기선은 잇속에 밝은 사람이었다.

신기선은 국왕에게 상소문을 냈다.

"서재필의 주장은 망론妄論에 불과하니 현혹되어서는 아니 되옵니다. 그의 주장이 확산되지 않도록 막아야 하옵니다."

서재필은 〈독립신문〉 발행 이외에 다른 활동에 착수했다.

'독립운동을 힘차게 추진하려면 독립협회를 결성해야 해. 독립문을 세워 우리의 뜻을 확고하게 다지는 것도 필요하겠지?'

서재필은 〈독립신문〉 6월 20일자(제 33호)의 논설에서 독립문 건립의 취지를 실었다. 그 요지는 다음과 같다.

조선 인민들이 독립이라는 것을 모르는 까닭에 외국 사람들이 조선을 업신여겨도 분한 줄을 모르고, 조선 대군주 폐하께선 청국 임금에게 해마다 사신을 보내서 책력冊曆을 타 오시며, 공문에 청국 연호를 썼다.

　조선 인민은 청국에 속한 사람들로 알면서도 몇백 년이나 원수 갚을 생각은 안 하고 속국인 체하고 있었다. 그 약한 마음을 생각하면 어찌 불쌍한 인생들이 아니겠는가.

　청국 사신을 환영하는 영은문을 헐고 그 자리에 독립문을 새로 세워 세계 만국에 조선이 독립국이라는 표를 보이자.

꿈은 사라지고

1

뎅, 뎅, 데엥…. 종소리 여운餘韻이 가위새의 꼬리처럼 길다.

1896년 5월 26일 러시아의 수도 모스크바. 러시아 정교의 본산인 우즈벤스키 사원에서 울려퍼지는 종성鐘聲이었다. 이곳에서는 새 황제 니콜라이 2세의 대관식이 열렸다.

민영환閔泳煥은 조선의 특명 전권공사로 대관식에 참석했다. 조선 주재 러시아 공사 베베르가 고종에게 민영환을 보내도록 건의했다. 민영환은 민씨 척족의 실세인데다 고종의 외사촌 동생이기도 하다.

러시아는 민영환이 러시아의 광대함과 막강한 국력을 직접 확인하게 함으로써 러시아 세력을 조선에 뿌리내리려 했다. 조선으로서도 청국의 속방에서 벗어났음을 알리려 정부 대표를 보내려 했다.

베베르가 러시아 여행을 준비하는 민영환을 만나러 왔다.

"러시아 정부에 융숭한 대접을 하라고 부탁해 놓았습니다."

"대접은 무슨 대접을 …. 우리는 여비를 충분히 갖고 가오. 은괴銀塊

를 외화로 바꾸었소."

"제 젊은 시절의 추억이 담긴 상트 페테르부르크에도 가실 겁니다. 제가 그곳 대학 동방언어학과를 졸업했지요."

"그 도시에는 볼거리가 무엇이오?"

"에르미타주 미술관이 최고입니다. 에카테리나 2세의 이궁으로 지어진 궁전인데, 요즘엔 미술관으로 쓰이지요. 귀중한 작품들이 넘친답니다. 안내원이 잘 구경시켜 드릴 겁니다."

민영환은 학부협판 윤치호를 수행원 겸 통역원으로 삼아 제물포를 떠났다. 관료인 김득련金得鍊과 러시아어 통역관 김도일金道一도 수행원으로 데려갔다. 조선 주재 스테인 서기관이 길 안내를 맡았다.

배로 태평양을 건너 미국 서부 항구에 도착한 민영환 일행은 육로로 미국대륙을 횡단했다. 그는 미국 동부를 거쳐 대서양을 건너 유럽에 갔다. 영국, 프랑스, 독일 등을 두루 둘러본 뒤 러시아로 향했다. 민영환의 이 여행은 한국인 최초의 세계일주였다.

일본 대표로는 노회한 군벌 야마가타 아리토모山縣有朋가 참석했다. 그는 2년 전 청일전쟁에서 일본군 제1군을 이끌고 청군을 평양에서 대파한 데 이어 압록강변까지 내쫓은 장본인이다. 사무라이 출신인 그는 이토 히로부미, 이노우에 가오루 등과 함께 정한론征韓論을 외친 조슈長州 출신 3인방이다.

중국의 이홍장을 비롯한 세계 각국의 거물 인사들도 모여들었다. 이들은 서로서로 만나 오찬, 만찬을 함께하며 외교활동을 벌였다.

머리칼과 눈썹, 콧수염이 허연 야마가타는 주렁주렁 훈장이 달린 군복을 입고 나타나 러시아 외무장관 로바노프에게 은밀하게 제의한다.

"조선땅에서 러시아와 일본 군대가 충돌하면 피차 곤란하지 않겠소? 아예 조선반도를 사이좋게 반반씩 나누면 어떻겠소? 대동강과 원산을 잇는 북위 39도 선을 경계로 북쪽은 러시아가, 남쪽은 일본이 차지하면 되오."

"글쎄요 … 아직 생각해 보지 않아서 …."

로바노프는 대답은 이렇게 했지만 속셈은 달랐다.

'일본이 흑심을 품고 있군. 하지만 이를 받아들일 수 없어. 대 러시아 제국은 조선 전체를 삼켜야지, 반쪽만으로는 배가 부르지 않지 ….'

민영환은 같은 모스크바 하늘 아래 머물면서도 이런 엄청난 음모가 오간 것을 눈치 챌 수 없었다. 민영환은 러시아가 베푸는 호의에 감사하면서 로바노프 장관에게 여러 요구사항을 늘어놓았다.

"조선 국왕의 호위를 러시아 병력이 맡아주시오. 또 정부고문을 보내주시오. 300만 원의 차관도 필요하고 …."

조선이 러시아의 보호국이 되겠다고 자청하는 꼴이었다.

민영환의 여러 요구는 러시아로서는 받아들이기 어려운 것들이었다. 이미 야마가타와 로바노프가 '우리 둘이서 조선은 이렇게 요리하자'고 합의한 바 있어 어느 한 나라가 멋대로 조선에 군사 또는 재정지원을 할 수 없도록 돼 있었다.

이런 사정을 모르는 민영환은 야마가타가 모스크바를 떠난 후에도 2개월 이상 머물며 끈질기게 요청했다. 러시아 관계자들은 두루뭉수리 답변으로 일관했다. 민영환 일행을 여러 곳에 견학시키면서 시간을 슬슬 끌었다.

러시아 외무부는 고종이 러시아 공사관에 계속 머물기를 바랐다. 러시아 군부는 조선에 교관을 파견하고 싶어 했다. 군부의 주장이 먹혀들어 러시아 정부는 교관을 보내기로 결정했다. 이를 일본 정부에 알리면서 "러시아 군사교관의 임무는 조선국왕의 환궁에 대비해 궁궐 경비병 훈련에 국한한다"고 둘러댔다.

일본에서는 이노우에가 보좌관들과 머리를 맞대고 숙의했다.

"모스크바 의정서를 위반한 것이군. 따끔하게 지적해야지."

"그렇기는 합니다만 … 이 제안을 우리가 받아들이면서 조선 국왕이 환궁하도록 하면 어떨까요? 그게 일본에 유리할 것으로 보이는데요."

"좋아. 그렇게 하세."

민영환은 뿌챠타 대령을 단장으로 한 장교 2명, 하사관 10명, 군의 관 1명 등 14명으로 구성된 러시아 군사교관단과 함께 귀국한다.

윤치호는 민영환을 따라 서울로 오지 않고 프랑스 파리로 가 3개월 동안 머물며 프랑스어를 배운다. 영어, 중국어, 일본어에 능통한 윤 치호는 또 다른 외국어 익히기에 도전한 것이다.

서재필은 민영환이 러시아로 떠날 무렵 이완용을 만난 적이 있다.

"민영환 대감이 러시아에 가는 목적은 무엇입니까?"

"비밀인데 … 사실은 러시아 군사교관을 초빙하기 위해서야."

"러시아 공사관에 국왕이 스스로 들어간 것도 부끄러운 일인데, 군 사교관을 부른다면 군사권마저 러시아에 넘겨주는 것 아닙니까?"

"너무 극단적으로 생각하지 말게."

"그 계획을 당장 철회하십시오."

서재필은 이완용에게 그렇게 요청하는 한편 〈독립신문〉 논설에서 이를 주장했다. 공개강연회에서도 이를 거론했다.

고종은 서재필이 러시아 군사교관 파견에 거세게 반발한다는 이야 기를 듣고 눈을 부릅떴다.

"신변에 불안을 느껴 적절한 대비를 한다는데 서재필은 왜 사사건건 반대하느냐?"

고종은 그렇게 역정을 내며 이완용을 불렀다.

"서재필 … 그자는 요즘 과인에 대한 충성심이 사라진 것 같소. 독립신문을 보니 과인을 비방하는 글을 수없이 쓰고 있소. 민주주의니 뭐니 하는 게 바로 그런 것 아니겠소?"

"너무 노여워하지 마시옵소서. 서재필의 충성심은 변함이 없사옵니다. 다만 그가 외국에 오래 나가 있었던 탓에 조선의 사정을 잘 몰라 그릇된 판단을 할 따름입니다."

"과인을 도우라고 신문 만드는 일에 자금을 대주었는데 오히려 혹세무민에 앞장서니 통탄할 일 아니오? 차라리 양의로서 환자치료에나 전념하든지 …. 서재필이 김홍육을 자꾸 비방한다는데 그것도 자제시키시오. 김홍육처럼 충성심 깊은 신료가 드물지 않소?"

김홍육金鴻陸은 친러파의 중심인물이었다. 그는 함경도 단천 출신으로 어릴 때 조선-러시아 국경을 넘나들며 러시아말을 배웠다. 러시아어 능통자라는 이유로 벼락출세를 하여 베베르 공사와 그의 후임 스페르 공사의 왼팔, 오른팔 노릇을 했다. 아관파천 당시엔 고종 옆에 바싹 붙어 알랑거렸다. 고종은 그가 청렴한 사람이라고 철석같이 믿었다.

김홍육은 권력자에게는 입 안의 부드러운 혀처럼 놀아 신임을 얻었다. 탐관오리 전형이었으나 상사에겐 청백리로 비칠 정도로 연기력이 뛰어났다. 그는 러시아 공사의 힘을 호가호위狐假虎威하여 관직을 멋대로 팔아먹었다. 현감 내지 감사 자리는 2천 달러(조선 화폐로는 4천 원)를 받았다.

김홍육은 아관파천 직후엔 외부협판에 임명되었다가 윤치호의 반대로 뜻을 이루지 못했다. 그래도 고종과 베베르에게 빌붙어 학부협판이 되기도 했다.

김홍육의 횡포를 파악한 서재필은 〈독립신문〉에 그의 비리를 폭로했다. 이 글을 읽은 고종은 중상모략으로 오해했다. 김홍육은 고종 앞에서 눈물을 찔찔 짜며 하소연했다.

"독립신문은 사이비 언론이옵니다. 서재필에게 돈 200냥만 주면 그 신문은 터무니없는 악담이나 미담도 유포해 준다고 하옵니다."

"귀공을 비방하는 글도 돈을 받고 엉터리로 쓴 것인가?"

"그러하옵니다."

"이런 참람僭濫한 일이 있나!"

고종은 주먹을 쥐고 부르르 떨었다. 귀가 얇은 고종은 그날 이후 서재필을 사기꾼으로 의심하고 스페르 공사에게 속내를 털어놓았다.

"서재필 이야기만 나오면 화가 머리끝까지 치솟는구려. 과인이 비록 소갈증을 앓고 있다 하나 우마牛馬처럼 풀만 먹으라고 하지 않나….."

2

1896년 7월 2일, 외부대신 이완용의 집무실.

벽에 큼직한 영문판 세계지도가 걸려 있다. 외교업무를 지휘하는 수장의 사무실임을 나타낸다. 책상 위에는 지구의가 놓였다.

아침부터 조선의 독립에 관심이 많은 주요 인사들이 속속 찾아오기 시작했다. 안경수, 김가진, 이상재, 현흥택, 남궁억 등의 얼굴이 보인다. 30여 명이 모였다.

말끔하게 이발을 하고 번들거리도록 머릿기름을 바른 이완용이 위엄을 과시하듯 헛기침을 몇 번 한 다음 말문을 열었다.

"미리 귀띔한 대로 오늘 독립협회를 창립하도록 하겠습니다."

속이 훤히 비치는 모시항라 옷을 입은 이상재가 질문했다.

"독립협회를 만들자고 제의한 서재필 선생은 왜 나오지 않았소?"

이완용은 마른 침을 삼키며 대답했다.

"국적이 미국이어서 조선의 독립협회 발족 모임에 나서기가 부담스럽다고 합니다. 앞으로도 전면에 나서기보다는 고문 역할을 맡겠다고 하는군요."

참석자들은 고개를 갸웃거렸다. 곧 활발한 토의가 이어졌다.

"우선 독립문과 독립공원을 건립합시다. 청일전쟁 이후 맺어진 시모노세키 조약에 의해 조선은 자주 독립국가가 되지 않았소? 이를 세계만방에 알리고 후손에게 전해야지요."

"과거 청국사신을 맞던 치욕적인 자리에 독립기념물을 세웁시다. 수백 년 걸친 종속관계를 상징하는 영은문 자리에 독립문을 세우면 좋겠소이다."

"청국사신이 묵던 모화관을 개수해 독립관을 만듭시다. 그 일대를 독립공원으로 조성하기로 하지요."

영은문은 청일전쟁이 끝나가던 1895년 2월에 이미 폐허상태였다.

"이런 의미 깊은 사업을 추진하려면 정부예산만으로 할 게 아니라 민간인들의 자발적인 성금도 모아야 할 것 아니겠소?"

"옳소!"

"성금을 내는 사람은 누구나 독립협회 회원이 되도록 합시다."

"옳소!"

"독립협회 위원장으로 이완용 대신이 적임자요."

"옳소, 동의하오."

"회장으로는 안경수 대감이 좋겠소."

"찬성이오."

위원단은 김가진, 이채연, 현흥택, 이상재, 민상호 등 전현직 대신 및 협판급 8명으로 구성되었다. 면면이 쟁쟁한 인물들이다.

창립총회에서 발기인들은 외쳤다.

"우리부터 솔선수범하여 기부금을 내겠소이다."

발표 당일에 자진 기부키로 약정한 금액만도 510원으로서 적잖은 금액이었다. 외국인들도 독립협회를 주목하기 시작했다. 외부대신 이완용, 군부대신 이윤용 형제는 각각 100원이란 거액을 쾌척했다. 이들 형제의 기부금이 발기인 기부금 총액의 40%가량을 차지했다.

독립협회 임원들은 창립총회를 마치고 정동구락부에 모였다. 이들이 홀 안으로 들어오자 흰 블라우스에 선홍색 치마를 입은 주인 손탁은 환하게 웃으며 맞았다.

"거물 나으리들이 한꺼번에 오시네요."

워싱턴에서 외교관으로 근무했던 이채연이 유들유들한 웃음을 지으며 대답했다.

"정동클럽의 마돈나여, 그동안 잘 지내셨소이까?"

대추알 크기만 한 붉은 루비가 달린 목걸이 때문에 목이 더욱 길고 하얗게 보이는 손탁은 손님에게 일일이 인사했다.

"이완용 대신 각하, 왕림해 주셔서 영광입니다."

테이블 주위를 한 바퀴 돈 손탁은 머뭇거리며 이채연에게 다가갔다.

"혹시 닥터 제이슨, 그분은 안 오시나요?"

"허허, 마돈나께서 서재필을 유독 찾는 것을 보니 수상쩍구려."

〈독립신문〉은 독립협회의 결성과정을 상세히 보도했다. 기부자들의 명단과 금액도 게재했다. 전 국민이 이에 호응하여 적은 금액이라도 기부해 줄 것을 호소했다.

애국심을 자극하는 〈독립신문〉의 캠페인은 주효했다. 왕세자가 거금 1천 원을 하사하는가 하면 어린 학생들로부터 상인, 기생까지도 모금운동에 참여했다. 독립협회는 모금과 함께 독립문, 독립공원의 건립계획을 구체적으로 논의했다.

서재필은 안경수에게 독립문의 모양새에 대해 부탁했다.

"이 사진을 보십시오."

"멋진 대문이구료. 이것이 무슨 대문이오?"

"프랑스 파리에 있는 개선문입니다. 비슷하게 만들면 되겠지요?"

독립협회 간부들은 독립문을 세울 터를 현장 답사했다. 소요예산은 3,825원으로 잡았다.

11월 21일 토요일, 독립문 정초식定礎式이 열렸다. 200여 명의 내외 귀빈들이 초청되었다. 서울시민 5천여 명이 몰려들었다.

"와! 저 바퀴가 뭐야?"

시민들의 시선이 자전거를 타고 오는 서재필에게 쏠리면서 탄성이 터졌다. 그들은 자전거를 처음 보는 것이었다.

안경수 회장의 인사말에 이어 배재학당 학생들이 조선가를 우렁차게 불렀다. 노래가 울려 퍼지는 가운데 주춧돌이 놓여졌다.

아펜젤러 목사의 기도가 이어졌다. 아펜젤러는 한글로 쓰인 원고를 또박또박 읽었다.

"하나님, 오늘 이 거룩한 자리에서 우리는 조선의 독립을 기원하며 독립문 정초식을 갖습니다. 부디 조선이 연연세세 독립하기를 기원하옵니다."

이어 배재학당 학생들이 독립가를 불렀다.

단상에 이완용이 올라왔다. 그는 '조선 전정이 어떠할꼬'라는 제목의 연설을 했다.

"조선이 독립하면 미국과 같이 부강한 나라가 될 것이며, 만일 조선 인민이 단결하지 못하고 서로 싸우거나 해치려고 하면 구라파의 폴란드라는 나라처럼 남의 종이 될 것이외다. 모두가 사람 하기에 달려 있소이다. 미국같이 되기를 바라지 않소이까?"

3

타는 더위에 비가 내리지 않아 농작물이 말라 죽어간다. 농민들은 기우제를 지내고 하늘을 쳐다보는 것이 일과였으나 구름은 좀체 나타나지 않는다. 농민들의 가슴도 논바닥처럼 쩍쩍 갈라진다. 여름 가뭄이 심하면 가을에 수확이 줄고 이듬해 봄에 춘궁기가 길어지게 마련이다. 내년 보릿고개에는 굶어죽거나 부황에 걸리는 사람이 속출할 터!

김포 들녘을 둘러보러 간 서재필은 참담한 심경이었다. 천수답에 목숨을 건 농민들의 고단한 삶은 처참했다. 의사인 서재필의 눈에 비친 조선백성은 절반 이상이 영양실조에 시달리고 있었다. 단백질을 제대로 섭취하지 못해 저항력이 현저하게 떨어진 것이다.

이런 사정이다 보니 영아 사망률이 엄청나게 높았다. 우선 출산환경부터 열악했다. 출산하다가 사망하는 아기와 산모가 적지 않았다.

산모는 산후조리를 제대로 할 여유를 갖지 못했다. 부기만 빠지면 누르팅팅한 얼굴빛으로 곧장 집안 살림에, 농사에 나서야 한다. 어떤 산모는 하루 이틀 누워 있다가 곧 일어나야 했다. 멀건 미역국을 한두 숟가락 떠먹는 산부가 태반이었다.

산욕열産褥熱로 사망하는 산모도 부지기수다. 아기들의 영양상태도 매우 나빴다. 산모가 제대로 먹지 못하니 젖이 메마른다. 이유離乳시기의 아기도 먹을 것이 변변찮아 발육부진 현상이 뚜렷했다. 어린이, 청소년, 어른 할 것 없이 대부분이 깡마르고 질병에 취약했다.

비위생적인 환경에 살아가는 조선인들은 수인성水因性 전염병에 매우 취약했다. 장티푸스, 콜레라가 창궐하면 몇 개 마을의 수백, 수천 명이 줄줄이 감염된다.

고기, 채소, 우유, 빵, 치즈 등 풍성한 먹거리가 넘치고 위생적인 수돗물이 콸콸 쏟아지는 미국에서 살다 돌아온 서재필은 조선 백성들의 비참한 생활상을 볼 때마다 눈시울이 시큰해졌다.

이 열악한 땅에 아내가 도착한다는 소식이 왔다.

무더위가 푹푹 찌는 1896년 8월 여름, 뮤리엘은 제물포 항에 도착했다. 서재필은 아내를 마중하러 제물포에 갔다.

"뮤리엘, 오랜만이오."

"필립, 왜 그리 수척해졌어요?"

"몸에 불필요한 살이 줄어드니 가뿐해져 좋은데 ….''

"낯선 나라, 코리아에 오다니 꿈만 같군요."

"미지의 이방異邦에서 살아가려면 각오를 단단히 해야 하오."

"필립도 미국에 올 때 그런 각오를 하셨지요?"

"그렇소. 불편한 것이 있더라도 꾹 참으시오."

"필립이 곁에 계신데 뭘 못 참겠어요."

8개월 전에 서재필이 왔을 때는 가마를 타고 서울까지 왔지만 이번엔 배를 타기로 했다. 새벽 3시 반에 제물포에서 작은 기선을 탔다.

이 배는 강화도 부근 바다와 한강을 거쳐 서울로 들어왔다. 조류를 이용하기도 하며 한강을 거슬러 올라오는 데 9시간가량 걸렸다.

"강폭이 넓고 주위 경관이 아름답군요. 강 이름이 뭐죠?"

"한강이라고 … 넓은 강이란 뜻이오."

서재필은 출산이 임박한 아내를 데리고 거처인 아펜젤러 목사 댁으로 향했다.

뮤리엘은 서울에 도착한 지 한 달이 지난 뒤 딸을 낳았다. 아기 이름은 스테파니로 지었다. 아버지, 어머니 얼굴을 반반씩 닮아 얼핏 보면 동양인 같은데 자세히 살피면 눈동자가 파래서 서양인처럼 보였다.

4

배재학당 건물 벽에 서리가 허옇게 서리가 내려앉았다. 담쟁이덩굴은 여름철의 탱탱한 잎을 잃고 말라붙었다. 바람이 불면 귀가 따끔거릴 정도로 차갑다.

강의하는 서재필의 입에서는 하얀 김이 나온다. 목요 강연을 맡은 지 6개월이다.

"강사의 이야기를 일방적으로 듣는 것보다는 여러분끼리 토론을 벌이는 것이 훨씬 유익할 때가 많습니다. 상대방을 존중하는 신사도를 잊어서는 안 됩니다."

서재필의 제안은 처음엔 별 호응을 얻지 못했다. 학생들이 여러 사람 앞에서 자신의 의견을 밝히는 일에 익숙하지 않았기 때문이다.

그러다가 13명의 학생들이 토론회를 구성했다. 토론회 이름은 협성회協成會라고 했다. 이승만은 창설회원이었다. 협성회는 제 1회 토론주제로 '국문과 한문을 섞어 씀이 가可함'을 잡았다. 협성회 토론은 매주 거르지 않고 열렸다.

제 2회 토론주제는 '학도들은 양복을 입음이 가함', 제 3회는 '아내와 자매와 딸들을 각종의 학문으로 교육함이 가함'이다.

협성회 토론은 그 후 1898년 3월 중순까지 42회나 열린다. 매주 토요일 오후 2시에 진행되었다. 정기토론회 이외에도 학교행사 일부로 열렸다. 졸업식 날엔 졸업식 행사 일부로 개최되었다.

협성회 회원 숫자는 늘어났다. 발족한 지 1년이 지나자 200명으로 증가했다. 회원 가운데는 배재학당 학생뿐 아니라 조선인 교사도 있었다. 배재학당 교사인 양홍묵梁弘黙이 초대회장을 맡았다.

협성회는 외부인에게도 문호를 개방했다. 이들은 준회원으로 대우했다. 준회원에는 도산 안창호安昌浩도 포함되었다. 당시 도산은 언더우드 목사가 세운 민노아학당(경신학교의 전신)의 학생이었다.

협성회가 열릴 때마다 방청인들이 몰려들었다. 소문은 전국으로 퍼져 지방사람들도 협성회를 참관하러 서울로 왔다.

황해도 장연군 송천에 사는 서상륜徐相崙이 배재학당을 찾아와 양홍묵을 만났다.

"촌사람이 불쑥 찾아와 죄송합니다."

"서상륜 선생님의 고명은 익히 들어 잘 압니다. 최초의 개신교회인 송천교회를 세우셨다고요?"

"제가 서른한 살 때 홍삼을 팔려고 만주에 갔다가 영국인 선교사 존 로스를 만나 세례를 받았답니다. 만주에 한동안 눌러 살았지요. 로스 선교사를 도와 성경을 번역하고 그것을 출판하는 사업을 벌였지요. 조선에 돌아와 장연군 송천松川, 즉 솔내에서 전도를 시작하며 교회를 열었지요. 우리 마을에서도 협성회를 조직하고 싶습니다. 무지몽매한 주민들을 깨우치게 해야지요."

"회의규칙에 밝은 김홍경과 김필순을 장연에 보내겠습니다."

협성회 회원들은 활동상황과 자신들의 주장을 널리 알려야 하겠다고 생각하여 회보를 발간키로 했다.

〈협성회 회보〉는 1898년 1월 1일자로 탄생했다. 주 1회 발간하는 주간지였다.

이승만은 협성회 회보의 총필(주필)을 맡았다. 이승만은 조정의 무능과 부패를 신랄하게 비판하는 논설을 썼다. 이 논설이 인기를 끌어 협성회 회보는 2천여 부나 발행됐다. 당시로는 엄청난 부수였다. 그러나 협성회 회보는 정부를 너무 때리는 탓에 몇 달 만에 폐간당했다. 회원들은 식식거리며 이승만을 부추겼다.

"주간지가 안 되면 아예 일간신문을 냅시다. 매일 신문을 내면 날마다 정부를 비판할 수 있지 않겠소?"

"소생이 매일 필봉을 더욱 날카롭게 휘두르겠소이다."

신문제호는 〈매일신문〉으로 정했다. 신문사 사장에는 협성회 중심인물이자 회장인 양홍묵이 취임했다. 4월 9일에 창간호를 냈다.

〈매일신문〉이 인기를 끌자 서재필은 주위 사람들에게 농담을 건네기도 했다.

"독립신문이 덜 팔리겠구먼 … 매일신문이 만만찮은 경쟁상대야."

독립문 건립사업에 대한 국민참여도는 기대 이상으로 뜨거웠다. 1897년 8월까지 5,897원이 모금되었다.

서재필은 독립문 설계작업을 독일공사관에 근무하는 스위스인 건축기사에게 맡겼다. 건축작업은 조선 최고의 건축기사인 심의석沈宜碩에게 의뢰했다. 심의석은 독립협회 발기인이며 기부금도 낸 인물이다. 석공으로는 최고급 장인들을 뽑았다.

독립문은 높이가 14. 28미터, 너비가 11. 48미터다. 화강암을 재료로 하여 만들었다. 독립문 내부 왼쪽에는 지붕 위로 올라가는 돌층계가 있다. 정상에는 돌난간이 둘러져 있다.

독립문의 남쪽 현판석에는 한글로 '독립문'이라 새겼고 북쪽 현판석에는 한자로 '獨立門'이라 새겨 넣었다. 독립문이라는 글씨 좌우에 태극기를 새겼다.

모화관慕華館은 개수하여 독립협회의 집회장소로 사용하기로 했다. 모화관은 문자 그대로 중화中華를 숭모하기 위한 건물이다. 중국 사신이 오면 여기서 하마연下馬宴이라 하여 환영잔치를 열었다. 그들이 출국할 때는 상마연上馬宴을 열어 극진하게 모셨다.

모화관을 고쳐 독립관으로 탈바꿈하는 작업에도 약 2천 원이라는 막대한 경비가 들었다. 모금은 계속 이뤄졌다.

5

1897년 새해 아침, 부옇게 낀 안개 속에 해가 떴다. 날이 밝긴 했으나 햇살은 묽었다.

고종은 러시아공사관에서 신년 하례회를 가졌다. 고종은 아관파천 직후엔 안도했으나 곧 러시아의 음흉함을 간파했다.

'아라사는 조선에서 이권을 확보하기 위해 혈안이 되었군. 이래라저래라 간섭하고 …. 아라사에 더 기대할 것이 없지 않은가. 봄이 오기 전에 아라사 공사관에서 벗어나야겠어.'

고종은 러시아 공사관의 좁은 집무실에서 신년하례를 받으려니 불편하기 짝이 없어 짜증이 났다. 때마침 외부대신 이완용이 환궁을 진언했다.

"러시아는 믿을 수 없는 나라이옵니다. 러시아는 조선의 개화에 관심이 없사오니 조속히 환궁하옵소서."

내각을 장악한 수구파는 이완용을 집중 공격했다. 외국에 이권을 많이 넘겨주었다는 것이다. 이완용은 수구파의 공격에서 벗어나기 위해서라도 러시아공사관에서 고종을 빼내야 한다고 판단했다.

이완용은 명색이 독립협회 위원장이다. 독립협회에서는 고종의 환궁을 주장했다. 이완용 개인의 뜻과 독립협회의 주장이 일치했다.

이런 여론을 읽은 고종은 자신도 러시아 공사관에 더 머물기 싫어 2월 20일 경운궁으로 거처를 옮겼다. 경복궁이나 창덕궁 대신에 경운궁을 택한 것은 미국, 러시아 공사관이 가까이 있어 일본을 견제하기에 유리하기 때문이다.

신료들은 경운궁의 대유재에서 고종을 알현하고 축하례를 올렸다. 러시아 공사관으로 간 지 1년 만에 궁궐로 돌아왔다.

환궁했다 하지만 궁궐수비는 러시아 군사교관의 지휘를 받는 조선군 경비병들이 맡았다. 왕실은 여전히 러시아의 손아귀 안에 있었다. 그 반작용으로 고종은 차츰 자주의식을 키워갔다. 하지만 나라의 힘이 약해졌으니 뜻대로 되지는 않았다.

고종이 환궁한 지 6일 후에 가토 마쓰오加藤增雄 일본 공사는 이완용 외부대신을 방문했다.

"국왕의 환궁을 감축드립니다."

"감사합니다. 하지만 당연한 일이지요."

"맞습니다. 제 집을 버리고 남의 집에 1년간이나 가 있다면 곤란한 일 아니겠습니까?"

"그래도 일본 공사가 그렇게 이야기하시니 유감이군요. 누구 때문에 그랬는데 ….."

"과민반응 보일 것 없어요. 그건 그렇고…. 외부대신께서 아라사와 일본 사이에 맺어진 의정서에 관해 아무것도 모르시는 것 같아 …."

"두 나라 사이의 의정서라고요?"

"여기, 사본을 갖고 왔습니다."

이완용은 야마가타와 로바노프 사이에 맺어진 모스크바 의정서 사본을 보고 경악했다. 이 문서에 따르면 러시아가 일본의 동의 없이 일방적으로 조선에 차관을 제공하거나 군사원조를 하는 것은 불가능했다.

"이게 무슨 짓이오? 조선 정부는 이 의정서에 간여한 바 없으니 이를 인정할 수 없소."

"이것만 있는 게 아닙니다. 이것도 보시오."

가토는 아관파천 직후 당시의 일본 공사 고무라와 러시아 공사 베베르가 체결한 각서 사본도 건네주었다. 일본은 그동안 러시아를 자극하지 않으려고 참았다가 고종의 환궁이 이루어지자 이 내용을 공개했다.

이완용은 러시아가 이중거래를 한 사실을 알고 배신감을 느꼈다.

'러시아가 민영환의 재정차관 요청과 군사교관 파견요구를 왜 그렇게 꺼렸는지 이제야 알겠군 … 그런데도 러시아는 이를 숨기고 마치 차관을 곧 제공할 것처럼 하여 조선의 재정상태를 조사한다며 전문가를 파견하는 등 법석을 떨었지. 괘씸한 자들!'

러시아 정부는 또 이완용에게 터무니없는 요구를 했다.

"조선은 러시아 군사교관 160명을 받아들이시오. 1년 전에 민영환

대감이 군사교관 200명을 보내달라고 요청한 바 있소."

"무슨 소리요? 보내달라 할 때에는 미적거리더니 이제 필요하지도 않은데 보내겠다니 ⋯."

러시아는 군사교관을 보내 조선군 6천 명을 양성하고 이 군대를 러시아 휘하에 둘 속셈이었다. 조선을 보호국으로 만들려는 의도였다. 가토 일본 공사는 이 소식을 전해 듣고 코를 실룩거리며 고함쳤다.

"모스크바 의정서를 명백히 위반한 것 아닌가? 있을 수 없는 일이지. 러시아가 자꾸 그렇게 나온다면 우리는 영국과 손을 잡고 러시아를 견제할 것이야."

그는 고종을 배알한 자리에서도 목소리를 높였다.

"러시아의 압력을 물리치소서. 아라사는 조선을 보호국으로 만들려는 속셈입니다."

"보호국이라구요? 당치도 않은 발상이오. 좌시하지 않겠소."

고종은 가토 앞에서는 그렇게 말했지만 러시아에 이를 따지지 않았다. 일본과 러시아의 세력다툼이 벌어지는 미묘한 상황에서 한쪽에 쏠리면 위험할 것 같아서였다.

이완용은 러시아의 요구를 완강히 반대했다. 그는 공공연히 말했다.

"차라리 외부대신 자리에서 물러나는 한이 있더라도 이것은 도저히 못 받아들이겠소. 조선땅에 러시아 군사교관이 무더기로 오다니 있을 수 없는 일이오."

러시아는 아랑곳하지 않았다. 군부대신 심상훈의 요청에 응하는 형식으로 군사교관단 13명을 서울에 파견한다. 이완용은 줄기차게 반대하다가 외부대신에서 학부대신으로 밀려난다.

1897년 5월 23일 서대문 부근에 있는 독립관이 문을 열었다.

"독립관에 들어오니 속이 후련하군. 청국 사신들에게 굽실거리던 부끄러운 과거에서 벗어나기로 하세."

독립협회 회원들은 현판식을 갖고 손을 맞잡았다. 독립공원도 조성했다. 빈터에 나무를 심고 의자를 놓아 공원으로 꾸몄다. 회원들은 매주 일요일 오후에 독립관에 모여 한담閑談을 나누었다.

"동아리 모임 터가 있으니 좋구만 … 독립협회를 창설한 지 근 1년이 됐지만 사무실이 없어서 얼마나 불편했소?"

"정동구락부에서 만난 회합만도 수십 차례나 되지요?"

"이젠 정동구락부 커피 맛을 보기 어렵게 됐군. 아쉽소이다."

"사교계의 꽃, 손탁 여사를 보기 어렵게 된 게 더 아쉽지 않소?"

"어허, 농담 마시오."

이런 광경을 목격한 윤치호가 서재필에게 제의했다.

"힘들여 지어 놓은 독립관에서 한담, 잡담이나 해서는 안 되겠지요? 이제 독립협회를 계몽운동단체로 바꾸면 어떨까요?"

"좋은 생각이네. 줄기차게 계몽운동을 펼쳐야지."

"제가 다음 정기모임에서 이를 정식으로 발의하겠습니다."

독립협회의 정기모임에서 윤치호가 운을 뗐다.

"협회가 더 적극적인 활동을 벌여야 하겠소이다. 독립관에 회원들이 모여 한담이나 해서야 언제 독립과 개화가 이뤄지겠습니까."

회원들의 호응이 잇따랐다.

"토론회를 활성화하십시다. 배우고 깨닫는 게 많습니다."

"맞습니다. 배재학당의 협성회가 토론행사로 성공했지 않습니까?"

"매주 일요일 오후 3시에 독립관에서 개최하면 어떻겠소?"

"협성회 토론회와 다른 점은 뭐요?"

"우리 토론회에는 일반 대중이 주로 참관하도록 해야지요."

"규모가 협성회 것보다 훨씬 커야겠습니다."

"회의가 일사천리로 진행되네요. 좋습니다, 좋아요."

1897년 8월 29일 독립관에서 첫 토론회가 열렸다. 주제는 '조선에서의 급선무는 인민의 교육'이다. 첫 토론회의 참가자는 회원 70여 명.

제2회 토론회엔 방청인이 200여 명으로 늘었다. '동포 형제간에 남녀를 팔고 사는 것이 의리상에 대단히 불가하다'는 주제로 열린 제8회 모임부터는 방청인 숫자가 500명을 넘어섰다.

회원들은 처음에는 대중 앞에 연설하러 나서는 것을 주저했다. 그러다 한두 명이 열변을 토하자 이내 수백 명이 적극적인 토론참가자들로 변신했다. 방청인들도 몇 번 와 본 뒤에 감동하여 독립협회 회원이 되겠다고 자발적으로 나섰다. 토론회가 거듭될수록 독립협회 세력은 급신장했다.

서재필은 청중의 얼굴 하나하나를 유심히 살폈다. 혹시 태희 누나가 와 있을지? 어느 날 구석자리에 앉은 중년 여성과 눈이 마주쳤는데 태희 같아 보였다. 서재필은 연설을 중단하고 허겁지겁 단하로 내려가 그 여성쪽으로 걸어갔다. 그러나 다가가보니 웬 노파가 앉아 있었다.

'헛것을 봤나?'

수표교 부근의 유대치 한의원에 갔더니 흔적이 보이지 않았다. 한의원 터 앞에서 대나무 소쿠리를 늘어놓고 파는 곱사등이 노인이 있었다.

"혹시 여기에 계시던 유대치 선생, 행방을 아시오?"

"유 의원님유? 갑신년 난리 때 사라졌시유. 금강산에 들어가 신선이 됐다는 풍문을 듣긴 했는디 …. 그 어른이 안 계시니 여기 청계천 언저리에서 사는 비렁뱅이들은 몸이 아파도 갈 곳이 없시유."

"여기서 일하던 태희라는 여자를 혹시 아시오?"

"모르겄는디요."

태희의 행방은 묘연했다. 다른 주민들에게도 물어보니 태희를 기억하지 못한다. 청일전쟁 이후 평양에 살고 있을까. 제물포 이태호텔에서 만난 금아를 치료해준 의녀가 태희일까. 혹시나 하여 그 호텔에 사람을 보내 금아를 만나고 오라고 했는데 금아는 퇴직하고 행방을 모른다고 했다.

독립관 토론회는 1898년 12월 3일까지 34회 동안 진행된다. 다루는 주제가 초기에는 사회, 문화에 관한 비정치적인 것이었다. 그러나 러시아의 침략이 노골화하면서 정치이슈로 옮아간다. 토론회를 통해 독립협회 회원들의 정치의식이 높아갔고 조직에 대한 귀속감도 높아졌다. 회원숫자는 2천여 명에 이르렀다.

독립협회에 관한 보고를 받은 고종은 미간을 찌푸렸다.

"2천 명을 넘어섰다고? 역모를 꾸미는 것은 아니겠지? 이완용이 회장으로 있다 하니 믿을 만한데, 서재필이 고문이라니 찜찜하군."

러시아와 일본은 독립협회의 활동상을 주시했다. 독립협회의 첫 토론회가 성공하자 러시아 공사는 독립협회를 그대로 두어서는 곤란하다고 판단했다.

러시아는 친러파에게 압력을 넣어 이완용을 학부대신에서 평남 관찰사로 내쫓았다.

베베르 러시아 공사의 후임자인 알렉시스 드 스페르 공사가 서울에 도착했다. 베베르는 멕시코 공사로 발령났다.

매부리코에 눈매가 날카로워 '스라소니'라는 별명을 가진 스페르는 공사관 집무실에서 창가에 섰다. 한성 시내가 내려다보인다.

"저것이 경복궁과 광화문이군. 저곳을 내 집처럼 드나들어야 하지 않겠나?"

스페르는 알렌 미국 공사를 방문했다. 알렌은 2달 전부터 자신이 그토록 원하던 주한 미국 공사 자리에 앉았다. 선교사로 왔다가 고위 외교관으로 변신했으니 활동보폭을 더 넓힐 수 있게 됐다.

조선 정국에 대해 이야기하다가 스페르는 서재필과 이완용을 비판했다. 알렌은 스페르의 발언에 맞장구를 쳤다. 알렌은 특히 서재필의 허물을 들추는 데 열을 올렸다. 알렌의 대머리 이마에서 빛이 번쩍인다.

스페르가 의아해서 물었다.

"서재필은 미국 시민권자 아니오? 미국 공사께서 미국 시민을 헐뜯다니 이상하구려."

"그는 자기가 미국 시민인지 조선 국민인지 분간하지 못하는 인물이오. 미국이 조선에서 벌이려는 사업을 방해하니 말이오."

미국은 경인철도 부설권을 따려고 힘썼다. 그러나 서재필은 신문 사설에서 "그런 이권을 미국에 넘길 수 없다"며 강력하게 반대했다.

이러니 알렌의 눈엔 서재필이 가시처럼 비쳤다. 알렌은 고종을 내알內謁할 때마다 서재필을 비방했다.

알렌이 서재필에 대해 가진 콤플렉스는 의사면허증 때문이었다. 원래 알렌은 선교활동을 하러 중국에 갔다가 "의사면허를 갖고 선교하면 더 좋다"는 조언을 듣고 미국으로 가서 의술을 배워 한국에 왔다. 갑신정변 때 온몸을 난자당한 민영익을 치료해 서양의술의 '신통방통'함을 보였다. 고종의 어의御醫노릇을 했고 서양식 병원인 제중원을 열었다. 알렌과 서재필이 정동구락부에서 처음 만났을 때 사달이 벌어졌다.

"알렌 선생, 같은 의사끼리 만나서 반갑소이다. 어느 의과대학에 다니셨소?"

"마이애미 의과대학에서 …."

"그럼 스턴버그 교수에게서 배웠겠군요."

"스턴버그 …?"

"세균학 권위자 말이오. 해부학은 어느 교수에게서 배웠소?"

"……."

서재필이 의학에 대해 이야기하자 알렌은 얼굴빛이 노래지면서 묵묵부답이었다. 서재필은 그런 알렌에게서 '가짜 의사' 낌새를 느꼈다. 미국에서 읽은 신문기사가 떠올랐다. 남북전쟁 때 위생병으로 일했던 병사들이 전후戰後에 시골에서 돌팔이 의사 노릇을 한다는 내용이었다. 마이애미 의과대학에는 6개월 위생병 양성과정이 있었는데 알렌도 그 과정 수료자가 아닌가 하는 의심이 들었다.

"혹시 메딕medic(위생병) 아니오?"

서재필의 질문에 알렌은 대답하지 않고 벌떡 일어서서 자리를 떴다. 6개월 과정을 마친 알렌은 의사행세를 하며 명의 대접을 받았는데 '진짜 의사' 서재필의 출현으로 들통이 날 판이었다.

러시아 공사 스페르는 조선 근무가 익숙해지자 슬슬 본색을 드러냈다. 고종을 알현하며 번지르르한 말을 펼쳤다.

"조선을 위해 헌신적으로 일할 재정고문으로 알렉시에프 선생을 천거합니다. 참으로 유능하고 충직한 전문가로서 ….”

당시 재정고문은 영국인 브라운인데 박식한데다 거드름을 피우지 않아 좋은 평가를 받고 있었다.

"어허, 러시아 백곰들이 조선땅에서 이렇게 활개 치다니 …."

서재필은 혀를 끌끌 찼다. 러시아를 견제하지 않으면 조선은 마구 휘둘릴 처지였다.

서재필은 미국에 간 서광범의 안부가 궁금했다. 출국할 때 건강이 별로 좋지 않았던 게 마음에 걸렸다. 아관파천 사건 직후 삭탈관직削奪官職을 당하고 비통한 심경으로 지내고 있으리라.

공교롭게도 그때 비보悲報가 들려왔다. 서광범이 1897년 8월 13일 미국에서 객사했다는 것이다. 향년享年 38세였다.

"웅심雄心을 펴지 못하고 그렇게 일찍 가시다니 …."

7

1897년 가을, 들판은 황량했다. 그해 여름은 너무도 가물었다.

이태 잇달아 가뭄이 닥치는 바람에 말라 죽은 벼가 태반이었다. 삼남 일대에는 병충해가 번져서 그나마 싹을 틔운 벼이삭마저 갉아 먹히고 말았다.

"헛농사 지었구먼 … 헛허 …."

농민들의 허탈감은 극에 달해 연방 헛웃음을 터뜨렸다. 허리가 부러지도록 일한 소작농 가운데 실성한 사람이 마을마다 한둘이 생겼다. 마을을 떠나 화전火田을 일구러 산으로 들어가는 농사꾼들이 줄을 이었다. 성정이 사나운 이들은 도둑떼로 변신했다.

상황이 이런데도 조정에서는 경운궁 공사를 강행했다. 경운궁은 국왕과 세자, 많은 비빈들이 살기에는 좁았다. 조정은 빚을 끌어서라도 궁궐을 확장하여 불편을 덜고 왕실의 체면을 세우려 했다.

땅, 땅! 경운궁에서는 새 건물을 짓느라 낮에는 망치소리가 그치지 않았다.

조선을 둘러싼 국제정세는 급박하게 돌아갔다. 조선에서 청국세력이 물러나고 일본세력이 주춤한 사이에 러시아가 주도권을 거머쥐었다. 미국과 영국은 러시아가 조선을 독차지하지 못하도록 발목을 잡았다. 겉보기로는 열강의 세력이 아슬아슬하게 균형을 이룬 듯했다.

〈독립신문〉은 "이 기회에 조선이 실질적으로 독립해야 한다"고 촉구하는 논설을 여러 차례 실었다. 러시아의 손아귀에서 벗어나야 함을 역설했다. 이 논설은 서재필이 작성했다.

고종은 이런 동향을 보고받고는 팔을 안으로 굽혔다. 러시아 영향권에서 벗어나야 한다는 당위성은 귀에 들어오지 않고 국왕의 권한을 키워야 한다는 주장에만 귀가 솔깃해졌다.

"독립국의 위엄을 세우기 위해 주상 전하께서 황제에 즉위하시고 독자적인 연호를 세워야 하옵니다."

이런 여론이 조정과 국민 사이에서 대두되기 시작했다.

원래 황제 즉위 문제는 명성황후 척살 직후 미우라 일본 공사가 고종에게 처음 권했다.

"조선 국왕의 위신을 세우기 위해 황제로 등극하셔야 합니다. 유서 깊은 삼천리강토를 통치하시니 황제가 당연히 어울리지요."

왕후 암살 책임을 모면하고 고종의 심기를 달래려는 의도가 있었고 또 조선과 청국을 이간시키려는 속셈도 있었다. 고종은 러시아 공사관에서 벗어나 몇 달이 지나 안정을 찾자 황제 즉위 건이 생각났다. 외교사절들에게 넌지시 타진했더니 러시아를 비롯한 다른 열강도 이를 양해했다.

그러나 반대 여론이 들끓었다. 특히 유림들이 거세게 반발했다. 최익현을 비롯한 강골파 유림들은 전통적인 국왕체제를 주장했다.

"조선 국왕을 황제로 부르고 중국과 달리 조선 독자적인 연호를 쓴다니 당치 않은 발상이외다."

"중국과 조선은 군신^{君臣} 관계에 있으므로 이를 무너뜨리면 천하질서가 흔들릴 것이외다."

독자적인 연호에 관해서는 독립협회도 반대 견해를 나타냈다. 국왕을 황제로 칭하고 연호를 만든다 해서 실질적인 독립이 이뤄지지는 않기 때문이다. 허울만 번드르르한 칭제^{稱帝} 건원^{建元}을 받아들이기 어렵다는 뜻이다.

수구파의 거물 심순택^{沈舜澤}, 조병세^{趙秉世} 등은 국왕의 마음을 읽고 건의했다.

"칭제 건원이 필요하옵니다. 이는 천하의 대세이옵니다. 청, 아라사, 일본과 맞서려면 먼저 나라이름부터 거창하게 ….."

"경들의 견해가 그렇다면 그렇게 하도록 합시다."

고종은 못 이기는 척하고 이를 결정했다. 의정부에서 연호를 광무^{光武}와 경덕^{慶德}으로 올리자 고종은 광무로 재가했다. 이에 따라 연호를 건양에서 광무로 바꾸고 서둘러 반포하는 행사를 가졌다. 먼저 원구단, 사직단, 종묘 등에서 건원을 알리는 고유제^{告由祭}를 지냈다.

당시 원구단은 한강 가의 들판에 있었다. 하늘에 제사를 지내는 곳으로는 시설이 허술했다. 제단 옆에 단을 가설해놓고 황제 즉위식을 가졌다. 고종은 프러시아식 황제복을 입었다.

이어 경운궁 즉조당에서 축하의식을 가졌다. 즉조당은 몇십 명이 들어가면 꽉 차므로 핵심 대신들만이 참석했다. 새 연호를 사용할 때 외국의 승인이 필요 없다며 외국 축하사절은 초대하지 않았다.

황제의 호칭에 맞게 왕후를 황후, 세자를 황세자로 부르도록 했다. 참살당한 민 왕후를 명성황후로 추존했다. 그러나 고종을 아직 황제라 부르지는 않았다. 심순택과 조병세는 대책을 논의했다.

"황제라 칭하려면 여론몰이가 필요하지 않겠소?"

"벼슬아치와 유생들을 동원해야 합니다. 황제 칭호가 필요하다는 상소문을 올리도록 해야지요."

"그렇게 하도록 군불을 때시오."

농상공부 협판 권재형은 국왕이 정식으로 황제의 위位에 올라야 한다고 상소했다. 재야유생 가운데서 이런 상소를 올린 사람이 716명이었다. 심순택, 조병세 등 원로대신은 백관을 거느리고 탑전榻前에 머리를 조아렸다.

"상소문의 충정을 받아들이옵소서. 만백성이 전하의 황제 등극을 애타게 바라고 있사옵니다."

고종은 10여 차례 사양하는 체하다가 받아들였다.

"백성들의 충정이 그러하다면 그럴 수밖에 없겠구료. 그러면 국호는 대한제국大韓帝國으로 정합시다."

고종은 새로운 원구단을 축조하도록 지시했다. 지관이 장소를 물색하다 남별궁 터를 골랐다. 이곳은 중국 사신을 접대하거나 숙소로 쓰던 곳이다. 청군이 물러난 뒤라 쑥대가 무성하게 자라 있었다. 낡은 남별궁 건물을 헐어내고 그 자리에 제단과 새 건물을 지었다.

제단을 급조한 뒤 10월 12일 이곳에서 정식으로 황제 즉위식을 가졌다. 찬이슬이 내리는 새벽 4~6시, 경건한 기운 속에 식을 치렀다.

고종은 먼저 원구단에서 천신天神인 황천상제皇天上帝와 지신地神인 황지지皇地祇에 고하는 제사를 올렸다. 이어 황금색 의자에 앉아 곤면袞冕을 입고 새보璽寶를 받았다.

고종은 눈썹을 올려 눈을 크게 뜨고 목청을 돋우었다.

"국호를 대한제국으로 정했음을 공식 선포하노라!"

의정부 의정 심순택은 백관을 대표해서 고종황제 앞에 무릎을 꿇고 머리를 네 번 조아렸다. 그런 뒤에 백관들은 만세 삼창을 했다.

이 즉위일을 계천기원절繼天紀元節로 불렀다. 경축비용으로 궁중 시위들과 나인들에게 상여금을 지급했다. 대사면령을 내리고 연회를 베풀었다. 외국 공사관에 황제 즉위 사실을 알렸다.

즉위식 이튿날에는 각국의 공사, 영사, 교관, 고문, 군인 등 30여 명이 줄지어 경운궁으로 들어와 고종황제를 알현했다.

8

황제 즉위식장에서 윤치호는 러시아 공사 스페르를 만났다. 스페르는 윤치호와 구면이었다.

"공사께서는 10년 만에 조선에 돌아왔는데 그때와 비교하면 어떻소?"

"정말 형편없소. 여러모로 더 악화된 것 같소."

"뭐가 더 나빠진 것이오?"

"해괴망측한 신문만 봐도 그렇지 않소? 바로 독립신문 말이오."

"독립신문이 어때서요?"

"조선을 돕는 러시아를 마구 비방한단 말이오. 이따위 신문을 만드는 서재필은 정신이 나간 작자요. 그 사람은 미국인 아니오? 독립신문도 미국 신문이나 마찬가지요. 미국 신문은 미국 땅에서 만들어야지 왜 조선에서 만들어 나라를 어지럽히고 있나, 이 말이오."

　"독립신문은 조선 국민들에게서 큰 신뢰를 받고 있소이다."

　"대한제국 황제는 독립신문을 철저히 불신하더군요. 황제께서는 서재필도 증오하고 있소이다."

　"그럴 리가 ⋯."

　"황제를 면담하는 자리에서 내 귀로 똑똑히 들었소. 서재필이 얼른 미국으로 돌아가기를 바라던데요. 그렇게 온화한 폐하께서 서재필에 대해 언급하실 때는 울화가 치밀어 얼굴이 벌겋게 되더라고요."

　"서재필은 러시아에 대해 편견을 갖고 있지는 않소. 러시아가 조선의 이익에 상반되지 않는 한 우호적으로 여긴단 말이오."

　조선은 대한제국으로 명칭에서는 격상되었지만 국권은 스페르 공사에 의해 여전히 유린당했다. 조선 정부가 "재정고문 겸 해관 총세무사로 이미 브라운을 고용하고 있으므로 알렉시에프를 등용하기 곤란하다"고 하자 스페르는 발끈했다. 스페르는 알렉시에프를 데리고 고종 앞에 나타나 눈알을 부라렸다.

　"재정전문가를 등용하지 않으면 대한제국에 큰 손해입니다."

　"뜻은 고맙소만 ⋯."

　"러시아 제국을 모욕하시는군요. 각오하십시오. 브라운을 내보내고 알렉시에프를 고용할 때까지 궁궐의 모든 출입을 통제하겠습니다. 또 궁궐 경비병을 철수하겠습니다. 그냥 엄포용이 아닙니다."

　스페르의 협박에 고종은 겁을 먹었다. 이튿날 대한제국 정부는 브라운을 해고한다는 통지서를 영국 총영사관에 보냈다.

그러자 이번에는 조던 영국 총영사가 강경하게 항의했다.

"영국에 대한 중대한 모독이오. 영국의 동양함대에 명령하여 함대 7척을 제물포 앞바다에 보내겠소."

대한제국 정부는 이런 엄포에 놀랐다. 어쩔 수 없이 브라운을 다시 해관 총세무사로 임명하고 알렉시에프에게는 탁지부 고문만 맡기는 것으로 사태를 수습했다.

영국인 브라운은 탁월한 재정전문가이자 행정가였다. 그는 재정고문을 맡으면서 뚜렷한 공적을 남겼다. 즉, 황실 및 정부의 불요불급한 경비를 줄여 예산상 수지균형을 이루게 했다. 또 일본에 대한 국채도 제때 갚도록 했다. 브라운의 수완을 지켜본 측근의 젊은 관료들이 독립협회 회원들에게 브라운을 칭찬했다.

"브라운은 성품이 겸손하고 근무자세가 성실하오. 대한제국의 재정을 마치 자신의 살림처럼 아끼고 튼튼하게 만들려고 고심하더이다."

이런 평판 때문에 독립협회 수뇌부는 브라운을 신임하게 되었다. 반면 황실과 수구파 대신들은 브라운의 긴축정책을 꺼려했다.

"그, 브라운이라는 영국 양반… 융통성이 너무 없어. 예산집행을 너무 빠듯하게 하는군. 덩치는 큰 사람이 사용내역을 미주알고주알 쫀쫀하게 따지니 불편해서 견딜 수가 있나. 그 친구, 거추장스럽군."

수구파 대신들이 브라운을 비난하자 스페르는 이 참에 브라운을 밀어내고 알렉시에프를 들어앉게 하려는 잔꾀를 생각해냈다.

알렉시에프 고용에 반대하던 박정양도 탁지부 대신직에서 물러났다. 이제 개화파 대신은 정부에서 몰락했다. 이런 와중에 이완용은 국왕의 비서실장격인 비서원경으로 임명되었다. 스페르의 방해가 있었는데도 고종은 여전히 이완용을 믿었고 곁에 두고 싶어했다.

독립협회 회원들은 브라운 사건의 내막을 알게 되자 의분했다.

"배알도 없는 인간들이 권력을 쥐고 있지 않은가?"

서재필은 이렇게 내뱉었다. 그는 가만히 앉아 있어서는 조선 민족의 자존심이 훼손된다고 보고 궐기대회를 준비했다. 영국인 브라운을 두둔하는 게 아니라 러시아가 조선의 국정을 농단하는 데 대한 항의였다. 서재필은 브라운 사건에 대한 자세한 내용을 〈독립신문〉에 보도했다.

9

독립문이 완공되었다. 단단한 화강암으로 만들어져 옹골찬 모습으로 우뚝 섰다. 조선인의 자존심이요 기개였다.

1897년 11월 20일, 준공식에 참석한 서재필은 독립문의 위용을 보고 한순간 숨이 턱 막혔다. 감개무량感慨無量! 옆에 앉은 뮤리엘은 손수건을 꺼내 눈언저리의 물기를 닦았다.

참석자들의 시선은 뮤리엘에게 쏠렸다. 172센티미터의 후리후리한 키에 파란 눈동자, 대리석 같은 하얀 피부를 가진 서양 여성이 여신처럼 신비스럽게 보였기 때문이다.

독립문 준공식장에서 서재필은 떨리는 목소리로 축사를 했다.

"우리는 옛날 종노릇 하던 표적을 없애버렸습니다. 우리는 실질적 독립을 소원한다는 상징으로 이 독립문을 세운 것입니다. 우리는 앞으로 우리나라의 독립과 자주를 위하여 더욱 분투해야 합니다."

독립문이 준공되자 조선인들의 머리에는 '자주 독립'이라는 개념이

희미하게나마 자리 잡았다.

독립문 준공일 이튿날인 11월 21일에 명성황후 국장國葬이 치러졌다. 대한제국이 성립된 이후 처음 치러진 국장은 장관을 이루었다. 만조백관과 전국에서 몰려든 상여꾼들이 상여 줄을 잡았다. 상여는 종로와 청량리를 거쳐 홍릉에 안치되었다. 사망 후 2년 2개월이 지나 치르는 늑장 장례였다.

조정은 국장에 드는 엄청난 경비를 대기 위해 부호들에게 돈을 받고 벼슬을 팔았다. 참봉 따위의 말직 벼슬을 받은 이들은 상여 줄을 잡고 유세를 떨었다. 외교사절들도 장례식에 참석해 애도를 표했다.

장례식에 온 가토 마쓰오加藤增雄 일본 공사는 고종을 배알했다.

"대한제국 대황제 폐하, 대일본제국 천황 폐하의 조의를 전하옵나이다."

대황제 폐하라는 호칭을 공식적으로 불러주었다. 일본으로서는 반일감정을 누그러뜨리려 맨 먼저 대한제국을 승인해 환심을 사려 했다.

러시아와 프랑스는 대한제국 성립을 축하하는 국서를 보냈다. 이어 영국, 독일, 미국도 대한제국을 승인했다. 영국 정부는 이듬해인 1898년 2월에는 조선 총영사관을 공사관으로 승격시킨다.

대한제국이 탄생하고 명성황후 국장이 끝난 지 두어 달 지난 뒤 고종황제의 생모가 별세했다. 고종의 생부이자 한때 최고 권력자였던 대원군도 부인이 돌아가자 몸져누웠다. 기력이 쇠해진 대원군은 2개월을 못 넘기고 1898년 2월 22일 눈을 감았다. 대원군의 파란만장한 일생이 대한제국의 출범 즈음에 막을 내렸다.

러시아는 대한제국 성립을 껄끄럽게 여겼다. 새로 러시아 외무장관이 된 무라브요프는 만주를 무력으로 점령해야 한다고 주장했다.

그동안 러시아는 끊임없이 부동항不凍港을 확보하려고 발버둥쳤다. 그러나 평화적인 방법으로 부동항을 찾기는 거의 불가능하였다.

무라브요프는 세계지도를 펼쳐 놓고 구시렁거렸다.

"조선의 부산에 부동항을 확보하면 좋지. 그러나 그곳은 일본이 너무 가까워. 일본군이 쳐들어오면 쉽사리 봉쇄될 수 있어. 그렇다면 중국의 여순과 대련을 확보하는 게 낫지 않을까?"

해군제독인 두바소프가 군함 8척을 이끌고 나타나 고종을 만났다.

"절영도(부산의 영도)에 러시아 군함의 저탄소貯炭所를 설치하려 하니 윤허해 주소서."

대한제국 정부가 절영도 조차租借를 승인하려 하자 독립협회는 발끈했다. 구국, 구민을 외치며 궐기할 움직임을 보였다.

윤치호와 서재필은 머리를 맞댔다.

"솔 형님, 독립협회 회원들이 국왕에게 상소해야겠지요? 나라의 존망과 직결되는 사안입니다."

독립협회는 제 21회 토론회에서 조선의 독립문제를 토론했다. 어느 열혈 청년이 벌떡 일어섰다. 덩치가 곰 같고 턱수염이 더부룩해서 임꺽정처럼 생겼다.

"대한제국이라는 허울만 그럴 듯한 국호를 내세운다고 나라 힘이 강해집니까? 백성을 속이는 사기극 아닙니까? 국왕을 황제라고 칭하면 누가 알아준답니까? 황제라 해도 강국의 종놈 아닙니까?"

고종황제를 강대국의 종으로까지 비유했으니 너무도 과격한 발언이었다. 참석자들은 모두 자기 귀를 의심하며 한동안 멍하니 앉았다.

토론회를 마친 다음 윤치호는 국왕에게 상소할지 여부를 회원투표에 부친 결과 50 대 4로 가결되었다. 이에 따라 '구국선언 상소문'을 제출했다.

상소 후에도 나라 안이 어수선하기는 마찬가지였다. 간신 김홍육이 러시아 뒷배를 믿고 갈수록 방자해진다는 소문이 대궐 바깥에 들렸다. 김홍육은 고종황제에게까지 방자한 언사를 쓴다는 것이다.

협객 유진구兪鎭九는 울분에 못 이겨 이를 갈았다.

"김홍육, 이놈, 대갈통을 박살내야지 ⋯."

유진구는 경운궁 부근에서 며칠을 죽치고 기다리다가 김홍육이 나타나자 쇠몽둥이로 후려쳤다.

"이 여우같은 놈, 맛 좀 봐라!"

"아이쿠!"

김홍육은 얼굴이 피투성이가 된 채 쓰러졌다. 치명타는 아니어서 목숨은 건졌다.

나라 안팎의 정세가 어지러운 가운데 친러파는 한로은행을 개설했다. 조선은행과 한성은행에서 관리하던 국고금 및 세납금을 모조리 한로은행에 옮기려고 책동을 부렸다. 철도, 광산, 삼림 등의 중요 사업 이권은 열강의 손아귀에 차례로 넘어갔다.

독립협회가 대중 궐기대회를 준비할 즈음, 독립협회 회장 안경수가 역모 누명을 썼다. 고종을 폐위시키고 황태자를 옹립하려 했다는 것이다. 안경수는 일본으로 망명했다. 이에 따라 제2대 독립협회 회장에 이완용이 취임했다.

독립협회는 새로운 돌파구를 찾았다. 1898년 3월부터 만민공동회萬民共同會라는 민중운동을 전개하기로 했다. 민중을 대상으로 대규모 연설회를 열어 민권사상을 고취하자는 취지다. 독립협회의 수뇌진인 서재필 고문, 이완용 회장, 윤치호 부회장이 모였다.

먼저 윤치호가 걱정스런 어투로 말문을 열었다.

"인민들이 의회주의 규칙을 잘 몰라 흥분하면 곤란해집니다. 그들이 폭도로 변한다면 아라사측은 우리 국왕을 위협하고 더 이상의 대중집회를 허용하지 않을 것입니다."

속내를 잘 드러내지 않는 이완용은 윤치호의 말에 눈을 껌벅거리더니 화답했다.

"내가 독립협회 회장에 취임하자 러시아 공사 스페르가 직간접적으로 압력을 넣고 있네. 왕실도 내게 압력을 넣는 것은 마찬가지네."

성미가 불 같은 서재필은 곧 목소리를 높였다.

"명색이 독립협회 회장, 부회장이라는 분들이 왜 이렇게 심약하십니까? 지금 2천만 조선 백성들은 독립협회의 일거수일투족에 기대를 걸고 있습니다. 독립협회의 활동이 독립신문에 소상하게 보도되지 않습니까? 그 보도에 대한 반응이 뜨겁습니다. 만민공동회라는 대중집회는 예정대로 열어야 합니다. 스페르, 그자가 집회를 방해하면 내가 그자를 만나 목을 비틀어 담판을 짓겠소이다."

서재필의 주장에 따라 만민공동회는 예정대로 열린다.

10

1898년 3월 10일 오후 2시, 서울 종로에서 만민공동회의 첫 집회가 개최되었다. 봄인데도 코끝을 스치는 바람은 겨울처럼 여전히 차고 매섭다. 꽃샘추위가 종로 행인들의 목덜미를 날카롭게 할퀴었다.

배재학당, 경성학당, 이화학당 학생들이 몰려왔다. 상인, 농민, 부녀자 등도 자리를 차지했다. 사회자는 만민공동회 회장으로 추대된 쌀장수 현덕호. 연사는 배재학당, 경성학당의 학생인 현공렴, 홍정

후^{洪正厚}, 이승만, 문경호 등이다. 모두 목청이 튼튼하고 언변이 좋은 청년들이다. 쌀쌀한 날씨에도 아랑곳없이 1만여 명의 청중이 모였다.

단상에 앉은 서재필은 가슴이 뜨거워졌다. 스스로 이렇게 많은 시민이 참여했으니 자주 독립이라는 꽃으로 피어날 맹아^{萌芽}가 보였다.

이날 모임은 러시아 규탄대회나 마찬가지였다.

이승만은 열변을 토했다.

"지금 조선은 아라사의 횡포 때문에 시달리고 있습니다. '북극곰' 아라사는 부산 앞바다 절영도를 자기 멋대로 활용하려 합니다. 남의 나라 섬을 뺏는 것은 도적질 아니고 그 무엇입니까?"

"옳소!"

청중들은 이승만의 열정적인 사자후^{獅子吼}에 환호했다. 이를 계기로 그는 대중정치가로 부상한다.

"아라사 백곰, 물러가라!"

청중 사이에서 이런 구호가 메아리쳤다.

연사들은 "러시아인 고문들을 내쫓고 재정 및 군사주권을 수호하도록 정부에 청원서를 내자"고 제의했다. 청중의 박수로써 제의는 채택되었고 청원서는 정부에 보내졌다. 사회단체가 대중집회를 열어 정부에 진정하는 시민대회의 효시였다.

여성들의 자발적인 참여도 돋보였다. 서울 북촌에 사는 양반네 여성들은 외출할 때 덮어쓰는 장옷(쓰개치마)을 벗어던지고 나섰다. 이들 400여 명은 '찬양회'라는 모임을 만들었다.

"여자들도 교육 받을 권리, 직업을 가지고 정치에 참여할 권리를 가져야 합니다!"

찬양회 회원들은 밥을 날라다 주고 밤샘 시위에도 동참했다.

만민공동회 소식에 스페르는 발로 책상을 쾅쾅 차며 분기탱천했다.

"독립협회는 반反러시아 단체임이 분명하군. 회장 이완용은 따끔한 맛을 봐야 한다."

스페르는 급히 고종을 찾아갔다.

"이완용은 비서원경이라는 직책을 망각한 자입니다. 황제를 보필해야 하는 자가 어찌 러시아를 성토하는 모임의 수괴 노릇을 합니까?"

"이완용은 모진 성품을 가지지 않았는데 …."

"과격한 서재필이 이완용을 배후 조종한 게 틀림없습니다. 그자는 미국 시민권을 가졌다고 안하무인眼下無人입니다. 이완용을 멀리 보내야 합니다. 서재필 가까이에 있다간 이완용이 무슨 일에 엮일지 모릅니다. 지방 관찰사로 내보내십시오."

고종과 스페르가 대화할 때 통역은 김홍육이 맡는다. 김홍육은 스페르와 눈이 마주치자 눈꺼풀을 껌벅거렸다. 자신의 인사청탁을 고종에게 전하라는 신호였다.

스페르의 발언을 통역하면서 김홍육은 자기 멋대로 초를 쳤다.

"한성을 새로운 도시로 만들어야 합니다. 가장 큰 거리라는 종로도 무척 좁고 도로가 엉망입니다. 러시아의 모스크바는 도로에서부터 건물까지 외양을 잘 갖추었습니다."

"그건 과인도 잘 알고 있소. 한성을 바꾸어야지요."

"그러려면 유능한 인물을 한성판윤으로 임명해야 합니다. 아주 유능하고 성실한 인물을 천거할까 하옵니다만 …."

"누구요?"

"바로 이 자리에 있는 김홍육입니다."

"김홍육을?"

고종은 눈을 크게 떠 김홍육을 쳐다보았다. 그는 고개를 조아리고 하명을 기다렸다.

이완용은 전라관찰사로 발령했다. 만민공동회 첫 집회가 열린 바로 이튿날이었다. 같은 날 김홍육은 한성판윤(서울시장)으로 임명되었다. 러시아의 위세가 얼마나 대단한지, 대한제국의 인사가 얼마나 엉터리인지를 보여주었다.

백성들은 혀를 끌끌 차며 개탄했다.

"김홍육이가 한성판윤이라고? 허허, 서천 소가 웃을 일이네."

"난세亂世야."

"말세末世 아닌가?"

11

이완용이 전라관찰사로 부임한 직후에 러시아는 갑자기 조선에서 철수하기 시작했다. 금방이라도 조선을 집어삼킬 듯 설치던 스페르는 마튜닌 공사로 경질되었다. 군사교관과 재정고문 알렉시에프도 짐을 챙겨 떠났다. 불과 3개월 전 알렉시에프가 세웠던 한로은행도 문을 닫았고 러시아어 학교도 폐쇄되었다. 대한제국 정부는 이유를 몰랐다.

"독립협회의 요구대로 순순히 물러날 그들이 아니지 않은가?"

사연은 이렇다. 스페르가 짐을 싸기 바로 며칠 전, 러시아는 청국의 여순 및 대련을 조차租借하는 데 성공했다. 이에 앞서 러시아는 이들 천혜의 항구에 함대를 보내 강제 점령한 바 있다. 3국 간섭으로 일본이 청국에 되돌려 준 요동반도를 러시아가 차지한 것이다.

러시아는 더 이상 조선에서 부동항을 얻으려 일본과 실바다툼을 벌이지 않아도 됐다. 러시아 세력은 서둘러 조선땅에서 떠났다.

물론 독립협회가 러시아를 성토하자 러시아는 조선에서 자신들의 입지가 좁아짐을 느끼기도 했다. 러시아 세력이 대거 물러나자 독립협회의 위상이 높아졌다. 백성들은 삼삼오오 모여 만민공동회의 성과에 대해 이야기했다.

"조정의 썩어빠진 대신들에게 나라의 미래를 맡겨서는 안 되네. 이제 우리 손으로, 독립협회를 도우며 나라를 이끌어 가세."

여론이 이같이 조성되자 고관들의 눈에는 독립협회가 껄끄럽게 보였다. 독립협회를 무력화하거나 없앨 궁리를 하기 시작했다.

독립협회 간부들도 이런 낌새를 알아차리고 대책회의를 열었다.

"이런 때일수록 만민공동회를 더욱 활성화합시다."

"두터운 내부결속력이 필요한데 ⋯."

"지금 결속력이 모자란단 말이오?"

"이완용 회장 때문에 ⋯."

"이 회장이 어때서요?"

"명색이 민중들의 목소리를 대변하는 독립협회인데 회장에 국왕의 총애를 받는 고관대작이 앉아 있으니 부담스럽지요."

"듣고 보니 그렇긴 하오."

간부들은 고심 끝에 이완용을 출회黜會시켰다. 독립협회 출범 이후 이완용이 크게 기여했으나 상황이 바뀌어서 어쩔 수 없었다. 신임 회장에는 윤치호를 뽑았다.

고종황제와 수구파는 독립협회의 위상이 날로 높아가자 독립협회를 짓누르는 공작에 골몰했다.

"서재필을 내쫓아야 하오. 그자는 모든 골칫거리의 근원이오."

수구파는 보부상들을 끌어 모아 '황국협회皇國協會'라는 어용단체를 만들어 독립협회에 반격을 가하기로 전략을 세웠다.

　서재필은 〈독립신문〉을 통해 관료들의 부정부패상을 비판했다. 그러자 보수파 고위대신들은 고종 앞에서 서재필을 헐뜯었다. 고종은 미국 공사 알렌을 불러 눈을 움찔거리며 볼멘소리로 말했다.

　"서재필이 미국으로 조용히 돌아가도록 권유하시오."

　"제 말을 듣겠습니까?"

　"같은 미국인끼리 대화를 잘 해보시오."

　"그렇다면 설득해 보겠습니다. 다만 서재필의 고문계약은 10년간 이니 남은 기간의 봉급은 지급하시는 게 좋겠습니다."

　"그렇게라도 해서 보내시오. 단, 과인이 이런 이야기를 했다는 사실은 비밀로 하시오."

　알렌은 쾌재를 불렀다. 눈엣가시를 조선 국왕이 제거해주다니 ….

　"제이슨 씨, 요즘 무척 바쁘다면서요?"

　알렌은 서재필을 만나자마자 비아냥거리는 투로 말을 걸었다.

　"알렌 공사께서도 부지런히 궁궐을 들락거린다던데요."

　"만난 김에 묻겠소. 독립신문은 왜 미국사업을 반대하는 사설을 싣는 거요? 발 벗고 나서서 도와주어야 할 미국 시민권자가 오히려 방해를 하니 심히 유감이오."

　"말씀이 지나치군요. 공사께서 미국 사업자의 이권에만 혈안이 돼 있고 조선의 이익은 뒷전에 두었기 때문에 그걸 반대한 것이외다."

　두 사람 모두의 이마에서는 핏줄이 꿈틀거렸다. 마주 보는 눈에서 불꽃이 튀었다.

　"단도직입적으로 말하겠소. 미국으로 돌아가시오."

"일본과 러시아가 나를 죽이려 하더니, 이제는 미국마저?"

"귀하를 보호하기 위해서요. 독립신문과 독립협회를 시기하는 자들이 많소. 귀하의 목숨을 노리는 자도 있다오."

"나도 그런 낌새를 느끼긴 하지만 공사께서 그 말을 하니 불쾌하오. 나를 추방하는 것 같소."

서재필은 신문사 사장실에 홀로 앉아 심호흡을 하며 분을 삭였다. 밤늦게까지 주시경이 사설을 쓴다고 앉아 있었다. 편집국에 가서 그의 어깨를 툭 치며 속내를 털어놓았다.

"한힌샘(주시경의 아호)군, 나를 미국으로 가라는데…."

"누가 그런 얼토당토않는 요구를 합니까? 있을 수 없는 일입니다. 횃불을 든 분이 떠난다면 조선은 다시 암흑에 빠질 것입니다."

"조정에서도 나를 싫어하는 세력이 들끓고 이권을 챙기려는 외국사절들도 내가 떠나기를 바라는 눈치야."

"그들 때문에 떠나신다면 안 됩니다."

"추밀원 고문직에서 곧 해임될 듯하네."

"국록을 받지 않으셔도 됩니다. 병원을 열면 되지 않겠습니까?"

"그것도 궁리해보았네. 병마에 시달리는 백성들을 내 손으로 고치면 보람 있겠지. 의사 수입으로 먹고 사는 데는 지장이 없을 터이고 … 그러나 독립신문을 계속 이끌어나가기엔 돈이 모자라지 않을까?"

"사업을 벌이시면 어떨까요? 외국 사업가들이 조선에서 폭리를 취하는데 선생님이 적정한 이익을 누리면 사업도 번창하고 조선 경제에도 좋을 것이고 …."

"관료들의 눈 밖에 난 사람은 사업을 영위하기가 힘든 게 현실이라네. 사업을 성공시키려고 관료들에게 뇌물을 바칠 수야 없지."

이런 고민을 하는 중 서재필은 1898년 4월 초, 정부에서 보낸 관용 봉투를 받았다. 우려대로 해임 통보서가 들어있었다.

'면免 추밀원 고문, 서재필'

봉투 안에는 나머지 계약기간에 대한 봉급도 들었다. 말이 해임 통보서이지 사실상 추방령이나 마찬가지임을 직감했다. 이 소식이 알려지자 독립협회 회원들은 술렁거렸다.

"이 무슨 청천벽력인가. 선생이 진두지휘한 덕분에 러시아의 야욕을 물리친 것 아닌가."

"서재필 선생이 떠난다면 큰일 아니오? 이제 협회는 작은 고개를 넘었을 뿐인데 앞으로 거산을 어떻게 정복한단 말이오?"

회원들은 이구동성으로 탄식을 터뜨렸다.

"좌시할 수 없소이다. 복직되도록 회원들이 단결 투쟁합시다!"

회원들은 긴급회의를 열어 '서재필 선생 복직투쟁위원회'를 구성했다. 대표로 남궁억南宮檍과 신용진을 선출했다. 대표단은 국무원에 서재필의 복직을 요구하는 청원서를 보냈다. 이에 대해 국무원은 서재필이 임무를 완수했기에 해임했다는 내용의 회신을 보내왔다.

회원들은 흥분했다. 교묘하게 책임을 회피하는 글로 보였다.

"다른 방법을 써야겠소. 선생의 복직을 촉구하는 대중집회를 열어야 하지 않겠소?"

"옳소! 울어야 젖을 주지 ….."

숭례문 밖에서 열린 집회에서 이승만은 연설을 맡았다.

"우리의 지도자 서재필 선생께서 우리 곁에서 떠날지 모릅니다. 정부가 추밀원 고문직에서 해임했기 때문입니다. 이럴 수 있습니까?"

"그럴 수 없소!"

청중들의 분노에 찬 목소리는 지축地軸을 흔들었다.

대중집회를 마친 뒤 독립협회 회원들은 정부에 다시 청원서를 냈다. 그러나 아무 소용이 없었다. 오히려 보수파 내각을 자극했다.

"보나마나 서재필이 민중을 꼬드겨 소동을 일으킨 것 아니겠소?"

"독립협회나 독립신문이나 갈수록 골칫거리요. 발목을 꽉 잡는 방도를 마련해야지 원 …."

"우편국에서 독립신문을 싼값으로 배달해주고 있다면서요?"

"그 혜택을 중단합시다."

"좋은 생각이오."

12

정동 제일교회에 있는 벧엘예배당. 조선의 개신교 예배당으로서는 최초의 서양식 건물이다. 빨간 벽돌로 지어진 이 예배당에 들어오면 번다煩多한 일상과 차단된다. 석양 무렵에 들어오면 더욱 그렇다. 스테인드글라스를 통해 들어온 햇빛이 실내에 퍼지면 신의 은총이 폭포처럼 쏟아지는 듯하다.

서재필은 예배당에 홀로 앉았다. 방금 신문사에서 〈독립신문〉 사설을 쓰고 이곳에 왔다.

독립 …. 이 화두를 붙잡고 몰두한 결과 〈독립신문〉을 창간했고 독립문獨立門을 완성했다. 지난 2년 4개월여 동안 큰 성과를 이루었다. 하지만 독립을 위협하는 걸림돌들이 갈수록 괴물처럼 자란다.

서재필은 무릎을 꿇고 묵상에 잠겼다가 눈을 뜨고 왼쪽 소매를 걷어 올렸다. 갑신정변 때 다친 상처가 선명하게 드러난다. 이 칼자국을 볼 때마다 죽음의 공포를 이기는 용기가 생긴다.

예배당을 나섰다. 아펜젤러 목사와 마주쳤다. 주위는 푸르스름한 어둠이 깔리면서 컴컴해졌다.

"안색이 좋지 않군요. 무슨 일이라도?"

"미국에 돌아가라는 압력이 심해서 …."

"용기를 가지세요. 형제님을 위해 기도하겠습니다."

서재필은 교회에서 나와 산책을 하러 배재학당 쪽으로 가는 언덕길을 올라갔다. 뒤에서 누군가가 따라왔다. 휙 돌아봤다. 미행자는 건장한 남자 셋이다.

빠른 걸음으로 배재학당 쪽으로 걸어갔다. 뒤를 힐끔 보니 그들도 속보로 따라왔다.

서재필은 배재학당 안으로 얼른 들어갔다. 그들도 따라 들어왔다. 오늘은 작심하고 따라붙는 듯하다. 학교 안은 적막했다. 짙은 어둠에 빠져 눈앞이 깜깜했다.

"잠깐 봅시다."

그들은 그렇게 말을 걸고 순식간에 서재필을 에워쌌다. 그들은 두건을 쓰고 있었다. 신체에서 풍겨나오는 살기殺氣는 맹수의 것 같았다. 몸놀림으로 보아 무술 고수였다.

"누구시오?"

서재필은 방어자세를 취하며 그들을 노려봤다.

"그런 것은 알 것 없고 … 짧게 말하겠소. 빨리 조선땅을 떠나시오."

"누구 심부름으로 이런 짓을 하는 거요?"

"우리를 잡심부름꾼으로 여기지 마시오. 대의大義를 위해 일하는 협객들이오. 좌우지간 얼른 떠나라니깐 …."

"비겁한 놈들 … 얼마나 떳떳하지 못했으면 낯짝을 가리고서는 …

이놈들아, 나는 안 떠난다!"

덩치가 작고 호리호리한 사내가 단도를 꺼내 서재필의 목에 갖다댔다. 그는 이죽거리며 말했다.

"멱을 따줄까?"

칼끝이 피부에 닿자 시퍼런 서슬의 섬뜩한 살기가 전해진다.

"이, 이놈들 …."

서재필은 상대방의 움직임을 살폈다. 땅딸막하지만 근육질이 탄탄한 사내가 쉿소리를 내며 말했다.

"보름 안으로 떠나시오. 최후의 통첩이오. 우리 말을 듣지 않으면 당신 마누라고 딸아이고 할 것 없이 대가리 껍데기를 벗기겠소."

서재필은 온몸에서 땀을 흘렸다.

"비열한 놈들 …."

숨을 헐떡이며 이들을 노려볼 때였다. 단도를 든 사내의 팔이 번쩍 치솟았다.

"얏!"

"윽!"

사내는 서재필의 옆구리에 칼침을 놓았다. 서재필은 뭔가 뜨끔한 기운을 느껴 주춤거리며 섰다가 이내 땅바닥에 쓰러졌다.

서재필은 왼쪽 옆구리를 움켜잡고 신음했다. 손으로 막았지만 피는 콸콸 흘러나왔다. 칼잡이 사내가 노려보며 말했다.

"오늘은 살짝 맛만 보여주었다. 보름 안에 꺼지지 않으면 그때는 진짜 숨통을 끊을 것이야!"

퍽! 덩치가 큰 사내는 쓰러진 서재필의 머리를 발로 걸어찼다. 그 충격으로 서재필은 까무러졌다. 그들은 침을 퉤퉤 뱉으며 배재학당을 빠져나갔다. 서재필은 무의식의 고해苦海에서 유영遊泳했다.

어둠 속에서 희끄무레한 빛이 보이는가 싶더니 거기에서 의녀가 나타났다. 그녀는 다가와 손을 붙잡아 일으켰다. 의식을 잃고 피투성이가 된 서재필을 누군가가 집으로 데려왔다고 한다.

"어떻게 된 거예요? 어젯밤에 여자 한 분과 남자 두 분이 당신을 모시고 왔는데요."

뮤리엘이 퀭한 눈망울로 서재필을 바라보며 물었다.

"별 것 아니오. 다리를 헛디뎌 옆구리를 조금 다쳤을 뿐이오."

"어제 그분들이 아니었다면 큰일 날 뻔했어요."

하얀 천으로 상처 부위를 감아 응급처치를 한 것으로 보아 전문가 솜씨였다. 태희?

"어제 그 여성, 눈이 큼직하고 속눈썹이 길지 않았소?"

"그분은 이상하게도 수건으로 얼굴을 가렸더라고요. 얼굴을 내놓았더라도 제 눈엔 조선 여성 얼굴은 모두 엇비슷해서 몰라봤을 거예요. 남자들은 가마꾼 같던데요."

"이름을 묻지 않았소?"

서재필은 아내의 대답도 듣지 못하고 이내 혼곤昏困 속에 잠들었다.

탕, 탕, 탕! 총을 맞은 남자가 풀썩 쓰러진다.

김옥균이 홍종우가 쏜 흉탄을 맞고 암살당하는 장면이 어른거린다. 김옥균이 피를 뿜으며 부릅뜬 눈으로 쳐다보며 외친다.

"솔! 미국으로 떠나게!"

13

서재필은 나흘간 침대에 누워 있었다. 테러를 당했다는 사실은 누구에게도 말하지 않았다. 〈독립신문〉 간부들에게는 지독한 고뿔 때문에 출근하지 못한다고 알렸다.

침대에서 내내 비몽사몽非夢似夢 경계를 오갔다. 테러범들이 쓴 흑두건이 자주 어른거린다. 흑두건 앞에 아내와 딸의 얼굴이 겹쳐 보인다. 칼잡이가 휘둘렀던 단도가 번쩍거리며 나타난다. 상처가 약간 아물자 침대에서 일어날 수 있었다.

"이제 괜찮은가요?"

뮤리엘이 더욱 퀭해진 눈으로 서재필을 바라봤다. 며칠 동안 간호하느라 심신이 지친 듯하다.

"걱정 마시오. 거뜬히 일어설 수 있소."

뮤리엘이 뭔가 낌새를 느낀 듯했다.

"다친 것, 말이에요. 다리를 헛디딘 게 아니지요? 칼에 맞은 상처잖아요?"

뮤리엘이 다그쳐 묻자 즉답을 못하고 눈만 끔벅거렸다. 한참 망설이다 사실을 털어놓기로 했다.

"시국이 어지럽소. 나를 탐탁잖게 여기는 자들이 득실거린다오."

"그들이 테러를 저질렀군요."

"누군지가 확실치는 않소."

"나쁜 사람들 ⋯."

"그자들은 내가 미국으로 돌아가기를 바라오."

"그러면 당연히 돌아가야죠. 여기서 코리아 독립을 위해서 할 만큼 했잖아요."

뮤리엘의 목소리엔 시퍼런 날이 서 있었다.

"나도 미국으로 갈까 말까 망설인 게 사실이오. 하지만 테러를 당하고 보니 오히려 여기 남아 있어야 하겠다는 오기가 생기는구려. 그놈들에게 꼬리를 내릴 수는 없소."

"고집을 그만 접으세요."

"아니오, 고약한 놈들에게 무릎을 꿇을 수 없지."

서재필은 침대에서 일어나 머리를 감고 면도를 깨끗이 했다. 허리에 압박붕대를 칭칭 감고 옷을 입었다.

신문사에 출근해서는 아픈 내색을 하지 않았다. 〈독립신문〉 교정지를 보고 있던 주시경이 서재필에게 다가왔다.

"얼굴빛이 좋지 않은데요."

"좀 쉬면 괜찮을 거야."

서재필은 의자에 앉아 몸을 뒤로 젖힌 채 눈을 감았다.

"엊그제 정동구락부 손탁 사장이 몇 차례나 종업원을 보내 선생님 안부를 물었습니다. 출근하시면 곧 연락을 달라던데요."

서재필은 욱신거리는 옆구리를 지그시 누르며 인근 정동구락부로 걸어갔다.

"필립! 어, 어떻게 된 일…."

손탁은 서재필을 보자마자 신음 비슷한 소리를 뱉는다.

"왜 그러시오? 눈물까지 보이고… 하하하…."

서재필은 태연하게 말했다.

"별실로 들어가시지요. 긴히 드릴 말씀이…."

별실 가운데엔 둥그런 테이블이 있었고 그 위엔 빨간 장미꽃을 듬뿍 꽂은 꽃병이 놓였다. 바로크 양식의 테이블과 의자 덕분에 별실의 분위기는 서양의 고급 레스토랑 못잖았다.

손탁은 갓 볶은 원두로 만든 커피를 손수 들고 왔다.

"어렵사리 구한 콜롬비아산 커피예요. 뜨거우니 천천히 드세요."

서재필이 커피잔의 온기를 손으로 느끼며 향기를 맡는 사이 손탁은 손수건으로 눈시울을 훔치며 말문을 열었다.

"며칠 전 손님들이 나누는 대화를 얼핏 들었는데 귀하에 관한 험담이더군요."

"험담이야 늘 듣잖소."

"이번엔 이상한 느낌이 들었어요. 인상이 험악한 낯선 손님들이었는데 쑥덕거리는 모양새가 직감적으로 섬뜩하더라구요."

"별 걱정을 … 하하하 …."

서재필은 짐짓 과장스럽게 호탕한 웃음을 터뜨렸다.

"누군가가 필립의 목숨을 노린다는 풍문이 나돌았잖아요."

"나는 죽을 고비를 몇 번이나 넘긴 몸이오. 아직 저승에 갈 운명이 아니니 염려 마시오. 하하하 …."

서재필은 더욱 호걸처럼 웃으며 손탁을 안심시키려 애썼다.

열흘이 지나자 상처가 거의 아물었다. 신문사에서 사설을 쓰고 있는데 뮤리엘이 쿵쾅거리는 발소리를 내며 사장실로 뛰어들어 왔다.

"큰일 났어요! 스테파니가 납치됐어요!"

숨이 넘어갈 듯 헐떡이는 아내는 입술이 새파래진 채 한동안 말을 잇지 못했다.

"납치되다니?"

방금 전에 유모차에 태우고 산책길에 나섰는데 독립신문사 앞에 흑두건을 쓴 괴한 셋이 나타나 스테파니를 잡아채 갔다는 것이다. 서재필은 아내 손을 잡고 부리나케 바깥으로 나왔다.

"대디!"

납치됐다던 스테파니가 유모차에 앉아 방긋이 웃으며 아빠를 부르고 있었다.

"멀쩡하게 여기 있잖소?"

"경고 차원에서 겁만 주고 아이를 돌려보낸 것 같아요."

그러나 그게 아니었다. 먼발치 땅바닥에 사내 셋이 쓰러져 있는 게 보였다. 흑두건을 쓴 괴한들이었다. 그 옆에 얼굴이 창백해진 아펜젤러 목사가 서 있었다.

서재필은 두려움을 느낄 틈도 없이 본능적으로 사내들 쪽으로 몸을 퉁기듯 달려갔다. 20미터쯤 갔을까. 다친 허리의 통증 때문에 주춤하며 멈추었다. 그때 건장한 덩치의 사내 일고여덟 명이 나타나 흑두건 사내 셋을 들쳐 업고 순식간에 사라졌다.

"독침을 쏘았어요!"

다가온 아펜젤러 목사가 숨을 헐떡이며 말했다.

"독침이라뇨? 목사님, 숨을 고르고 나서 천천히 말씀해 주세요."

그는 후후, 심호흡을 하더니 방금 목격했던 광경을 설명했다.

"괴한들이 스테파니를 안고 달아나는데 웬 여인이 나타나 그들을 뒤쫓더군요. 그녀는 대나무 대롱을 입에 대고 독침을 쏘아 괴한들을 거꾸러뜨렸답니다. 아기를 유모차에 태워 신문사 앞에 데려다주고 유유히 사라졌습니다."

독침을 자유자재로 구사하는 여인이 누구일까? 태희?

그날 저녁에 서재필은 만사를 제치고 일찍 귀가했다. 반겨줄 줄 알았던 아내가 울상이 되어 있었다. 그녀의 눈에는 눈물이 그렁그렁하다.

"웬일이오?"

"이것, 보세요."

그녀는 미국에서 온 전보를 내밀었다. 친정어머니가 위독하다는 내용이다. 죽기 전에 막내딸 뮤리엘을 보고 싶다는 애절한 뜻이 담겼다.

"그것 참 이상하군 … 장모님은 무척 건강한 분인데 …."

"노인 건강은 언제 어떻게 될지 모르잖아요. 어머니를 보러 당장 미국으로 가야겠어요."

'이게 미국으로 돌아가라는 하늘의 뜻일까?'

갑자기 그런 상념이 떠올랐다. 서재필의 머릿속에서는 미국으로 가느냐 마느냐를 놓고 치열한 공방전이 벌어졌다. 이 전보를 받으니 전자前者 쪽으로 무게 중심이 쏠렸다.

뜬눈으로 밤을 새운 서재필은 새벽녘에 미국으로 돌아가기로 결심했다. 대업을 이루지 못하고 떠난다는 자괴감이 들었다.

'씨앗을 뿌린 것만으로도 보람을 느껴야지 ….'

내가 없어도 윤치호, 정교鄭喬, 이승만 같은 동량들이 뜻을 이어 독립협회와 〈독립신문〉을 이끌어 가지 않겠는가. 수많은 독립협회 회원들과 〈독립신문〉 독자들이 있지 않은가.

헐버트, 아펜젤러 등 형제처럼 살갑게 지내는 미국인도 손을 내밀었다.

"독립신문과 독립협회는 우리가 신명을 바쳐 돕겠소."

서재필은 떠날 준비를 했다. 〈독립신문〉 경영은? 이것이 가장 큰 과제였다. 지금까지 추밀원 고문 봉급 가운데 절반 이상을 〈독립신문〉에 쏟아부었다. 이제 그 돈이 유입되지 않으면 신문은 당장 타격을 받는다.

〈독립신문〉 부사장인 윤치호도 해결책을 찾으려 사방팔방으로 뛰었다. 윤치호는 조심스레 말했다.

"전 총리대신 심상훈에게 팔아 정부기관지로 사용케 하면 어떻겠습니까? 제가 신문발행을 계속 책임지는 조건으로 ….'"

"아무리 경영이 어렵다 해도 공식적인 정부기관지가 되면 독립신문의 존립가치는 사라지고 마네. 다른 방도를 찾아보세."

서재필은 즐겨 타고 다니던 자전거를 윤치호에게 선물했다.

"이 귀중한 물건을 제게?"

"페달을 계속 밟으면 자전거가 쓰러지지 않듯 독립신문이 쓰러지지 않도록 힘써주시게."

아펜젤러, 헐버트가 〈독립신문〉을 인수하기로 결심했다. 편집책임은 윤치호가 맡기로 했다.

서재필은 정동구락부를 찾아갔다. 손탁과 별실에서 마주 앉았다.

"곧 미국으로 떠나오."

손탁은 동공이 풀리며 망연자실해했다. 한동안 말이 없더니 손수건으로 눈언저리의 이슬을 닦으며 말문을 연다.

"설마 이게 마지막 만찬이 되지는 않겠지요?"

"몇 년 후 또 다른 만찬을 갖기를 기대하오만 …."

손탁은 주방장에게 가장 품위 있는 정찬을 만들어오라고 지시했다.

식사를 마치고 손탁은 서재필에게 줄 선물을 갖고 왔다. 파란 벨벳으로 싼 작은 상자를 열어보니 길쭉한 금속물체가 들어 있다.

"만년필이라는 거예요. 잉크를 넣어 쓰는 휴대용 펜이죠."

"10여 년 전에 워터맨이라는 사람이 발명한 그 필기구?"

"요즘 외교관들 사이에 선풍적인 인기를 끄는 물건이랍니다. 조약을 체결하고 서명할 때 쓰면 멋있다 하지요."

"앙투아네트가 나에게 주는 정표이군요. 평생 간직하겠소."

"당신은 조선이 낳은 이 시대 최고의 쾌남아입니다. 안녕!"

서재필은 떠나기 바로 전날까지도 신문사에 나와 신문제작에 열정을 쏟았다. 독자들에게 고별인사를 써 〈독립신문〉에 실었다.

조선을 떠나기 전야에 독자제위에게 몇 마디 작별인사를 올립니다. 신문 계속 문제에 대하여 심사숙고한 결과 다행히 윤치호 씨로부터 편집임무를 맡겠다는 승낙을 얻었습니다. 신문사는 윤 선생과 같은 훌륭한 자격자를 편집자로 맞이할 수 있는 것을 큰 요행으로 여깁니다. 독자 여러분은 저에게 보여준 것과 같은 지원을 그분에게 표시해 주실 것을 부탁하는 바입니다.

1898년 5월 14일, 서재필은 서울을 떠난다. 14년 전 서울을 떠날 때는 쿠데타를 시도했다가 도피한 데 비해 이번엔 평화적 개혁에 힘썼으나, 결과는 똑같이 망명이다.

서재필은 아내 뮤리엘과 만 두 살인 딸 스테파니의 손을 잡고 대문을 나섰다. 뮤리엘은 2년 전 서울에 도착할 때 만삭의 몸이었다. 이번에 서울을 떠날 때도 배가 불렀다. 또 다른 아이를 가진 것이다.

집 앞에 전송자 수백 명이 기다리고 있었다. 독립신문 종사자, 독립협회 회원, 협성회 회원, 배재학당 학생, 정부관료, 외국사절 등 여러 인사들이 도열해서 아쉬움을 나타냈다. 먼발치에 손탁도 보인다. 챙이 넓은 모자와 흰 장갑 차림의 우아한 자태가 멀리서도 돋보인다. 태희는 끝내 만나지 못하고 떠난다.

독립협회 청년회원 한 사람이 서재필 앞에서 무릎을 꿇고 앉아 울음을 터뜨리면서 외쳤다.

"선생님의 훈시는 죽을 때까지 잊지 않겠습니다. 이 몸을 던져 조선을 자유, 평등, 평화의 나라로 만들겠습니다!"

서재필은 그 청년의 손을 잡고 일으켰다.

"고맙소. 큰 뜻을 반드시 이루시오."

전송자 50여 명이 마포나루터까지 따라와 눈물을 뿌렸다.

질풍노도의 계절

1

미국 초원은 넓다. 대평원에서는 바다처럼 끝이 보이지 않는다. 숲은 질푸르다 못해 검게 보인다. 그만큼 울창하다.

서재필은 미국 땅을 다시 밟았다. 조선에서 태어난 딸 스테파니를 안고 서둘러 워싱턴의 처가에 갔다. 장모가 얼마나 위중한지, 혹시 그 사이에 별세하지는 않았는지 걱정이 꼬리를 물었다. 아내는 친정에 들어서자마자 눈물을 왈칵 쏟았다.

"마미!"

그 소리를 듣고 뮤리엘의 친정어머니가 문간으로 나왔다.

"웬일이니? 온다는 소식도 없이 ….."

"건강은 어떠세요?"

"보다시피 괜찮지."

모녀는 부둥켜안았다. 화이트 씨도 잠옷 차림으로 나와 서재필의 손을 잡고 힘껏 흔들었다.

"마미가 위독하다는 전보를 받고 얼마나 놀랐다고 ….."

"무슨 전보?"

"전보를 보내지 않으셨어요?"

"무슨 소리야? 나는 아픈 적도 없고, 전보를 보낸 적도 없는데 …."

서재필은 상의 호주머니에 넣어둔 그 전보종이를 꺼내 보였다. 발신자는 화이트 씨 명의로 돼 있었다. 장인은 어색한 미소를 지었다.

"사실은 내가 보낸 것이네. 필립과 뮤리엘의 신변이 위험하다는 소문을 듣고 안전한 미국으로 오게 하려고 …."

"그런 소식을 누가 전하던가요?"

"꼬치꼬치 묻지 말게. 자네들을 위해 꾀를 낸 것이라네."

"장인 어르신의 마음 씀씀이는 감사합니다만 …."

어이가 없었다. 장인이 외교가의 끄나풀인가?

마음을 추스르려고 워싱턴 시가를 거닐었다. 미국에 돌아와 보니 미국은 스페인과 전쟁을 벌여 분위기가 뒤숭숭했다. 타블로이드판 신문을 보니 온통 전쟁소식이다. 시민들은 너도나도 신문을 손에 쥐었다. 전쟁터인 쿠바에 아들을 보낸 부모는 발을 동동 굴렀다. 군인 남편을 둔 아내는 밤새 침대에서 몸을 뒤척거렸다.

"미국의 세력을 국제적으로 넓히자"고 주장하는 팽창주의자들은 전쟁이 필요하다는 여론몰이에 앞장섰다.

미국 남쪽 멕시코만 바다에 떠있는 쿠바 섬. 아름다운 풍광을 자랑하는 곳이다. 1492년 콜럼버스가 발견했는데 스페인은 1514년에 쿠바를 점령해 식민지로 삼았다. 원주민 11만 명을 사금 캐기, 농장 일에 혹사시켰다. 악성 전염병이 퍼져 원주민 대부분이 숨졌다. 일손이 달리자 아프리카에서 흑인들을 잡아왔다. 19세기까지 데려온 흑인 노예는 100만 명. 학대에 시달리던 노예들은 자주 반란을 일으켰으나 스페인 군인들의 무자비한 총칼 앞에 무릎을 꿇었다.

'쿠바 독립의 아버지'라 불리는 호세 마르티는 1895년 쿠바혁명당을 결성하고 독립전쟁에 뛰어들었다. 스페인군과 반군 사이의 전투는 치열했다. 반군은 '치고 빠지기' 식의 게릴라전을 펼쳤다. 마을과 사탕수수 농장이 불탔다. 쿠바에서 사탕을 수입하는 미국업자들은 애간장이 탔다.

"큰일 났군. 무슨 조치가 있어야지!"

1898년 2월 쿠바의 아바나 항에 정박했던 미국 전함 메인 호가 폭발했다. 해군 266명이 목숨을 잃었다. 원인은 불분명했다. 미국에서는 괴소문이 나돌았다.

"스페인 함정에서 쏜 어뢰가 메인 호를 격침시켰다."

스페인을 응징하자는 여론이 나왔다.

"이번 기회에 스페인을 손봐야 한다."

"스페인 학정에서 쿠바를 해방시키자!"

윌리엄 매킨리 미국 대통령은 전쟁을 원하지 않았다. 그러나 주전론자들의 목소리가 높아갔다.

"메인 호를 기억하라!"

"제해권制海權이 역사에 미친 영향"이란 유명한 논문을 쓴 팽창주의 학자 알프레드 매헌은 전쟁 불가피론을 역설했다. 그의 친구이자 훗날 미국 대통령이 된 시어도어 루스벨트도 이에 동조했다. 매킨리 대통령은 여론에 떠밀려 1898년 4월 9일 의회에서 전쟁을 선포했다.

〈뉴욕저널〉 신문사 사장실. 자그마한 선풍기가 팽팽 돌아간다.

'신문제왕'이라는 윌리엄 허스트 사장은 회전의자에 몸을 푹 파묻은 채 빙그레 웃었다. 신문 판매부수가 부쩍 늘었기 때문이다.

'이번 스페인과의 전쟁으로 재미 좀 봐야지 … 전쟁기사만큼 독자들의 관심을 끄는 뉴스가 어디 있겠어? 대박을 기대해도 무리는 아니겠지? 호호호 ….'

허스트는 신문용지를 더 주문하느라 신바람이 났다. 허스트는 절친한 화가 프레더릭 레밍턴을 사장실로 불렀다. 책상 위에는 토스트, 커피, 잼, 바나나 등 군것질거리가 잔뜩 쌓여 있다.

"프레더릭, 이 담배 한번 피워 보게."

허스트는 입술 주위에 묻은 벌건 포도 잼을 닦지도 않은 채 굵직한 시가를 입에 물고 말했다.

"그 뭉툭한 시가를 피우다간 온 몸이 녹겠군. 안 피겠네."

"쿠바 아바나에서 엊그제 가져온 최고급 시가인데 …."

허스트는 연기를 내뿜으며 게슴츠레한 눈으로 레밍턴을 바라봤다.

"화실에 죽치고 앉아 있기만 할 건가?"

"화가가 화실에서 그림 그리는 게 당연하지, 왜 그러시나?"

"쿠바에서 전쟁이 한창인데 한가하게 꽃 정물화나 그릴 수 있나?"

"전쟁 그림을 그리란 말인가?"

"맞아. 전쟁터에 가서 그림을 그리시게. 신문에 실어야지."

레밍턴은 졸지에 쿠바로 갔다. 그러나 전투현장에 접근할 수 없었다. 군 당국이 허락해주지 않았다. 화끈한 전투가 없기도 했다.

레밍턴은 그림 소재를 못 찾았다고 전보를 보냈다. 이 소식을 들은 허스트는 버럭 고함을 질렀다.

"살육광경을 담은 그림을 만들어 내게. 전쟁은 내가 만들 테니까!"

신문 발행인 조지프 퓰리처도 미국 내전인 남북전쟁 때 신문판매량이 급증했기에 스페인과의 전쟁특수特需를 기대했다.

2

백악관 앞 벤치에서 서재필은 신문을 읽었다. 신문종이를 매만지는 까칠까칠한 손맛에 작은 행복을 느꼈다.

그러나 벤치에 앉은 사람들이 허스트에 대해 수군거리는 이야기를 듣고 아연실색했다. 신문 발행인으로서 이렇게 윤리의식이 없어서야 …. 신문발행을 돈벌이로 생각하다니 개탄스러웠다.

행인들을 바라보고 있을 때였다. 낯익은 얼굴의 러시아인이 그 앞을 지나갔다. 조선에 공사로 와 있던 베베르 아닌가.

"베베르 씨 아니오?"

"이게 누구신가! 워싱턴 시내에서 이렇게 만날 줄이야 … 조선 속담에 원수는 외나무다리에서 만난다더니 …."

"우리 사이가 뭐 원수는 아니잖소. 제 나라 이익을 위해서 일하다 보니 미워하는 감정이 생기기도 했지만 …. 베베르 씨는 조선을 떠날 때 멕시코 공사로 간다고 하지 않았소?"

"맞소이다. 멕시코로 부임하기 전에 여기 와서 며칠 머물고 있다오. 그런데 닥터 서는 언제 여기에 왔소?"

"며칠 전에 도착했소이다. 조선에서 있을 처지가 못 되어서 …."

"내가 그 사정을 잘 알지요. 이미 지나간 일이고, 또 여기는 워싱턴이니 비화秘話를 털어놓을까요?"

"무슨 비화?"

"귀하에 관한 비화인데 음모라면 음모랄까, 하하하 …."

"도대체 무슨 소리를 하는 거요?"

"외교관은 비화를 발설하면 안 되오. 그러나 나는 한 인간으로서 귀하를 존경하오. 사나이다운 기개가 마음에 들었소. 나보다 나이가 23세나 젊어 아들뻘이기도 하고 … 그래서 털어놓고 싶소."

"황당하군요."

"맨 정신에 이야기하기는 부담스러우니 자리를 옮겨 보드카나 한잔 합시다. 여기 가까이에 있는 러시아식 레스토랑에 갑시다."

"나는 크리스천이어서 술을 마시지 않는다오."

"나도 독실한 루터교 신자요. 내 엄친은 루터교 선교사였다오. 그래도 가끔 술은 마셨지요. 나도 때때로 술을 마시지요. 보드카는 정신을 맑게 해주는 음료라오."

조선에서 본 베베르는 탐욕스럽고 술수에 능한 인간이었으나 이렇게 워싱턴에서 만나니 전혀 딴사람으로 보인다. 친근감이 들 정도다. 베베르의 제의대로 레스토랑으로 자리를 옮겼다.

베베르는 느물느물하게 웃으며 오른손의 엄지와 검지를 모아 목젖 옆을 튕겼다.

"이 손가락 동작이 뭘 뜻하는지 아시오?"

"그게 뭐요?"

"술 마시자는 신호인데 러시아 사람들은 이렇게 표시한다오."

서재필은 보드카 한 잔을 마셨다. 안주는 흑해산 철갑상어 알. 값비싼 안주이지만 베베르는 주머니 사정이 괜찮은 듯했다. 서재필은 약간 취기에 빠졌다. 베베르의 얼굴에도 술기운이 올라 벌겋게 달았다.

"비화를 털어놓으리다. 내가 조선에 있을 때 내 후임자 스페르 공사와 미국의 알렌 공사가 공모해서 귀하를 미국으로 보내려고 했다오.

조선 국왕이 이들에게 이런 밀지密旨를 내렸지요."

"국왕이 설마 외국 공사들에게 그런 일을 부탁할 수가 …?"

"믿기 어렵겠지만 사실이오. 처음엔 알렌 공사가 미국 국무부에다 조선 국왕의 지시라면서 서재필의 소환을 요구했다오. 그랬더니 미국 국무부는 소환할 근거가 없다면서 거절했지요. 그래서 스페르 공사가 주미 러시아 공사에게 귀하의 미국 소환이 이뤄지도록 부탁했지요."

"미국 시민권자를 러시아 사람들이 무슨 권한으로 오라가라 하오?"

"가만, 가만 … 끝까지 들어보시오. 주미 러시아 공사는 미국 대통령에게 서재필을 소환하라고 건의했지요. 조선의 정국을 어지럽히고 미국의 이익에 반하는 행위를 한다면서요. 그러나 백악관 측에서도 그럴 근거가 마땅찮다고 거절했다오. 그래서 궁리 끝에 나온 아이디어가 바로 가짜전보 작전이었소."

"그 전보는 엉터리였구먼 …."

"주미 러시아 공사의 딸이 수소문 끝에 귀하의 장인을 찾아냈다오. 화이트 씨에게 그 전보를 띄우도록 한 것이오. 여기에 오시길 잘했소. 조선에 남았다면 목숨을 보전하기 어려웠을 게요. 암살계획이 구체적으로 진행된다는 첩보를 들었소."

베베르와 헤어져 워싱턴 시가지의 밤길을 걷는 서재필의 머릿속엔 조선 생각이 그득했다. 〈독립신문〉은 잘 발행되고 있을까, 독립협회 활동은 순조로울까, 끝내 찾지 못한 태희 누나는 어디에선가 잘 살고 있을까.

3

미국 육군병원 구내를 오가는 군의관들이 발걸음이 무척 빨라졌다. 위생병들의 걸음은 더욱 빠르다.

서재필은 옛 직장상사 월터 리드 박사가 근무하는 육군병원에 찾아갔다. 옛 동료가 서재필을 알아보고 반가워했다.

"그렇잖아도 리드 중령이 필립을 애타게 찾던데 …. 지금 그는 쿠바에 가 계시오."

"쿠바에? 그럼 전쟁터에?"

"올 4월에 터진 전쟁 때문에 여기 군의관 여러 명이 쿠바에 갔다오. 그곳은 참전 병사들 사이에 황열병yellow fever이 퍼져 난리라고 하오. 전투보다 황열병이 더 위험하오. 군 당국에서는 리드 박사를 대책위원장으로 임명해서 현지에 급파했소. 리드 박사는 당신을 대동하고 싶어 수소문했다오. 너무도 먼 코리아에 있어 도저히 모시고 올 수 없다고 판단하고 그냥 쿠바로 가셨다오."

"이 판국에 내가 후방에서 편안하게 앉아 있을 수 없군요. 나도 자원입대하겠소."

서재필은 군의관 자격으로 전선에 가기로 했다. 아내는 남편의 무사귀환을 기도했다.

"걱정 마시오. 험한 인생을 살아온 사람이어서 이 정도 전쟁엔 무사할 거요. 내가 총 들고 나가서 싸우는 것도 아니고 …."

"이왕 가시는 김에 미국 시민으로서 헌신적으로 봉사하세요."

서재필은 남부 플로리다로 가서 병원선 하지 호를 탔다. 이 배는 부상 군인을 싣고 쿠바와 미국 본토 사이를 오갔다. 부상군인들을 치료하는 데 심혈을 기울였다.

'태희 누나도 청일전쟁 때 온갖 환자들을 돌보았겠지?'

다행히도 총상을 입은 병사들이 그리 많지 않았다. 그러나 황열병이 창궐해 숨지는 군인들이 속출했다. 서재필은 황열병 대책위원회에 배속됐다. 이 위원회를 이끄는 월터 리드 중령을 만났더니 얼굴이 까맣게 타 다른 사람처럼 변했다.

"월터, 오랜만이오."

"필립, 애타게 찾았소. 여기서 만나다니 ⋯."

리드 중령을 도와 서재필은 발병원인을 찾느라 골몰했다. 처음엔 환자의 옷이나 이불을 통해 전염되는 접촉성 질환으로 알았다. 그러나 환자를 격리해도 소용없었다. 새로운 환자들이 속속 나타났다. 고열을 내며 앓다가 숨지는 환자가 하루에 몇십 명에 이르렀다.

쿠바의 어느 역학疫學전문가가 의견을 내놓았다.

"말라리아모기에 물려서 발병하는 듯합니다."

리드 중령은 황열병 대책위원회의 위원들인 제임스 캐럴, 제시 라지어 등을 불러 대책을 논의했다. 캐럴이 용기 있게 대답했다.

"리드 박사님, 그러면 제가 모기에 물려보겠습니다."

"인체실험을 통해 확인해보겠다, 이 말이오?"

리드는 고민했다. 모기가 발병인자因子임을 확인하기 위해서라지만 인체실험을 권할 수야 없지 않은가.

"귀하의 실험정신은 높이 평가하오만 일부러 그렇게까지 할 필요는 없소. 환자들을 더 세심히 살펴 발병원인을 캐도록 하십시다."

리드의 반대에도 불구하고 제임스 캐럴은 스스로 모기에게 물렸다. 제시 라지어도 마찬가지로 모기에게 일부러 물렸다. 이들은 고열과 오한에 시달리는 황열병에 걸렸다. 라지어는 지속되는 고열로 혼수상태에 빠졌다가 결국 숨지고 말았다. 리드 중령은 보고서 뭉치를 으스러지게 움켜잡으며 다짐했다.

"그의 희생을 헛되지 않게 하기 위해 원인을 반드시 밝혀야 해!"

우여곡절 끝에 황열병원균 숙주宿主가 모기임을 알아냈다. 모기가 서식하는 웅덩이에 대대적인 소독을 실시했다. 모기장을 쳐 놓고 잠을 자도록 했다. 마침내 황열병은 퇴치되었다.

미국-스페인 전쟁에서 쿠바에서 숨진 미국인은 5,462명이었다. 이 가운데 전사자는 379명이고 나머지는 황열병 등 질병으로 사망했다.

전쟁이 끝나자 서재필은 6개월가량의 군의관 생활을 마쳤다. 쿠바를 떠나기 전에 리드 중령과 함께 며칠간 쿠바 곳곳을 둘러봤다. 아바나 시내를 갔다.

카테드랄 광장에 들어서니 산 크리스토발 대성당의 위용이 눈에 들어왔다. 견고한 석조 건축물이다. 종탑에서 울려나오는 종소리를 들으니 조선의 사찰에서 듣던 음색과는 달랐다.

'조선의 종소리는 장엄하고, 느릿해서 하늘에서 들리는 것 같았지… 그런데 저 성당 종소리는 청아하고 경쾌해서 꽃이 만발한 지상에서 울려퍼지는 듯하네.'

성당 안에 들어서니 신자 수백 명이 경건한 분위기에서 미사를 올리고 있다. 여성신도는 머리에 하얀 천을 썼다. 일제히 성호를 긋는 손놀림이 일사불란하다. 사제의 낭랑한 기도 목소리가 성당 전체에 울려 퍼졌다. 신자들의 복창이 이어졌다.

"메아 꿀빠, 메아 꿀빠, 메아 막시마 꿀빠(내 탓이오, 내 탓이오, 내 큰 탓이로소이다)…."

"에 꿈 스삐리뚜 뚜오(당신 영혼과 함께)…."

서재필과 리드는 자신도 모르게 무릎을 꿇고 신자들과 함께 기도했다. 힐먼 고교에서 배운 초급 라틴어 덕분인지 몇 마디는 알아들을 수 있었다. 특히 '에 꿈 스삐리뚜 뚜오'는 태희의 청아한 목소리로 들렸다.

성당을 나와 광장을 거닐었다. 가족끼리, 연인끼리 손을 잡고 산책하는 시민들로 붐볐다.

"목마르지 않아요? 목이나 축이고 구경합시다."

서재필이 리드에게 말했다.

"나는 배가 고픈데…."

리드 중령은 배를 쓰다듬으며 대답했다.

"그럼 먹고 마시면 되겠구먼. 코리아 속담에 금강산도 식후경이라, 즉 좋은 경치도 배가 불러야 눈에 들어온다는 것이 있다오."

"그거야 만고불변의 진리 아니겠소?"

"저기, 화분들이 놓인 노천카페로 갑시다."

메뉴판을 보니 스페인어로만 표기되어 있어서 뜻을 알 수 없었다. 종업원은 영어를 한 마디도 못했다.

"아무것이나 주문합시다. 새 음식 맛보기에 도전하는 거니까요."

손짓발짓으로 주문하는데 옆자리에 홀로 앉은 신사가 영어로 인사를 건네 왔다.

"제가 주문을 도와드릴까요?"

신사가 추천하는 메뉴로 주문했다. 하얀 양복을 입은 그 신사는 지적(知的)인 풍모가 배어 있었다. 가무잡잡한 피부여서 혼혈인 듯했다. 서재필이 말을 걸었다.

"영어가 유창하시군요."

"뉴욕에서 살았답니다. 귀하는 중국인이신가요?"

"미국 시민입니다. 원래 고향은 코리아 …."

"코리아? 아, 멀리서 오셨군요."

"코리아를 아십니까?"

"물론이지요. 중국과 일본 사이에 끼어 압박받는 나라 …."

"어떻게 그리 자세히 아시는지요?"

"국제정치학을 공부한 사람이라오. 전공분야는 제국주의 …. 피압박 민족의 생활상에 대해 관심이 많답니다."

서재필은 신사의 내공이 예사롭지 않음을 느꼈다. 그와 대화를 더 나누고 싶었다.

"실례가 되지 않는다면 저희와 함께 자리에 앉으시면 어떨까요?"

"좋습니다. 그렇잖아도 적적하던 차에 …."

이들 셋은 큰 테이블로 자리를 옮겨 합석했다.

"코리아에서 어떤 연유로 미국에까지 왔습니까?"

"독립운동을 하다가 망명을 오게 되었지요."

"독립운동 … 망명 … 저도 쿠바 독립을 위해 스페인과 싸우다가 미국으로 망명 간 적이 있지요."

"그래요? 비슷한 처지군요."

"호세 마르티 … '쿠바 독립의 아버지'라는 독립투사가 제 절친한 친구라오. 독립운동 동지이기도 하고 …."

"그분에 대해 이야기해주십시오."

"어릴 때부터 감수성이 풍부한 친구였다오. 주옥 같은 서정시를 숱하게 남긴 시인이기도 했소. 1853년생, 저와 비슷한 연배이고 …. 그는 청소년시절에 독립운동을 하다 체포돼 6년 징역형을 받았고 스페인으로 추방되었지요. 스페인에서 법학, 철학, 문학을 공부한 후 스물다섯 살 때 쿠바로 돌아와 독립운동을 계속했지요. 다시 스페인으로 추방당하자 미국으로 망명을 갔다오. 뉴욕에서 쿠바 혁명당을 조직해서 독립운동을 전개했지요. 저도 그 친구의 소식을 듣고 미국으로 가 뉴욕에서 함께 활동했고 ….”

“그분과 귀하는 대단한 분이군요.”

“저는 그분에 비하면 미미하기 짝이 없는 사람이라오. 호세 마르티 동지는 8년간 해외투쟁을 벌이다 귀국해 본격적인 독립전쟁을 개시했는데 안타깝게도 1895년에 숨을 거두었다오.”

“명복을 빕니다.”

“저도 동지의 명복을 빌기 위해 오늘 성당에 갔지요.”

신사는 잠시 말을 끊고 창밖을 물끄러미 바라보았다.

“저 앞에 동지가 지나가는 듯하네요. 환영幻影인 것 같고 ….”

신사는 눈을 지그시 감았다.

“동지가 지은 시 한 수를 읊겠소.”

그는 나지막한 목소리로 시를 읊조렸다. 콧소리가 많이 섞여 처연한 비장미悲壯美를 풍겼다.

관타나메라 과히라 관타나메라
관타나모에서 농사짓는 아가씨여
나는 종려나무 마을에서 자란
순박하고 성실한 사나이입니다
내가 죽기 전에 영혼의 시詩를 여기에
사랑하는 이들에게 바치고 싶군요

시귀詩句들은 연둣빛이지만

언제나 정열에 불타는 진홍색이랍니다

내 시는 몸을 다쳐 산에서 숨을 곳을 찾는

새끼 사슴과 같답니다 …

서재필은 그 시를 듣고 가슴이 벅차올랐다.

"운율이 너무도 아름다워 몽환적이네요. 읊는 솜씨도 놀랍고 …."

"시인이 직접 낭송하는 소리를 듣는다면 더욱 감동할 텐데 …."

"관타나메라는 무슨 뜻입니까?"

"쿠바 동부 지명입니다."

"과히라, 이 말은 무슨 뜻인지요?"

"농사짓는 여성이라는 단어랍니다."

서재필은 호세 마르티의 생애에 대해 중점적으로 살펴보기로 작정했다. 그의 역할 모델로 떠오른 것이다.

미국으로 돌아온 서재필은 미국 동부의 필라델피아에 있는 펜실베이니아대학 소속 위스타 해부학 및 동물학 연구소의 연구위원으로 들어갔다. 거기서 전시관에 진열할 인체 근육의 해부 표본을 만드는 작업을 맡았다. 이와 함께 학부학생들에게 해부학 실습을 강의했다.

조선을 떠나온 직후엔 윤치호와 편지를 자주 주고받았다. 윤치호의 글을 읽으니 암담했다. 조선은 갈수록 형극荊棘의 길로 들어선다. 쿠바전선에 있을 때도 윤치호가 보내준 편지와 〈독립신문〉을 읽으며 코리아의 상황을 파악했다.

4

　서재필이 조선을 떠나자 대한제국 정부의 수뇌부는 앓던 이가 빠진 기분이었다.　수구파 대신들은 회심의 미소를 지으며 수군거렸다.

　"민주주의라는 불온사상을 유포하던 수괴가 사라졌소이다."

　"이제는 독립신문과 독립협회를 와해시켜야 하지 않겠소?"

　〈독립신문〉은 윤치호가 경영을 맡았다.　윤치호는 이왕이면 신문을 더욱 튼튼한 반석 위에 올리고 싶었다.

　'요즘 세상이 급변하니 매일 새로운 뉴스가 쏟아진다.　그러니 지금처럼 이틀마다 신문을 낼 게 아니라 매일 발행하면 어떨까?'

　윤치호는 고심하다가 1898년 7월 1일부터 〈독립신문〉을 격일간지에서 일간지로 발전시켰다.

　수구파 정부는 〈독립신문〉의 발전상에 당황해했다.

　"서재필이 떠나면 독립신문과 독립협회가 힘을 못 쓸 것으로 예상했는데 오히려 기세를 올리니 어떻게 된 거요?"

　"독립협회를 견제해야 하오.　가만히 놔두면 무슨 일을 벌일지 모르니 견제책을 내보시오."

　"반동단체를 앞세워 독립협회를 압박하면 어떻겠소?　정부는 아무 상관없는 것처럼 팔짱을 끼고 있으면 되니까…."

　"좋은 착상이오.　반동단체는 어디가 적격이겠소?"

　"뭐니 뭐니 해도 보부상단체인 황국협회가 최적이지요."

　그날 이후 황국협회는 보상褓商, 부상負商들을 모아 무조건 정부를 지지하면서 독립협회에 행패를 부렸다.

　보상은 상품을 보자기에 싸서 당나귀에 싣고 다니는 행상인이다. 부상은 그보다 더 영세한 등짐장수를 가리킨다.　보부상들은 전국 장터를 돌아다닌다. 개개인이 멋대로 다니는 게 아니라 일정한 통솔 아래에, 즉 편대編隊를 조직하여 움직인다.

조정에서는 이 조직을 비호해주며 이용해왔다. 사변이 일어날 때는 근왕勤王의 충실한 후방부대로 통신 연락, 군수품 수송 등에 활용했다. 그들 조직의 최고 통수권자는 명칭만 다를 뿐 언제나 왕실 측근의 고위 시신侍臣이 맡았다.

〈독립신문〉과 독립협회를 압박하는 선봉장에는 골수 수구파인 참정대신 조병식趙秉式이 나섰다. 〈독립신문〉이 연일 조병식을 성토했기에 그는 반격을 도모했다. 백발이 성성한 조병식은 보부상을 중심으로 황국 중앙총상회를 조직하겠다고 나섰다.

"내가 회장으로 활동하겠소. 세상을 어지럽히는 독립협회란 괴怪단체, 뿌리를 뽑겠소."

황국 중앙총상회는 명칭을 황국협회로 바꾸었다. 이어 이유인李裕寅, 김옥균 암살범인 홍종우洪鍾宇, 길영수吉泳洙 등을 내세워 독립협회에 정면 도전한다.

이 무렵에 고종황제를 독살하려는 충격적인 사건이 터진다.

주범은 고종의 최측근 노릇을 하던 김홍육이었다. 그는 온갖 비리가 들통나 흑산도에 유배당했다. 김홍육은 자신의 과오를 반성하지 않고 오히려 원한을 품었다. 이를 득득 갈며 복수를 다짐했다.

"호락호락 쪼그라들 나, 김홍육이 아니다. 맛을 보여주마."

김홍육은 자신의 심복인 공홍식孔洪植과 모의해 궁중 요리사를 시켜 커피에 독을 넣었다. 고종은 아관파천 이후 커피에 맛을 들여 경운궁 안에 커피를 마시는 간이 살롱을 따로 만들었다.

왕후 참변 이후에 독살 공포에 시달린 고종은 음식을 들기 전에 일단 냄새를 맡고 모양새를 세심히 살피는 버릇을 가졌다. 은수저를 사용하므로 변색 여부를 살펴 독이 들었는지를 알아보기도 했다.

그날도 고종은 베베르 공사의 부인이 오래 전에 갖다준 은제 티스푼을 꺼내 커피를 저었다. 스푼 색깔이 변하지 않자 커피를 한 모금 마셨다. 맛이 이상했다. 마시다 말고 옆자리에서 커피를 마시는 황세자를 봤다. 황세자는 벌써 커피 한 잔을 모두 마신 상태였다.

"가배咖啡 맛이 좀 떫지 않으냐?"

"그렇잖아도 …."

황세자는 그 말을 하고는 얼굴이 노랗게 변하면서 쓰러졌다. 입에서는 피를 한 움큼 토했다. 고종은 놀라 벌떡 일어서며 외쳤다.

"독이 들었다, 가배에 독이 들었도다."

소동이 일어났다. 진상을 파악한 끝에 김홍육이 주범인 것으로 드러났다. 이른 바 김홍육의 '독다毒茶사건'이다. 김홍육 일당은 모진 고문을 받고 처형됐다.

이 사건과 관련해서 독립협회가 견해를 밝혔다.

"비록 김홍육의 범행이 극악하다 할지라도, 법률에 의해 처벌되어야 하고 고문도 용납될 수 없다."

범죄 피의자의 인권문제를 제기한 것이다. 독립협회는 독다사건에 대한 정부의 책임을 추궁했다. 국민들에게도 경각심을 촉구했다.

"대군주 폐하를 살해하려는 무리들이 있으니 백성들은 정신을 바짝 차려야 할 것이오."

정부의 위신은 더욱 떨어졌다. 반면 독립협회에 대한 국민들의 신뢰는 한층 높아졌다.

"독립협회 때문에 골치야. 사사건건 물고 늘어지니 말이야. 협회를 아예 없애버려야 해."

정부 고관들은 독립협회에 대해 앙심을 품는 것을 넘어 아주 없앨 방안을 검토한다. 그러나 외국 사절들의 눈이 있고 〈독립신문〉의 감시 위력도 만만찮아 노골적인 방법을 쓰기가 곤란했다.

그래서 황국협회를 앞세웠다. 황국협회 소속 보부상들은 평량자平凉子라는 이름의 하얀 삿갓을 쓰고 물미장勿尾杖이란 곤봉을 들고 무리지어 서울 시내를 돌아다닌다. 이들은 독립협회 집회현장에 나타나 곤봉을 휘두르며 패악을 부렸다. 독립협회 회원들은 "정부는 배후조종을 즉각 중단하라"고 외쳤다.

황국협회는 "독립협회를 해체하라"고 상소문을 올렸다. 양 단체의 상소문이 접수되고 궁궐 앞에서는 거의 매일 시위가 벌어졌다.

정부는 독립협회 윤치호 회장을 견책한다는 조서를 발표했다. 독립협회 회원들은 어안이 벙벙했다. 반성은커녕 견책을 하다니 …. 독립협회는 정부를 규탄하는 집회를 계속했다. 황국협회는 독립협회를 비방하는 집회를 벌이고 상소문을 연이어 제출했다.

독립협회 간부들은 머리를 맞대고 의논했다.

"정부가 대책을 세우지 못하니 백성들에게 진상을 알리고 백성들의 의견을 모으는 토론회를 가져야 해."

그런 논의의 산물이 1898년 10월 29일에 열린 관·민 합작의 만민 공동회였다.

5

독립협회는 종로 네거리의 넓은 터에 천막을 치고 연단과 좌석을 만들었다. 교통로를 차단하고 민간인과 관료들이 참가하게 하였다.

수천 명의 독립협회 회원을 필두로 정부 관료, 황국협회 간부, 여성단체 순성회 회원, 각급학교 학생들이 모여들었다. 상인들과 백정까지 참관했다. 집회장 안팎에는 '대한독립'이라는 깃발 수십 개가 휘날렸다. 당시로서는 처음 있는 대규모 집회였다.

오후 2시 개회 직전에 참정대신 박정양을 비롯한 각부 대신들이 입장했다. 남궁억, 이승만, 양홍묵, 장지연 등 독립협회 총무위원들은 장내 정리와 회의 진행을 맡았다.

"관민이 함께 오늘 역사적인 만민공동회를 열겠습니다."

이상재의 개회사로 막이 열렸다.

윤치호가 연단에 올라섰다. 독립협회 회장이며 〈독립신문〉 대표인 그는, 서재필이 미국으로 간 이후 명실상부한 지도자로 떠올랐다.

"이 나라가 칭제건원稱帝建元하고 국호도 대한大韓이라 하여 만방萬邦에 자주독립을 선포한 것은 틀림없는 사실입니다. 그러나 궁정에는 아직도 간신 소인배가 넘나들며 정부는 철도, 광산, 삼림 등의 국가권익을 외국에 양도하는 데 바쁩니다. 이러고서 도탄塗炭에 빠진 민생을 어떻게 구제할 것이며 누란累卵의 국운을 어찌 만회할 것입니까."

이어 연단에 오른 연사는 백정 박성춘朴成春이었다. 개털 옷차림에 얼굴은 거무튀튀했지만 눈에서는 형형한 빛이 뿜어져 나왔다.

"천하의 가장 천한 인간인 백정이 감히 이 자리에 섰소이다. 소생은 배운 것이라곤 소, 돼지 때려잡는 것밖에 없소이다. 그러나 애국이 뭐하는 것이며, 독립이 무엇인지는 알고 있소이다. 오랑캐들이 조선을 집어삼키려 침을 흘리는 판에 우리끼리라도 똘똘 뭉쳐야 살아남지 않겠소이까?"

평안북도 용천에서 온 함일형咸一亨과 최창립崔昌立이 연단에 섰다.

어린아이 다리통만큼 굵은 팔뚝을 지닌 함일형이 맹수의 포효^{咆哮} 같은 우렁찬 목소리로 말문을 열었다.

"천릿길을 마다 않고 왔소이다. 만민공동회가 보국안민^{輔國安民}한다는 소문을 듣고 명주 한 필이라도 희사하려고요."

호리호리한 체격의 최창립이 말을 이었다.

"엊그제 경기도 고양 혜음령에서 도둑을 만났소이다. 명주를 빼앗겼지요. 얼마나 억울하던지 도둑에게 통사정을 하였소. 이 물건은 백성을 살리는 데 쓸 것인데 뺏으면 어떡하느냐고 … 만민공동회가 열린다는 소식을 전해 주었지요. 자초지종을 들은 도둑들이 고개를 끄덕이면서 명주를 돌려주더이다. 백성이 편한 세상이라면 어찌 자기들이 도둑이 되었을까 한탄하면서 말입니다."

등단하는 연사들의 연설이 이어질 때마다 우레 같은 박수가 터져 나왔다. 임석한 고관들은 고개를 푹 숙이고 진땀을 흘렸다.

이날의 관민 공동회는 '헌의^{獻議} 6조'라 불리는 6개 항의 결의안을 통과시켰다. 이 건의문은 전제군주제를 입헌군주제로 바꿀 것을 목표로 한 것이다. 고종황제는 건의안을 결재하고 이를 시행하기 위한 5개 항의 조칙까지 발표했다.

10월 31일, 황제 즉위 기념일인 계천절^{繼天節}을 맞았다. 독립협회는 독립관에서 성대한 축하연을 열었다. 황제의 조칙에 대한 화답의 행사였다. 협회 간부와 정부 고관 사이의 대화도 매끄러웠다.

"헌의 6조와 황제의 5개 조칙을 백성들에게 널리 알려야지요."

"그래야겠소. 10만 장을 인쇄하여 전국에 뿌리겠소. 각급학교에 보내 학생들에게 가르치도록 권장하면 좋겠소."

독립협회 간부들은 고무됐다. 정부는 11월 2일엔 중추원 관제를 크게 개정했다.

"중추원을 의회로 개편하기 위해 중추원 의원 50명의 절반을 국민협회 회원 가운데서 뽑고 나머지 절반은 관선으로 하겠소."

수구파 대신 조병식은 아연실색했다. 하얀 눈썹이 실룩거렸다. 그는 안방 보료를 박차고 일어나 고함쳤다.

"황당무계한 일이군. 독립협회의 목표는 군주제를 폐지하자는 것이야. 이는 유교적 질서를 무너뜨리는 폭거야, 폭거!"

위기의식을 느낀 조병식은 심복들인 군부대신 서리 유기환俞箕煥, 법부협판 이기동李基東을 불렀다.

"유 대감, 가만히 앉아 있을 건가?"

"그럴 수는 없지요. 무슨 방도를 찾아야 …."

조병식은 이기동을 흘겨보며 물었다.

"독립협회가 반反정부 단체임이 분명하네. 그렇지 않은가?"

"맞습니다. 그들은 권력찬탈 집단이 될 가능성이 농후합니다."

"그렇다면 …."

"그들의 흑심을 폭로하는 방안을 마련해야지요."

"독립협회와 관련한 괴이한 소문은 없는가? 그걸 잘 주물러서 이용하면 되지 …."

"독립협회가 황제를 폐위하고 공화국을 건설하여 대통령에 윤치호를 추대하고 각부 장관에 독립협회 간부를 앉힐 것이라는 낭설이 돌기는 합니다만 …."

"누가 술자리에서 지어낸 이야기가 아닌가?"

"그렇겠지요."

"그렇더라도 항간에 그런 이야기가 떠돌고 있으니 …."

이들은 그 내용을 대자보에 써서 서울 시내 곳곳에 몰래 붙이기로 했다. 독립문 벽과 광화문 벽에 붙인 괴문서 내용은 다음과 같다.

왕실이 퇴폐하고 국사는 곧 쓰러질 것 같은 지금, 성상을 보필할 신하가 없다. 이른바 칙임자들도 제각기 제 욕심만 채우고 나라에 대한 생각이 없다. 모두들 눈이 벌겋게 은전을 탐할 뿐 올바른 정치는 돌아보지도 않으니 국세가 하늘의 뜻을 따름인가. 전날 만민공동회에서 회의할 때 대통령이 올바로 된다 하였으니 대통령은 하늘과 백성이 모두 따라야 한다. 정부가 모두 무릎을 꿇고 서민이 모두 복종할 것이다. 민심이 천심이시니 윤민尹民의 홍복이다. 대소 백성은 이것을 깨달아 개명開明 진보함을 축수한다.

조병식은 괴문서를 들고 고종황제 침전을 찾아 머리를 조아렸다.
"폐하, 역모를 꾸미는 자들이 있어 이 심야에 황급히 왔사옵니다."
"역모라고? 누가?"
"윤치호이옵니다. 여기 증거물이 있사옵니다."
조병식은 괴문서를 꺼내 고종에게 올렸다. 고종은 다 읽더니 손을 부르르 떨었다.
"어디서 난 문서인가?"
"시내 곳곳에 붙어 있는 대자보이옵니다. 어느 익명의 충신이 작성한 것으로 사료됩니다."
"이런 걸 믿을 수 있소?"
"상당히 근거가 있다고 하옵니다."
"윤민尹民이 윤치호인가?"

"그렇사옵니다. 서재필과 교유한 뒤 윤치호도 변했습니다. 서재필이 독립신문 사장 자리를 윤치호에게 물려준 것만 봐도 짐작할 수 있잖겠습니까?"

"서재필, 그자는 임금을 내쫓고 자기가 대통령이 되겠다는 야심을 가진 무뢰한 아니오?"

"윤치호도 한통속입니다."

"충신이 역적이 될 줄이야 …."

"독립협회 간부라는 작자들을 붙잡아 역모죄를 추궁해야 합니다. 그리고 헌의 6조를 승인한 칙령 36호도 취소해야 합니다."

"그리하도록 하시오."

조병식은 서둘러 체포령을 발동했다. 4일 밤과 5일 새벽의 어둠을 틈타 이상재, 남궁억, 방한덕 등 독립협회 간부 17명을 체포했다.

독립협회 회원들은 며칠 사이에 사태가 반전된 데 대해 분통을 터뜨리며 경무청으로 달려가서 농성했다.

"간부들을 석방하든지 아니면 우리 수천 명 회원들을 모두 투옥하라!"

사태는 정부의 예상을 벗어났다. 농성인파는 더욱 늘어났다. 경무청 관리들은 경무청 출입구가 막혀 들고나기가 짜증스러웠다.

종로에도 농성인파가 몰려들었다. 이들은 조병식, 민종묵, 유기환, 이기동, 김정근 등 '5흉凶'을 엄벌하라고 요구했다.

정부 측은 당황했다. 민중들의 반대농성이 이렇게 드셀 줄은 짐작하지 못했다. 더 이상 방치하다간 사태가 걷잡을 수 없이 확산될 조짐이었다. 정부는 할 수 없이 독립협회 간부 17명에게 태笞 40도度의 가벼운 형벌을 내리고는 풀어주었다.

독립협회 회원들은 석방된 간부들을 맞아 고무되었다.

"낡은 정부를 규탄하는 시위를 더욱 강하게 전개해야 하오."

"옳소이다!"

독립협회 회원들은 만민공동회 집회장소를 종로에서 창덕궁의 인화문仁化門 앞으로 옮겼다.

"애국지사를 모함한 간흉들을 처단하라!"

농성과 가두시위가 병행되었다. 인화문 앞에는 독립협회 회원뿐만 아니라 일반 백성들도 모여들었다. 회원들의 열정에 감동한 청년, 학생, 시민들의 눈망울은 빛났다. 농성참가자에게 주먹밥, 삶은 옥수수, 떡, 감자 등을 갖다 주는 이들이 줄을 이었다. 마포나루터의 주막 주인은 뜨끈뜨끈한 장국밥 300그릇을 수레에 싣고 왔다.

"국밥 한 그릇씩 먹고 힘을 내시오."

찬바람이 몰아치는 길바닥에 앉은 집회 참가자들은 김이 무럭무럭 나는 국물을 후루룩 마시고 원기를 찾았다.

정부는 독립협회 요구를 무시할 수 없었다. 농성참가자 숫자가 점점 늘어 손을 쓸 수 없을 지경이다. 정부측 연락책이 전갈傳喝을 갖고 왔다.

"독립협회 요구를 수용하여 만민공동회의 대표 20명을 중추원 의관으로 추천하겠소. 그러니 농성을 중지하시오."

정부는 이런 유화책을 내놓았지만 뒤편에서는 황국협회를 조종해 폭력으로 만민공동회를 짓누르도록 부추겼다.

6

"한성으로 모여라."

전국 보부상에게 내려진 지령이다. 서울로 모여든 보부상은 4천여 명에 이르렀다. 단단한 참나무 방망이를 든 보부상들은 수천 명이 대열을 지어 서대문에서 인화문으로 진격했다. 인화문 앞에는 만민공동회 청중이 앉아 있었다.

"공격 개시!"

명령이 떨어지자 보부상들은 몽둥이로 집회참가자들을 무차별 난타했다. 머리가 터지고 팔다리가 부러져 피를 흘리며 쓰러지는 사람이 부지기수였다. 어느 보부상은 사내들의 사타구니만 골라 걷어찼다.

만민공동회 참가자들은 할 수 없이 종로 쪽으로 물러섰다. 그러나 혈기 왕성한 학생, 청년들은 보부상들의 물미장을 무서워하지 않고 반격에 나섰다. 보부상들의 본거지를 습격하기 위해 서대문 쪽으로 갔다. 보부상 패들과 군인들은 총을 쏘며 위협했다. 접근하기가 쉽지 않았다. 학생과 청년들은 종로로 다시 물러섰다.

이날 밤 서대문 쪽으로 가지 않은 다른 만민공동회 참가자들은 수구파 고관들 집을 급습했다. 조병식, 이기동, 홍종우, 길영수, 유기환 등의 집이 대상이었다. 대문을 부수고 들어가 가재도구들을 박살 냈다. 종로에는 홍종우, 길영수, 이기동 등 이른바 '홍길동 3인'을 규탄하는 벽보가 붙었다.

이튿날엔 이른 아침부터 종로거리는 인파로 북적였다. 간밤의 열기가 식지 않았다. 만민공동회 지지자들이었다. 이들 일부는 서대문 바깥으로 나가 마포 쪽의 보부상 본거지를 습격하려 했다. 만리동 고개에서 양측은 돌을 던지며 치열한 공방전을 벌였다. 머리가 으깨지고 코뼈가 내려앉는 부상자들이 속출했다. 만리동 고개 길바닥엔 벌건 핏물이 줄줄 흘렀다. 만민공동회 회원인 김덕구金德九 청년은 몽둥이에 맞아 머리가 터져 사망했다.

수도 안에서 이렇게 무법천지 혈투가 벌어지는데도 정부는 치안을 유지할 능력이 없었다. 국가위신이 먹칠당했다.

고종은 민영환을 불렀다.

"이 난국을 어떻게 하면 수습할 수 있겠나?"

"친유親諭하심이 좋을 듯하옵니다."

"친유? 과인이 백성들 앞에 직접 나서란 말인가?"

"그렇습니다."

"허허, 대신들은 도대체 뭣하는고 ⋯."

"폐하께서 친히 임하시면 양 진영이 모두 한발씩 물러서서 타협할 것이옵니다."

"그렇다면 친유를 준비하시오."

돈화문 앞에 가설 천막이 세워졌다. 고종 황제가 천막 안 옥좌에 앉았다. 만조백관滿朝百官이 시립하고 초청된 외교사절들이 정좌했다. 독립협회와 황국협회 회원들도 300명가량 소집되었다. 미간을 잔뜩 찌푸린 채 이들 앞에 나선 고종은 목소리를 가다듬어 말을 했다.

"요 며칠 새 그치지 않는 혼란은 모두 과인에게 잘못이 있소. 이제부터 두 협회는 나라의 앞날을 위해 서로 화해하여야 하오. 여러 신료들은 백성들의 목소리를 중간에서 끊지 말고 과인에게 여과 없이 올리기 바라오. 지금 이후로 군신君臣 상하가 신의를 지켜야 하오. 과인이 식언하지 않을 것이니 경들과 백성들도 몸을 가다듬으시오."

고종은 이어 만민공동회 측의 대표자인 윤치호, 이상재, 고영근 등

3명을 접견했다. 다음으로 황국협회 대표자 격인 홍종우, 길영수, 박유진 등을 불러 의견을 물었다.

친유는 4시간이나 걸렸다. 독립협회와 황국협회가 각각 고종과 줄다리기를 벌였다. 친유가 끝나자 양 협회는 각각 자기에게 유리한 줄 알고 안도했다. 그러나 고종은 어느 일방의 손을 들어주지는 않았다.

고종은 친유 이후 수북이 쌓인 상소문들을 읽었다. 전임 대신들과 지방유생들이 보낸 상소문 가운데 눈이 번쩍 띄는 내용이 보였다.

'박영효 대통령설說'

'서재필 대통령설'

박영효와 서재필이 왕정체제를 무너뜨리고 대통령이 될 야욕을 꿈꾼다는 요설饒舌이 나돌고 있으니 진상을 파악해 달라는 요청이었다.

고종은 독립협회가 지긋지긋했다. 독립협회를 창설한 서재필의 부릅뜬 눈매를 떠올리니 괘씸했다.

수구파 대신들은 반격의 고삐를 더욱 죄었다.

"독립협회에 대해서 제재를 가하셔야 온당하온 줄 압니다."

"알겠소. 독립협회의 죄목을 열거하고 합당한 벌을 내리겠소."

독립협회에 대한 탄압령이 내려졌다. 독립협회 간부들은 훗날을 기약하며 피신했다. 외세 및 수구세력과 싸우며 민중을 계몽하던 독립협회는 마침내 30개월 만에 와해되고 말았다.

독립협회 간부들이 뿔뿔이 흩어지자 〈독립신문〉도 타격을 받는다. 사장인 윤치호가 원산으로 떠나자 아펜젤러 목사가 주필을 맡아 신문을 계속 발행했다. 이어 영국인 선교사 엠벌리가 사장 겸 주필을 맡았다. 엠벌리는 〈독립신문〉을 부흥하려고 한글판의 크기를 확대하고 영문판을 주 2회로 발행했다. 이렇게 애썼는데도 신문은 경영난에서 빠져나오지 못했다.

〈독립신문〉은 여전히 가시 돋친 논설로 정부를 비판했다. 그러자 정부는 "독립신문의 사옥을 정부에 반환하라"고 요구했다. 이 사옥은 고종이 서재필에게 하사한 것을 사유재산으로 등록한 것이었다. 정부는 사옥을 되찾기보다는 〈독립신문〉을 없애려 그렇게 했다.

〈독립신문〉은 정부의 끈질긴 폐간 압력을 견디지 못하고 1899년 12월 4일자를 종간호로 내고 문을 닫았다.

7

펜실베이니아대학 연구실. 열린 창문으로 바람이 불어 들어온다. 책상 위에 놓인 〈독립신문〉과 편지뭉치가 후두둑, 바람에 휘날린다. 편지봉투에 붓으로 주소를 쓴 큼직한 알파벳 글씨가 돋보인다.

"이 추운 날씨에 누가 창문을 열어놓았나?"

서재필은 흩어진 신문과 편지를 보고 중얼거렸다.

1899년 12월 말, 서재필은 펜실베이니아대학이 크리스마스 방학에 들어가자 강의 부담이 없어졌다. 연구실에 앉아 코리아를 떠난 후 1년 반 사이에 받은 편지와 〈독립신문〉을 다시 찬찬히 읽었다. 윤치호, 이승만, 주시경, 안창호, 양홍묵 등 〈독립신문〉 및 독립협회 동지들의 글씨를 보니 회한悔恨이 되살아난다.

'독립협회 활동은 왜 실패했을까. 시민의식이 성숙하지 않은 상황에서 서구식 입헌군주제 국가 또는 공화국가를 너무 조급하게 세우려 했기 때문인가.'

역사에는 가정假定이 부질없는 것이라지만, 서재필은 갖가지 가정을 해보았다.

'러시아는 부동항을 확보하는 것이 주요 목적이지 조선에 대한 영토 욕심은 없었을 거야. 반면 일본은 조선을 속국으로 만들 야심이 분명히 있어. 대륙에 진출하려면 조선을 발판으로 삼아야 할 것 아닌가. 러시아의 남하南下는 일본을 견제하는 효과가 있을 터인데 … 독립협회 활동으로, 또 러시아 자기들의 사정으로, 코리아에서 러시아 세력이 쇠잔해졌으니 앞으로 일본이 활개 칠 것이 틀림없어.'

서재필은 19세기가 서서히 막을 내리는 1899년 12월을 조국 코리아에 대한 고민으로 보냈다.

'코리아는 여전히 너무도 낙후되어 있다. 언제, 무슨 수로 개명開明할까. 100년 후인 1999년의 코리아는 어떻게 변할까.'

20세기 첫날인 1900년 1월 1일. 폭설로 필라델피아 도심 전체가 눈에 파묻혔다. 서재필은 가족과 함께 새벽에 교회에 갔다. 발이 눈 속에 푹푹 빠졌다. 내딛는 발걸음마다 깊은 발자국을 남긴다. 한 걸음, 한 걸음의 소중함을 알겠다. 미명未明 속 예배당에서 명상에 잠겼다.

'내가 가야 할 길은 어디인가? 내가 해야 할 일은 무엇인가?'

고뇌 끝에 일단 생업에 열중하기로 결심했다. 의학을 연구하면 그 자체가 인류에 봉사하는 보람 있는 일 아닌가.

펜실베이니아대학의 위스타연구소는 위스타 장군이 기부한 기금으로 운영되는 연구소다. 1894년에 설립되어 아직 틀을 갖추지 못했다. 서재필은 신설 연구소의 얼개를 마련하려 동료의사 스톳츤베리와 함께 열정을 쏟았다. 인체 근육 전시관은 덕분에 그럴듯하게 꾸며졌다.

서재필은 청년시절 무예를 연마할 때부터 인체 근육에 대해 호기심이 많았다. 단련한 사람의 근육과 비非단련자의 근육은 어떤 차이가 날까. 물론 당시에는 서양의학을 배우지 못했으니 근육이라는 개념보다는 기氣의 순환원리와 연관해 생각했다.

힐먼 고등학교에 다닐 때 크로스컨트리, 야구선수로 활동하며 여러 스포츠를 연마한 것이 근육 연구에 큰 도움이 됐다. 스포츠 선수들의 근육을 연구해보니 종목마다 근육 질質이 뚜렷이 달랐다. 육상선수 가운데서도 창던지기, 투포환, 해머던지기 등 투척종목 선수들의 근육섬유는 굵고 짧다. 이들은 겉보기로도 딱 벌어진 어깨에 울퉁불퉁한 근육미를 자랑한다. 100미터, 200미터 단거리 달리기 선수들은 상하체가 골고루 발달되어 있으며 역시 근육섬유가 굵다. 이에 비해 중장거리 선수들은 체격도 세장형細長型이고 근육섬유는 가늘고 길다.

여러 종목의 스포츠 선수들을 대상으로 다양한 조사를 하고 그 결과는 논문과 보고서로 발표했다. 근육에 대한 연구논문은 환자들의 재활치료에 응용되었다. 위스타연구소의 호레이스 제인 소장은 성과에 대해 극찬했다.

"제이슨 씨, 우리 전시관의 근육표본이 아주 잘 정리되었어요. 근육과 관련된 여러 논문도 훌륭합니다. 펜실베이니아대학 총장에게 공로상 표창을 상신하겠습니다."

8

20세기에 접어든 동아시아…. 조야粗野한 제국주의 물결이 넘쳤다. 호랑이, 사자 같은 강대국이 토끼, 사슴 같은 약소국을 물어뜯는 사례는 19세기에 이어 여전했다.

1902년 1월 영국과 일본은 영일동맹을 맺고 영국은 청국을, 일본은 조선을 주무르기로 짬짜미했다. 일본인들은 당시의 최강대국 대영제국과 동맹을 체결한 사실에 감격해 성대한 잔치를 벌였다.

'가난한 집 아이가 갑부의 양자로 들어간 셈 아닌가!'

일본인들은 그렇게 생각했다.

영일동맹이라는 마패를 찬 일본은 조선을 손아귀에 넣으려 러시아의 옆구리를 슬쩍 찔러보았다. 일본과 러시아의 밀사들이 접촉했다.

"일본제국이 조선 내정에 관여하더라도 러시아는 눈감아 주시오."

러시아 밀사는 핏대를 올리며 발끈했다.

"일본은 조선을 탐내지 마시오. 말이 나온 김에 … 조선의 북위 39도 이북 땅을 중립지대로 만드는 게 어떻겠소?"

외교교섭이 결렬되었다. 일본은 1903년 6월 어전회의를 열어 열띤 입씨름 끝에 러시아 백곰과 한판 붙기로 결정했다.

가쓰라 다로桂太郎 총리는 눈을 부릅뜨며 목소리를 높였다.

"국운을 건 싸움이오."

훗날 초대 조선총독이 되는 데라우치 마사타케寺內正毅 육군대신이 가쓰라 총리의 발언에 추임새를 넣었다.

"기필코 북극곰들을 때려잡아야 하오."

원로 자격으로 참석했지만 사실상 회의분위기를 좌지우지하는 권력자 이토 히로부미가 결연한 어투로 마무리했다.

"청일전쟁 때처럼 대본영大本營을 황궁에 설치하고, 전군에 전투령을 내리시오!"

뼛속까지 군국주의자인 야마가타 아리토모는 빙긋이 웃었다. 청일전쟁 이후 큰 싸움판이 없어 몸이 근질거리는 참이었다.

일본은 1904년 2월 인천 월미도에 정박해 있던 러시아 군함을 기습

했다. 러일전쟁이 발발한 것이다. 일본은 이어 중국 요동반도 여순旅順
에 있는 러시아 군항을 공격했다. 포신 무게만도 10톤인 구경口徑 28센
티미터의 초超대형 대포를 일본에서 갖고 가 몇 방 날렸더니 그 굉음과
파괴력에 러시아 군은 혼비백산했다.

서재필은 러일전쟁 발발사실을 듣고 이 전쟁은 조선의 장래에 중요
한 영향을 미칠 것으로 내다보았다.

'조선땅이 걱정이다. 일본이 러시아를 꺾는다면 조선을 속국으로
삼지 않겠는가?'

서재필은 이승만이 보낸 편지를 받았다. 한성감옥에 수감 중인 이
승만은 독서와 집필에 전념하며 지낸다는 소식이었다. 이승만도 러일
전쟁 때문에 조선의 장래가 불안하다고 걱정했다.

1905년 7월, 반가운 손님 둘이 필라델피아에 있는 서재필을 찾아
왔다. 배재학당 제자인 이승만과 윤병구尹炳求였다.

"이게 누구신가? 반갑네. 언제 석방되었나?"

"작년(1904년) 8월 9일에 풀려나왔습니다. 민영환 대감이 정권을
잡자 황제의 특사령이 내려졌지요. 6년간 옥중에 있었는데 처음엔 모
진 고문을 당하고 7개월간 목에 칼을 찬 채 독방에서 있었답니다. 무
기징역 판결을 받고 곤장 100대의 체형도 당했지요. 장독杖毒 때문에
죽을 뻔했답니다."

"큰 파란을 겪었군. 옥중생활은 어땠나?"

"아펜젤러 목사님이 자주 면회를 오셨지요. 선교사들이 넣어준 여
러 영어 원서를 읽고 사고의 폭을 넓힐 수 있었습니다."

"옥중에서도 학문을 연마했다니 대단하군."

"조그만 필사본 영한사전을 만들기도 했습니다. 그때 외운 영어단어들은 미국에서도 거의 쓰이지 않더군요. 예를 들자면 *leveret*, *levier*, *levigate*, *levin*, *levirate* 같은 단어 ···."

"그렇게 어려운 단어는 미국인도 모른다네."

"감옥 한구석에 책과 잡지를 모아 작은 문고를 만들었지요. 감방 동료들을 교육시키는 활동을 했는데 무척 보람 있었답니다."

"아펜젤러 목사님은 잘 계신가?"

"1902년 여름에 사고로 돌아가셨답니다. 의로운 죽음이셨지요."

윤병구가 아펜젤러 목사의 최후에 대해 설명했다.

"목사님은 인천에서 배를 타고 성경번역자 회의에 참석차 목포로 가고 계셨어요. 그때 목사님이 탄 배와 마주 오던 배가 충돌했습니다. 목사님 배가 침몰하기 시작하자 목사님은 맞은 편 배로 옮아 탔지요. 그런데 목사님과 함께 목포로 가던 이화학당 학생 2명이 보이지 않았던 겁니다. 목사님은 그들을 구하기 위해 헤엄을 쳐서 침몰하는 배로 가셨지요. 그러다가 학생들을 찾지 못하고 침몰하는 배와 함께 바닷속으로 빠지고 말았답니다."

윤병구는 손수건으로 눈시울을 훔친 후 다시 말을 이었다.

"아펜젤러 목사님의 뜻을 기려 저도 목회자의 길을 걸으려 합니다. 저는 지금 하와이에서 목회활동을 하고 있습니다. 하와이에는 사탕수수 농장에서 일하는 조선인 동포가 5천 명이나 됩니다. 1902년 12월부터 조선인 노동자들이 하와이로 왔지요."

서재필은 이승만에게 시선을 돌려 물었다.

"미국에서 앞으로 뭘 할 건가?"

"올해 2월에 조지워싱턴대학교에 입학하였답니다. 이왕 학업을 시작했으니 박사학위까지 따고 싶습니다. ”

“조선의 지도자가 되려면 선진 학문을 배우는 게 필요하지. ”

서재필은 미국 민주주의 본고장인 필라델피아를 방문한 이승만, 윤병구를 독립기념관Independence Hall으로 안내했다.

“이곳에서 1776년 7월 4일 미국의 독립선언을 서명하였지. 저기를 보게. 미국 13개 주의 대표자들이 독립선언서에 서명하던 잉크스탠드가 그대로 남아 있지? 저기 저 큰 의자는 조지 워싱턴 장군이 헌법제정회의 때 앉았던 의자야. ”

이들은 ‘자유의 종Liberty Bell’ 앞으로 갔다. 종 표면에 ‘온 나라의 국민에게 자유를 선언하노라’ 하는 구약성경 구절이 새겨져 있었다.

“워싱턴 장군과 대표자들은 독립선언서에 서명한 뒤 이 자유의 종을 쳤다네. 그 역사적인 장면을 상상해 보게. ”

서재필과 이승만은 독립기념관 뜰에서 국제 정세를 논했다.

“러일전쟁은 곧 끝나겠지. 두 달 전인 5월에 러시아의 발틱함대가 일본 해군에게 섬멸되지 않았는가. 러시아는 전의를 상실했을 거야. ”

“드라마틱한 반전反轉입니다. 일본은 막판에 힘이 달려 궁지에 몰렸지요. 엄청난 전비를 감당하기도 어려웠고 … 그런데 먼 항해 끝에 대한해협으로 온 발틱함대가 힘 한번 못 써보고 침몰했으니 …. ”

“러일전쟁을 처리하는 작업이 시작되겠군. ”

“미국의 중재로 러시아, 일본은 미국 포츠머스에서 종전終戰 강화회의를 갖습니다. 이 회의 이전에 미국 정부에 조선독립을 보장해 달라는 청원서를 내야 합니다. ”

“좋은 생각이군. ”

"선생님, 저희가 시어도어 루스벨트 대통령을 만나려고 합니다. 대통령을 만날 수 있는 소개장을 갖고 왔답니다."

윤병구가 서재필에게 경위를 설명했다.

"대통령을 친견할 방법을 궁리하던 중에 윌리엄 태프트 육군장관이 하와이를 방문한다는 소식을 들었답니다. 제가 잘 아는 존 와드먼 목사의 주선으로 장관을 만나 저희가 대통령을 만날 수 있도록 소개장을 부탁했지요. 흔쾌히 써주더군요. 이게 그 소개장입니다."

"자네들, 배짱이 두둑하군. 그런데 루스벨트는 팽창주의자, 호전주의자여서 우리에게 도움이 되려나?"

"그런 면모가 있는 줄은 몰랐군요."

"미국・스페인 전쟁이 터지자 루스벨트는 쿠바에서 싸울 의용대를 조직한 괴짜야. 하버드를 졸업한 루스벨트는 아이비리그 졸업생들과 서부목장 카우보이, 평소 알고 지내던 놈팡이들을 불러 모아 의용대를 만들었지. 튀는 행동이니까 언론에 대서특필되어 그는 전쟁 영웅으로 떠올랐고, 전쟁 후 논공행상에서 부통령이 되었지. 미국에서 부통령은 별 볼 일 없는 자리야. 공화당은 루스벨트가 설쳐대는 꼴을 보기 싫어 그 자리에 앉혀 조용하게 있도록 할 심산이었지."

"그런 사람이 어떻게 대통령이 되었나요?"

"매킨리 대통령이 피살되는 바람에 42세 나이로 졸지에 대통령직을 승계한 것이야. 루스벨트는 나이는 젊지만 능구렁이 같다더군. 자네들이 맞상대하려면 부담스러울 텐데 ⋯."

이승만이 나서서 대답했다.

"저도 산전수전 다 겪었습니다. 사형선고까지 받았던 몸이니 두려울 게 뭐가 있겠습니까."

"루스벨트가 가장 좋아하는 속담이 뭐냐 하면, 말은 부드럽게 하되 압력big stick을 가하면 성공할 수 있다 … 이것이라 하더군. 그래서 그의 공격적인 외교정책을 빅 스틱 정책이라 하지."

"저도 루스벨트를 만나면 말은 부드럽게 하겠습니다. 하지만 그를 거세게 압박하겠습니다. 청원서를 호소력 있게 만들어야 하는데 선생님께서 손봐주십시오."

서재필은 청원서 문안을 외교 전문용어로 다듬었다.

이승만과 윤병구는 청원서를 들고 대통령을 만나러 갔다. 턱시도를 빌려 입고 실크 모자를 쓰고 고급 마차를 불렀다. 마차를 타고 오이스터 만灣에 있는 루스벨트의 사저私邸 새거모어 힐로 찾아갔다. 응접실에 앉아 기다리자 대통령이 홈스펀 상의 차림으로 나타났다.

"1882년에 미국과 코리아는 수호조약을 맺은 바 있습니다. 그 조약을 충실히 지켜줄 것을 촉구합니다."

이승만이 청원서를 건네려 하자 루스벨트를 넌지시 손사래를 쳤다.

"주미 조선 공사관에 접수하여 귀국의 외교관이 미국 국무부에 제출해야 합니다. 그래야 제가 받아볼 수 있습니다. 공식적 절차를 밟으시지요."

"지금 잠시 읽어보시기만 해도 사정을 파악할 것입니다만 ….."

"다른 일정이 있어서 무척 바쁘네요. 다음 기회에 ….."

면담은 싱겁게 끝났다. 김이 샌 이승만은 혀를 끌끌 찼다.

이승만과 윤병구는 워싱턴의 조선 공사관을 찾아가 김윤정金潤晶 서기관을 만났다.

"대통령을 직접 만났소. 공사관을 통해 청원서를 내라고 해서 ….."

"우리로서는 미묘한 성격의 청원서를 미국 정부에 제출할 수 없소."

미국에서 대학을 나온 김윤정은 외교관답게 목소리는 부드러웠지만 단호한 말투로 거절했다. 이승만, 윤병구의 노력은 물거품이 되었다. 그럴 수밖에 없는 속사정이 있었다. 루스벨트가 이들을 만났을 때는 이미 미국과 일본 사이에 비밀조약이 체결된 이후였다.

태프트 국무장관은 하와이에 잠시 들렀다가 일본으로 가서 일본 총리 가쓰라 타로와 '태프트-가쓰라 각서'를 체결했다. 이 밀약에 따라 일본이 조선을 손아귀에 넣고, 미국이 필리핀을 지배하는 것을 서로 눈감아 주기로 했다. 이런 사정을 알 리가 없는 이승만과 윤병구는 루스벨트와 태프트에게 희롱당한 셈이다.

작은 나라 조선에서 온 30세 청년 이승만이 미합중국 대통령을 만난 것은 소중한 경험이었다. 훗날 이승만이 미국을 상대로 한 기氣 싸움에서 밀리지 않은 것은 이런 체험이 자양분 역할을 했다. 루스벨트 면담은 국내외에 이승만의 이름을 알리는 데 기여했다. 〈뉴욕타임스〉, 〈워싱턴포스트〉 등 유력 신문에도 이런 활동이 보도되었다.

서재필은 조선의 독립을 위해 자신도 더욱 적극적으로 활동해야겠다고 결심했다. 그러기 위해서는 활동자금이 필요했다. 의사 수입만으로는 턱없이 모자란다.

'그래, 사업을 해보자. 재력이 튼튼해지면 조선을 위해 보람 있는 일을 할 수 있을 것이야….'

9

서재필은 사업구상을 할 겸, 머리도 식힐 겸해서 모교인 힐먼 고등학교가 있는 윌크스 바르에 갔다. 학교를 찾아가니 녹음 속에 푹 파묻힌 아름다운 캠퍼스는 옛 모습 그대로다. 학교 건물을 덮은 담쟁이는 더욱 무성하다.

힐먼 고등학교의 1년 후배인 해롤드 디머를 만났다. 디머는 토론반에서 함께 활동했고 학교 야구팀에서 같이 땀 흘리며 운동한 후배다. 서재필은 투수 또는 유격수를, 디머는 포수를 맡았다. 학년으로야 엇비슷했지만 나이 차이 때문에 디머는 서재필을 맏형처럼 대했다. 디머는 서점, 식품점을 경영해 알부자가 되어 있었다.

"해롤드, 반갑네. 성공한 사업가 티가 나는군."

"필립, 의사가 되었다면서요? 안정된 직업이어서 좋겠군요."

"답답해서 나도 사업을 해볼까 하네만 ⋯."

"의사를 그만두고 비즈니스를?"

"앞으로 더 큰일을 하려면 부(富)가 필요하기도 해서 ⋯."

"그렇잖아도 새로 사무용품점을 개업하려 하는데, 동업해볼까요?"

"요즘 기업과 학교가 많이 생겨 사무용품점은 장사가 잘 될 거야."

서재필과 디머는 윌크스 바르 시내 중심가에 '디머 앤 제이슨'이라는 간판을 걸고 개업했다. 사무실용 책상, 걸상, 소파 등을 비롯해 문방구 용품도 취급했다. 가게 안에 진열된 다양한 만년필을 살피다가 늘 갖고 다니는 워터맨 만년필을 꺼내 어루만졌다. 손탁이 준 것이다.

'손탁은 여전히 조선에 있을까?'

사업의 기초부터 배운다는 각오를 다졌다. 구매업무에서부터 진열방법, 회계 등 업무를 두루 익혔다. 〈독립신문〉을 창업한 경험 덕분에 경영이 낯설지는 않았다.

가게는 번창했다. 목 좋은 곳에 자리 잡아 손님들이 끊이지 않았다. 서재필은 손님에게 최상의 경의를 표했다. 어린 학생에게도 깍듯이 대했다. '고객은 왕'이라는 말처럼 그대로 실천하려 애썼다. 왕을 모신 경험은 조선에서 이미 해보지 않았는가.

상점 운영에 관한 노하우를 익힌 서재필은 필라델피아에 분점을 냈다. 윌크스 바르의 본점은 해롤드 디머가 맡고, 필라델피아 분점은 서재필이 운영하기로 했다.

"본점과 분점, 모두 잘 운영해보세."

"거기 분점이 여기보다도 훨씬 크지요. 큰 도시에서 대성하세요."

사무용품을 취급할 뿐 아니라 인쇄업을 겸했다. 인쇄기를 사들여 각종 문서를 인쇄해주었다. 독립신문사에서 인쇄기를 다루어 봤기에 인쇄업은 익숙한 편이었다. 개업 초기엔 서재필이 직접 작업복을 입고 인쇄기를 돌렸다. 콧잔등에 기름이 묻어도 마냥 흐뭇했다. 종업원을 20명, 30명으로 점차 늘렸다. 훗날 가장 번창할 때는 종업원이 50여 명으로 늘어난다.

상점은 바삐 돌아갔다. 기업체나 학교, 정부기관에서 잇달아 대량 주문을 했다. 사업에 재미를 붙여갔다. 거래은행의 간부가 찾아와 돈을 빌려가라고 사정할 정도로 상점의 신용도가 높았다.

이러는 사이에 대한제국은 일본의 손아귀에 더욱 깊이 잡혀갔다. 1905년 11월 9일, 일본의 거물 정치인 이토 히로부미가 서울에 도착했다. 그는 정동에 있는 손탁호텔에 여장을 풀었다.

손탁은 이토를 맞으려 희끗희끗한 귀밑머리를 아침 일찍 염색했다.

"각하, 다시 뵙게 돼 무한 영광이옵니다."

"세월이 흘러도 손탁 여사의 미모는 여전하오. 내가 11년 전에 왔을 때는 손탁호텔이 지금처럼 멋진 러시아풍 양옥이 아니었는데 …."

"3년 전에 정동구락부 건물을 헐고 이 호텔을 지었답니다. 저희 객실은 귀빈실 2개, 일반실 25개입니다.”

영국 및 독일 유학을 다녀온 이토는 서구식 고급호텔을 선호했다. 일본의 서구식 사교장인 녹명관鹿鳴館의 단골인 이토는 손탁호텔과 녹명관을 비교하며 서양요리를 음미했다.

그의 방문 목적은 대한제국을 보호국으로 만드는 조약을 체결하는 것. 전국에서 반대 여론이 들끓었다. 이토는 하야시 곤스케林權助 일본 공사와 함께 일본 군대를 거느리고 경운궁 중명당으로 쳐들어갔다.

이토가 제출한 조약안의 핵심은 ‘조선의 외교권은 일본에 넘어가고, 조선의 외교업무는 종결되며, 외국에 주재하는 조선 공사들은 철수한다’이다. 고종은 입에 거품을 물고 반대했다.

“대한제국의 외교권을 박탈하려는 것 아니오? 내가 속아 넘어갈 것 같소? 어림도 없소이다!”

“대한제국은 어떻게 지금까지 버텨올 수 있었습니까? 대한제국의 독립은 어떻게 보장되었습니까? 대일본 제국의 도움 덕분 아닙니까?”

“무슨 궤변이오?”

고종은 강한 결기를 풍기며 끝까지 서명을 거절했다. 고종은 부릅뜬 도끼눈으로 이토를 쏘아 보았다.

당황한 쪽은 이토였다. 고종이 줏대가 약해 요깡양갱처럼 말랑말랑한 무골無骨로만 알았다. 그러나 이토 앞에 버티고 앉은 고종은 요지부동이었다. 폭풍에도 흔들리지 않는 거산巨山의 풍모마저 보였다.

“조선의 국력이 비록 허약해졌다 하나 일본이 이렇게 강압적으로 밀어붙이는 것은 예의가 아니오. 조선왕조 5백 년에 조선통신사를 일본에 보내 문물을 전파한 횟수가 무릇 몇 번이오? 인간이 은혜를 모른다면 금수禽獸와 뭐가 다르겠소?”

고종은 용상을 손바닥으로 탕탕 쳤다. 고종은 그래도 분이 풀리지 않아 옷소매를 활짝 걷어붙이고 말을 이었다.

"오늘 과인에게 이렇게 모욕을 주었으니 일본 국왕도 언젠가 외국인에게 수모를 당할 것이 틀림없소. 총칼로 일어선 자, 총칼로 보복받을 것이오!"

고종은 이토를 내보낸 뒤 대신들이 회의를 열어 대책을 찾도록 지시했다. 미간을 잔뜩 찌푸린 대신들은 돌아가며 의견을 피력했다.

독립협회 활동을 방해했던 탁지부 대신 민영기閔泳綺는 한쪽 발로 바닥을 차며 외쳤다.

"절대 반대요."

다른 몇몇 대신들도 마찬가지였다. 학부대신 이완용은 시선을 아래로 내린 채 저음으로 말했다.

"결론만 말하겠소. 찬성이오. 대안 없이 반대를 외치는 것은 무책임한 처사요."

참정대신 한규설은 몸을 떨며 말문을 열었다.

"대한제국은 독립국으로 남아야 하오. 일본 제의를 반대하오."

한규설은 벌떡 일어서 회의장 바깥으로 나가면서 외쳤다.

"폐하께 절대 반대라고 보고하겠소."

얼굴이 벌겋게 달아오른 한규설은 정신없이 걸어가다 그만 엄 귀비 대기실로 들어가고 말았다.

꺄악, 하는 상궁들의 비명소리가 들리자 한규설은 혼비백산하여 나왔다. 회의실로 돌아온 그는 앞으로 고꾸라져 혼절하고 말았다.

일본 군인들은 외부대신 박제순朴齊純의 직인을 가져와서 멋대로 조약서에 찍어버렸다. 1905년 11월 18일 새벽 1시쯤이었다. 공식적인 조약체결일은 11월 17일로 했다. 이 조약서를 일본은 유효하다고 우기고 대한제국은 황제의 재가가 없는 것이므로 당연히 무효라고 주장했다. 이것이 을사늑약乙巳勒約이다.

이토 히로부미는 손탁호텔 귀빈실에서 하야시 공사와 함께 앉아 축배를 들었다. 이토는 조약서를 만지작거리며 말했다.

"하야시 군, 오늘 수고 많았네. 이 조약의 핵심은 대한제국의 외교권을 대일본제국이 장악한 데 있지."

"대한제국은 허수아비 정부가 된 것 아니겠습니까?"

"지푸라기 허수아비가 되살아나지 않도록 '단도리'를 잘 하시게."

"하! 명심하겠습니다, 각하!"

을사늑약의 무효를 주장하며 헤이그에 밀사를 파견한 고종황제를 일본은 1907년 7월 왕위에서 내쫓았다. 후계자로는 순종황제가 등극했다. 일본은 8월 들어 대한제국에 남은 8천 800명 군대마저 해산했다. 이어 일본을 비판하는 언론활동을 막으려 보안법과 신문지법을 만들었다. 대한제국은 '칼'the sword과 '펜'the pen을 모두 잃은 셈이다.

1910년 5월, 일본은 육군대신 데라우치 마사타케寺內正毅를 새 통감으로 임명하고 2천여 명의 헌병을 조선에 보냈다. 이들 헌병은 경찰업무를 맡았고 항일 언론기관과 애국단체를 탄압하는 데 앞장섰다. 마침내 8월 29일 일본은 순종황제를 강제로 퇴위시켰다. 이 국치일國恥日에 창덕궁 인정전에서 한일 병합조약이 맺어지면서 대한제국은 나라 간판을 내리고 말았다.

10

프린스턴대학에 들어서면 중세시대에 돌아온 느낌이 든다. 높은 첨탑이 두드러진 고딕 양식 건물들이 즐비하다. 장미, 튤립 등으로 잘 가꾼 프랑스식 정원 덕분에 귀족스런 분위기를 풍긴다.

고풍스런 석조 건물에 자리 잡은 총장실. 육중한 문을 열고 들어가면 침대만큼 큼직한 책상, 벽을 둘러싼 높고 넓은 책장, 지름이 1미터가량이나 되는 큰 지구의가 눈에 들어온다.

이 학교 박사과정에 입학한 이승만은 우드로 윌슨 총장에게 문안을 드리러 찾아왔다. 저명한 국제법학자인 윌슨 총장은 훗날 1913년부터 1921년까지 미국 대통령으로 재임한다.

윌슨 총장은 이승만을 익히 알고 있었다. 친분이 두터운 기독교계 여러 거물들이 이승만을 추천했기 때문이다. 윌슨은 이승만의 전공 분야가 자신이 공부한 국제법이어서 더욱 친밀감을 느꼈다. 윌슨은 이승만을 편하게 해주려고 가벼운 조크로 말문을 열곤 했다.

"코리아의 왕족을 만나 영광이오."

이승만의 본관은 전주 이씨로 조선왕가 성씨이긴 하지만 고종과는 아득히 먼 혈족이다. 이승만은 근왕勤王주의자 앞에서는 왕족인 체하며 위세를 과시했고, 민주주의를 역설할 때는 만민평등을 강조했다.

"나라를 잃은 왕족이 무슨 힘을 쓰겠습니까."

"요즘 무슨 분야에 천착하시오?"

"19세기 국제관계사입니다."

"불과 몇십 년 전의 이슈여서 흥미진진하겠군요."

"영국과 러시아가 벌이는 패권 다툼이 19세기의 주요 이슈의 하나라고 봅니다."

"나폴레옹 타도에 이들 두 나라가 크게 기여했다오. 나폴레옹 체제가 몰락하자 영국과 러시아는 라이벌 강대국으로 떠올랐고 세계 패권 쟁탈전에 나섰지요. 러시아가 발칸, 중앙아시아, 동아시아를 노려 남하南下하려 하면 영국은 기를 쓰며 저지했고 ….”

"그러면 러시아는 또 다른 곳으로 남진南進 방향을 돌렸지요. 이 상황이 지금까지 거의 100년간 지속되는 것 아니겠습니까?”

"나는 크림전쟁(1853~1856)의 역사적 의의에 대해 관심이 많다오. 대학원 강의에서 이 주제로 여러 차례 세미나도 가졌고 …. 이 전쟁은 영국, 프랑스, 터키 연합군이 크림반도를 노리는 러시아군을 물리치려고 벌인 싸움 아니겠소? 러시아가 패배해 그곳으로 남하하려던 꿈은 좌절되었고 ….”

"크림전쟁 이후 영-러 각축전 무대는 동아시아로 옮겨졌지요?”

"맞소이다. 크림전쟁이 소강상태일 때 이를 타개하기 위해 영국과 프랑스는 러시아령 캄차카 반도를 침공했다오. 러시아가 이에 대응하면서 동아시아로 싸움판이 바뀌었소.”

"그 여파로 1860년에 러-청 북경조약이 맺어졌지요. 이 조약 때문에 러시아는 조선 및 만주와 국경을 접하게 되었고 ….”

"영국과 러시아의 패권다툼 불씨가 코리아로 옮아온 세계사적 배경이 파악되시오?”

"예. 1880년대 들어 코리아는 영국과 수교조약을 맺었고 이어 러시아와도 맺었지요. 코리아를 매개로 영국과 러시아는 힘겨루기를 벌인 것이지요.”

"영국이 1885년 조선의 거문도를 점령한 사건 … 꽤 중요한 사건이오. 대한해협의 요충지인 거문도는 러시아가 부동항으로 노리는 섬 아니겠소? 그것을 영국이 선수를 쳐서 점령한 것이지요."

"총장님은 여기서 어떻게 지구 반대편까지 훤히 내다보십니까?"

"국제법이나 국제정치학을 전공하면 당연히 그래야지요."

대화에서 흥미를 느낀 윌슨은 손으로 지구의를 빙빙 돌리며 목소리를 높였다. 이승만은 여전히 허리를 꼿꼿이 세운 자세로 앉았다.

"다시 코리아 상황으로 돌아가서 … 1880년대에 이미 코리아에서는 청국과 일본이 주도권 쟁탈전을 벌였지요. 코리아를 놓고 영국-러시아의 세계적 대립과 청국-일본의 아시아적 대립이 겹친 셈이지요."

"코리아는 미국, 독일, 프랑스와도 수교하지 않았습니까? 이들 열강은 코리아에 거점을 마련한 것이지요. 작은 나라 코리아에 거인들의 싸움판이 형성됐습니다. 이런 커다란 물결을 헤치고 코리아가 독립국가로 우뚝 설 수 있을까요?"

"미스터 리! 귀하가 리더 역할을 하셔야지! 한반도 주변 몇 나라만 볼 게 아니라 전 세계를 살피고! 코리아 독립을 이루려면 그만큼 외교가 중요하오."

이승만은 졸업할 때까지 종종 총장실을 찾았다. 윌슨은 이승만의 논문 주제에 대해서도 조언을 아끼지 않았다. 이승만이 교회나 클럽에서 연설할 수 있도록 소개장을 써주기도 했다. 이승만의 박사논문 제목은 "미국의 영향을 받은 중립"(Neutrality as influenced by the United States) 이었다. 1776~1872년 국제법상에서의 전시戰時중립을 다룬 내용이다.

한일 강제병합이 이루어지기 1개월여 전, 프린스턴대학에서는 학위 수여식이 열렸다. 윌슨 총장은 이승만에게 정치학박사 학위증서를 건네면서 축하했다.

"닥터 리, 대단한 성취를 이루었습니다."

이승만은 윌슨 총장과 악수하고 나서 눈을 지그시 감았다. 각고 끝에 받은 학위가 자랑스러웠다. 졸업식 참석차 필라델피아에서 온 서재필이 다가왔다.

"축하하네. 박사 모자와 가운이 썩 잘 어울리는군."

"모자가 너무 크지 않습니까? 하하하 ….."

"미국인도 다니기 어려운 명문대학에서 이렇게 박사학위까지 받았으니 자네는 코리언이 얼마나 우수한 민족인지를 보여주었어."

"미국인 학생들에게 뒤지지 않으려고 기를 쓰고 공부했지요."

이승만은 1905년 2월에 조지워싱턴대학에 입학해서 2년 만에 학사학위를, 1910년 3월엔 하버드대학에서 석사학위를, 이어 프린스턴에서 박사학위를 받았다. 정상적으로는 10년이나 걸리는 과정을 5년 만에 마쳤다. 이렇게 빨리 박사학위를 딴 것은 미국 기독교계의 전폭적인 후원이 있었기 때문이다.

서울의 선교사들은 미국 교회 지도자들에게 이승만에 대한 추천서를 19통이나 써주었다. '이승만은 수감기간에 40여 명의 재소자들을 기독교인으로 포교할 정도로 독실한 신자이며 조선에 귀국하면 기독교의 지도자로 활약할 인물'이라고 소개했다. 이승만은 박사과정 지도교수에게도 교섭력을 발휘했다.

"교수님, 저는 미래에 코리아의 최고 정치지도자가 될 사람입니다. 프린스턴의 명예를 높이겠습니다. 학자로 나설 사람이 아니니 논문심사에서 너무 엄격한 잣대를 대지 않았으면 합니다."

이승만은 유학경비 대부분을 교회로부터 지원받았다. 이상재, 전덕기全德基 등 조선의 인사들에게서도 유학자금 일부를 후원받았다.

숯장수 출신의 전덕기는 상동교회에서 전도사 일을 하며 이승만을 돕는 일에 앞장섰다. 이승만은 이상재에게 보낸 편지에서 "매일 아침 멀건 죽 몇 숟가락을 떠먹으며 연명한다"고 엄살을 피우기도 했다. 그가 말하는 죽粥은 미국인의 아침 식사인 걸쭉한 오트밀이었다.

서재필과 이승만은 프린스턴 캠퍼스를 산책했다. 넓디넓은 잔디밭이 펼쳐져 있다. 잔디밭 둘레 뜰엔 기화요초琪花瑤草가 만발했다.

"이렇게 기쁜 날에 조국을 생각하니 가슴이 찢어지네. 이제 조선은 일본의 손아귀 속에 들어갔지."

"깡패군인 데라우치가 조선 총독이라니 통탄스럽지요."

"이완용과 친일단체 일진회가 한일 강제병합을 지지하는 운동을 벌인다고 하니! 독립협회 회장을 지낸 그가 친일 앞잡이가 되다니 ….."

"저는 조선으로 돌아가 독립운동을 하겠습니다."

이승만은 곧 귀국했다. 그는 황성기독교청년회(YMCA)의 총무로 활동한다. 조선은 이미 일본에 병탄됐다. 이승만은 귀국 후 6개월 동안은 서울에서 학생들을 지도했다. 매주 오후에 성경반을 이끌었다. 각 학교의 YMCA를 조직하고 학생 토론회를 진행했다.

이승만은 1911년 5~6월엔 전국 순회 전도여행을 다녔다. 33회의 집회에서 7천 5백여 명의 학생들을 만났다. 정열적인 순회활동과 지방 조직 장악으로 그는 청년들 사이에서 민족 지도자급 인물로 부상한다.

일본은 조선총독부를 설치했다. 초대총독 데라우치는 군문軍門에서 잔뼈를 키워 환갑을 바라보는 58세인데도 탄탄한 근육질 몸매를 자랑했다. 퉁방울눈에 창대 같은 수염을 기른 감때사나운 얼굴의 그는 간부들을 불러 모아 호령했다.

"초장에 조선인들의 콧대를 눌러야 하네. 헌병이 경찰업무를 맡아 핫바지들을 바짝 옭아매도록!"

"하이! 좋은 생각입니다."

데라우치는 여덟 팔八자 콧수염을 만지작거리며 말했다.

"무지몽매한 조선에서는 질서가 필요하오. 질서를 어지럽히는 조선놈들은 쇠몽둥이로 내려쳐야 …."

총독부는 독립운동 자금을 모은 안명근安明根을 잡아들인 것을 계기로 황해도 지역의 항일인사 160여 명을 검거했다. 이어 민족운동 단체 신민회에 데라우치 총독 암살을 모의했다는 혐의를 씌웠다. 윤치호 신민회 회장을 비롯한 회원 600여 명을 검거하여 모진 고문을 가하고 이 가운데 105명을 기소했다. '105인 사건'이다.

이 사건이 터지자 이승만은 신변 위협을 느꼈다. 미국인 선교사들은 이승만에게 미국으로 피신하라고 권유했다.

"제가 귀국한 지 얼마나 되었다고 …."

"그걸 따질 때가 아닙니다. 앞날을 도모하기 위해 우선 불구덩이에서 피하라는 것이지요. 곧 미네아폴리스에서 국제감리교 대회가 열리는데 거기에 참가한다는 명목으로 떠나세요."

이승만은 그 대회에 참가한 후 1913년 1월 말 감옥동지 박용만朴容萬의 초청으로 하와이로 간다. 망명살이였다. 이승만, 박용만, 정순만鄭淳萬은 옥중에서 만나 이름에 '만'자가 들어있다는 것을 인연으로 의형제를 맺은 바 있다. 이들은 '3만'으로 불린다. 하와이는 이승만이 훗날 40년간 머무는 제2의 고향이 된다.

11

서재필은 아침마다 일찌감치 집에서 나온다. 산책할 겸 신문을 사기 위해서다. 잉크 냄새가 풍기는 〈뉴욕타임스〉를 읽으며 진한 커피 한 잔을 마실 때면 부러운 게 없다. 호밀빵에 오렌지 마멀레이드를 바르고 캐나다산 메이플 시럽을 뿌려 먹으면 커피 맛이 더욱 고소하게 느껴진다. 식탁 주위를 맴도는 아내의 경쾌한 발걸음 소리도 듣기에 좋다.

1919년 3월 어느 날, 신문을 펼쳐 든 서재필의 손이 전율했다. 중국 베이징에서 송고한 기사를 읽고 가슴 속에 불덩이가 치솟았다.

코리아에서는 3월 1일 수많은 민중들이 참여하는 대대적인 시위가 벌어졌다. 일본의 식민지배에 항의하는 시위인데 수도 서울에서 시작하여 전국으로 확산되고 있다. 일본 관헌들은 돌발적 사태에 당황하였으나 곧 강경하게 진압하기 시작했다. 많은 시위참가자들이 구속되고 고문당하고 있다.

1919년 3월 1일 한국에서 일어난 3·1 만세운동 보도였다. 일본의 철권통치에 반발한 한국민들이 대규모 시위를 벌였다는 소식이다.

미국 국무부에다 코리아 상황을 문의했다. 국무부 관계자는 퉁명스런 어투로 대답했다.

"신문기사 이외엔 파악된 게 없소이다."

재미 한국인 지도자들에게 연락을 했다. 안창호, 이승만, 정한경鄭翰景 등에게 대책을 세워보자고 제안했다.

정한경은 1905년에 어린 소년의 몸으로 미국에 건너와 공부하는 총명한 청년이다. 네브래스카 주의 작은 도시 커니에서 중학교, 고등학교를 나왔다. 제분업자 집에서 고학생helper으로 지내며 학교에 다녔다. 고교졸업 때는 수석을 차지해 졸업생을 대표해 연설을 했다. 얼굴이 귀공자 스타일인 청년 정한경은 하얀 셔츠에 검은 양복을 단정하게 차려 입고 서재필을 만나러 왔다.

"선생님의 무용담을 어릴 때부터 많이 들었습니다. 특히 네브래스카에 있었던 한인소년병少年兵학교에서 ….."

"일하고 공부하며 군사학교까지 다녔다고?"

"조선이 독립하려면 군사전문가가 필요하다고 박용만 교장께서 역설하시면서 이 분야의 선구자로 서재필 선생님을 꼽으셨습니다."

"그 학교엔 학생이 몇 명이나 있었나?"

"제가 다닐 때는 서른 명이었습니다. 1909년에 개교하여 1914년에 문을 닫아 아쉽습니다만 …. 저희는 헤이스팅스대학 캠퍼스에 모여 오후에 2시간 동안 군사훈련과 민족교육을 받았지요. 언젠가 이승만 박사님이 헤이스팅스를 방문하셨지요. 이 박사님은 교장 선생님과는 의형제라 하시더군요."

"그들은 감옥에서 함께 고초를 겪었지."

"이 박사님은 헤이스팅스에서 매일 세 번씩 기도회를 가졌답니다. 기도회에서 이상한 발언을 하시더군요. 저는 실망했습니다만 …."

"어떤 발언인데?"

"장인환, 전명운, 안중근 … 이런 의사義士들을 테러리스트로 매도하더군요. 형법상 살인범이며 조국의 명예를 훼손하였다고 비난하더란 말입니다. 제가 알기로는 안중근 의사는 조선군사령관 자격으로 이토 히로부미에 대해 전쟁의 일환으로 발포한 인물인데요. 그리고 박용만 교장이 조선인 소년들에게 군사훈련을 시키는 것을 비판하더 군요. 일본과 군사적으로 싸우는 것은 망상이라면서 ….”

“이 박사의 진의가 잘못 전달됐을 수도 있겠지.”

로스앤젤레스 흥사단 사무실에 이른 아침부터 조선인 청년들이 몰려들었다. 안창호가 국민회 긴급회의를 소집해 참가자들이 서둘러 찾아왔기 때문이다. 국민회 임원들은 들뜬 기분으로 도산島山 (안창호의 호) 의 발언을 들었다.

“서재필 선생이 여기에 오셨더라면 좋을 것을 … 여기 서부까지 얼른 오실 수 없으니 유감이외다.”

“도산 선생님, 중국 상하이에 가서서 조선의 상황을 자세하게 파악하시는 게 어떻겠습니까.”

“내가 상하이에 가겠소. 미국에서의 독립운동도 중요하니 3·1 만세운동을 미국인에게 적절하게 설명하는 활동도 추진하여야 하오. 경력이 풍부하고 영어에 능통한 서재필 선생을 대對미국 대변인으로 선임할까 하는데 임원들의 견해는 어떠하오?”

“좋습니다. 그렇게 결정하고 서재필 선생에게 전보를 보냅시다요.”

샌프란시스코에서도 회의가 열렸다. 그곳 국민중앙총회 대표 김정진은 회원들 앞에 나섰다.

“독립의연금을 모읍시다. 우리의 피땀 어린 정성이 쌓이면 독립이 하루라도 일찍 이루어질 것이외다.”

김정진은 63일간 서부 10개 주의 63개 도시에 흩어져 있는 동포 327명을 방문했다. 그는 독립의 의미를 설명하고 의연금 1만여 달러를 모았다. 두 달 동안 모금한 액수는 3만 388달러였다. 이는 당시 경제규모로 봐서는 거액이었다.

동부지역에서는 서재필이 유학생들을 모아 대책회의를 열었다.

"미국 전역과 멕시코에 살고 있는 한인 지도자들을 모으면 어떻겠소? 독립 실천방안을 찾기 위해서 ….

"대회 명칭을 무엇으로 하면 좋을까요?"

"한인자유대회라고 하면 괜찮겠는데 ….

"한인자유대회라 … 멋진 이름이군요."

"언제, 어디서 열면 좋겠소?"

"그건 서재필 선생님께서 정하는 게 낫겠습니다."

서재필은 필라델피아 시장 토머스 스미스를 찾아갔다. 서재필은 필라델피아 상공회의소에서 회계임무를 맡을 정도로 그 지역 상공인들에게서 신망을 얻고 있었다. 시장과도 허물없이 지낸다.

"톰, 조언을 구하러 왔네. 한국인들이 모일 집회장소를 찾고 있는데 적당한 곳을 추천해주시게."

"멀리 찾을 것 없이 자네 사무실 부근에 있는 리틀 극장이 좋지 않겠나? 아늑하면서 깨끗한 공간이지."

12

"여보, 코리안 청년 한 분이 찾아오셨어요."

뮤리엘의 목소리를 듣고 서재필은 사무실 문을 열었다. 한인자유대회를 준비하느라 너무 바빠 요 며칠 동안은 아내의 목소리도 제대로 듣지 못했다.

청년은 얼굴이 넓적하고 어깨가 떡 벌어진 강골이다. 작은 눈에서 뿜어나오는 빛이 강렬하다. 양복에 넥타이를 맨 단정한 옷차림이다.

"정한경 선배에게서 선생님 이야기를 많이 들었습니다. 저는 정 선배와 함께 네브래스카 커니에서 생활한 유일한 柳一韓입니다."

"그러면 한인소년병 학교에도 함께 다니셨나?"

"예. 그 학교에서 군사훈련을 받고 민족의식을 깨우쳤지요."

"언제 미국으로 오셨는가?"

"제 나이 불과 아홉 살 때였습니다. 저희 부모님께서는 넓은 세상을 배우고 오라면서 미국으로 보내셨지요."

"부모님이 선각자이시군."

"여기에서 한인자유대회가 열린다는 소식을 듣고 제가 도울 일은 없을까 해서 찾아왔습니다."

"고맙네. 지금은 뭘 하시는가?"

"미시간대학에서 경영학을 공부하고 있습니다. 4학년입니다."

"경영학?"

"상업거래나 공장관리를 연구하는 새로운 학문입니다."

"앞으로 두고두고 쓸모 있는 학문이겠으니 열심히 공부하시게. 자네는 몸매가 탄탄하군. 무슨 운동을 하셨는가?"

"고등학교 시절에 미식축구 선수로 뛰었습니다."

"미식축구? 쉽지 않은 운동인데 … 심신을 함께 단련해야지."

한인자유대회는 4월 14일 리틀 극장에서 개막되었다. 리틀 극장은 이름 그대로 자그마한 공연장이지만 바닥에 두툼한 붉은 카펫이 깔려 있고 호화로운 의자가 마련된 곳이다.

극장 안에는 열기가 가득 찼다. 참가자는 한국인 150여 명과 한국에 체류한 적이 있는 미국인 선교사 대여섯 명이다. 2박 3일간 일정이다.

참가자 가운데 서재필, 이승만, 민찬호, 윤병구 등은 중진급이다. 청년 유학생으로는 오하이오주립대 학생인 임병직林炳稷을 비롯해 정한경, 조병옥趙炳玉, 유일한, 장택상張澤相, 김현구金鉉九 등이 참가했다. 서재필은 만장일치로 임시의장에 선출돼 개막사를 낭독했다.

"우리가 이곳에 모인 목적은 코리아가 일본 제국주의의 피해자라는 점을 미국에 알리기 위한 것입니다. 일본은 코리아에 대한 학정을 교활하게 숨기고 있습니다. 우리는 미국이 모든 사실을 알면 한민족을 지지할 것으로 믿습니다."

당시 미국 대통령이던 우드로 윌슨은 제1차 세계대전이 끝나자 1918년 민족 자결주의를 주창했다.

"각 민족은 스스로 정치적 운명을 결정하는 권리를 가져야 한다!"

윌슨의 이 발언에 한국의 독립운동가들은 고무되었다. 그러나 이는 주로 동유럽 국가들의 독립을 겨냥한 발언이었다. 이들 국가가 소련의 영향력 아래에 들어가지 않도록 하기 위한 것이다.

서재필의 개막사에 이어 플로이드 톰킨스 목사가 연단에 섰다.

"코리아 국민들은 자부심을 가질 만합니다. 미국 선교사들이 여러 나라에서 선교활동을 벌이면서 코리아에서만큼 깊은 감동을 느낀 곳이 없습니다. 선교사의 호소에 코리아 국민들은 신속하고, 강하게 응답했습니다. 저희는 코리아를 사랑하고 코리아를 지킬 것입니다."

박수가 터졌다. 이어 필라델피아 유태교 지도자인 헨리 베르코위츠 랍비가 연사로 등장했다. 그는 검은색 중절모와 양복을 입고 턱수염을 길게 기른 전형적인 유태인 외모였다.

"코리아 사람들이 겪는 핍박을 보니 히브리 역사와 매우 유사합니다. 저희는 고향 이스라엘에서 쫓겨나 2천 년 동안 떠돌이 생활을 하고 있습니다. 그러나 언젠가는 독립국가를 세우겠다는 열망을 하루도 잊은 적이 없습니다. 이는 반드시 이뤄질 것입니다. 코리아의 독립도 기필코 실현될 것입니다. ˮ

사흘간의 회의에서 참가자들 사이에 의견충돌이 벌어져 한때 험악한 분위기가 조성되기도 했다. 충돌 당사자는 이승만과 안창호였다. 이 대회에 안창호는 직접 오지 않았으나 홍사단에서 안창호를 따르는 후배들이 여럿이 참가했다. 안창호 지지자들은 이승만이 지나치게 권력지향적이고 독선주의자라고 비방했다. 한 지지자는 발언권을 얻어 이승만을 성토했다.

"이승만 선생은 벌써 자기가 코리아 대통령이나 된 듯이 행세한다 하더군요. 이 선생은 윌슨 대통령에게 코리아가 국제연맹의 신탁통치를 받도록 건의했답니다. 어떻게 우리나라를 신탁통치 체제 아래 둘 수 있단 말이오? 나라의 운명을 좌지우지하는 중대사를 이 선생 혼자서 독단적으로 결정할 수 있소?"

이에 이승만 지지자 청년이 입에 거품을 물고 맞받아쳤다.

"이승만 선생의 외교활동 성과를 배 아파 하지 마시오. 안창호 선생이 젊은이들에게 무실역행務實力行하라고 가르친 공적을 인정하긴 하지만 그것만으로는 독립이 안 되오. 그리고 안 선생이야말로 권력지향적인 인물 아니오? 3·1운동이 터지자 서둘러 상하이로 간 것은 주도권을 장악하기 위한 포석 아니오?"

양측 지지자들은 눈을 치뜨면서 입에 거품을 물었다. 불꽃이 튀기 직전이다. 서재필은 이승만, 안창호 지지자들을 함께 설득했다.

"지금 우리는 단결해야 합니다. 이승만과 안창호는 모두 훌륭한 민족지도자입니다. 이들이 손을 잡고 일본과 대항해서 싸워야 하는데 우리끼리 등을 돌리면 아무것도 못합니다. 이승만 박사가 신탁통치안을 제안한 것은 국제정세로 판단할 때 조선 독립이 쉽게 올 가망이 보이지 않아 우선 신탁통치라도 받아 일본의 마수에서 벗어나자는 뜻입니다."

서재필은 물 한 잔을 벌컥 마신 뒤 말을 이었다.

"안창호 선생이 급히 상하이로 간 것은 정치주도권을 잡기 위해서가 아닙니다. 당장 독립할 가능성이 낮으니 우선 독립의 상징인 임시정부를 도와주려는 것이지요. 장기적으로는 중국을 근거지로 삼아 힘을 키워 독립을 이루자는 의도 아니겠습니까? 우리가 단합하지 못해 천재일우千載一遇의 기회를 놓치면 민족 앞에 죄인이 될 것입니다."

서재필의 중재로 양측은 감정의 응어리를 약간 풀었다. 회의를 진행하는 도중에 서재필은 이승만을 유심히 살폈다. 이승만의 표정이 시종 굳어 있었다.

서재필은 회의 첫날에 이승만에게 '한국 국민이 미국 국민에게 보내는 호소문' 초안을 작성하게 했다. 이튿날 이승만은 이 호소문을 낭독했다. 낭독 직후 의장인 서재필이 덧붙여 발언했다.

"여러분은 이승만 박사가 낭독한 호소문을 들으셨습니다. 본 회의의 대의원 가운데 이 호소문에 대해 이견異見이 있으신 분은 말씀해 주십시오."

이때 이승만이 얼굴이 벌게져서 벌떡 일어나 발언했다.

"호소문은 낭독한 대로 채택해야 합니다. 변경할 필요가 없습니다."

이는 의장에 대한 도전적인 발언이다. 서재필은 순간 부아가 치솟았지만 애써 목소리를 차분하게 낮추어 대답했다.

"신사 숙녀 여러분, 우리는 지금 민주주의 절차에 의해 회의를 진행하고 있습니다. 민중의 의견을 듣지 않고서는 어떤 중요한 행동도 취하여서는 안 됩니다. 옛날의 코리아가 아니라 새로운 코리아입니다. 다수 민중의 의사를 따르는 것이 민주주의 아닙니까? 민주주의는 지도자 혼자서 결정하는 것이 아닙니다."

이승만은 머쓱해했다. 서재필은 공개석상에서 이승만을 너무 몰아세운 점이 미안했다. 회의가 끝나자 이승만을 불렀다.

"필라델피아에서 당분간 머물며 함께 독립운동을 하면 어떻겠소?"

"곤란한데요."

이승만은 여전히 미간을 찌푸린 채 대답했다.

장래에 한국을 이끌 지도자, 즉 신생공화국의 대통령감으로 누가 적임자일까? 서재필은 이런 상념에 잠겼다.

'한국을 둘러싼 열강들의 틈바구니 속에서 코리아의 독립을 온전하게 이루려면 무엇보다 외교활동이 중요한 것 아닌가. 이 분야에는 이승만이 최적임자이지. 학력이나 투쟁경력, 영민한 두뇌, 탁월한 연설솜씨 등 여러 장점을 두루 갖춘 인물이야…. 다만 안타까운 점은 포용력이 모자란 것 같아 … 재승박덕한 인물이 아닌가?'

이승만은 유아독존적인 성격을 지닌 인물로 비쳤다. 교민사회에서는 "이승만이 나타나면 분열이 생긴다"는 말이 널리 돌았다. 서재필은 이승만에게 묘한 라이벌 의식을 느끼지만 다른 한편으로는 이승만을 한국의 훌륭한 지도자로 키울 의무가 자신에게 있다고 느꼈다.

서재필은 언론의 영향력을 잘 안다. 한인자유대회를 개최하면서 필라델피아 현지 언론에 이 사실을 적극적으로 알리고 설명했다. 덕분에 현지 언론에서는 코리아에 대한 우호적인 기사가 많이 보도되었다. 〈필라델피아 레코드〉(Philadelphia Record) 지는 4월 16일 자 논설에서 '한국의 독립'이라는 제목으로 다음과 같이 밝혔다.

한국인 애국지사들이 미국의 독립 발상지라 할 수 있는 독립기념관을 방문하였다. 이들은 필라델피아에서 한인자유대회란 집회를 갖고 독립의지를 확인했다. 한국은 4천 년의 고유한 역사를 가진 나라이며 일본에 병탄되기 전에는 미국을 포함한 여러 나라와 우호조약을 맺은 바 있다. 이 조약에 따라 미국도 한국이 위급한 처지에 빠지면 도와야 할 의무가 있다. 시어도어 루스벨트 대통령이 《미국과 세계전쟁》이란 저서에서 밝힌 한국에 관한 해명은 무정하고 냉소적이었다. 한국은 자주 독립을 누릴 자격이 있는 나라다. 우리는 한국이 독립되기를 희망한다.

서재필은 대회가 끝나는 날 아침에 이 논설을 발견하고 대회장에서 이를 낭독함으로써 대회의 성과를 자축했다.

"한국인의 열망을 밝히는 결의문"은 유일한이 낭독했다. 그는 이 결의문 초안을 작성하는 작업에 참여했다. 듬직한 체구의 청년 유일한은 윤기 감도는 바리톤 목소리로 이 결의안을 천천히 읽었다.

민찬호 목사의 한국말 기도로써 막을 내렸다.

"저희 어린 양들이 조국과 너무도 멀리 떨어진 이 미국땅에 모였습니다. 이스라엘 민족이 핍박받는 것처럼 지금 조선에서는 우리 민족이 학대받으며 고난의 길을 걷고 있습니다. 하나님 아버지, 우리 기도를 들어 조국 독립의 날을 하루 일찍 앞당겨 주소서!"

"아멘!"

폐막 직후 서재필과 참가자들은 스미스 필라델피아 시장이 제공한 기마대와 군악대의 호위를 받으며 리틀 극장을 출발하여 미국 독립기념관까지 태극기를 흔들며 행진했다.

이들이 독립기념관에 도착하자 관장은 건물의 내력을 설명해 주었다. 이어 이승만은 최남선崔南善이 기초한 독립선언서의 영역본을 읽어내려 갔다. 참가자들은 이승만의 선창에 따라 '대한공화국 만세'와 '미국 만세'를 3창했다.

일행은 미국 독립기념관 안에 보존된 '자유의 종'을 손으로 만져보았다. 서재필은 관장의 양해를 얻어 1787년 미국 헌법선포 당시에 미국 초대 대통령 조지 워싱턴이 사용했던 의자에 이승만을 앉혀 기념촬영을 하도록 했다. 서재필은 이승만을 여러모로 배려했다.

유일한은 한인자유대회를 마치고 숙소로 돌아와 애인인 중국인 호미리에게 편지를 썼다. 자유의 종을 손바닥으로 쓰다듬으며 느낀 감각이 아직 남아 있어 그 감격을 전하기 위해서다.

대회는 잘 끝났습니다. 내가 결의문까지 읽었지요. 애국, 그것은 나의 지상과제가 되었습니다. 신에게 맹세까지 한 걸요.

이번 대회를 주도한 서재필 선생과 각별한 인연을 맺었습니다. 그분은 내가 아홉 살 나이에 미국에 건너와 파란만장하게 살아온 이야기를 들으시더니 눈물을 글썽이더군요. 제 아버지와 연세가 비슷하기도 해서 그분이 제 손을 꼭 잡으실 때 나도 모르게 "아버지!"라고 부를 뻔했습니다. 선생에게 가장 바람직한 애국의 길이 무엇인지 질문했습니다. 그랬더니 '로마로 가는 길은 하나만이 아니다'라는 격언을 들려주시며 빙그레 웃으시더군요. 그 의미는 제가 다시 곰곰 헤아려보겠습니다.

저의 스승 박용만 선생은 이번 대회에 못 오셨습니다. 얼마나 안
타깝던지 …. 박용만 선생과 의형제이며 유명한 정치지도자인 이승
만 선생도 만났습니다. 그런데 이승만 선생은 너무 독선적이고 무례
하더군요. 연배가 훨씬 위인 서재필 선생에게 대들기도 합디다. 무
서운 사람이라는 느낌이 들더군요.

필라델피아의 밤이 깊어가고 있습니다. 달콤한 잠, 주무세요.

13

"코리아의 사정을 한두 번 반짝 알려서는 안 되오. 지속적으로, 열
정적으로 홍보해야 하오."

한인자유대회에서 강조된 사안이다.

그래서 한국홍보국(Korean Information Bureau)을 세우기로 했다.
여기서 한국을 알리는 책과 잡지를 발간하기로 했다. 책임자로는 이
승만이 거명되었다. 그러나 그는 완강히 사양했다. 서재필이 할 수
없이 이 자리를 떠맡았다.

서재필은 이승만에게 각별히 당부했다.

"운동가에게 미디어는 매우 중요하다네. 일본의 코리아 강점에 대
해 미국의 여러 언론은 여전히 일본에 우호적인 보도를 하고 있네. 이
를 바로잡는 데 심혈을 기울여야 하네."

서재필은 정한경에게도 당부했다.

"코리아에 대해 부정적인 기사를 보도한 신문에 우리가 반박문을
성실하게 작성해 보내야 하네."

"설마 실어줄까요?"

"내용만 좋으면 당연하지. 미국에는 양심적인 언론인들이 적잖다고 믿네."

서재필은 한국홍보국을 설치하여 왕성한 활동을 펼친다. 낮에는 사업에, 밤에는 홍보국 일에 매달렸다. 개인재산 상당액을 홍보국 사업에 털어 넣었다.

《한국의 독립운동》, 《한국에서의 일본 횡포》등 여러 책자와 화보를 발간했다.

"이게 뭐야? 이런 황당무계한 글이 …."

서재필은 〈뉴욕타임스〉 선데이 매거진을 보고 경악했다. 한국에 관한 악의적인 기사가 실려 있었다. 일본정부 초청으로 서울을 다녀온 예일대학의 철학교수인 조지 래드의 글이었다.

'한국민은 중국의 저속한 풍습의 영향을 받아왔고 자치능력이 없는 민족'이라 폄훼하고, '일본의 한국 통치는 한국인들에게 매우 유익한 것이며 대다수 한국인들은 일본 통치를 환영하고 만족해한다'고 썼다.

서재필은 이승만에게 연락해서 반박문을 쓰자고 제안했다. 이승만도 분을 참지 못하며 당장 펜을 들겠노라고 대답했다. 이때 이승만은 한국 임시정부의 최고위 지도자로 추대된 상태였다. 한국 임시정부를 대표하는 사람으로서 묵과할 수 없었다. 이승만은 임시정부 수반자격으로 반박문을 보냈다. 〈뉴욕타임스〉에 이승만의 글이 실렸다.

'래드 교수가 일본의 사주를 받아 항상 한민족을 헐뜯어왔고 극단적인 편견을 가졌다'고 지적하고, 명성황후 참살 사건의 진상을 밝혔다.

서재필은 미국인들에게 한국의 실상을 널리 알리기 위해 소설을 쓰기도 했다. 〈한수가 걸은 길Hansu's Journey〉이라는 작품이다. 박한수라는 주인공의 파란만장한 삶을 그렸는데 아마추어 작가가 지은 소설이라 문학성은 돋보이지 않았다. 자신의 인쇄소에서 찍어 지인들에게 배포했다.

사업은 매니저에게 주로 맡기고 독립운동에 더욱 열을 올렸다. 미국 각지에서 강연회를 열고 참관하려면 품이 엄청나게 든다.

그는 한국친우동맹(The League of the Friends of Korea)이라는 단체를 한국홍보국에 병설했다. 친한파 미국인들을 조직적으로 관리하기 위해서다. 이 동맹은 주로 강연과 집회를 통해 일본의 폭정사실을 폭로하고 미국인 회원을 모집하는 일도 주요 과제였다. 강연회가 끝나면 회원가입을 권유한다. 한꺼번에 몇백 명이 가입하는 경우도 있다. 회원 대부분은 의사, 목사, 교수, 기업인 등 지역의 오피니언 리더들이다. 지역 친우동맹도 17개나 결성했다.

각 지역 한국친우동맹에서는 일본의 만행을 규탄하는 성명서를 미국의 행정부와 상원, 하원 등 관계 요로에 발송했다. 이것이 미국의 여론을 형성하는 데 영향을 미쳤다.

미국 의회에서 한국 문제가 처음 언급된 것은 1919년 6월 30일이다. 이날 셀든 스펜서 상원의원은 한국의 독립운동에 대해 발언했다.

7월 15일, 조지 노리스 상원의원이 3·1운동을 짓뭉개는 일본 만행을 규탄했다.

의장! 내 손에 든 이 사진을 보십시오. 이 사진은 한국에서 20년간
있었던 백 선교사가 나에게 제공한 것입니다. 이 사진은 일본 헌병
에 의해 죽임을 당한 한국인의 사진입니다. 백 선교사는 이 장면을

자기 눈으로 직접 봤다고 합니다. 이 불쌍한 한국인은 귀를 잘리고 얼굴이 젤리처럼 일그러졌습니다. 그는 28군데나 되는 상처를 입었습니다. 그는 무기도 지니지 않았고 애국심에 불타서 단지 대한독립 만세라고 외쳤을 따름이라고 합니다.

1921년 7월, 제1차 세계대전의 전화戰禍가 유럽에 남아 있을 때다. 서재필은 외교동향에 밝은 미국인 지인에게서 워싱턴 정가 움직임을 들었다.

"이제 유럽에서 전쟁이 거의 끝나 이후의 세계질서를 논의할 군축회의가 워싱턴에서 열린다고 합니다. 유럽뿐 아니라 동아시아 지역 문제도 의제에 포함될 것이라는군요."

'코리아의 독립문제도 거론될 것 아니겠는가. 그렇다면 이번 기회에 코리아의 처지를 분명히 밝혀야 한다.'

서재필은 상하이 대한민국 임시정부의 재무총장 이시영李始榮에게 급히 편지를 보냈다. 워싱턴 군축회의에 한국정부가 적극 참여해야 한다는 요지였다. 임시정부로부터 즉각 참석하겠다는 응답이 왔다.

재외동포들의 호응은 뜨거웠다. 워싱턴 군축회의와 관련한 활동에 드는 비용으로 성금 2만 1천 219달러가 모였다. 멕시코, 쿠바에서 막노동을 하는 교민들도 쌈짓돈을 털어 성금을 보내왔다.

모금과정에서 서재필과 이승만 사이에 미묘한 갈등이 빚어졌다. 이승만은 대통령 자격으로 서재필에게 이런저런 지시를 내렸다. 서재필은 이를 못마땅하게 여겼다.

'허허, 이승만 … 엄청나게 컸구먼 …. 배재학당 시절에 만난 그 이승만이 아니야. 그는 많이 변했어.'

군축회의는 1921년 11월 12일에 개막한다. 이 회의에 대비하는 한국위원회의 회장은 이승만, 부회장은 서재필이 맡았다.

"이 박사가 회장을 맡으니 든든하네."

"부회장이라 해서 너무 섭섭해하지 마세요."

"내가 이 나이에 회장 자리 감투에 연연하겠나?"

"우리를 도울 요인들을 만나 설득해주십시오."

"알았네. 마침 절친한 찰스 토머스 상원의원이 이번 회의의 특별 고문으로 위촉되었지."

"토머스 의원은 어떤 분입니까?"

"1900년에 열린 민주당 전당대회에서 임시의장을 지낸 미국 정계의 거물이지."

"혹시 찰스 에번스 휴즈 미국 국무장관을 아십니까?"

"다행히 그와는 구면이네. 친한파 조지 노리스 상원의원의 소개로 휴즈가 장관에 취임하기 직전에 만난 적이 있지."

"잘 되었습니다. 휴즈 장관을 만나 이번 회의에서 코리아의 독립문제를 반드시 거론해주도록 부탁드리십시오."

서재필은 회의준비에 분주한 휴즈 장관을 어렵게 만나 한일 관계를 설명했다.

"일본은 코리아를 강제 점령한 게 분명합니다."

"코리아의 사정에 대해서는 저도 잘 알고 있습니다. 그러나 이번 회의의 의제가 아니므로 정식으로 거론하기 곤란합니다. 제가 비공식석상에서 일본 대표에게 이야기하겠습니다."

"일본 대표를 만나기 전에 이 자료를 참고하십시오. 국제법 전문가인 프레드 돌프 변호사가 작성한 것입니다. 일본의 코리아 통치가 너무나 야만적이라는 점을 폭로했습니다. 국제법적으로도 일본의 코리아 합병은 무효라는 점을 밝히고 있지요."

"일본 측은 동양의 평화와 한국인을 위해 보호조약을 체결한 뒤 합방했다고 설명하고 있잖아요?"

"억지 논리입니다. 한국인은 일본의 보호를 원하지 않으며 그 보호조약도 강제로 체결되었습니다. 이 청원서를 보십시오. 코리아의 전국 지역대표 372명이 서명 날인한 것입니다. 코리아의 독립 요구는 몇몇 소수의 주장이 아님을 알 수 있지 않습니까?"

일본 측도 긴장했다. '한국 임시정부가 이 회의에서 한국 독립을 호소한다'는 정보를 입수하자 동향을 파악하기 위해 경기도 경찰부장으로 있는 치바 사토루千葉了를 워싱턴에 파견했다.

휴즈 장관은 일본 대표들에게 한국 측 청원서 건을 이야기했다. 그랬더니 일본 대표들은 "청원서가 타당성이 없다"면서 묵살했다. 워싱턴 군축회의는 강대국들의 이익을 조정하고 1922년 2월 6일에 폐막됐다.

한국 측 노력은 수포로 돌아갔다. 한국독립 문제를 다루는 안건은 상정조차 되지 않았다. 그러나 성과가 전혀 없지는 않았다. 강대국 대표들에게 한국의 독립문제에 대한 주의를 환기하는 효과를 거두었다.

"이렇게 허탈할 수가 …."

회의가 끝나자 서재필은 탈진했다. 회의장 로비에 있는 소파에서 멍하니 앉아 있었다. 회기 중인 석 달 동안 온몸을 던져 외교전을 펼쳤다. 경비를 대느라 사재를 거의 털다시피 했다.

14

서재필은 파산상태에 빠졌다. 부끄러움을 무릅쓰고 주위 사람들에게 괴로움을 토로했다.

"필라델피아에 있는 한국홍보국과 미국 전역에 결성된 한국친우회에 관한 활동을 접어야겠네."

유학생 허정許政, 조병옥이 인사차 찾아오자 심경을 밝혔다.

"지난 3, 4년간 독립운동에 몰입하느라 지금 만신창이가 되었네. 재산이 8만 달러였는데 독립운동에 쓰느라 모두 날렸지. 가게도 남의 손에 넘어갈 지경이네. 남은 것이라곤 집 한 채뿐인데 이 집마저도 은행에 넘겨야 할 처지야."

1924년 필립 제이슨 상회의 문을 닫았다. 결국 파산했다. 이제 나이는 만 60세. 새로운 사업을 시작하기엔 너무 늦은 때다. 머리엔 허연 서리가 앉았다.

액색阨塞한 처지에 빠진 서재필을 유일한이 방문했다.

"한인자유대회 이후 여러모로 수고 많았네. 요즘 어떠신가?"

"학업을 마치고 웨스팅하우스란 기업에 다니다가 몇 년 전부터 사업을 시작했습니다."

"좋은 도전이네."

"선생님의 사업경험을 배우고 싶습니다. 제 포부는 사업가가 되는 것입니다."

"여러 조선인 유학생이 나를 찾아왔지만 사업가 지망생은 처음이야. 대성大成할 자질이 보이는군."

"제가 설립하는 회사의 사장으로 모셨으면 합니다. 정한경 선배와 저는 부사장으로 일하겠습니다."

서재필은 망설인 끝에 이 제의를 받아들여 1925년 '일한 뉴 상사'(Ilhan New & Company)라는 회사의 사장으로 취임했다. 자본금은 5만 달러로 유일한이 댔다. 이 무역회사는 이란, 파키스탄에서 양탄자를 수입하여 판매했다. 양탄자가 팔리지 않아 초기엔 고전했다. 반면에 중국에서 수입한 손수건, 타월, 식탁보는 잘 팔렸다.

유일한은 미시건대학에 다닐 때 유리병에서 키운 숙주나물을 건강식품으로 팔아 재미를 봤다. 이 나물을 통조림으로 만드는 방법을 개발해서 1921년에 '라 초이La Choy'라는 주식회사를 세운 바 있다.

유일한은 조선에 돌아가서 사업을 일으키고 싶었다. 1926년 말 중국인 아내와 함께 귀국하기로 결정한다. 유일한은 서재필을 찾아갔다.

"일전에 조선에 갔을 때 선생님이 만나보라던 세브란스 의학전문학교의 애비슨 학장님을 찾아갔습니다. 학장님은 저의 귀국을 권유하시더군요. 연희전문학교 상과 교수 자리를 주시겠다면서 …. 제 집사람인 호미리가 코넬대학에서 소아과 전문의 자격을 딴 사람이라고 하자 세브란스병원 소아과 과장 자리를 주겠다고 하시고 …."

"좋은 조건이군."

"저는 학생 가르치는 교수보다는 사업을 할 작정입니다. 제 적성에는 그게 더 맞습니다."

"사업보국輔國도 중요하지. 특히 백성들의 행복을 증진시키는 사업이라면 …."

"국민건강을 위한 사업을 펼칠까 합니다."

"코리아에서는 제약회사가 필요하다고 생각하네."

"제 심중을 꿰뚫어 보셨네요. 제약회사를 차릴 작정입니다."

"그것 반가운 소식이군!"

서재필은 유일한의 손을 덥석 잡았다. 유일한은 씩씩하게 말했다.

"병든 조선 동포에게 좋은 약을 공급하겠습니다."

"그래야지. 내가 자네에게 줄 선물을 준비했지."

서재필은 두툼한 봉투를 건네주었다. 유일한이 내용물을 꺼내니 작은 유화 1점이 나왔다.

"내 큰딸 스테파니가 그린 것이야."

"화가 따님이요?"

"버드나무를 그려 달라 부탁했지. 자네 성씨가 버들 류柳씨 아닌 가."

"멋진 그림이군요. 무성한 버드나무 잎을 보니 힘이 솟습니다."

"버드나무처럼 사업이 번성하기를 …."

"이 그림을 저희 회사 상표로 사용하겠습니다. 상표를 볼 때마다 선 생님과 따님을 생각하겠습니다."

유일한이 귀국함에 따라 서재필은 무역회사 사장직에서 자연스레 물러난다. 유일한은 조선에 와서 제약회사 유한양행을 세운다.

1926년, 서재필은 조선의 마지막 국왕 순종황제가 붕어崩御했다는 소식을 들었다.

'한 시대가 막을 내렸어. 조선 왕조는 결국 붕괴되고 말았군. 코리아 는 언제 독립할 수 있을까. 식민체제가 영영 지속되는 것은 아닐까?'

15

펜실베이니아대학 캠퍼스. 정문에서 메인 빌딩까지 뻗은 넓은 길 은 산책하기에 더없이 좋은 곳이다. 잘 가꾸어진 정원과 잔디밭이 펼 쳐져 있다. 서재필은 이곳을 어슬렁거리며 젊은 학생들을 살펴보았다. 그들은 빠른 걸음으로 걷는다. 팔짱을 끼고 다니는 남녀가 간간이 보인다. 여학생 숫자가 크게 늘어났다.

벤치 옆자리에 앉은 여학생의 책을 얼핏 봤다. 의학책이다.

"메디컬 스쿨 학생인가요?"

"예, 2학년입니다."

머리를 뒤로 질끈 묶고 두꺼운 안경을 쓴 여학생은 활짝 웃으며 대답했다.

"몇십 년 전에 나도 의학도였다오. 그 책 좀 볼까요?"

학생이 건네준 의학책을 펼쳐서 훑어보았다. 과거의 구닥다리 의학책과는 영 딴판이다. 새로운 과학적 발견의 집적물이다. 세균학, 임상병리학이 몰라보게 바뀌었다.

'새로운 의학을 모르니 부끄럽군.'

20세기에 접어들어 과학은 눈부신 발전을 이루었다. 20세기 초기에 등장한 자동차는 대중교통 수단이 되었다. 라디오는 청취자에게 새로운 오락과 정보를 제공했다. 과학은 도깨비 방망이인 듯했다.

'더 늦기 전에 다시 의학을 공부해야겠어.'

1926년 9월 서재필은 펜실베이니아 의학대학원에 입학했다. 나이 만 62세의 최고령 학생이다. 남들은 은퇴할 나이인데 새로운 도전에 나섰다. 학비와 생계비를 확보하려 친구에게서 2천 달러를 꾸었다.

첫 학기엔 면역학, 백신 치료법 등을 수강했다. 이듬해 봄학기엔 비뇨기학, 피부학을 수강하며 종합병원에서 실험과목을 이수했다.

면역학 교수가 개강 첫날에 서재필을 보고 반색했다.

"필립 제이슨 선생님, 기묘한 인연이군요. 저는 의과대학 신입생 시절에 선생님에게서 해부학 강의를 들었답니다."

"그러고 보니 얼굴이 어렴풋이 기억나는구먼."

"과거의 제 스승이 이제 제자가 되다니 …."

"불교로 따지면 윤회輪廻라고 하오."

서재필은 암기력이 둔해졌으나 집요한 노력으로 과정을 마치고 병리학 전문의 자격을 땄다. 한국인 최초의 미국 전문의가 된 것이다.

필라델피아 근교의 성 요셉 병원에 근무할 때인 1930~1931년엔 연구논문 3편을 미국의 저명한 의학 학술지에 발표했다.

"필립, 요즘 부쩍 몸이 말랐군요."

늦은 밤에 서재에 앉아 논문을 쓰는 서재필에게 아내가 걱정스런 얼굴로 말했다.

"낮에 진료한 환자들에 대한 기록을 보면 그 병에 관한 큰 트렌드가 보인단 말이야. 그걸 잘 정리하면 한 편의 논문이 돼요. 논문 쓰는 재미에 빠지다 보니 밤잠을 설쳐서 …."

"무리하지 마세요. 곧 칠순 나이가 될 노령이니 …."

"마음은 여전히 청년인데 몸이 말을 듣지 않아. 하하하 …."

그러다 과로로 인해 폐결핵에 걸렸다. 요양소에서 잠시 정양靜養한 후 건강을 되찾았다. 이러는 중에도 서재필은 조선에 대한 관심을 소홀히 하지 않았다. 1932년 서울의 삼천리 잡지사가 발간한 《평화와 자유》라는 책자에 "조선의 장래"라는 글을 기고했다.

찰스튼 종합병원의 병리과장으로 옮겨가서도 역시 연구논문 집필에 심혈을 기울였다. 그만큼 호기심이 많고 새로운 의학에 대한 탐구심이 컸다. 70세인 1934년엔 "정상 세포가 호르몬의 영향으로 암세포로 변할 수 있는가"라는 논문을 발표했다.

'의학논문은 쓸수록 흥미진진하단 말이야. 내 나이가 조금만 더 젊

다면 암 치료 연구에 몰두할 수 있으련만 ….'

1935년 서재필은 펜실베이니아 주로 돌아와 체스터 병원에서 피부과 과장으로 일했다. 일흔이 넘은 노령이었지만 건강관리를 잘한 덕분에 외모는 60대 초반으로 보였다. 새벽에 일어나서 택견 기본동작을 되풀이하는 것으로 체력을 단련했다. 축음기에 조선 음반을 걸어놓고 음악을 듣는 것은 새로운 취미였다. 대금 산조를 들으며 참선을 하면 머리가 개운해졌다.

1936년 여름, 독일 베를린에서 올림픽이 열렸다. 스포츠에 관심이 많은 서재필은 신문에 난 올림픽 기사를 꼼꼼히 읽는 게 큰 즐거움이었다. 청년시절에 크로스컨트리 선수로 활약한 인연 때문에 육상 종목이 가장 흥미로웠다.

올림픽 폐막식 직전에 열리는 최대의 하이라이트 경기는 마라톤이다. 그 종목에서 조선인 청년 손기정이 우승했다. 신문에서 그 승전보를 발견하고는 기사를 가위로 오려내 보관했다. 며칠 뒤 일장기 말소 사건 소식을 한인회 간부에게서 들었다. 〈동아일보〉가 손기정이 금메달을 받는 장면 사진을 게재하면서 일본 국기를 지웠다는 것이다.

그해 가을, 서재필은 72세의 고령으로 종합병원에서 근무하기가 벅차서 개인병원을 개업한다. 그의 노련한 진료솜씨를 아는 단골들이 늘어 병원은 그럭저럭 운영되었다.

서재필은 아침에 병원에 갈 때는 아내 손을 잡고 걸어갔다. 환자가 없을 때는 아내와 담소를 나누었다.

"뮤리엘, 오늘따라 당신이 더욱 우아하게 보이는구려."

"이 나이에 우아하다니, 농담이죠?"

"진담이야 …."

"필립, 당신이야말로 하얀 가운 입은 모습이 멋지군요."

"그런가? 고마우이⋯."

"옛날에 코리아에서 살 때가 가끔 생각나요. 사람들이 너무도 순박해 보였지요. 제가 길거리에 걸어가면 양코배기 여자 봐라, 하면서 개구쟁이들이 모여들었고⋯."

"그때 당신이 고생 많았지. 음식도 입에 맞지 않았고⋯."

"동지에 먹는 팥죽 있잖아요. 그것 아주 맛있게 먹었는데요. 말린 감, 곶감이라고 하죠? 그것도 맛있었고⋯. 여러 가지 강정도⋯."

병원에서 환자를 돌보며 의사로서 보람을 한창 느끼던 1941년 8월, 아내가 산책길에서 갑자기 쓰러졌다. 그녀는 병원에 옮겨져 응급치료를 받았으나 영영 눈을 뜨지 못했다.

"뮤리엘⋯ 편히 쉬시오."

아내가 떠난 후 서재필은 독신인 둘째딸 뮤리엘과 함께 단출하게 살았다. 산책길 동무는 아내에서 딸로 바뀌었다. 둘째딸 이름을 아내와 똑같이 짓기를 잘했다는 생각이 들었다.

1941년 12월 7일 일요일, 서재필은 샌드위치와 우유로 아침식사를 때우고 교회에 갈 준비를 했다. 라디오를 켜 놓은 상태였다. 몹시 다급한 말투의 아나운서 목소리가 흘러나왔다.

"오늘 아침 일본이 하와이 진주만을 기습했습니다. 일본의 전투기와 폭격기 등 200여 대의 군용기가 오아후 섬 상공에 나타나 미군 비행장과 태평양함대를 공격했습니다."

라디오 볼륨을 높였다.

"미국의 피해는 막심합니다. 군함 7척, 순양함 3척, 구축함 2척,

보조함 4척이 격침되거나 대파되었습니다. 미국의 주력함대가 마비된 것입니다."

이어 프랭클린 루스벨트 대통령의 격앙된 목소리가 흘러나왔다.

"오늘은 미국 역사에서 치욕 속에 영원히 기억될 날입니다. 우리는 일본의 만행을 좌시할 수 없습니다."

미국 의회가 일본에 선전포고를 함으로써 태평양전쟁이 일어났다. 미국 전역에 긴장감이 감돌았다. 젊은 병사들이 전장으로 갔다. 서재필은 1942년 1월부터 자원봉사로 징병검사 의무관으로 일한다. 입대하는 미국 청년들을 바라보며 막연하나마 코리아의 독립이 그리 머지 않음을 짐작한다.

'일본은 미국에 패배할 것이 틀림없다. 그러면 코리아도 독립기회를 가질 것이다.'

서재필은 2차 대전 이후의 세계질서를 논의하는 카이로 회담, 얄타 회담, 포츠담 회담 등의 결과를 지켜보며 한국의 독립을 기원했다.

"백악관 부근에 있는 라파예트 호텔이라고요? 알았소이다."

서재필은 3 · 1절 기념행사가 워싱턴에서 열린다는 소식을 듣고 가슴이 벅찼다. 1942년 2월 27일부터 사흘간 진행된단다. 1919년 개최한 한인자유대회의 여러 장면들이 떠올랐다.

서재필은 행사장에서 머리칼이 하얗게 센 이승만을 만났다.

"반갑소."

"그동안 잘 지내셨습니까? 많이 연로하셨군요."

"내 나이가 이제 곧 팔순인데 …."

서재필은 그렇게 말했지만 외모로는 이승만보다 자신이 더 젊다고 생각했다. 이승만은 국제정세를 훤히 꿰뚫고 있었다.

　"태평양전쟁 때문에 조선인들이 피땀을 흘리고 있습니다. 조선총독부는 군수물자를 조달하려고 조선인들의 쇠 밥그릇까지 징발하고 있어요. 일본에 징용으로 끌려가는 노무자들이 부지기수이고 …."

　"학병으로 참전하는 학생들도 엄청나게 많다 하더군. 종전 후 코리아는 독립할 수 있겠소?"

　"그렇게 되도록 외교활동을 펼쳐야지요. 불가능하지 않습니다."

　이승만은 자신만만하게 말했다.

3번째 망명

1

"일본은 무조건 항복했습니다. 일본 국왕 히로히토는 항복 문서를 낭독하고 ⋯."

1945년 8월 15일, 서재필은 필라델피아 근교 도시 미디어에 있는 자택에서 라디오 방송을 듣다가 긴급뉴스에 귀가 번쩍 띄었다. 일본 제국주의가 패망하고 한국은 일본 통치에서 벗어나게 됐다.

미국인 아나운서의 말에 이어 일본 국왕 히로히토裕仁의 가냘프고 떨리는 목소리가 흘러나왔다. 기름기가 거의 없는 그 목소리는 패자敗者의 짙은 허탈감에 젖어 있었다.

'이렇게 해방이 왔구면 ⋯ 정말 느닷없이 찾아왔어 ⋯.'

그러나 광복의 환희는 잠시뿐이었다. 남한엔 미군이, 북한엔 소련 군이 들어와서 각각 통치하기 시작했다. 이 즈음인 '해방공간'에서는 좌우 갈등, 남북 갈등이 치열하게 전개된다.

미국은 처음엔 한국의 최고지도자로 이승만이 추대되기를 기대했다. 미국 정부 수뇌진은 이승만에 대해 긍정적으로 평가했다.

"이승만은 기독교 교인이고 미국에서 박사학위를 받은 인물이오. 미국의 가치를 코리아에 실현할 수 있을 것이오."

"맞아요. 그는 자본주의 체제를 지키는 지도자가 될 것이오."

그러나 이승만은 미국의 입맛대로 호락호락 넘어가지 않았다. 미군정 책임자인 존 하지 중장과 이승만 사이에 갈등의 골이 깊어졌다. 광복 직후 귀국한 이승만은 측근 인사에게 주한 미군사령관 하지에 대한 인물 평^評을 늘어놓았다.

"일개 군인에게 코리아를 맡기다니 황당무계한 일이야. 하지 중장 자체도 식견이 좁은 사람이고. 웨스트포인트도 안 나왔고….'"

하지도 부하들에게 이승만에 대해 불평을 터뜨렸다.

"자기 견해만 옳다고 믿는 옹고집 영감탱이오. 더 큰 문제는 그 고집을 뭐 대단한 소신인 것으로 착각한다는 점이지. 남의 말에 귀를 닫은 인물은 민주주의를 실현할 수 없소. 고약한 독재자가 될 가능성이 있지요."

좌우 갈등이 심해지자 미군정은 중도우파 지도자 김규식과 중도좌파 지도자 여운형呂運亨을 주목했다. 이들이 좌우합작을 주도하도록 시도했다. 그러나 쉬운 일이 아니었다. 김규식과 여운형은 개인적으로는 훌륭한 지도자였지만 좌우세력을 아우를 만큼의 힘을 쓰지는 못했다.

광화문 네거리 부근의 새문안교회 예배실에서 김규식은 홀로 앉았다. 오랜 세월, 외국에서 떠돌며 독립운동을 한 그는 이제 손등에 온통 검버섯이 생긴 노구老軀로 귀국했다. 그의 눈앞에는 파란만장한 자신의 일생과 겹쳐 서재필의 얼굴이 떠올랐다.

'서재필 선생이야말로 요즘의 난국을 수습할 정신적, 정치적 지도자 아닌가.'

김규식은 1897~1903년의 미국 유학시절에 가끔 서재필을 찾아가 삶의 지혜를 배운 바 있다. 귀국한 그는 언더우드 목사를 도우며 배재학교, 경신학교에서 일했고 경술국치 이후 조국을 떠나 몽골을 거쳐 상해에 갔다. 파리, 워싱턴, 모스크바를 오가며 외교활동을 펼쳤다.

김규식은 중국에 32년간 머물다 1945년 11월 김구金九와 함께 상해 임시정부 귀국선발대로 귀국했다. 좌우합작이 난항을 겪자 김규식은 하지를 만나 제의했다.

"미국에 계시는 서재필 선생을 모시고 오면 좋겠습니다. 이승만 박사 못지않은 명망가입니다."

"그분이 이 박사의 고집을 꺾을 수 있을까요?"

"그분의 결기도 만만찮아요. 그분은 이 박사의 스승이기도 했습니다. 국민들도 서재필 선생을 존경하고 ….."

하지 중장은 미군정 고문인 윌리엄 랭던에게 '서재필 카드'를 건의했다. 랭던은 1946년 9월 21일 미국 국무부에 극비 전문을 보냈다.

김규식 박사는 필립 제이슨(서재필)을 한국 지도자로 추천하였습니다. 이승만 박사는 서재필 씨가 자신을 능가할 수 있으므로 그의 귀환을 반대한다고 합니다. 좌익 지도자 여운형은 사석에서 서재필을 환영한다고 말했으며 현 정치 단계에서 그가 필요하다고 역설했습니다. 서재필의 심신이 건강하다면 국무부가 한국을 위한 특별고문관으로 임명하기를 바랍니다. 국무부 또는 국방부 예산으로 경비를 지급하기를 앙망합니다. 조속한 시일 내에 회답하시기를 기대합니다.

미국 국무부는 이 전문을 받고 관계자를 서재필 자택으로 보냈다. 그때 서재필은 감기를 앓고 있었다. 국무부 관계자는 서재필이 고령의 병자여서 한국 여행이 곤란하다고 보고했다.

하지는 김규식을 만찬에 초대했다.

"서 선생은 거동이 불편하다고 하는데요."

"다시 한 번 추진해보십시오. 일시적으로 앓았을지 모릅니다."

하지는 김규식의 권유를 받고 시큰둥해했다.

1946년 말 이승만은 잠시 미국으로 가 하지 사령관을 비방하는 발언을 했다. 이 소식을 전해들은 하지는 발끈했다.

"이 박사가 너무하는군. 대통령으로 키워주려고 조직과 자금까지 후원했는데 이 무슨 배은망덕한 짓인가!"

하지는 다시 서재필에게 마음이 끌렸다. 서재필, 김규식을 주축으로 한 우익 정치판을 짜야겠다고 작정했다. 하지는 1947년 1월 13일 워싱턴에 또 전보를 보내 서재필의 귀환을 요청했다.

펜실베이니아 주 미디어에 거주하는 서재필을 한국 문제의 수석 고문(*Chief Advisor*), 공무원 15급(*CAF Grade* 15)으로 등용하기를 요청합니다. 그리고 그의 딸 뮤리엘 제이슨을 비서, 공무원 6급으로 채용하기를 요청합니다. 최우선적인 항공편을 주선해주기 바랍니다.

1947년 3월 들어 하지는 워싱턴에 가서 해리 트루먼 대통령에게 보고할 일이 생겼다. 자신이 공산주의자라는 풍문에 대해 대통령에게 낭설임을 직접 해명하기 위해서다.

하지는 미국에 가는 김에 서재필을 만나 건강상태를 살피기로 했다.

하지의 속셈은 서재필을 귀국시켜 이승만의 콧대를 꺾는 데 있었다.

"코리아에 돌아가 지도력을 발휘해주십시오. 지금 코리아에서는 좌우 갈등이 심각하고 남과 북 사이에도 다툼이 끊이지 않습니다."

"나는 이미 나이가 들었소. 아무런 정치적 야심이 없소. 지위도, 명예도 바라지 않소. 나의 유일한 관심은 국민 교육에 있소이다."

"교육분야에도 제이슨 선생의 경륜이 필요합니다. 김규식 박사를 비롯한 추종자들이 귀하의 귀환을 애타게 기다리고 있습니다."

서재필 옆에 선 청년의사 리처드 오키가 서재필에게 축하인사를 건넸다. 오키는 코흘리개 시절부터 서재필의 집에 자주 놀러와 오랜 인연을 맺었다. 의사가 되어 서재필의 개인병원에서 일한다. 그는 서재필을 친할아버지처럼 모신다.

"할아버지, 평소에 한국에 가고 싶다고 자주 말씀하셨잖아요."

"내가 그런 말을 했나?"

"독백 말씀을 몇 번이나 들었답니다."

"그랬던가?"

하지는 서재필을 만나고 나와 김규식에게 서재필의 귀국이 성사될 것이라는 전보를 보냈다. 김규식은 서재필을 환영하는 준비에 나섰다. 을지회관에 정계의 좌우를 대표하는 인사 160명이 모여 서재필 환국환영준비위원회를 조직했다. 위원장에는 상해 임시정부에서 활약하던 이시영이 선출되었다.

서재필은 하지를 만나고 나서 가슴이 두근거렸다. 일본 통치 36년 동안 조선은 어떻게 변했을까? 일본 제국주의가 조선땅을 처절하게 수탈했다니 그 참상을 어찌 목도할꼬….

하지만 조선이 꽤 근대화되었다는 이야기를 들었다. 병원치료와 의약품보급, 영양개선 등으로 영아사망률이 현저히 떨어졌고, 국민 수명이 길어졌다는 것이다. 도로와 상하수도가 보급되고 어린이들이 학교교육을 받게 되었다는 것이다. 방역학을 전공한 의사인 서재필에게는 영아사망률이 낮아지고 평균 여명餘命이 길어진 것은 잘 살게 되었다는 뜻으로 이해된다. 인구가 갑절 가까이 불어난 것이 그 증거다.

서재필은 미국 정부가 보내준 한국의 인구 및 보건 통계를 살펴보고 마음이 혼란스러웠다. 조선왕조 시절의 가렴주구苛斂誅求가 일제의 수탈보다 민초에게 더욱 가혹한 것이었을까 ….

'우리 손으로 근대화를 이루지 못한 게 천추의 한이 되는군. 일본이 아무리 조선의 근대화에 도움을 주었다 하더라도 그 의도는 조선을 군수기지로 만드는 것이었지 ….'

귀국날짜를 기다리는 어느 날, 건장한 중년신사가 찾아왔다. 중절모에다 회색 양복을 차려입은 그는 우렁찬 목소리로 인사했다.

"선생님! 이게 몇 년 만입니까?"

"누구신가?"

"유일한입니다."

"아! 자네, 콧수염을 길렀군. 코리아에서 사업은 잘 되는가?"

"유한양행이라는 제약회사는 날로 번창합니다."

"자네가 여기 웬일인가? 한국에 있지 않고 …."

"사실은 이승만 박사 등쌀에 시달리다가 경영을 친구에게 맡기고 미국에 와 있습니다. 제가 이 박사 눈에 미운 털이 박혀서 …."

"왜?"

"이 박사 비서라는 분이 건국헌금을 내라고 하기에 거절했지요. 아무래도 마음이 편치 않아 작년(1946년) 겨울에 조선을 떠났습니다. "

"한국은 새 나라를 건설하려고 인재들이 많이 필요할 텐데, 자네가 얼른 귀국해야지. "

서재필이 1947년 6월 말에 미국을 떠났다는 소식이 알려지면서 서재필 환영준비위원회가 다시 열렸다. 이시영, 오세창吳世昌이 명예회장으로 추대되고 김규식이 위원장직을 맡았다. 부위원장에는 한글학자 이극로李克魯, 소설 《임꺽정》의 작가 홍명희洪命熹가 선임되었다. 준비위원으로는 좌우파 저명인사들이 다수 선정되었다.

서예가 오세창은 서재필의 귀국소식을 듣고 감회에 젖었다. 오세창은 김규식을 불러 차를 마시면서 회고했다.

"갑신정변이 생각나는군. 그때 스무 살 혈기가 넘치던 서재필과 나는 몇몇 투사鬪士가 뭉치면 나라를 바로잡을 수 있다고 굳게 믿었지. 무서운 게 없던 시절이야. "

"두 분이 연배가 비슷하신가요?"

"동갑내기이지. 엄친(오경석)의 가르침을 받으러 우리 집에 오는 서재필을 자주 만났고 …. 문무쌍전文武雙全한 그는 자부심이 대단해서 겉모습은 거만한 사람으로 비쳤어. "

"선생님이 콤플렉스를 느끼셨군요. 하하하 …. "

"그렇다네. 하지만 서예솜씨는 내가 조금 더 나았지. 전서篆書와 예서隸書 쓰는 비법을 내가 가르쳐주었으니 …. "

2

1947년 7월 1일 인천 제물포 부두. 비릿한 갯내음이 풍긴다. 따가운 여름 햇살 아래에 2천여 명의 인파가 모였다. '민족지도자 서재필 선생 환영'이라는 글씨가 쓰인 플래카드가 보인다. '서재필 선생을 대통령으로 뽑아 좌우 화해 이루자!'라는 플래카드도 눈에 띈다.

서재필은 선상에서 인천을 바라보았다. 1895년 12월 25일 새벽에 이곳에 도착하던 그 겨울이 떠올랐다. 그때는 31세 청년이었고 지금은 83세 노인 …. 52년이 훌쩍 흘렀다. 서재필은 딸 뮤리엘의 부축을 받으며 배에서 내렸다.

뭍에 발을 딛자 한복 차림의 장년 여성이 다가왔다. 그녀는 빨간 장미가 그득한 화환을 서재필의 목에 재빨리 걸어주었다.

"선생님, 귀국을 환영합니다."

"고맙소이다."

"50여 년 전 크리스마스 아침에 여기에 도착하셨지요? 그때 만난 어린 소녀를 기억하세요?"

"소녀?"

"호텔 종업원으로 일하던 소녀 말이에요. 선생님께서 크리스마스 카드를 선물로 주셨잖아요."

"청일전쟁 때 부모가 돌아가셨다는 …. 금아?"

"맞습니다. 제가 금아입니다."

금아의 얼굴에 태희의 얼굴이 겹쳐 보였다. 순간, 서재필의 귀에는 환영인파의 환호성은 전혀 들리지 않고 '솔!'이라 부르는 태희 누나의 맑은 목소리가 울려 퍼졌다.

태희의 영혼과 함께 있고 싶은 열망을 반영하듯 귓전에서 라틴어

성가(聖歌)가 맴돌았다.

'에 꿈 스뻬리뚜 뚜오 ….'

"비키시오!"

경호담당자가 금아라는 여성을 제지했다. 경호원에게 밀려난 그녀는 어느새 인파 속으로 사라졌다.

서재필이 백발을 휘날리며 환영단 쪽으로 다가오자 박수가 일제히 터져 나왔다. 여러 시민들은 손수건을 꺼내 눈물을 훔쳤다. 몇몇 청년들은 만세를 불렀다. 서재필은 환영나온 이승만, 김성수, 여운형, 김규식, 조병옥 등 요인과 차례로 악수를 했다.

이승만은 다소 사무적인 어투로 말했다.

"귀국을 환영합니다."

다른 사람들의 목소리에서는 반가움이 그득한 데 비해 이승만은 그렇지 않았다. 서재필은 그런 데 신경을 쓸 경황이 없었다. 곧 환영인파를 향해 인사말을 해야 했다.

"실로 감개무량합니다. 제가 떠날 때가 1898년이니 49년 만에 귀국했습니다. 반(半)백 년이 흘렀군요. 이번에 미국시민 자격으로 와 한국의 민주주의 발전을 돕겠습니다."

서울로 가는 도중에 수많은 시민들이 마중 나와 박수를 보냈다. 서재필은 자동차의 뒷좌석에 김규식, 여운형과 함께 나란히 앉았다. 공교롭게도 왼쪽엔 여운형, 오른쪽엔 김규식이 자리 잡았다. 가운데 앉은 서재필이 좌우 조화를 이끌어야 할 인물임을 상징하는 듯했다.

"두 분 선생이 어떤 경우에도 힘을 합쳐야 해요. 한국 내부에서 좌우가 분열한다면 자치능력이 없는 것으로 알려지지 않겠소?"

중도좌파의 지도자 여운형이 대답했다.

"너무 염려 마십시오. 보름 전(6월 15일)에 저희들은 시국대책협의회를 결성하여 좌파, 우파 할 것 없이 하나로 뭉치기로 결의하였답니다. 종교단체와 노동단체도 흡수하겠습니다. 김규식 박사의 고매한 인격을 믿고 추진하면 뭣이든 해결되겠지요."

여운형은 외모부터 훤칠했다. 인당印堂 양쪽으로 펼쳐 있는 짙은 눈썹과 잘 기른 콧수염을 보니 그가 '토이기(터키) 청년'이라는 별명으로 불리는 이유를 알 만하다. 목소리도 쩌렁쩌렁하다. 여운형은 스타일리스트이기도 했다. 잘 어울리는 중절모, 양복 차림에 상의 주머니엔 행커치프도 꽂았다. 그날 나비넥타이를 매고 나왔다.

미국에서 오래 체류한 김규식은 양복 차림이 불편한지 한복을 입었다. 여름인데도 검정색 두루마기 차림이다.

"김 박사도 이젠 머리카락에 은빛이 성성한 노년이 되었소. 처음 만났을 때는 미소년이었지 ….."

"반백 년 전의 일입니다. 아! 세월이 속절없이 흘렀습니다."

서울에 도착한 뒤 기자회견이 열렸다. 카메라 플래시가 잇달아 터지는 가운데 서재필이 회견장에 들어섰다. 여러 기자들이 다투듯 질문공세를 펼쳤다.

"선생님의 임무는 무엇입니까?"

"미국 정부의 특별고문 자격으로 왔습니다. 내 임무는 한국과 미국, 양국에 대해 조언하는 것입니다."

"지금 한국에서는 찬탁, 반탁 논쟁이 한창입니다. 이승만 박사가 벌이는 반탁데모에 대해서는 어떻게 생각하십니까?"

"이 박사는 성실한 애국자입니다. 조국의 이익을 위해 그 운동을 펼치는 것으로 믿습니다."

"얼마나 체류하실 예정인가요?"

"6개월간입니다. 그 후에라도 할 일이 있다면 제가 남아야지요."

"이 기간 안에 조선이 완전한 독립국가로 탄생할 것으로 보십니까?"

"단언하기 어렵군요. 지금 조선은 비누 한 장도 제대로 만들지 못하는 나라 아닙니까? 당장 완전한 자치가 가능할지 걱정이외다."

3

이승만은 서재필의 귀국 이후 움직임을 거처인 돈암장에서 점검했다. 심복을 보내 자세히 파악하도록 지시했다.

"제물포에 나가보니 환영인파가 대단하더구먼…. 기자회견장에 기자들이 많이 왔던가?"

"서 박사가 도착하기도 전에 회견장이 꽉 찼답니다."

"어허, 서 박사는 무슨 서 박사야! 그냥 의사일 뿐이야. 닥터Doctor 라고 해서 모두 박사는 아니지. Ph. D가 진짜 박사야, 알겠어?"

"앗, 죄송합니다. 아무튼 환영인파며, 취재열기며 대단했습니다."

"한국의 현재 상황에 대해서는 어떻게 진단하던가?"

"비누 한 장 제대로 못 만든다고 폄훼했습니다. 그런 나라가 어찌 단기간에 완전 독립국이 될 수 있느냐고…. 한국이 미군정을 더 받아야 한다고 생각하시는 것 아닐까요?"

"그 영감이 한국을 모욕했군."

"딱히 모욕했다기보다는…."

"모욕한 게 틀림없어. 그런 사람이 어떻게 지도자가 될 수 있겠나? 그렇지 않은가?"

"예… 그렇군요."

'미국 시민권자인 서재필 선생이 한국을 모독했다 ….'

이승만은 몇 번이나 웅얼거렸다. 이후 돈암장 측에서는 의식적으로 서재필의 '비누론'을 자주 들먹이며 미국인 서재필이 한국을 업신여기는 사람임을 암시했다. 이 때문에 두고두고 서재필에 대한 오해가 증폭된다.

7월 12일 오후 서울운동장에서 환영대회가 열렸다. 이 자리에서 서재필은 자신이 미국시민임을 밝혔다. 정치적 야심 때문에 귀국하지 않았다는 점을 강조하기 위해서다.

인사말이 끝나자 한 노인이 맨 땅바닥에 무릎을 꿇고 큰절을 올렸다. 서재필이 난감해하자 노인은 일어나서 큰 소리로 말했다.

"독립협회 집회 때 선생님 연설을 듣고 감동한 사람입니다. 나라의 힘을 키워야 한다고 외치던 선생님의 그 쩌렁쩌렁한 목소리가 지금도 귀에 생생합니다. 부디 건강하게 오래 사십시오."

이어 창덕궁 비원에서 환영 다과회가 열렸다.

서재필은 조선호텔에 머물며 미군정 관계자들에게 여러 상황에 대해 조언했다. 1주일에 30시간을 일하기로 했다. 집무시간은 매일 오전 2시간, 오후 3시간이다.

라디오방송에 정기 출연하여 방송연설을 하는 것도 주요 업무다. 서울 중앙방송국에 매주 금요일 오후 7시에 방송되는 '민족의 시간'이라는 프로그램에 출연했다.

서재필은 귀국 초기엔 한국어에 서툴렀다. 영어로 연설하면 적십자병원장 손금성이 통역했다. 모두 40여 회 출연했다. 초기 6개월간은 영어로 강연했으나 한국어에 익숙해진 다음부터는 한국어로 말했다. 영어강연 때문에 애국심이 모자란 것으로 오해를 받기도 했다.

빈번히 열리는 정치집회에서 연설자로 모시려 하면 거절했다. 소란한 정치판에 끼어들고 싶지 않아서다.

체육단체에서 초청하면 기꺼이 응했다. 대한체육회가 창설될 때 고문으로 모시겠다는 제의가 들어와 흔쾌히 수락했다.

서울운동장에서 열린 야구대회에서 시구를 맡기도 했다. 투수 마운드에 서재필이 야구모자를 쓰고 올라서자 2만여 관중은 우레 같은 박수를 쳤다. 여든이 넘은 노인으로 보이지 않을 만큼 그의 몸은 유연했다. 힐먼 고등학교에 다닐 때 배운 투구 포즈를 잊지 않았다. 글러브에 공을 서너 번 툭툭 던지고 꺼낸 다음 오른팔을 쭉 뻗어 우아한 포즈로 공을 던졌다. 공은 완만한 포물선을 그리며 정확하게 포수 글러브로 날아갔다.

와! 관중의 함성이 터졌다.

서재필은 한국의 야구발전을 위해 뭘 기여할까 궁리하다 미국에서 갖고 온 야구 이론책 꾸러미가 생각났다.

"영어로 된 야구책을 읽을 야구인이 계실지요?"

대한체육회 관계자에게 물었더니 청년 야구선수 김계현金桂鉉을 수소문해 데려왔다. 야구선수로는 드물게 고등학교를 수석으로 졸업한 수재라는 것이다. 과연 김계현은 대단한 독서가여서 일본의 야구이론 서적을 거의 섭렵했다. 영어도 말은 서툴지만 책 읽는 데는 지장이 없을 정도였다.

"이 책으로 야구를 잘 연구하시오."

훗날 김계현은 국가대표 야구감독을 지내며 한국팀이 아시아대회에서 우승하는 데 기여했다.

서재필은 마라톤선수 최윤칠이 연습하는 운동장을 찾아 그를 격려

하기도 했다.

"최 선수, 1분간 평균 심박수가 어떻게 되오?"

"심박수?"

"손목을 내밀어 보시오. 맥박을 재 봅시다."

서재필은 최윤칠의 손목에 손가락을 대고 심장 박동수를 쟀다.

"43회라…, 심장 기능이 무척 좋소. 근육 상태를 봅시다."

서재필은 최윤칠의 상하체 근육을 고루 살폈다.

"복근이 약한 편이오. 마라톤에서 좋은 기록을 내려면 30킬로미터 이후 구간을 잘 달려야 하오. 막판에 지치지 않으려면 복근과 배근이 발달해야 하오. 복근을 단련하시오. 윗몸 일으키기 운동을 하루에 1천 번 이상 해야 하오. 배에 임금 왕王자나 밭 전田자가 새겨질 때까지….."

"선생님께서 어떻게 스포츠에도 정통하십니까?"

"나도 청년시절에 크로스컨트리 선수였다오. 스포츠 의학에 관심이 많은 데다 한때 근육에 관해 집중적으로 연구까지 했어요. 다시 태어난다면 나도 마라톤선수가 되고 싶소. 손기정 선수가 금메달을 땄을 때 가슴이 터질 정도로 감격했지요."

"내년 여름에 런던올림픽에서 태극기 달린 옷을 입고 달리는 게 꿈입니다."

서재필은 구호활동단체인 조선적십자사 총재 자리에 6개월간 앉기도 했다. 초대총재인 김규식이 의사인 서재필이 적임자라면서 강권했기 때문이다. 서재필은 세브란스 의과대학을 방문해 의학교육 현황을 살펴보고 조언하기도 했다.

서재필을 초청하는 손길이 전국 여기저기서 뻗어왔다. 그는 정치

집회 이외엔 노구老軀를 끌고 가급적 여러 곳에 갔다. 서울 혜화초등학교도 방문해 꿈나무 어린이들을 격려했다. 유난히 눈망울이 빛나는 어느 남학생에게 큰뜻을 품고 공부하라고 당부했다. 그 학생이 훗날 서울대 총장 및 국무총리로 활동한 이수성李壽成이었다.

4

'몽양 여운형 피살!'

주먹만큼 큼직한 제목을 단 신문 호외판이 서울 시내를 어지럽게 뒹굴었다. 행인들은 삼삼오오 모여 암살범이 누구인지 추리하면서 불안에 떨었다.

1947년 7월 19일 여운형 암살 비보를 전해 들은 서재필은 한국의 정치상황이 더욱 구렁텅이에 빠지고 있음을 실감했다.

'몽양 선생 …. 인천 제물포에서 서울로 오던 자동차 안에서 이야기를 나누던 때가 엊그제 같은데 이렇게 비명에 가시다니 …. 나라의 앞날이 심히 걱정되오. 몽양은 극우나 극좌가 아닌 중간세력을 대표하여 한국을 이끌어갈 지도자였지요. 그대는 담대한 기개를 지닌 인물이었소. 일찍이 레닌, 트로츠키, 손문 등과 조선 독립을 논의한 지식인이었지요. 남북연대를 위해 38선을 5차례나 넘나들었고 …. 그대는 한 시대를 풍미한 진정한 영웅이었소.'

12월 3일에는 독립운동가 출신의 정치인 장덕수張德秀도 암살되었다. 서재필은 방송 마이크 앞에서 절규했다.

"정치적 암살은 민주주의 최대의 적입니다. 누가 여운형 선생과 장덕수 선생을 저격하도록 배후 조종하였는가요? 이 방송을 듣고 있나요? 그는 우리 민족에게 큰 죄를 지었습니다. 결코 암살이 있어서는 안 됩니다. 그런 나라엔 공포가 횡행할 뿐입니다."

해가 바뀌어 1948년, 유엔은 남한만의 선거를 치르도록 결의했다. 북한은 1948년 초에 이미 인민군을 창설하고 헌법 초안을 발표하는 등 독자적인 정부를 세울 준비를 마쳤다. 남한에서는 5월 10일에 제헌의원을 뽑는 총선거가 실시됐다. 북한에서는 최고인민회의가 구성되었다. 좌우합작에 의한 통일정부 구성계획은 물거품이 되고 말았다.

이 무렵에 초대 대통령으로 누구를 추대하면 좋을지에 대한 여론이 들끓었다.

"이승만 박사가 뭐라 해도 적임자야. 세계 흐름을 읽는 인물이지 않나. 강단도 있고, 독립운동 투쟁경력도 있고 …."

"무슨 소리야. 이 박사는 욕심이 너무 많아 곤란하다네. 권모술수에 능한 사람이야."

"그럼 누가 적임자인가?"

"서재필 선생은 어떤가?"

"노령이어서 …. 그리고 미국국적을 가진 분 아니야? 양코배기나 다름없다던데 …."

서재필이 독립문을 세울 때 행한 연설을 듣고 감명을 받은 정인과鄭仁果 등 독립협회 관련자들은 서재필을 대통령으로 추대하기 위해 백방으로 움직였다. 미국에서 의학을 공부하고 귀국해 백병원을 세운 의사 백인제白仁濟도 서재필을 대한민국 초대 대통령으로 추대하는 운동에 앞장섰다.

백인제는 1948년 6월 서재필 대통령 추대 모임에 적극 참여했다. 이 모임은 최능진, 안동원, 김명연, 이용설, 여행렬 등 흥사단원과 서북인들이 중심이 되었다. 백인제는 주위 사람들에게 열변을 토했다.

"저는 서재필 선생을 의사 선배이자 독립운동가, 계몽교육가로서 일찍부터 숭앙해 마지않았습니다. 선생은 나의 이상형에 가장 가까운 민족지도자입니다. 제가 1936년 미국에 의학 연구차 갔을 때 찰스턴 시립병원의 임상병리 주임으로 근무하시던 선생께서는 저에게 의료지식뿐 아니라 애국심을 가지라고 강조하셨습니다. 그 자신이 몸으로 애국을 실천하신 분입니다."

백인제는 서재필이 묵고 있는 조선호텔로 찾아가 대통령 추대와 관련한 활동을 보고했다. 서재필은 빙긋이 웃으며 대답했다.

"이 늙은이가 어떻게 대통령을 할 수 있겠나."

"선생님 같은 사심 없는 분이 대한민국 초대 대통령이 되셔야지요."

"아니야…. 나에게는 그런 기회가 모두 사라졌어. 누누이 밝혔지만 나는 미국시민이야. 미국시민이 대한민국 대통령이 될 수는 없지."

"그럼 누가 적임자라고 보시는가요?"

"여러모로 따져보면 이승만 박사가 최적임자이지. 국제정세를 읽는 눈이 이 박사만큼 날카로운 한국인이 누가 있겠나. 초대 대통령은 내치, 외치 모두에 능한 인물이 되어야 하네."

백인제는 답답하다는 듯 마른침을 삼키며 말을 이었다.

"항간에서는 이 박사가 미국 앞잡이라는 말도 있습니다만…."

"미국이 어떤 나라인가? 2차 세계대전을 승리로 이끈 슈퍼파워 국가 아닌가? 한국의 독립과 생존을 보장받으려면 미국의 도움이 반드시 필요하네. 그런 점에서 이 박사는 미국을 활용할 수 있는 거의 유일한 지도자야. 이 박사를 미국 앞잡이라고 보는 것은 너무 편협한 시각이야. 나는 이 박사를 용미用美주의자라고 부르고 싶네."

"선생님도 미국을 활용할 수 있는 지도자 아니십니까?"

"나는 50년 이상 미국에서 살았어도 활동분야가 정치 쪽이 아니어서 그렇지 못하다네. 그냥 미국의 평범한 의학자, 의사일 뿐이네."

백인제는 여전히 마른침을 삼키며 말했다.

"이 박사의 인품에 대해 불신하는 사람들이 적잖습니다."

"어허, 인품만 갖고 지도자를 뽑을 건가?"

"그래도 존경받는 인물이어야지요."

"나도 성미가 사납다네. 나이가 들어 내 행적을 반추해보니 내 인품에도 문제가 많았어."

"별 말씀 다 하십니다."

"서재필 대통령 운운…. 입에도 담지 마시게. 듣기에 민망하네."

서재필이 워낙 완강하게 대통령 추대를 사양함에 따라 추대운동은 더 이상 진행되지 않았다.

공교롭게도 5·10 총선거 직전인 1948년 3월 14일, 〈신민일보〉라는 신문에 서재필이 이승만을 비판하는 발언기사가 실렸다. 서재필은 이 신문 신영철 사장과의 대담에서 이승만과 하지 사령관 사이의 불화를 털어놓았다. 이 기사를 읽은 미군정 고문 랭던은 미군정청 관계자들에게 말했다.

"서 선생이 이 박사에 대해 선전포고를 한 것이나 다름없군요."

이승만은 서재필의 발언에 대해 불쾌하게 여기고 측근 인사들 앞에서 서재필을 공개적으로 비판했다.

"그 영감이 요즘 왜 이래? 노망들었나?"

"이 박사님을 라이벌로 의식해서 그런 모양입니다."

"무슨 라이벌?"

"대통령이 되겠다는….'"

"그 무슨 뚱딴지같은 망상이오?"

"백인제, 정인과 같은 이가 서재필 선생을 대통령으로 추대해야 한다고 자꾸 꼬드기기 때문이지요."

"헛꿈 꾸는구면…."

서재필 대통령 추대운동이 확산되었다. 서재필 추대 연합준비위원회가 조직되기도 했다. 이승만 계열의 독립촉성국민회는 맞불작전을 펼쳤다. 우익진영 20여 개 정당 사회단체 선전부장회의를 소집하여 서재필 반대운동을 일으킬 것을 결의했다. 독립촉성국민회 선전부는 서재필에 대한 신랄한 공격을 담은 성명서를 각 신문에 게재하였다. 이를 본 서재필은 발끈했다.

"왜 이렇게 '서재필 대통령설'이 자꾸 나도는가. 내가 직접 나서서 해명해야지. 이 노구에 무슨 욕심이 있다고…."

서재필은 대통령설을 잠재우기 위해 기자회견을 갖고 대통령이 될 뜻이 없음을 분명히 밝혔다. 미국시민이므로 자격도 없다고 강조했다.

이 기자회견은 또 그를 비판하는 빌미가 된다. 미국인으로 행세한다는 것이다. 서재필은 숨이 막힐 듯이 답답했다.

'나에 대한 헛된 기대를 불식시키려 한 발언인데 오히려 비난하다니…. 정치인은 어디에 가고 정상배政商輩가 우글거리는가….'

5·10 선거로 구성된 제헌국회는 헌법을 제정하여 7월 17일 반포했다. 제헌국회는 7월 20일엔 무기명 투표로 초대 대통령 선거를 했다. 대통령에 이승만이, 부통령에 이시영이 선출됐다.

"서재필, 한 표!"

대통령선거 개표과정에서 검표요원이 외친 말이다. 누군가가 서재필에게 표를 던졌다.

서우석 의원이 발언했다.

"서재필은 외국 국적자이니 대통령 자격이 없습니다. 무효표로 처리해야 합니다."

결국 그 표는 무효로 처리되었다. 서재필은 한국 국회가 자신을 외국인으로 규정한 것을 당연하게 여겼고 섭섭할 것도 없었다.

5

1948년 8월 15일 대한민국 정부가 수립되자 미군정 시대는 막을 내렸다. 서재필의 미군정 고문직도 자연히 사라졌다.

조선호텔 양식당에 마주 앉은 서재필과 뮤리엘은 오랜만에 부녀父女끼리만의 오붓한 저녁식사를 했다.

"뮤리엘, 지금은 내 비서가 아니라 딸이야."

"그럼요. 공무시간이 지났으니까요."

"초과근무 시간이라고 한다면?"

"수당을 주셔야지요."

"수당을 주기 싫어서라도 비서보다는 딸이 낫다, 하하하…."

식사를 끝낸 부녀는 호텔 마당에 있는 원구단 터에 앉았다.

"여기가 고종 임금이 황제 즉위식을 가진 곳이란다."

"그분은 어떤 왕이었나요?"

"내가 소년이었을 때는 국왕은 하늘과 직접 의사소통을 하는 천자天子라 알았지. 신격神格을 가진 것으로 추앙했단다. 그러다가 과거에 급제하고 나서 용안을 직접 보았고, 그 후 여러 차례 알현하면서 국왕의 면모를 파악했지."

"고종이 결국 일본에 주권을 넘겨주었잖아요. 역사에 '만약'은 없다지만 고종이 현명했다면 국권을 지킬 수 있었을까요?"

"나는 국왕을 볼 때마다 실망했어. 대원군과 명성황후의 기세에 짓눌려 자기의견을 밝히지 못한 분이었지. 그러나 요즘엔 조선의 국운이 쇠한 책임을 국왕에게만 물을 수 없다는 생각이 들어. 19세기 들어 조선은 순조, 헌종, 철종 3대 임금 통치 때 세도정치 때문에 무능과 부패의 세월을 보냈어. 그 모순덩어리를 고종이 몽땅 떠안은 것이야. 공교롭게도 그때 이웃 일본에서는 잔학무도한 군국주의가 싹텄고 …. 강도에게 강탈당한 연약한 피해자를 어리석다고 질책할 수 없는 것처럼 고종의 경우도 그래. 고종은 격동기에 나름대로 현명하게 대처한 면모도 있었다고 봐. 나이가 드니까 사람에 대한 시각이 달라지네."

"이승만 대통령에 대해서도 시각이 달라졌나요?"

"그를 알게 된 지도 50년이 더 됐다. 청년 이승만, 중년 이승만, 장년, 노년 … 다 겪었지. 그는 중년 때부터 노회老獪했어. 그래도 그의 이런 특성 덕분에 대한민국의 네이션 빌딩Nation building이 가능했지. 그는 대한민국 건국에 뚜렷하게 기여한 거물임에는 틀림없어."

"거물 명사名士를 직접 접촉하면 외부에 알려진 영웅적 면모와는 다른 것도 많겠지요?"

"영웅호걸도 마누라와 비서에게서는 존경받지 못한다잖아. 그들도 개인적으로는 얼마나 좀스런 짓을 많이 하겠어?"

"고종과 이승만 … 이 나라 최고통치자 … 아버지는 그 자리에 앉고 싶다는 야망이 없었나요?"

"야망? 음 … 전혀 없었다고 하면 거짓말이겠지. 너에게 못할 이야기가 뭐 있겠나. 아무에게도 털어놓지 않았지만 …. 공화제 민주주의

체제에서 유권자의 선택을 받고 싶은 꿈이 있었어. 허허, 지난 격동의 세월이 한바탕 남가일몽南柯一夢 같다 ···."

"갑신정변에 대해서는 어떻게 생각하세요?"

"젊은 혈기에 저지른 짓이었지. 세계의 흐름을 보지 못하고 ··· 일본의 힘을 믿고 거사했으니 부끄럽기 그지없지. 의사 출신인 손문孫文이 중국에서 풀뿌리 인민의 지지를 바탕으로 신해혁명辛亥革命을 성공시킨 과정과 비교하니 더욱 안타깝더라."

서재필은 하늘을 쳐다보았다. 맑은 여름밤답게 어둠 속에서 반짝이는 별들의 현란함이 돋보인다.

"천신만고 끝에 대한민국 정부가 출범했으니 이제 여한이 없어."

서재필은 고개를 들고 하늘을 계속 응시했다. 별똥별 하나가 뚝 떨어진다.

"미국으로 돌아갈까 보다."

"그래야겠지요. 미군정이 끝났으니까요."

"여기 남아 살라고 애원하는 사람들이 많아."

"떠나기를 바라는 사람도 있잖아요."

서재필은 밤이 늦도록 하늘을 보며 고민하다 미국으로 돌아가기로 마음먹었다. 이 소식을 들은 여러 인사들은 서재필의 미국행을 간곡히 말렸다.

"여생을 고국에서 보내십시오. 저희들이 모시겠습니다."

서재필은 심사숙고했다. 한국에 머물고 싶은 쪽으로 한때 마음이 기울기도 했으나 이승만 대통령과의 껄끄러운 관계 때문에 그럴 수 없었다. 8월 28일 〈조선일보〉 기자가 찾아와 인터뷰를 했다. 이 내용은 1948년 8월 29일 자 조선일보에 보도된다.

"미국으로 떠나신다는데 사실입니까?"

"그렇다오. 곧 떠날 예정이오."

"자의自意입니까, 타의他意입니까?"

"내가 가장 사랑하는 조국과 민족을 내 어찌 떠나고 싶겠소? 그러나 나는 미국 군정 최고의정관으로서의 직무를 마쳤으니 미국으로 돌아가는 것이오."

"많은 국민들이 선생님을 앙모仰慕하고 또 한국에 머물 것을 간절히 바라는데요."

"역설적으로 그것 때문에 머물기가 곤란하오."

"선생님을 대통령으로 추대하려는 운동 때문에 이승만 대통령의 심기가 불편한 게 원인이겠지요?"

"너무 그렇게 직설적으로 말할 것까지야 없고 …."

"이번에 한국에 1년여 체류하시면서 느낀 가장 기쁜 일과 가장 슬픈 일은 무엇입니까?"

"가장 기쁜 일은 우리 민족이 역사상 처음으로 선거권을 얻은 것이지요. 민주주의가 시작된 것 말입니다. 가장 언짢은 것은 청년들이 할 일 없이 정당에 왔다 갔다 하며 쓸데없는 데에 시간을 허비하는 것이외다."

"한국 국민들에게 당부하실 말씀은 …?"

"국민 주권을 남에게 약탈당하지 말아야 하오. 국민들은 정부에 맹종하지 말아야지요. 국민이 정부의 주인이요, 정부는 국민의 종복從僕임을 잊어서는 안 되오. 이 권리를 외국인이나 타인이 빼앗으려거든 생명을 바쳐 싸워야 하오. 이것이 평생소원이오."

서재필이 미국으로 돌아가기로 하고 짐을 챙기는 중에 〈동아일보〉설립자 김성수金性洙가 찾아왔다. 출국일 이틀 전 저녁이었다. 이들은 식사를 함께 하며 석별의 정을 나누었다.

"혼란스런 조국을 바로 세우려면 김 선생의 역할이 커야 합니다. 엄혹한 일제강점기에도 언론을 바로 세우며 잘 버텼지요. 교육사업으로 수많은 인재를 키웠고 …. 앞으로도 맹활약할 것으로 믿소이다."

"선생님, 여기에 계시면서 저희들을 잘 이끌어주셔야 할 텐데요."

"언론과 교육은 이 나라의 기틀을 튼튼하게 하는 원동력입니다. 사명감을 갖고 일하십시오."

"명심銘心 불망不忘하겠습니다."

서재필이 미국으로 돌아간다는 소식을 신문에서 본 어느 중년 여성이 조선호텔로 찾아왔다. 떠나기 전날 아침이었다.

"선생님, 귀국 때 불쑥 나타나 결례가 많았습니다. 오늘은 꼭 전해드려야 할 평생의 약속 때문에 찾아뵈었습니다."

화환을 건네준 금아였다. 서재필은 50여 년 전의 제물포항 이태호텔의 그 소녀를 떠올렸다. 그 앙증맞고 가냘픈 소녀가 지금은 주름투성이 얼굴에다 허리도 약간 구부정한 모습으로 변했다.

"지난 세월, 어떻게 사셨소?"

서재필의 물음에 금아는 대답 대신에 왈칵 울음을 터뜨렸다. 시간이 지나도 울음은 그치지 않고 오히려 통곡痛哭으로 바뀌었다.

"진정하시오."

금아는 눈이 퉁퉁 붓도록 운 다음 코를 훌쩍이더니 갖고 온 보자기를 풀었다. 그 안에는 누런 한복과 무슨 증서 같은 것이 들어 있었다.

"무슨 옷이오?"

금아는 대답은 하지 않고 비단옷을 펼쳐 서재필의 초췌해진 몸을 덮었다. 야릇한 시간여행을 하는 기분이었다. 언젠가 입어본 듯한 포근한 느낌이 들었다.

상장처럼 생긴 붉은 증서 종이를 펼쳤다.

'서재필 이름 석 자가 쓰인 홍패紅牌! 내 과거시험 합격증이다! 그럼 이 옷은 앵삼鶯衫이 아닌가?'

"어디서 난 것이오?"

서재필은 들뜬 목소리로 금아를 다그쳤다.

"제 수양어머니가 보관하던 귀중품이었답니다."

"수양어머니가 누구신데?"

금아는 손수건을 꺼내 눈물을 훔치면서 대답했다.

"그분은 나병癩病환자들을 가족처럼 돌본 성녀聖女였답니다. 산골짜기 '문둥이마을'에 스스로 걸어 들어오셨지요. 결국 당신 자신도 그 천형天刑 같은 병에 걸리셨고 …."

서재필의 안면 근육에 파르르 경련이 일어났다.

"그럼 … 그분이 태희?"

"예."

"허허, 이런 일이 …."

"선생님이 그 옛날 이태호텔에 다녀가신 몇 달 후에 수양어머니께서 저를 찾으러 호텔로 오셨어요. 제게 주신 크리스마스카드를 보시고 한참 우시더라고요. 세월이 흘러 제가 어른이 됐을 때야 어머니는 제게 선생님과의 인연에 대해 털어놓으시더군요."

"뭐라고 하시던가?"

"갑신정변 직후 선생님의 부인과 아들의 시신을 수습하셨다 하더군요. 부인이 남긴 유품이 바로 이 홍패와 앵삼입니다. 선생님이 독립신문을 만드실 때 어머니가 차마 나타나지 못한 이유는 나병에 걸렸기 때문이랍니다."

"어머니는 살아 계시오?"

"오래 전에 소록도에서 돌아가셨어요. 후생後生에도 의녀로 환생하실 것을 다짐하시며 …. 저도 어머니의 뒤를 이어 간호사로 소록도 병원에서 일하고 있답니다."

'아! 나는 혼신渾身의 열정으로 환자를 대하며 고통을 공유했던가? 의술은 인술仁術이라 했는데 나는 제대로 실천했던가?'

자괴감으로 몸을 떨면서 서재필은 불치병 환자를 돌보려 온몸을 던진 진정한 의사는 태희 누나임을 깨달았다. 서재필이 테러를 당해 쓰러졌을 때 응급처치를 해준 천사도 태희, 독립신문사 앞에서 딸애를 납치한 괴한들에게 독침을 날린 무사武士 여인도 태희 …. 눈을 지그시 감고 태희의 얼굴을 떠올리며 추모했다. 에 꿈 스삐리뚜 뚜오 ….

1948년 9월 11일, 서재필이 미국으로 떠나는 날이었다. 는개가 추적추적 내려 하늘이 뿌연 조선호텔로 새벽 6시 30분에 김구金九가 비밀리에 찾아왔다. 서재필, 김구는 30분간 요담을 나누었다.

"오늘 떠나신다니 송구한 마음 이를 데 없습니다."

"무슨 말씀을 …. 백범 (김구의 호) 에게 미안한 점이 많소이다."

"전해 듣기로는 치통 때문에 고생이 많으시다면서요?"

"새로 맞춘 틀니가 맞지 않아 좀 아프다오."

"고백할 게 있습니다. 선생님께서 귀국하였을 때만 해도 저는 선생님이 미국국적을 가졌다는 이유만으로 비판적으로 봤답니다."

"제가 욕먹는 이유가 그것임을 잘 알지요."

"몇 차례 뵙고 보니 민족을 사랑하는 정신이 누구보다 투철한 분임을 알았습니다. 사죄합니다. 용서해 주십시오."

"천하의 백범께서 왜 이러시오? 나도 백범에게 고백할 게 있소이다. 용서해 주시겠소?"

"제가 선생님을 불편하게 했군요."

"나는 백범을 만나기 전엔 무력武力에만 의존하는 테러리스트인 줄 알았다오. 그러나 대화와 원칙을 중시하는 분이라는 사실을 알았지요. 상하이 임시정부를 이끌 때에 얼마나 노고가 많으셨소? 내 머리 숙여 감사드리오."

"과찬의 말씀이십니다."

"오래 전부터 백범을 만나 직접 물어보고 싶은 게 있었는데 ⋯. 이런 자리에서 묻기엔 점잖지 못하지만 ⋯."

"뭡니까?"

"백범이 청년시절에 황해도 치하포 나루터에서 일본 육군중위를 맨발로 차서 거꾸러뜨린 일 말이오. 그 이야기를 듣고 백범이 택견의 달인이라고 여겼는데 ⋯ 언제 수련하셨소?"

"그자가 명성황후를 참살한 미우라 고로인 줄 알고 ⋯. 택견은 민족 고유무예여서 틈틈이 익혔습니다."

"내 짐작이 맞군. 나도 소년시절부터 택견에 푹 빠졌다오."

"그런 일이? 진작 만나 자주 대화를 나눌 것을 ⋯."

"아쉽소."

"선생님, 안녕히 가십시오."

"백범도 부디 안녕하시길 ⋯."

두 거인은 포옹하며 눈시울을 붉혔다.

조선호텔을 나오니 송별인파가 몰려왔다. 무릎을 꿇고 큰절을 하며 작별인사를 하는 촌로村老부터 눈물을 흘리며 손을 흔드는 학생, 손으로 땅바닥을 치며 대성통곡하는 부녀자까지 다양한 모습이다.

미국에서 유학을 하고 돌아와 정치활동을 하는 최능진이 서재필 곁에 다가왔다. 콧날이 오뚝한 미남형인 그는 경경哽哽한 목소리로 겨우 말을 이었다.

"선생님, 이제 가시면 다시는 뵙지 못하겠군요."

"최군, 부디 자중자애하시게."

"명심하겠습니다. 그럼, 선생님, 훗날 저 세상에서 뵙겠습니다."

최능진은 흘러넘치는 눈물을 주체하지 못했다.

자동차에 몸을 실은 서재필은 이들에게 손을 흔들었다. 인천 제물포항에 도착하니 그곳에도 몇백 명의 환송인파가 기다리고 있었다. 눈두덩이 벌겋게 부을 정도로 운 환송객이 한둘이 아니었다. 84세의 노老투사를 지구 반대편으로 영영 보내는 순간이다.

그들은 서재필이 망명당하는 것으로 생각했다. 타의에 의해 조국을 떠난다…. 기구한 운명이다. 일생에 3번이나 정치적 망명을 한 사람이 또 있을까. 분위기가 너무도 침통하자 김규식이 나섰다.

"여러분, 지금은 울고 있을 때가 아닙니다. 선생은 우리의 마음에서 영원히 떠나지 않을 분입니다. 그러니 모두들 기쁜 얼굴로 선생님을 보내드립시다."

환송객들은 김규식의 발언에 귀를 쫑긋 세웠다.

"선생을 환송하는 뜻에서 만세 삼창을 하겠습니다. 암울한 시절에 이 땅에 태어나 나라를 반석 위에 올리려고 목숨을 걸고 큰 뜻을 실천하신 우리의 현명한 지도자 서재필 선생이 만수무강하기를 기원합니다. 만세, 만세, 만세!"

"만세, 만세, 만세!"

환송객들은 울음을 억지로 참으면서 만세를 불렀다. 애써 감정을 억누르던 서재필은 눈시울을 훔쳤다. 그러곤 딸의 팔을 잡고 배에 올랐다. 뒤를 돌아보면 미련이 남을 것 같아 고개를 돌리지 않고 곧장 선실로 들어갔다. 그의 볼엔 눈물이 흘렀고 목덜미 위로는 한 줄기 갯바람이 불었다.

6

침실 안에까지 맑은 햇살이 밀려드는 늦가을이었다. 서재필은 병상에 누워 손으로 커튼을 들추어 창밖을 내다보았다. 주홍색 단풍잎이 마당에 지천으로 깔렸다.

"오늘이 서리가 내린다는 상강霜降아닌가. 음력으론 중양절重陽節이지. 김옥균 형님과 삼각산에 단풍놀이 가 국화꽃 띄운 술을 마시고 음풍농월吟風弄月하던 광경이 눈에 선하군."

병상 곁을 지키던 딸 뮤리엘은 아버지의 중얼거림에 문득 고개를 들곤 깜짝 놀랐다.

"대디 오른쪽 뺨에 ⋯."

"왜 그러냐?"

"검버섯이 피었어요."

"노인 얼굴에 그런 것 생기는 게 당연한데 뭐 그리 놀라느냐?"

"햇살이 환하게 비치니까 검버섯 모양이 또렷이 드러나네요. 한반도처럼 생겼어요."

"코리아 지도 같단 말이냐?"

뮤리엘이 손거울을 갖다 주었다. 서재필은 검버섯 모양을 살펴보
곤 대답했다.

"기묘하군. 오매불망 코리아를 생각해서 그런가?"

"우연의 일치라고 보기엔 너무 절묘하지요?"

"확대 해석할 것 없다. 하하하."

큰딸 스테파니는 같이 살지 않았지만 자주 문병을 왔다. 화가인 스
테파니는 병상에 누운 아버지의 얼굴을 스케치했다.

"얼굴 주름이 덜 나오도록 그려 다오. 지금 모습대로 그린다면 네
엄마가 못 알아볼 게 아니냐."

"마미가 보고 싶으세요?"

"꿈에 자꾸 네 엄마가 나타나는구나."

서재필은 한국에서 벌어진 좌우 갈등을 보고 괴로워했다. 남북이
갈라져 따로 정부가 세워진 데서도 충격을 받았다. 갈등과 분단을 막
지 못했다는 자책감이 그를 괴롭혔다.

1949년 3월 1일, 삼일절 기념일을 맞아 서재필은 녹음으로 축하연
설을 한국에 보냈다. 여기서 그는 남북한의 단합과 통일국가의 중요
성을 강조했다. 가래가 그렁그렁한 목소리였다. 그만큼 쇠약해졌다.

1950년 6월 25일, 한국전쟁이 발발했다.

"이 무슨 변고인가….."

서재필은 목멘 소리를 내뱉고 쓰러졌다. 필라델피아 근교 노리스
타운에 있는 몽고메리 병원에 입원했다. 병상에서 전황이 보도된 신

문을 읽으며 한숨을 쉬었다.

서재필의 비서로 일했던 임창영이 그해 크리스마스에 문병하러 왔다. 방광암으로 투병하는 서재필은 두 딸의 간병을 받고 있었다. 병세는 악화돼 몸이 미라처럼 바싹 말랐다.

"얼른 쾌차하셔야지요."

"살 만큼 살았네."

"한국전쟁이 끝나는 것을 보셔야지요."

"가능하다면 내가 이 비극을 끝내기 위해 어디에든 간청하러 가겠네. 평양이든, 서울이든, 모스크바든, 워싱턴이든, 베이징이든…."

1950년 11월 말, 20만여 명의 중국군이 압록강을 넘어 한반도로 쳐들어왔다. 한국전쟁에 개입한 것이다. 중국군의 인해전술 때문에 유엔군은 밀리기 시작했다.

이듬해 1월 4일, 서재필은 침대에 누워 라디오를 틀었다. 중국군이 홍수처럼 몰려와 유엔군이 남쪽으로 물러난다는 뉴스가 흘러나왔다. 1·4 후퇴에 관한 보도였다. 서재필은 딸들의 손을 꼭 잡으며 말했다.

"내 나라 코리아는 왜 이렇게 모진 고난을 겪어야 할까? 왜 한국땅에 외국 군대들이 활개를 치냐 이 말이야."

"이제 코리아 걱정은 그만 하시고 빨리 병마에서나 벗어나세요."

"아니야. 어찌 한국을 잊을 수 있으랴."

눈을 감고 숨을 헐떡였다.

"이제 나도 떠날 때가 되었다."

"떠나시다니요. 어디로요?"

"대자연의 품으로…. 거기 축음기 있지? 코리아 전통음악을 크게 틀어다오. 그걸 들으면 마음이 편안해진단다."

깊고 짙푸른 송림松林 속을 한 줄기 바람처럼 거침없이 헤엄치는 듯한 김죽파류 가야금 연주가 흘러나왔다. 숨을 헐떡이며 말을 이었다.

"며칠 전부터 꿈에 낯익은 한국 여성 둘이 나타나 나를 부르더군."

"그녀들이 누군데요?"

"기억해 내려고 애쓰다가 방금 알았어."

"……."

"솔, 솔 … 하며 나를 부르더군. 나를 낳아주신 어머니 … 누나."

"대디에게 누나가 있었나요?"

"친누나는 아니고 … 태희라는 의義누나 …. 에 꿈 스뻬리뚜 뚜오…."

서재필은 눈을 감고 혼자 입을 동그랗게 말아 '솔, 솔 …'이란 소리를 몇 번 냈다.

스테파니가 아버지 손을 꼭 잡자 가느다란 목소리로 웅얼거렸다.

"내 관棺 안에 저 탁자 위에 놓인 물건들을 넣어다오. 스테파니가 그린 내 초상화도 …."

"탁자 위에 독립신문 창간호와 회중시계가 있군요. 반지와 만년필, 홍패와 앵삼도 …."

"독립신문은 내 열정이 오롯이 담긴 것이야. 홍패와 앵삼은 내 청소년 시절의 영광을 상징하지."

"회중시계요?"

"김옥균 형님에게서 받았지. 내 삶의 고난을 나타낸 것이야."

"반지는 결혼기념이지요?"

"그래, 맞아."

"만년필은 누구에게서 받은 건가요?"

"만년필? 그건 비밀이야. 하하하 …."

서재필은 가볍게 웃고는 잠이 들었다. 그 잠이 서너 시간 지속됐다. 너무 오래 잠에서 깨어나지 않자 스테파니가 흔들어 깨웠다. 반응이 없었다. 혼수상태에 빠졌다. 두 딸과 오키 의사가 마사지해도 소용없었다. 두어 시간이 흘렀다. 축음기에서 흘러나오는 가야금 소리가 그쳤다.

서재필은 눈을 가늘게 뜨며 입술을 동그랗게 내밀고 마지막 숨을 토했다.

"소…올….."

1951년 1월 5일 밤, 서재필은 영원히 눈을 감았다. 향년 87세.

그가 살았던 펜실베이니아 주 미디어 시市의 집 앞에는 그를 추모하는 기념비가 세워졌는데 비문碑文은 다음과 같다.

필립 제이슨(1864~1951)

미국에서 의학교육을 받은 그는 한국에 민주주의 씨앗을 뿌렸고, 최초의 근대 신문(1896~1898)을 발행해 한글을 널리 보급했다. 그는 한국인으로는 최초로 서양의사가 되었으며 첫 미국시민권자이기도 하다.

그는 일제강점기(1910~1945)에 한국 독립을 위해 활약했으며 미군정 정부의 최고 고문으로 봉직했다. 이 집은 그가 25년간 살았던 곳이다.

Dr. Philip Jaisohn (1864~1951)

American-educated medical doctor who sowed seeds of democracy in Korea, published its first modern newspaper(1896~

1898), and popularized its written language. The first Korean to earn a Western medical degree and become a U. S. citizen. He worked for Korean independence during the Japanese occupation, 1910~1945. Chief advisor to the U. S. Military Government in Korea, 1947~1948. This was his home for 25 years.

여신 女神

흙수저 반란사건의 내막!
한국판 '돈키호테'의 반란은 과연 성공할 수 있을까?

젊은 시절 영화관 '간판장이'였던 탁종팔은 자수성가해 부초그룹의 회장이 된다. 그는 한편 부초미술관을 세워 국보급 미술품을 모은다. 겉으로 보기에는 돈 많은 미술 애호가인 듯하지만 탁 회장의 야심은 만만치 않다. 바로 '헬조선'의 구조 자체를 뒤바꾸는 것! 그의 야심에 장다희, 민자영 등 '흙수저' 출신의 걸물이 속속 모여들고, 이를 감지한 이탈리아 마피아도 움직이기 시작하는데….

신국판 | 312면 | 13,800원

언론인 출신 작가 **고승철 대표작**

고승철 시집

춘추전국시대

언어유희로 사회에 던지는 '경쾌한 독설'의 미학
언론인 출신 고승철 작가, 시인으로 데뷔하다

웅대한 스케일의 장편소설들을 발표해 온 고승철 작가의 첫 시집. 언론계에서 여러 인간 군상(群像)을 접한 경험을, 소설을 쓰며 언어를 벼린 경륜으로 녹여 냈다. 간결한 시어로 세태와 언어를 풍자하는 그의 시에는 사회적 굴레와 가식을 벗어던진 예리한 통찰력이 돈보인다. 거침없는 문체와 언어유희로 사회에 던지는 날카로운 질문들에서, 작가가 말하는 '경쾌한 독설'의 미학을 느낄 수 있다.

4×6판 변형 | 188면 | 12,000원

은빛까마귀

신국판 | 320면 | 12,000원

권력자에 저항하는 마이너리티의 통쾌한 반란!
장기집권 야욕을 불태우는 현직 대통령과
목숨을 걸고 이를 막으려는 애송이 여기자의
숨막히는 '육탄(肉彈) 대결'

- 소설《은빛까마귀》는 '기자 출신'으로서의 장점을 십분 발휘한 작품 – **동아일보**
- 작가 고승철의 27년 기자생활 경험이 소설에 사실감을 더한다 – **한국일보**
- 언론인 출신 작가는 권력과 언론의 관계, 권력자에 대한 충성경쟁, 대통령을 만들기 위한 킹메이커의 공작 등을 현실감 있게 묘사한다 – **경향신문**

언론인 출신 작가 **고승철 대표작**

개마고원

"이 소설은 북한의 지도자가 읽어야 한다"
언론인 출신 작가의 문학적 상상력으로
빚어낸 한반도 평화의 새 지평!

남북한의 문제를 정치적으로만 해석한 것이 아니라
실제로 일어날 법한 일들을 자유롭게 묘사한다.
소설 속 이야기의 실현 가능성을 기대하게끔 만드는 것이
이 작품의 힘이다. – 교보문고 북뉴스

불우한 유년을 딛고 성공한 CEO 장창덕과
재벌 기업가 윤경복은 대북사업의 일환으로 북한 반체제
활동자금을 지원한다. 개마고원에서 북한 지도자를 만난
장창덕은 한반도에 새 패러다임을 열어줄 아이디어를
털어놓는데…. 6·25전쟁 당시 가장 참혹했던
장진호 전투가 벌어진 비극의 무대 개마고원이 이제
한반도 평화를 꿈꾸는 희망의 무대가 된다.

신국판 | 408면 | 12,800원